BEVERLEY JONES

Die Saat der Lüge

GOLDMANN
Lesen erleben

Buch

Lizzy, Cora, Mike und Stevie: Während ihres Studiums waren sie ein unzertrennliches Vierergespann. Nach dem Studienabschluss ging dann jeder seine eigenen Wege, bis die vier wieder in Cardiff zusammenkommen. An Stevies Geburtstag ziehen sie gemeinsam um die Häuser. Sie feiern sich und das Leben und schwelgen in gemeinsamen Erinnerungen. Der Abend nimmt jedoch eine jähe Wendung, als sich eine junge Frau mit feuerrotem Haar zu ihnen gesellt, die sich als Jenny vorstellt und die vier gut zu kennen scheint. Doch niemand von den Freunden kann sich an sie erinnern. So scheint es zumindest. Aber dann taucht Jenny wieder auf: tot. Lizzy, die am Anfang ihrer Karriere als Journalistin steht, bekommt von ihrer Redaktion den Auftrag, über den ungeklärten Todesfall zu berichten – und verstrickt sich in ein tödliches Netz aus Begehren, Neid und Lügen …

Autorin

Beverley Jones arbeitete viele Jahre als Journalistin, bevor sie ihren jetzigen Job als Pressesprecherin annahm. Erfahrungen, die auch in ihr Thrillerdebüt »Die Saat der Lüge« eingegangen sind. Beverley Jones lebt in Wales.

Helga Kristanen

Beverley Jones

Die Saat der Lüge

Psychothriller

Deutsch
von Verena Kilchling

GOLDMANN

Die Originalausgabe erschien 2012 unter dem Titel
»Telling Stories« bei Cutting Edge Press, London

T.S. Eliot, »J. Alfred Pufrocks Liebesgesang«:
Die Zitate wurden für diese Ausgabe
von Verena Kilchling übersetzt.

MIX
Papier aus verantwortungsvollen Quellen
FSC® C014496
FSC
www.fsc.org

Verlagsgruppe Random House FSC-DEU-0100
Das FSC®-zertifizierte Papier *München Super* für dieses Buch
liefert Arctic Paper Mochenwangen GmbH.

1. Auflage
Deutsche Erstveröffentlichung November 2012

Umschlaggestaltung: UNO Werbeagentur, München
Umschlagmotiv: © Felicia Simion Photography
Redaktion: Cathrin Wirtz
An · Herstellung: Str.
Satz: Uhl + Massopust, Aalen
Druck und Bindung: GGP Media GmbH, Pößneck
Printed in Germany
ISBN 978-3-442-47471-4

www.goldmann-verlag.de

Für Kevin Ellis.
Mit vielem Dank für seinen Enthusiasmus,
seine Beständigkeit und seine große
Bücherkiste.

Im Einkaufszentrum

Glaubst du, dass Sünden, die man im vorherigen Leben begangen hat, einen bis ins nächste Leben verfolgen?«, fragte Cora. Wir hatten uns in die Tiefen der Stofftierabteilung verkrochen, wo uns die starren, glasigen Augen Hunderter stummer, pelziger Zeugen umgaben. Runde glänzende Augen, Knopfaugen, gestickte Augen, die uns erbarmungslos anstarrten. Auch ich starrte Cora an, während draußen weicher, nasser Schnee vom Himmel fiel.

Nicht zum ersten Mal waren ihre in letzter Zeit so locker sitzenden Tränen Vorboten einer drohenden Peinlichkeit. Sie würde eine Szene machen.

Ich vergewisserte mich mit einem Schulterblick, dass uns niemand gehört hatte. Dabei ging es mir weniger um ihre Frage als um das Zittern in ihrer stockenden Stimme, die sich hier, inmitten argloser Kinder mit glänzenden Augen, hysterisch zu überschlagen drohte.

Ich wusste nicht genau, wie ich ihre Frage beantworten sollte. Verlangte sie überhaupt eine Antwort von mir? Coras Augen waren fast ebenso glasig und starr wie die der Menagerie um uns herum. Sie schien aufmerksam zu lauschen und auf irgendwelche weisen Worte aus meinem Mund zu warten. Schließlich wusste ich doch auch sonst immer eine Antwort.

Schon damals hatte ich den Verdacht, dass sie von irgendetwas zu viel nahm. Medikamente, meine ich. Verschreibungspflichtige vermutlich, die zu Gebrauch und Missbrauch verführten. Vielleicht lag es aber auch nur am Wein und an allem anderen, das sie an diesem Nachmittag in sich hineingeschüttet hatte. Ich hatte Angst vor ihrer Reaktion, wenn ich Ja sagte, denn es schien mir zu diesem Zeitpunkt immer wahrscheinlicher zu sein, dass sie recht hatte: Vielleicht bezahlten wir tatsächlich ständig für unsere Sünden – wie sonst ließ sich das vergangene Jahr erklären? Wie konnten sich fünf Menschen nur so fest in ein Netz aus Abhängigkeit verstricken, ein Netz, dessen Verbindungsschnüre klebrig waren von unbestimmter Sehnsucht und Reue?

Was würde sie tun, wenn ich sagte: »Natürlich bezahlen wir für unsere Sünden. Irgendwann holen sie uns ein, wenn nicht in diesem Leben, dann im nächsten.«

Ob sie wie am Spieß schreien und zur Balustrade laufen würde, die Arme voller Plüschtiere, die sie nie gewollt hatte und bei denen sie dennoch Trost suchte – einen verzweifelten, kindischen, kläglichen Trost –, um sich von der Galerie aus Glas und Chrom ins Vergessen zu stürzen?

Das Letzte, was ich von meiner Freundin sehen würde, würde ihr Körper sein, der, in einen viel zu engen Regenmantel gezwängt, kopfüber auf die unter uns befindlichen Besucher des Einkaufszentrums zusegelte, begleitet von einem Schauer aus Nostalgie-Teddybären.

Ihr gestreifter Schal würde hinter ihr herwehen, eine flatternde Ankündigung des bevorstehenden Aufpralls, und ihr Polyestermantel würde sich aufblähen wie ein grüner, durchscheinender, viel zu dürftiger Fallschirm.

Mit einem scheußlich dumpfen Schlag würde sie schließlich auf dem Boden aufkommen. Ihr Kopf unter der blauen Bommelmütze würde wie eine von klebrigen Supermarktfingern fallengelassene Mandarine aufplatzen und einen nassen Fleck auf den Bodenfliesen hinterlassen, und ein kleiner Sprühregen aus Blut würde auf die Samstagsmäntel und fest umklammerten Handtaschen der Konsumenten niedergehen.

Vor Schock gelähmt würde ich wie in Zeitlupe »Oh Cora, neeeiiin!« kreischen, würde ihr eine Sekunde zu spät zur Balustrade nachhechten und mit den Fingern nur noch den losen Faden eines Saumes erwischen, oder vielleicht eine Haarsträhne? Hinterher würden genügend Menschen bezeugen können, dass sie selbst das Unglück herbeigeführt hatte. Dass sie es mit offenen Armen empfangen hatte – das Ende. Völlig ausgeschlossen, dass ich etwas damit zu tun gehabt hatte.

Ich würde mich in die Arme erschütterter Passanten sinken lassen, die sich die Worte des Entsetzens, die ihnen auf der Zunge lagen, aus Mitgefühl verkneifen würden. Damit würden sie später bei einer Tasse Tee im Familienkreis ihr ansonsten so eintöniges, vorhersehbares Leben würzen können.

Aus diesem Grund hätte ich einen skalpellscharfen, einschneidenden Moment lang beinahe wirklich Ja gesagt. »Ja Cora, wir verdienen das Leben, das wir führen.«

Ich war so weit, es zu wollen. Ich wollte, dass alles vorbei war. Es hätte bedeutet, dass ich den Plan nicht würde durchführen müssen. Meinen Plan. Schwach und uninspiriert und einfallslos wie er war.

Die Erkenntnis fuhr mir als Adrenalinstoß direkt ins Herz, wie ein heruntergestürzter Wodka, setzte sich als Gedanke in meinem Hirn fest, schob sich als Gefühl tief in meine Brust.

Scheiße, ich muss meine beste Freundin umbringen.

Es war vier Tage vor Weihnachten. Der 21. Dezember. Ein Jahr, zwei Monate und drei Tage nach Jenny.

Schnappschuss

Cora sah ziemlich gewöhnlich aus, das ließ sich nicht leugnen. Ich hätte es ihr natürlich nie ins Gesicht gesagt. Auf ihre Frage, ob sie hübsch sei, hatte ich bereits ein- oder zweimal gelogen. Daran ist nichts Verwerfliches. Ich hatte deswegen kein schlechtes Gewissen. Ich hatte noch nicht einmal ein schlechtes Gewissen, weil ich sie insgeheim für reizlos hielt. Es stimmte schließlich. Sie sah bestenfalls durchschnittlich aus.

Aber früher, als wir noch Studentinnen waren und so schrecklich jung, hatte Cora bisweilen eine jugendliche Ausgelassenheit, die sie vorübergehend beinahe hübsch erscheinen ließ. Diesen Reiz machte die rosige Frische junger Haut aus und der feste Glauben, dass einem die Welt zu Füßen liegt und man nach Belieben über sie verfügen kann, dass man sie schälen kann wie eine reife Frucht, ihren Saft aussaugen, um die Schale dann wegzuwerfen. Und sie hatte eine fantastische Figur, das darf man nicht vergessen.

Mit ihren wohlgeformten Rundungen, den großen braunen Augen, dem hellbraunen, kurz geschnittenen Haar und dem prächtigen Busen, der sich in ihr tief ausgeschnittenes Oberteil schmiegte, war Cora ein gewisser Charme nicht abzusprechen.

Ich habe sie noch genau vor Augen in dieser Nacht – dieser scheinbar ganz normalen, aber ach so wichtigen Nacht. Sie sah auch auf dem Foto fast hübsch aus, das lange vor der Party im Charlie's entstanden war. Lange vor dem Currymann. Kurz vor dem Tanz auf dem Gehsteig. Bevor jemand starb. Als die Nächte noch voller billigem Wein und anhaltendem, heftigem Gelächter waren – Gelächter, das mir den Atem raubte und ihn ganz oben in meiner Brust festhielt, bis ich das Gefühl hatte, in dunklem, schwindelerregendem Vergessen zu ersticken.

Cora und ich hatten schon fast eine ganze Flasche Wein geleert, bevor die Jungs kamen, als Belohnung dafür, dass wir unsere Studentenbude gründlich geputzt, Papiergirlanden aufgehängt und die Zeitschriften und die Post unters Sofa geschoben hatten. Unsere Mütter wären ausnahmsweise stolz auf uns gewesen.

Es war Coras zwanzigster Geburtstag, und sie trug ein erstaunlich glänzendes, knappes, orangerotes Cocktailkleid, mit dem sie mir die Schau zu stehlen versuchte. Nichts, was Cora trug, wirkte jemals wirklich angemessen. Hatte ich meine Schuldigkeit getan, indem ich angedeutet hatte, das Kleid sei vielleicht ein bisschen zu schick? Ein bisschen zu eng? Die Farbe etwas zu gewagt? Aber es entsprach nun einmal Coras bürgerlicher Vorstellung von sexy und flippig. Und sie hatte einen Monat lang auf ebendieses Kleid gespart, hatte wochenlang fast ausschließlich von Dosenthunfisch auf Mikrowellenkartoffeln, Kellogg's Frosties und hin und wieder einem KitKat gelebt, um es sich leisten zu können.

Wir waren zwar noch zu jung und ungeübt, um zu wissen, wie man sich richtig schminkt, aber aus heutiger Sicht finde ich trotzdem, dass wir nie wieder so jung, so strahlend, so allwissend – so sehr wie Freundinnen – aussahen.

Auf dem 10 x 15 cm-Abzug, der uns für immer im Damals einfriert, legt Cora den Arm um mich, schmiegt sich mit herausgestreckter Brust und zurückgenommenen Schultern an meine Seite und strahlt in die Kamera.

Ich sitze leicht von der Kamera abgewandt, habe den Blick unter dem blonden Bob gesenkt und schiele für denjenigen, der die gar nicht so billige Geburtstagskamera hält, aus großen blauen Augen hinauf in die Blende. Vermutlich eine Pose, die ich von irgendeiner Zeitschrift abgeschaut hatte. Vielleicht aber auch einfach nur zu viel Martini.

Das Ergebnis ist niederschmetternd – weil es so voller Verheißungen steckt. Beste Freundinnen vor einem Tapetenhintergrund aus explodierenden violetten Blumen und einem Poster von Tom Cruise in *Cocktail*.

Es handelt sich eindeutig nicht um Schwestern, denn eins der Mädchen ist groß und blond und trägt ein weites, weißes Baumwollkleid mit Blumenmuster in Rot und Schwarz. Es umspielt die Knöchel und ist vorne bis zum Brustbein geknöpft, darunter nackte Beine in flachen Sandalen, kein Schmuck. Fast trendy für die damalige Zeit.

Die andere junge Frau ist kleiner, dunkler. Sie trägt einen Schlauch aus etwas zu glänzendem, orangefarbenem Stoff, eine Goldkette baumelt anmutig im kalkuliert tiefen Dekolleté, an einem Finger steckt ein herzförmiger Ring. Die Strumpfhose ist ein wenig zu hell, und die Absätze der weißen, eher praktischen Pumps sind nicht hoch genug. Damit stehen sie im Widerspruch zum restlichen Outfit und geben ihm einen etwas altbackenen Anstrich.

Am unteren Rand der Aufnahme hat sich eine Hand ins Foto geschmuggelt, die einen absurd großen, feucht glänzenden Vibrator umklammert. Daneben ist die Brettspielversion von *Star Trek – Die nächste Generation* zu sehen, ebenfalls ein Geburtstagsgeschenk, und dahinter steht Mike in der Tür, in seiner Lederjacke und abmarschbereit. Bis heute höre ich unser schallendes Gelächter.

Stevie versuchte damals verzweifelt, die Kamera ruhig zu

halten und dafür zu sorgen, dass das Poster nicht den Blitz reflektierte und wir uns auch wirklich in der Mitte befanden. Die Bildkomposition war ihm wichtig, das Verhältnis, die Balance. Er wollte das Foto auf keinen Fall vermasseln, schließlich sollte es ins Archiv unserer Jugend, damit wir es eines Tages unseren Kindern zeigen konnten. Ohne den Plastikdildo natürlich. Typisch Stevie.

Wenn ich heute daran zurückdenke, wie wir damals waren, dann habe ich dieses in Zeitlosigkeit erstarrte Bild vor Augen. Nicht die Realität, sondern die Aufnahme, die aus der Situation heraus entstand, halb inszeniert, halb spontan.

Diese Nacht.

Die Jungs trafen pünktlich um halb acht ein, außer Mike natürlich, der bereits oben unter der unzuverlässigen Dusche stand. Bis vor wenigen Minuten vermutlich noch zusammen mit Cora. Ich hatte Gekicher und Geflüster gehört, dann die rutschenden, gurgelnden Geräusche von Seifenschaum und Wasser. Sie duschten oft zusammen.

Beladen mit Fusel warfen sich Stevie und Tim auf das niedrige verbeulte Sofa, zischend wurden Bierdosen geöffnet.

Stevie war schon mit zwanzig immer tadellos gekleidet, sein hellblaues Hemd so akkurat gebügelt, dass es in unserem chaotischen und insgesamt eher zerknautschten Wohnzimmer beinahe obszön wirkte. Sein sandfarbenes Haar lichtete sich bereits, aber er sah insgesamt sehr distinguiert aus. Älter, als er war, größer, als man dachte, und auch weit skrupelloser, wie sich später herausstellen sollte.

Dann war da noch Tim, der verrückte Tim, der über den Stapel Wurfsendungen im Flur stolperte. Keine Ahnung, was aus ihm geworden ist. Er war laut und schlaksig und hatte sich an diesem Abend eine Hose von Stevie geliehen, die ihm zu lang war, obwohl beide ungefähr die gleiche Größe und

Statur hatten. Der Stoff staute sich an seinen Fußgelenken und verlieh ihm das Aussehen eines Clowns.

Natürlich hatte Tim den Vibrator mitgebracht. Um sich einen dummen Scherz zu erlauben, überreichte er ihn im Karton eines Küchenmixers, den er vorher irgendwo aufgetrieben hatte. Ungeduldig riss Cora das Geschenkpapier auf.

»Für später, wenn ihr mal zusammenwohnt, du und Mike«, spöttelte er.

Sie weiß, dass er sie auf den Arm nimmt. Dafür lebt er, das ist die Luft, die er atmet, die einzige Nahrung, die er außer dem in Swansea stetig fließenden Brains-Bier braucht. Trotzdem ist vielleicht eine kleine Standpauke angebracht à la »Du lebst wohl noch in den Vierzigern, wenn er nicht für den Rest seines Lebens bei seiner Mutter wohnen will, soll er sich sein Abendessen selbst kochen«, nur um keinen Zweifel daran zu lassen, dass wir nichts von Rollenklischees oder sonstigem sexistischem, präfeministischem Unsinn halten.

Aber Cora kochte damals durchaus für Mike. Jedes Mal, wenn er sich von seiner Literatur des neunzehnten Jahrhunderts losreißen konnte und gerade keine gegnerische Fußballmannschaft in Grund und Boden spielen musste, kam er aus Swansea zu Besuch, und dann zauberte sie aufwändige Pasteten und Eintöpfe, servierte Würstchen in Yorkshirepudding, Desserttörtchen und selbstgebackenes Brot, Leckereien, die jedes dritte Wochenende warme, muffige Erinnerungen an die gemeinsame Schulzeit weckten, die die nur durch Briefe gelinderten Schattenseiten ihrer Fernbeziehung vergessen machten. Diese gemeinsam verbrachten Wochenenden endeten regelmäßig mit einem Berg von schmutzigem Geschirr.

Mit einem letzten Ruck ist das Paket schließlich geöffnet, und wir halten die Luft an und erwarten das Unerwartete – das Geschmacklose, Vulgäre. Tim, wie er leibt und lebt. Cora schiebt die Hand in den Karton und zieht die brechreizerregende, anatomisch korrekte Nachbildung eines riesigen Penis hervor. Abscheu und Fassungslosigkeit erobern ihr Gesicht. Das war selbst für Tims Verhältnisse dreist. Zu dieser Sorte Mädchen gehörten wir nicht, so etwas hatten wir zur damaligen Zeit noch nie gesehen – es war Jahre bevor Sexshops gesellschaftsfähig wurden und sich in den Hauptgeschäftsstraßen ansiedelten, Jahre bevor solche Dinge im Fernsehen und in Zeitschriften omnipräsent wurden. Oder hatten wir nur bisher nicht richtig hingesehen?

Himmel, wir schrieben schließlich die Neunziger und nicht die Sechziger! Wie dem auch sei, Coras Augen weiten sich, und ein Schauder des Ekels durchfährt sie, der wellenförmig auf uns zuströmt. Cora war trotz ihres tief ausgeschnittenen Cocktailkleids eine junge Dame, die sich die Wörter »Scheiße« und »Verdammt« für ganz besondere Gelegenheiten aufhob.

Drei Sekunden lang halten wir die Luft an. Was würde sie sagen? Rechtfertigte die Situation einen Kraftausdruck, vielleicht sogar Schlimmeres als »Scheiße« oder »Verdammt«? Dann löst sich der erwartete Zorn in wildem Gelächter auf.

»Oh mein Gott! Du Perverser!«, gluckst sie mit übertriebener Abscheu, und wir stimmen alle in ihr Lachen ein, weil wir jetzt wissen, dass alles in Ordnung ist. Wie aufs Stichwort erscheint Mike mit einem um die Hüfte gewickelten fadenscheinigen blauen Handtuch im Türrahmen. Seine Haut dampft noch, die Haare stehen widerspenstig wie ungemähtes Gras von seinem Kopf ab. Auch er lacht.

»Scheiße noch mal, Tim! Was ist los mit dir, Alter? Das ist das letzte Mal, dass du hier zum Abendessen eingeladen bist!« Sein vor Feuchtigkeit und Hitze rosiges Gesicht rötet sich noch mehr, und ein strahlendes Lächeln breitet sich darauf aus.

Dunkle Haare.

Tim streckt die Hand nach dem Vibrator aus und steckt ihn sich in einer übertriebenen Fellatioimitation in den Mund, bevor Stevie eine leere Bierdose quer durchs Zimmer nach ihm wirft, die sauber gezielt an seinem Kopf landet.

Wir feuern die beiden an, und ein Ringkampf bricht aus, bei dem Stevie zulässt, dass Tim ihn zu Boden wirft, wo er dann alle möglichen unaussprechlichen Dinge mit seinem neuesten Spielzeug simuliert. Wir Mädchen rufen und japsen dazwischen, ein wenig schockiert und doch mit dem Gefühl, wagemutig und verständnisvoll und erwachsen zu sein. Jeder kennt seine Rolle. Wir sind ein dankbares Publikum.

Mike zwinkert Cora von der Tür aus zu, aus sicherem Abstand zum Geschehen. Er hält eine Bierdose in der Hand, die er aufmacht und dabei gleichzeitig die Augen verdreht.

Cora betrachtet mit nachsichtigem Lächeln das Gemetzel. Meine Jungs, denkt sie, während ich ihr beim Lächeln zusehe.

Weniger als eine Stunde später sind wir auf dem Weg ins Studentenwerk, und ich klammere mich unter einer Kuppel aus sanft leuchtenden Sternen stolpernd an Stevie. Bier und Musik haben Mike sichtlich aufleben lassen. Er schlägt am Bordsteinrand entlang ein schiefes Rad nach dem anderen und singt dabei lauthals *Country House* und *Charmless Man* von Blur. Immer Blur, nie Oasis. Und wir stimmen alle mit ein. Zumindest in dieser Schlacht waren die Fronten schnell geklärt.

Tim ist zurückgeblieben, er ist jetzt schon stockbesoffen.

Dann überqueren wir die Straße. Das ist der Moment. Der Moment, an dem sich alles zu ändern beginnt, der Moment, der keinen von uns unverändert lässt. Aber das wissen wir in diesem Augenblick noch nicht.

Mike steht inzwischen wieder aufrecht und tanzt mit rotem Kopf auf Cora und mich zu, um uns mit imaginärem Mikro ein Ständchen zu bringen. Er greift nach meiner Hand und winkt mich mit scherzhaft lüsternem Blick zu sich, seine Schritte sind übertrieben abgehackt, damit es ja keine Missverständnisse gibt: Hier findet eine Vorstellung statt, eine Parodie. Erst optimale Voraussetzungen abwarten und dann allen die Schau stehlen – das war sein Stil.

Einen großartigen Moment lang drehe ich an seiner Hand eine Pirouette nach der anderen, atemlos und keuchend, während mein Kleid fast unanständig hoch durch die Luft wirbelt, schwarz weiß rot, schwarz weiß rot. Dabei scheinen wir ein elektromagnetisches Feld zu erzeugen, denn meine Haarspitzen stehen zu Berge, und herumliegende Chipstüten werden von unserem Strudel erfasst und mitgerissen. Ich bilde mir ein, dass wir Funken sprühen, und lache aus reiner Freude an der Bewegung. Die Jungs feuern uns an, die im Dunkeln liegende Straße verschwindet. In dieser einen Sekunde ist unser Schicksal besiegelt.

Orientierungslos vom Alkohol stolpere ich und stütze mich an ihm ab, aber ein Riemen meiner Sandale verheddert sich, und die nächste Drehung misslingt. Der Gehweg kommt mit großer Geschwindigkeit näher, aber mit einer Grazie, die seine hoch aufgeschossenen 1,88 Meter betrunkenen Überschwangs Lügen strafen, liegt plötzlich Mikes Arm um meine Taille, stark und unerschütterlich. Irgendwie zieht er mich aus der Spirale, und wir richten uns auf, aber ich bin zu schwer, wir haben zu viel Schwung. Er verliert das Gleichgewicht, und wir stürzen, ineinander verkeilt, die Hände immer noch über unseren Köpfen verschränkt, auf die niedrige, in seidigem Rot glänzende Motorhaube eines neben uns stehenden Sportwagens, die unseren Sturz abfängt. Zwischen unseren Körpern ist kein Zentimeter mehr Platz, und mein Atem bleibt irgendwo unterhalb meiner Lunge stecken, viel tiefer.

Er ist schwer. Unsere Augen sind alles, was wir sehen können. Wir spüren die Blicke der anderen auf uns.

»Herrgott, Mike!«, rufe ich schließlich. »Willst du mich umbringen?«

Er sagt nichts. Wir bleiben nur einen Herzschlag lang liegen, dann zieht er mich singend und in einer einzigen flüssigen Bewegung zurück auf die Füße. Ohne stehen zu bleiben, wirbelt er davon. Es ist nichts Wichtiges passiert. Niemand hat etwas bemerkt.

Stevie, penibel, wie er ist, fährt mit der Hand über die Motorhaube und sucht sie nach Dellen ab. Cora schüttelt nachsichtig den Kopf und lächelt nur, als sei Mike ein kleines Kind.

»Er besteht nur aus Armen und Beinen«, sagt sie und hakt sich bei mir unter. »Wie ich diesen Kerl liebe!« Sie lacht, als er über die Bordsteinkante stolpert.

Wir schlurfen weiter und erklimmen die Treppe zur Studentenwerkdisco.

Nach einem Boxenstopp an der Bar tanzen wir und tanzen und tanzen. Später auf der Toilette schwirrt mir der Kopf von den Lichtern und dem Beat der Musik, und Cora beugt sich schweißnass und mit schlaff herunterhängendem Haar übers Waschbecken, als überlegte sie, ob ihr vielleicht schlecht sei.

»Er ist so ein toller Typ«, sagt sie immer wieder. »Ein richtig toller Typ.«

Sie trägt das Silberkettchen mit dem dicken kleinen Herzen, das er ihr zum Geburtstag geschenkt hat. In zwei Tagen ist ihr dritter Jahrestag.

Ich weiß, dass er sie am nächsten Tag in ein geschmackvolles, romantisches Restaurant mit gedämpfter Beleuchtung ausführen wird, auch wenn sie noch keine Ahnung davon hat. Er hat das Geld gespart, das er normalerweise für Bier ausgibt, und einen Tisch reserviert, nicht ohne mich ängstlich zu fragen, ob ihr so etwas wohl gefallen würde. Er hoffte auf meine Zustimmung, und ich gab sie ihm. Schließlich hatte sie weiß Gott genügend Andeutungen gemacht und unablässig genau diesen kleinen Italiener mit den Kerzen unter den Glasglocken und den imitierten Fresken und den runden Knoblauchbrötchen am anderen Ende der Stadt angepriesen. Und wenn Mike eines ist, dann aufmerksam und zuvorkommend.

Und zwar nicht nur an Geburtstagen.

Sie bemühten sich, leise zu sein, aber manchmal hörte ich sie nachts durch die dünnen Wände mit der abblätternden Farbe, wenn sie dachten, ich schliefe schon. Oder nachmittags, wenn sie glaubten, ich würde fernsehen. Dann knarrte die Decke, die Matratze protestierte quietschend, und Cora keuchte »Ja, genau so, oh ja« und schluchzte dann fast auf der anderen Seite der Wand, bevor sie still wurde. Währenddessen lag ich da, neugierig und belustigt und manchmal einsam, und lauschte nicht etwa, sondern versuchte vergeblich, nicht zu lauschen. Und drehte den Fernseher lauter.

Der August und alles, was danach kam

Wer hätte damals gedacht, dass Cora und ich uns erst zwei Jahre zuvor zum ersten Mal begegnet waren, dass es erst zwei Jahre her war, dass dieser vertraute kleine Freundeskreis zusammengefunden hatte, optimistisch und scheinbar unzertrennlich, als wäre es nie anders gewesen. Dabei schien jener erste Tag an der Uni von Cardiff eine Ewigkeit her zu sein, der Tag, als ich ins Wohnheim Senghenydd Court zog, das auf einem schmalen Streifen Land zwischen nördlicher und südlicher Bahntrasse eingezwängt ist. Ich war natürlich für Englische Literatur eingeschrieben, das Auffangbecken für Leute, die noch keine Ahnung haben, wer sie sind oder wer sie gerne sein würden, aber genau zu wissen glauben, dass sie alle Zeit der Welt haben, um darüber nachzudenken.

Der erste Tag war nicht leicht, auch wenn ich ihn voller Erwartung und Nervosität herbeigesehnt hatte. Ich war fürchterlich versessen darauf, jeden zu mögen, dem ich begegnete, und schämte mich für meine Mutter, die übertrieben penibel meine Sachen auspackte, und meinen Vater, der krampfhaft bemüht war, witzig zu sein. Ich war mir ihrer provinziellen Kleidung, ihres Akzents und ihrer umgangssprachlichen Ausdrucksweise, die sie eindeutig als Bewohner der walisischen Täler auswiesen, nur allzu bewusst, und ich schämte mich, dass ich mich für sie schämte in der großen, geschäftigen Stadt.

Anfangs wagte ich kaum, mit Cora zu sprechen. Sie wirkte sehr selbstbewusst und – nun ja – englisch, und dazu auch irgendwie altmodisch in Latzhose und T-Shirt. Aber über Smalltalk mit ihr hätte ich mir keine Sorgen machen müssen. Nachdem wir uns, ächzend und beladen mit schweren Umzugskisten, in die Wohnung geschleppt und dabei Tüten mit Schuhen und Küchenutensilien vor uns hergekickt hatten, sagte Cora einfach: »Hi, ich bin Cordelia, aber meine Freunde nennen mich Cora. Ich bin aus Chester. Das hier ist mein Farn Frankie. Den habe ich, seit ich sechs bin. Ist der nicht herrlich groß? Ich hätte unmöglich ohne ihn von zu Hause weggehen können, aber ich glaube, es wird ihm hier gefallen. Hast du Lust auf eine Tasse Tee? Ich habe einen riesigen Kuchen. Meine Mutter hat ihn gebacken. Sie findet, dass ein Kuchen vorzüglich dazu geeignet ist, das Eis zu brechen, und ich tendiere dazu, ihr recht zu geben.«

Ja, ich weiß: Sie klang oft ein bisschen so, als wäre sie den Seiten eines Internatsschmökers von Enid Blyton entsprungen oder einem Abenteuer der *Fünf Freunde*. Deshalb mochte ich sie auf Anhieb. Zwei Minuten später braute sie mit ihrer nagelneuen Cafetière, frisch aus dem Zellophanpapier gewickelt, statt Tee Kaffee für alle, schnitt große Stücke von einer klebrigen Schokoladentorte ab, hielt Hof und warb um Freundschaften. Damit war ihr Schicksal besiegelt.

Nach diesem ersten Nachmittag fehlten uns im Umgang miteinander nie wieder die Worte. Schnell, wenngleich zunächst oberflächlich, lernten wir unsere Vorlieben und Abneigungen kennen und erzählten uns gegenseitig in vorsichtigen Portionen von zu Hause und unserer Vergangenheit. Weil wir dabei keine einzige Übereinstimmung entdeckten, hätten wir eigentlich nichts gemeinsam haben dürfen, aber wir waren schließlich unbeschriebene Blätter, und nichts, von dem wir befürchtet hatten, es könnte der anderen etwas ausmachen, war von Bedeutung. Welche Erleichterung. Meine Hoffnungen und Gebete waren erhört worden.

Statt uns nur gegenseitig unsere alten, abgenutzten Geschichten zu erzählen, schrieben wir vom ersten Tag an neue. Das fing am Küchentisch und mit der riesigen Torte an und erstreckte sich schließlich über die ganze Stadt, die wir uns Stück für Stück eroberten, eine urbane Torte aus Beton und Granit und Marmor und Dachziegeln. So schufen wir Tag für Tag, Stunde für Stunde neue Erinnerungen. Und falls wir nicht ganz das waren, was wir zu sein vorgaben – wer hätte es bestreiten können, und wen hätte es gekümmert?

Mike, seit fast einem glückseligen Jahr ihr Freund, war zu diesem Zeitpunkt noch nicht Teil der Geschichte. Er studierte ebenfalls Englisch, in Swansea, weil er in ihrer Nähe sein wollte, wie sie stolz erzählte, sozusagen als Zeichen seiner Hingabe, nachdem er die Zugangsvoraussetzungen für Cardiff um eine Note verfehlt hatte. Im ersten Semester verschwand sie jedes Wochenende mit dem Überlandbus und besuchte ihn, weil er viele Sportveranstaltungen hatte und es so am einfachsten war. Wann immer es möglich war, bestanden Coras Wochenenden aus Mike.

Ich hörte mir an, wie sie endlos und liebevoll von ihm schwärmte: Michael dies und Michael das, Michael hier und Michael da. Wie aufrichtig verliebt und erwachsen sie schienen. Er schickte ihr seinerseits fast jeden Tag eine Postkarte oder einen Brief. Während an meiner vom Wohnheim gestellten Pinnwand nur ein paar einsame Flyer und hin und wieder ein Foto hingen, war die Pinnwand in ihrem schuhschachtelgroßen Zimmer übersäht mit bunten Beweisen seiner unleugbaren Zuneigung. Manchmal zitierte er bekannte Schriftsteller, manchmal hatte er sogar selbst etwas gedichtet. Cora kam das alles offenbar völlig normal und angemessen vor.

Jeden Abend um acht klingelte unter uns im gekachelten Wohnheimflur, der ständig von trampelnden Schritten und dem Zuschlagen der Brandschutztür widerhallte, das Telefon, und in acht von zehn Fällen war es Mike.

Päckchen tauchten in den kleinen Postfächern im Eingangsbereich auf, kleine aufmerksame Geschenke und Musikkassetten, die er selbst zusammengestellt hatte. Ich hatte keinen Freund und war beeindruckt und gerührt, fühlte mich aber auch ein wenig einsam deswegen, was ich aber meist schnell wieder vergaß.

Cora hatte nur zwei Fotos von Mike in ihrem Zimmer. In einem Silberrahmen waren die beiden im Profil verewigt, wie sie sich leidenschaftlich küssten – er mit einer mehr als schlecht beratenen Frisur, wuschelig, teeniehaft, Happy-Mondays-mäßig. Das zweite Foto war an die aus allen Nähten platzende Pinnwand geheftet und zeigte die beiden Arm in Arm an einem grünen Ort. Auf diesem Bild war sein Haar wellig und wurde vom Wind halb in sein Gesicht geweht. Für eine gewisse Übergangszeit existierte er für mich nur in der bruchstückhaften Welt unscharfer Fotos, ein schemenhaftes, geisterähnliches Geschöpf am äußersten Rand meiner Vorstellungskraft, dessen Gesicht nur halb zu sehen war und das nur ab und zu meine Neugierde weckte.

Für mich zählte nur, dass mir Cora unter der Woche zur Verfügung stand und gelegentlich an Samstagabenden, wenn Mike mit Freunden um die Häuser zog und die Jungs unter sich bleiben wollten. Dann zogen wir uns endlose Kitschfilme in dem Kino mit den kratzigen Sitzen auf der Queen Street rein, das eindeutig noch aus der Ära stammte, als es noch keine Multiplex-Paläste mit gepolsterten Liegesitzen und amerikanischer Eiskrem gab. Oder wir belegten ein Eckchen auf der Tanzfläche der Studentenwerkdisco und lagen sonntagnachmittags umringt von Kaffee- und Teetassen und Schokoladenkeksen zusammen auf dem Bett und spielten uns gegenseitig unsere Lieblings-CDs vor.

Cora war intelligent, amüsant und gut erzogen, eine echte Erleichterung nach den Mädchen, die ich aus der Schule kannte, ein Jahr und gefühlte Millionen Kilometer entfernt. Mädchen, deren Pudeldauerwellen von furchterregend steifen Ponyfransen gekrönt wurden, die auf der Mädchentoilette Haarspray, blauen Eyeliner und Zigaretten austauschten, die mit Goldschmuck behängt waren und ständig ohrenbetäubend schrille Drohungen und Obszönitäten von sich gaben. Cora war die beste Freundin, die ich mir hätte erträumen können. Und ich wollte sie nicht teilen, nicht mal mit ihrem Freund.

Dann geschah an einem Wochenende während des Sommersemesters das Unvermeidliche. Cora kündigte an, dass Mike endlich nach Cardiff kommen würde. Sie sagte es zwar nicht, aber ich kannte den Grund: Mein Freund, mit dem ich die letzten sechs Wochen zusammen gewesen war, hatte mich abserviert, und Cora wollte nicht, dass ich das ganze Wochenende trotz Sonnenschein im Einkaufszentrum herumhing, mir Sachen anschaute, die ich mir nicht leisten konnte, und meinen Frust alleine im Wein ertränkte.

An diesem ganz besonderen Samstag, an dem Mike ankommen sollte, ächzte Cardiff unter einem weiteren hitzeschweren, erstickenden Nachmittag – in diesem Sommer die Norm. Von den weißen Mauern des eleganten Rathauses von Cathays Park, den viktorianischen Reihenhäusern, deren Fenster die darin residierenden Studenten mit Batiktüchern verhängt hatten, und dem zweckmäßigen Ziegelbau des Studentenwerks schien die Hitze doppelt stark auf uns zurückzuprallen, während unablässig die Rathausglocke läutete und monoton Züge vorbeiratterten.

Zur Hauptverkehrszeit reicherte sich die Luft mit den unausweichlichen Abgasen erschöpfter Autos und Busse an, die sich Zentimeter für Zentimeter Richtung Stadtmitte schoben, Abgase, die sich auf der Zunge absetzten und einem das Wasser in die Augen trieben. Cora und ich hatten den Vormittag mit der schweißtreibenden Aufgabe verbracht, die Wohnung für Mike in einen vorzeigbaren Zustand zu versetzen. Die Einkäufe hatten wir noch vor uns. Unsere Pilgerreise zum Supermarkt durch die schäbigen Seitenstraßen, vorbei an fetten, trägen, von der Sonne ermatteten Katzen und dampfenden Mülleimern, war gar nicht so schlimm. Jedenfalls nicht so schlimm wie der normale Weg entlang der stark befahrenen, ansteigenden Hauptstraße, wo sich ein Imbiss an den nächsten reihte – Pommesbuden, Inder, Chinesen –, neben einem Laden mit verdunkelten Fenstern und Klingelknopf, der vorgab, ein Sonnenstudio zu sein, und einigen merkwürdig platzierten Antiquitätengeschäften. Vielmehr waren es Ramschläden voller Entrümpelungsfunde, die mal jemandem etwas bedeutet hatten, nun aber nur noch fünfzig Pence kosteten. Altmodische Perlenketten, strassbesetzte Hutnadeln und Taschenbücher mit welligem Deckel und welligen Seiten buhlten in den staubigen Schaufenstern um Aufmerksamkeit, während wacklige Holzschränkchen und Klassenzimmerstühle bunt zusammengewürfelt den Gehweg flankierten. Überquerte man die Bahnschienen, gelangte man direkt zum The George, unserem Lieblingspub.

Der winzige, aber funkelnagelneue Tesco Metro an der Ecke war stets gerammelt voll mit Studenten. Hier deckten Cora und ich uns einmal die Woche mit den wenigen Luxusgütern ein, die wir uns leisten konnten – richtiges Fleisch, richtigen Fisch, Bohnen zu sieben Pence und Weißbrot im Sonderangebot, riesige Gläser Marmite, Familienpackungen Penne, Teebeutel von Tetley, delphinfreundlich gefangenen Thunfisch, Weißweinessig für Cora, Mousse au Chocolat im Viererpack und Fertignudelgerichte für mich. Außerdem bestand Cora jedes Mal darauf, dass auch noch ein bisschen Obst und Gemüse in meinem Einkaufskorb landete – wegen der Vitamine. Ich glaube, sie hatte wirklich Angst, dass ich mir selbst überlassen an Skorbut sterben würde.

Zur Feier des Tages und zu Ehren des sich sonst so rar machenden Michaels hatte Cora ein Picknick geplant. Bald würden der echte Mike und der Mike aus meiner Vorstellung auf Kollisionskurs gehen. Wir kauften also Lebensmittel und besondere Leckerbissen, »weil Mike das so gerne mag«. Cora hatte bereits einen riesigen Nudelsalat vorbereitet, aber wir brauchten noch selten erworbene Köstlichkeiten wie Weißweinessig für das Dressing, Sahne und glänzende schwarze Oliven mit Kern, natürlich ein Rezept von Coras Mutter.

Für mich als Mädchen aus den Tiefen der walisischen Täler waren solche Dinge entsprechend exotisch und fast dekadent – bereits die Vorstellung von heißen Bohnen auf Toast empfand ich als etwas, das man ehrerbietig und mit grenzenloser Achtsamkeit behandeln musste.

Aber ich fand das Ganze auch irgendwie albern. Wer machte sich schon solche Mühe für einen Mann? Und das bei dieser Hitze? Aber Cora war die Beziehungsexpertin, also beugte ich mich ihrem weisen Ratschluss.

Cora war braun gebrannt und sah ungewöhnlich strahlend aus mit ihren gebräunten Beinen, die unter einem zu engen T-Shirt mit Minnie-Maus-Druck aus ihren Hotpants ragten. Sogar einen Hauch Lippenstift hatte sie aufgelegt. Sie *hatte sich Mühe gegeben*. Sie *machte etwas aus sich*. Das waren typische Cora-Ausdrücke, die ich zu schätzen begonnen hatte, weil sie mich an meine Großmutter erinnerten. Und ich hatte meine Großmutter sehr geliebt.

Ich hingegen versuchte, in meinem langen schwarzen Strandkleid und meinen weißen Tennisschuhen möglichst kultiviert, luftig und einfarbig auszusehen. Dazu hatte ich die Haare zu einem hohen, straffen Pferdeschwanz gebunden und mich dick mit Sonnenmilch eingecremt, um den vertrauten Sonnenbrand fernzuhalten.

Mit Tüten beladen quälten wir uns durch den lärmenden, sonnengebleichten Samstagnachmittag zurück zum Wohnheim. Als wir in unsere Straße einbogen und die letzten Meter zum Haus entlangkeuchten, lehnte Mike bereits am Eingangstor. Er schien sich unwohl zu fühlen, das braune Haar hing ihm wellig in die Augen. Endlich fleischgeworden. Ich erkannte ihn trotz der schlechten Qualität der Fotos. Wer hätte es auch sonst sein sollen?

Dennoch entsprach er überhaupt nicht meiner Vorstellung. Wie auch? Wie hätte er der umwerfende, strahlende, gottähnliche Mann sein können, den Cora derart begehrte? Der Mann, mit dem sie in der Nacht ihres achtzehnten Geburtstags in dem riesigen Himmelbett eines Bed & Breakfast zum ersten Mal Sex gehabt hatte.

Statt des erwarteten modischen Designerfummels trug Mike etwas, das sich bald als seine vertraute »Uniform« herausstellen sollte – ein zu großes T-Shirt in ausgewaschenem Dunkelblau und weite Surfershorts, aus denen seine langen, blassen Beine durchschimmernd weiß herausragten, um in einem Paar Turnschuhen wieder zu verschwinden, die so abgewetzt und verschossen waren, dass sie nur noch die doppelt geknoteten Schnürsenkel zusammenzuhalten schienen.

Er wirkte sogar noch größer, als Cora in ihren Erzählungen angedeutet hatte, und blinzelte in die Sonne, während er eine Hand zum Gruß hob, so dass ich das tiefe Blau seiner Augen nicht sehen konnte, ein kleines gestohlenes Stück Himmel aus einem weit entfernten Land.

Auf den ersten Blick war ich erleichtert. Schließlich war Cora verglichen mit mir nicht einmal besonders hübsch, es war also nur logisch, dass jemand wie er die Liebe ihres Lebens war. Ein Durchschnittsmann. Ich entspannte mich und lächelte, als er über die Straße geflitzt kam, uns eifrig die Einkaufstüten aus der Hand riss und dann unter ihrer Last in die Knie ging. Meine Proteste, ich käme durchaus alleine zurecht, wies er zurück. Ein Gentleman.

»Ach, kein Problem, Michael schafft das schon«, beschwichtigte Cora strahlend, während er fröhlich seinen eigenen schweren Rucksack und eine Handvoll Einkaufstüten balancierte.

»Du musst Lizzy sein«, sagte er auf der Treppe und grinste breit. »Ich habe es gründlich satt, jedes Wochenende von dir zu hören, und du hast es bestimmt noch viel satter, von mir zu hören.«

»Jetzt sei mal nicht unhöflich«, wies Cora ihn barsch zurecht und fügte dann, als er die schwerste Tüte durch die Wohnungstür wuchtete, hinzu: »Und pass mit den Oliven auf. Nachher haben wir hier überall Öl, und ich will nicht riskieren, meine Kaution nicht zurückzubekommen.« Sie zog einen Schmollmund.

Aber im nächsten Moment hatte er die Arme um sie geschlungen und ihr einen dicken, bewusst schlabberigen Kuss auf den Mund gedrückt. Vor dem wich sie gespielt angeekelt zurück, konnte aber ihr Lächeln nicht verbergen. Das war das erste Mal, dass ich Zeuge des Schmoll- und Beschwichtigungstanzes wurde, den die beiden regelmäßig aufführten und den ich bald als ganz selbstverständlich ansehen würde.

Mike setzte sich an den Küchentisch und begann, die Tüten auszupacken.

»Eine Tasse Tee vielleicht?«, fragte ich.

»Oh ja, bitte!«, antwortete Mike freudig. »Eine schöne Tasse Tee ist jetzt genau das Richtige. Ein Mädchen ganz nach meinem Geschmack.«

»Da haben wir's«, seufzte Cora, zerrte geschäftig die Lebensmittel aus den Tüten und verstaute Salate und andere Leckereien in ihrem ausgefransten karierten Rucksack. »Schwatz ihm einen Tee auf, und er liegt dir zu Füßen. Draußen sind es hundert Grad, aber für Tee ist es anscheinend nie zu heiß. Er ist genauso schlimm wie du, Lizzy.«

So begann es, unser bald schon althergebrachtes Zeremoniell auf dem Altar des Teebeutels. Wann immer Mike zu Besuch kam, und das war von nun an fast jedes Wochenende, bestand mein Part darin, nach seinem Eintreten so schnell wie möglich zu fragen: »Eine Tasse Tee vielleicht?«, oder die Frage am besten schon die Treppe hinunterzurufen, wenn er das Haus betrat. Cora trank keinen Tee und mochte auch Kaffee nur, wenn sie ihn mit ihrer Cafetière zubereitet hatte. Diesen liebenswerten Spleen gestand ich ihr zu, weil sie Engländerin war und gerne vornehm tat.

Nach seiner Tasse Tee, die Mike lauthals als wunderbar gepriesen hatte, schickte ihn Cora mit einer Handvoll Kleingeld über die Straße, um uns Wassereis zu kaufen.

»Wie findest du ihn?«, fragte sie, halb stolz, halb nervös, sobald er aus der Tür war. »Ist er nicht genauso sexy, wie ich gesagt habe?«

Ich antwortete das Einzige, was in Frage kam: »Er ist ein echter Schatz, Cora.«

»Nein, jetzt mal ehrlich, findest du nicht, dass er unglaubliche Augen hat?« Sie waren mir nicht aufgefallen, aber ich bejahte und dachte insgeheim, die spinnt doch. Aber ihre Begeisterung rührte mich. Wie leicht sie zufriedenzustellen war. Ich freute mich für sie. Für beide. Wie süß. »Ich bin froh, dass er endlich mal hier ist. Ich dachte schon, ihr zwei würdet euch nie kennenlernen.«

Kurz darauf watschelte Mike wieder über die Türschwelle, in der Hand drei tropfende Orange Maids. Er stolperte prompt über meine im Weg stehenden Turnschuhe, versuchte die Balance wiederzuerlangen und ließ ein Eis auf den schmuddeligen Teppich fallen, wo es in zwei Stücke zerfiel und der Saft aus der Verpackung sickerte.

Er sah so erschrocken aus, dass ich in Gelächter ausbrach, in das er kurz darauf einstimmte. Aber Cora war ganz und gar nicht begeistert. Ihr Gesichtsausdruck verriet deutlich, dass sie seine »lächerlichen Mätzchen« kein bisschen komisch fand. So nannte sie seine oft unerklärliche Tollpatschigkeit: *Michaels Mätzchen*. Er hatte tatsächlich die Angewohnheit, einen Raum wie eine schlaksige Naturgewalt zu betreten, unausgewogen und eine zerstörerische Energie entwickelnd, die sich gleichermaßen auf an Haken hängende Mäntel, Becher mit heißer Flüssigkeit, Gläser mit Kugelschreibern und Bleistiften und eigentümlicherweise auch auf seine eigenen Füße auswirkte.

Cora packte rasch die restlichen Picknickutensilien ein, fest entschlossen, den Park zu erreichen, bevor das Essen warm und schwitzig wurde und das ganze Vorhaben gründlich in die Hose ging. Ihr Plan sah natürlich vor, dass alles perfekt war, und diesen Plan würde sie durchziehen.

»Hast du auch Marmeladenbrote eingepackt?«, zog Mike sie auf. »Büchsenfleisch? Schweinepasteten? Jetzt müssen wir uns nur noch einen Hund ausleihen und einem Straßenräuber das Handwerk legen, dann haben wir unsere eigene *Fünf-Freunde*-Episode. Fünf Freunde mampfen im Park! Oder ein etwas eloquenterer Titel, sobald mir einer einfällt.« Sie knuffte ihn in die Rippen.

Während wir im kühlen Schatten der Bäume unser Picknick genossen und Salat und Sandwiches nach und nach von den Tellern verschwanden, ging Coras Plan auf: Jeder Gedanke an meinen Mistkerl von Exfreund war vergessen.

Ich war ja ohnehin nicht sehr lange mit ihm zusammen gewesen – war es Jonathan aus Frühgeschichte Teil I oder Sebastian aus Europäischer Politik? Er war auf jeden Fall nett und sehr bewandert in frühgeschichtlichen Themen, aber auch sterbenslangweilig. Über Cora hatte er die Nase gerümpft, weil sie anstrengend sei, wie er sagte, und ohne Punkt und Komma redete.

Cora war um meinetwillen entrüstet, weil er mich zurückgewiesen hatte, und schäumte, dass ich ihn schon vor Wochen hätte »abschießen« sollen. Der Ausdruck klang seltsam aus ihrem Mund, mit ihrer weichen, sonoren Stimme und ihrer ganz eigenen Art der Aussprache, die ich damals ständig zu kopieren versuchte.

In der schwächer werdenden Nachmittagssonne saßen wir abgeschirmt im alten Senkgarten von Bute Park und aßen und lachten, während Mike immer wieder aufsprang und »wie schön ist es im Park!« grölte oder auf dem federnden Rasen unelegante Räder und beängstigend schwankende Rückwärtssalti hinlegte.

»Dir wird noch schlecht, wenn du so weitermachst«, warnte Cora.

Ich glaube, es wäre ihr sogar ganz recht gewesen, wenn ihm wirklich schlecht geworden wäre. Dann hätte sie sagen können: »Das hast du nun davon, ich habe dich gewarnt«, um anschließend eine kühle Flasche Orangensaft an seinen Kopf zu halten und ihm das Bäuchlein zu reiben. Und er hätte sie gewähren lassen.

Als es Zeit war, in die Wohnung zurückzukehren, ging ich davon aus, dass sie miteinander schlafen und hinterher in den Pub gehen wollten. Also entschuldigte ich mich und zog mich in mein Zimmer zurück, um fernzusehen, und dabei ging mir die ganze Zeit im Kopf herum, dass man mit Mike ja durchaus Spaß haben konnte, Cora aber trotzdem ein bisschen bescheuert sein musste, um so besessen von ihm zu sein. Er war ganz anders, als ich ihn mir vorgestellt hatte. Einfach ein netter Kerl, nicht mehr. Abgesehen von dem kurzen Moment, als er über einen meiner Witze gelacht hatte und ich mir einbildete, dass sein Lächeln einen Augenblick lang heller war als der Schein der Abendsonne.

Danach verbrachte er beinahe jedes Wochenende bei uns.

Als im Herbst das neue Semester begann und Cora und ich in ein enges kleines Häuschen in der Fanny Street zogen, brachte Mike irgendwann Stevie mit, damit er das Nachtleben von Cardiff kennenlernte. Er vervollständigte unser Grüppchen.

Ich mochte Stevie auf Anhieb. Er war unkompliziert, ging aber manchmal etwas unter in dem Affenzirkus, den Mike veranstaltete. Ständig schien er ein Liedchen zu trällern oder legte ein Tänzchen aufs Parkett oder brach urplötzlich in Gelächter aus und bekam dabei so tiefe Lachfalten, dass man hätte meinen können, die Wucht seines eigenen Witzes habe ihn vollkommen überrumpelt.

In Charlie's Nightclub, einem schäbigen, schweißtreibenden Laden, der schnell zu unserem Lieblingsclub avanciert war, unterhielt ich mich mit Stevie, und je länger wir plauderten, desto mehr wurde mir bewusst, was für ein netter Kerl er doch war, ein echter Gentleman, einer, dem man vertrauen konnte. Es stellte sich heraus, dass unsere Eltern nur zwanzig Minuten Autofahrt über die Hügel voneinander entfernt lebten, nur dass er aus einer reicheren Gegend stammte, wo man Tennis oder sogar Golf spielte. Der ernsthafte, höfliche, gutmütige Stevie.

Er forderte mich zum Tanzen auf, legte seine Hände aber nirgendwo hin, wo ich sie nicht gewollt hätte. Am Ende des Abends half er mir in die Jeansjacke und hielt meinen Regenschirm. So grölten und torkelten wir vier durch die Straßen, bis wir uns endlich nach Hause geschleppt hatten, wo Cora und ich sofort instinktiv die Küche aufsuchten, um stapelweise Toast zu machen.

Als wir danach am Abtropfbrett lehnten und ich schon langsam schläfrig wurde, knuffte mich Cora in die Rippen und fragte: »Sag schon, was hältst du von Stevie?«

In meinem Wodkanebel lallte ich so etwas wie: »Also, Spaß haben kann man mit dem auf jeden Fall.«

»Und?«, bohrte Cora weiter, die ihre Ungeduld kaum verbergen konnte. »Was noch?«

»Er ist sehr höflich?«, bot ich an. Ich war nicht in der Stimmung, mich von ihr ausfragen zu lassen, und stocherte mit dem Messer im Toaster herum, damit das schwarz werdende Brot herauskam, obwohl mich Cora ständig ermahnte, das nicht zu tun.

»Jetzt komm schon, Lizzy!«, rief sie mit gespielter Verzweiflung und lachte. »Hat er dich gefragt, ob du mit ihm ausgehen willst? Das war nämlich unsere Vermutung. Als Michael und ich uns verzogen haben, dachte ich, jetzt fragt er dich.«

Sie grinste, und mir fiel wieder einmal auf, dass sie Mike grundsätzlich Michael nannte. Die ganze Sache war also eine von Coras Verschwörungen. Armer Stevie: Man hatte ihn unter Vorspiegelung falscher Tatsachen hergelockt und ihm eine neue Freundin versprochen.

Sie seufzte. »Na ja, Michael fand die Idee nicht so gut. Er meinte, wir könnten nicht einfach so Leute zusammenstecken, weil das peinlich wäre und so. Aber ihr seid beide unsere Freunde, und du bist so hübsch, und Stevie ist Single, und weil er so nett ist, dachte ich, ihr würdet gut zusammenpassen. Dann wären wir ein echtes Quartett. Na ja«, druckste sie und drehte sich auf einem Fuß hin und her wie ein kleines Mädchen, während sie Erdnussbutter von einem Messer leckte, »vielleicht änderst du deine Meinung ja noch. Wie lange hast du schon nicht mehr, du weißt schon ...?«

Sie wusste genau, dass ich ihr darauf eine pampige Antwort geben würde, und kam mir deshalb mit einer Handbewegung und einem dreckigen kleinen Lachen zuvor: »Schon gut. Ich will doch nur, dass alle so glücklich sind wie ich und Michael. Das kannst du mir nicht zum Vorwurf machen. Noch einen Wodka?« Sie sagte die Wahrheit. Sie wollte wirklich immer, dass alle anderen glücklich waren.

Wir gingen also zurück zu den Jungs und gaben uns schnell dem stetig aus der Stereoanlage fließenden Trost hin, verloren uns in Alkohol, Gelächter, Geschichten und Versprechungen, bis uns der Schlaf übermannte. Da waren wir, in unserer endgültigen, fertigen Form: Freunde.

Es folgten unzählige Nächte wie diese, sie schienen sich ein ganzes Leben lang hinzuziehen. Wir waren erfüllt voneinander, erfüllt von Sinneseindrücken – schrieben wir doch zum ersten Mal unsere eigene Geschichte und erfanden uns in ihrem Verlauf selbst, definierten uns, schrieben uns um und entwarfen uns neu, in den eigenen Augen und denen der anderen.

Wir waren davon überzeugt, dass wir immer so frei sein würden und dass uns niemand auf etwas festnageln konnte, stets auf dem Sprung wie Scheinwerfer auf der Tanzfläche oder Sonnenlicht in den Baumkronen. So hüpften wir übers kaputte Kopfsteinpflaster des Bürgersteigs, immer unterwegs, beladen mit Büchern und Zynismus, ein Kaffee auf dem Weg irgendwohin, ein paar Drinks auf dem Weg überallhin, schillernd vor lauter Jugend. Wir strahlten Selbstvertrauen und Optimismus aus, und wir warteten.

Wenn wir nachts schlaftrunken aufwachten und unseren Nachbarn lauschten, die um drei Uhr morgens nach Hause kamen, ihre Schuhe wegkickten und die Stereoanlage aufdrehten, dann lullten uns die Bässe sofort wieder in den Schlaf, und auch das war unserer Jugend zuzuschreiben. Schließlich machten wir uns selbst oft genug mit lautem Gelächter, plätschernden Geräuschen oder zu Bruch gehenden Gläsern bemerkbar.

Im Licht der Straßenlaternen, das durch die Ritzen im Vorhang hereinschlüpfte, lagen wir eingemummelt da und lauschten friedlich. Es gab nicht viel, das uns den Schlaf raubte, nicht weil unser Gewissen rein war, sondern weil wir vor lauter Leben ganz erschöpft waren.

Denn wir arbeiteten hart, verschanzten uns jedes Semester aufs Neue hinter einem Stapel Bücher am Schreib- oder Küchentisch, während draußen die Sonne brannte oder der Regen beruhigend ans Fenster trommelte. Wir brauchten gute Noten. Ein Abschluss kostete und brachte Geld.

Und dabei glaubten wir die ganze Zeit, dass das noch nicht die beste Zeit unseres Lebens gewesen sein konnte. Erst danach würde das Leben beginnen, »das richtige Leben«, wie meine Eltern es ausgedrückt hätten. Das anständige, angemessene Leben. Mit richtiger Kleidung, richtigen Schuhen, richtigem Essen, richtigen Hotels, richtigem Urlaub, all den Dingen, die sie selbst nie gehabt hatten. Dafür machte man ja überhaupt nur eine anständige Ausbildung, sagten sie immer.

So waren wir damals: ich, Stevie, Mike und Cora, niemand sonst. So fing alles an. Aber auch nach der Uni ging das Leben weiter, und davon werde ich nun erzählen.

Reprise

Ich winkte Cora, Mike und dem Studentenleben zum Abschied nach, als der zerbeulte Astra von Coras Mutter zum letzten Mal aus der Fanny Street rollte. Beladen war er unter anderem mit dem 1,50 Meter hohen Spukschloss aus Pappe, mit dem Erasure Werbung für ihr neues Album gemacht hatten und das Cora dem CD-Laden abgeschwatzt hatte. Obwohl es doppelt so breit war wie sie selbst, hatte sie es für Mike durch ganz Cardiff geschleift.

Wir hatten uns lange umarmt, und Cora hatte ziemlich rührend vor sich hin geschnieft. Ich schniefte nicht, aber auch ich hatte einen Kloß im Hals, als wir uns aufrichtig schworen, in Kontakt zu bleiben und uns auf jeden Fall so oft wie möglich zu besuchen und regelmäßig anzurufen. Mike drückte mich, und seine Stimme klang halb erstickt, als er sagte: »Du musst uns besuchen.« Ich nickte nur.

»Du bist meine beste Freundin«, hatte Cora feierlich erklärt, und ich hatte sie fest umarmt. Dann waren sie fort, und ich blieb allein auf der Straße zurück, durch die der Wind den Müll vor sich her trieb. Nur das Wummern einer benachbarten Stereoanlage dröhnte durch die Luft des glühend heißen Julitages.

Im Endeffekt haben wir uns dann aber vor ihrer Hochzeit nur vier Mal getroffen. Viermal in vier Jahren ist nun wirklich nicht oft, oder? Wo wir uns doch so nahestanden und fest entschlossen waren, dafür zu sorgen, dass es auch so blieb? Aber es gab natürlich gute Gründe. Zum Beispiel, dass wir alle umzogen und schrecklich beschäftigt waren und nicht viel Geld hatten. Chester, hoch oben im nördlichen Grenzgebiet gelegen, gehörte bereits zu England und war so weit weg, dass uns die Seltenheit unserer Treffen ganz normal erschien.

Zunächst mussten wir natürlich auf Jobsuche gehen. Wie erwartet war Cora sofort auf den Füßen gelandet. Nach weniger als einem Jahr hatte sie ihr Referendariat absolviert und unterrichtete an einer netten kleinen Dorfgrundschule.

Bei Mike lag der Fall anders. Fast zwei Jahre lang war er auf seine typische freundliche, gemütliche Art von einem Verwaltungsjob zum nächsten gebummelt, ohne genaue Vorstellung davon, was er wollte und wie er es erreichen konnte. Irgendwann hatte Cora »die Sache in die Hand genommen«. Mittels eines alten Freundes ihrer Mutter war es ihr gelungen, ihm ein Vorstellungsgespräch bei der PR-Agentur zu verschaffen, für die er schon von Anfang an gerne gearbeitet hätte – falls er das Selbstvertrauen oder den Mut aufgebracht hätte, sich dort auch zu bewerben.

Cora hatte die Stellenanzeige in der Zeitung entdeckt, bei der Personalabteilung angerufen und Mike geholfen, seine Bewerbungsunterlagen zusammenzustellen. Sie sei nur sein Türöffner, sagte sie, von sich überzeugen müsse er selbst.

Das tat er und bekam die Stelle. Plötzlich waren die beiden ein richtiges Karrierepärchen und konnten es sich trotzdem nicht mehr leisten, in Chester zu wohnen. Coras Vater bestand nach seiner Scheidung darauf, dass das Haus verkauft wurde. Er war pleite und zog zurück zu seinen Eltern nach London, also floss aus dieser Quelle kein zusätzliches Geld mehr. Cora und Mike wohnten daher in der Nähe von Wrexham. Und als sie heirateten, baten sie mich natürlich, eine der Brautjungfern zu werden.

Dann kehrten sie sechs Jahre nach ihrem Weggang plötzlich aus heiterem Himmel nach Cardiff zurück, zur Brutstätte unserer jugendlich-naiven Träume, dieses Mal als »richtige« Leute. Mikes Agentur hatte eine Filiale im neu gestalteten Hafenviertel Cardiff Bay eröffnet und ihm eine Beförderung angeboten. Da ich und Stevie immer noch hier lebten und arbeiteten, war Cardiff ohnehin eine naheliegende Wahl. Und sobald wir wieder am selben Ort wohnten, konnten wir uns wieder so oft treffen, wie wir wollten, und würden genauso glücklich sein wie früher.

Natürlich hatte ich zu diesem Zeitpunkt noch nie von Jenny gehört. Ich hatte keine Ahnung, dass der Moment des Zusammentreffens mit ihr immer näher rückte und danach nichts mehr so sein würde, wie es einmal war.

Cora und Mike zogen in eine nette kleine Doppelhaushälfte am billigeren Ende von Roath, dort wo es ins studentenfreundliche Cathays übergeht, unser früheres Viertel. Kein Vergleich natürlich mit den riesigen viktorianischen Villen am Ufer des weitläufigen Sees von Roath Park mit seinen schmiedeeisernen Geländern, seinem weißen Leuchtturm und dem hölzernen Teepavillon. In dem Teil von Roath, in dem Mike und Cora wohnten, sind die Häuser und Gärten klein und quadratisch und die Dächer und Fenster modern; hier hat man zwar keinen nennenswerten Ausblick, dafür aber auch kaum herumliegenden Abfall, und die Autos werden regelmäßig gewaschen.

Das Interieur hatte sich unter Coras Händen in wohnlichen, zeitschriftentauglichen Vorstadtschick verwandelt und war meiner winzigen Erdgeschosswohnung und Stevies gemütlicher, aber männlich karger Unterkunft weit überlegen. Ich war völlig perplex. Es wirkte alles so erwachsen, die Miniaturausgabe eines Schaufensters von Habitat.

Aber mir gefielen die zartlila Wände und das große Erkerfenster, das das schwächer werdende Abendlicht in die Wohnung zu saugen schien. Geraffte rosa Gazevorhänge sorgten für luftige Intimität. Ich mochte auch die in kühlem Türkisgrün gehaltene Küche, in der Vasen mit Lilien und glatte Chromteile den Eindruck einer Art Unterwasserwelt vermittelten. Bewundernd betrachtete ich das weich aussehende, mit dicken Kissen übersäte Kingsize-Bett und wünschte mir, mich darin zusammenrollen und einschlafen zu dürfen, während das weiche Licht der Schlafzimmerbeleuchtung auf mein Gesicht rieselte.

Die gesamte Einrichtung strahlte eine Häuslichkeit aus, die in meinen Träumen bisher noch nicht vorgekommen war. Ich stieß einen Seufzer aus, und für den Bruchteil einer Sekunde beneidete ich die beiden um die ruhige, behagliche Ordnung ihrer Umgebung. Um die Endgültigkeit darin.

Ich stellte mir vor, wie ich mich in dem winzigen, aber makellosen Badezimmer, das direkt ans Schlafzimmer grenzte, abschminkte und mir Wasser ins Gesicht spritzte, das sich besser anfühlte als das Wasser an jedem anderen Ort. Wenige Atemzüge entfernt würde Mike ins Bett gekuschelt daliegen und eines seiner Bücher verschlingen, während seine Füße unter der Steppdecke hervorlugten.

Etwa sechs Wochen nach ihrem Umzug hatte Stevie Geburtstag. Er war der Erste von uns, der das reife Alter von achtundzwanzig Jahren erreichte, und das musste gefeiert werden. Außerdem war es unser erster richtiger Wiedersehensabend, die perfekte Gelegenheit, mal wieder wie früher um die Häuser zu ziehen. Wir hatten also einen doppelten Grund.

Als Stevie und ich an diesem Abend bei Cora und Mike eintrafen, sahen wir sofort, dass Cora sich mal wieder ganz besonders »Mühe gegeben« hatte. Im Wohnzimmer brannte ein Dutzend Kerzen auf dem traditionellen Kaminsims, an dem sich außerdem eine bunte Lichterkette entlangrankte. Für uns Mädchen hatte sie eine Flasche Martini gekauft und für die Jungs Flaschenbier.

Sie war anscheinend im neuen Sainsburys Supermarkt gewesen, denn überall auf Tischen und Anrichten standen Schüsseln mit Kettle Chips und Pistazien und Käsestangen, die Mike in rauen Mengen hinunterschlang und dabei entzückt den »Yuppie-Fraß« lobte. Zur Krönung des Ganzen stand auf dem Couchtisch ein Fingerfood-Sortiment von Marks & Spencer. Ich schaute zu Stevie hinüber und rollte mit den Augen, woraufhin er zurückgrinste, den Mund voller Miniwürstchen.

Vor Nostalgie überfließend schob Mike *Greatest Hits der Neunziger*, *Volume soundsoviel* ein und drehte die Lautstärke der schnittigen silbergrauen Stereoanlage zwischen den wankenden CD-Türmen auf.

Irgendwann lockten uns die einladend herüberwehenden Düfte von getrockneten Tomaten und zerlaufenem Käse in die Küche, wo wir ungeduldig darauf warteten, dass Coras selbstgebackene Pizzen endlich fertig waren. Sie genoss ihre Rolle als Gastgeberin sichtlich, und wir ließen uns nur zu gerne verwöhnen. Ich versprühte unermüdlich Fröhlichkeit, auch wenn mir alles ein wenig zu fernsehkochmäßig vorkam und Cora unaufhörlich davon schwafelte, wo sie ihr edles neues Sofa gekauft hatte, wie schwierig es sei, eine vernünftige Hypothek zu bekommen, geschweige denn einen anständigen Bodenbelag, und alle möglichen anderen Dinge, die mich nicht interessierten.

Bald fielen uns aber hundert gemeinsame Erinnerungen wieder ein, mit denen wir uns gegenseitig aufziehen konnten – darunter auch ein oder zwei, die wir lieber vergessen hätten.

In Cardiff fand an diesem Nachmittag ein Rugby-International-Spiel statt, und deshalb wimmelte es in der Stadt schon den ganzen Tag von Fans. Und es würde noch schlimmer werden. An solchen Tagen wagte ich mich nur selten ins Zentrum, weil die Straßen verstopft waren mit lärmenden Männern, die sich patriotisch in Flaggen hüllten und hohe, vermeintlich lustige Hüte auf dem Kopf trugen. Ich hasse Rugby. Rugby gilt heutzutage als walisisches Kulturgut und füllt eine klaffende, gähnende Lücke, wo sich eigentlich Identität befinden sollte.

Immer wenn ich an dem aus dem grässlichen neuen Millennium Stadion dringenden Getöse vorbeikam, das wie ein schlecht geparktes Raumschiff kurz vor dem Abheben am Flussufer kauerte, überkam mich eine Mischung aus Ärger und Ekel. Wegen dieser Rugby-Idioten fand ich im Umkreis von drei Kilometern um die Redaktion keinen Parkplatz und watete ab sieben Uhr abends knietief in Erbrochenem.

Die erwarteten Menschenmassen waren auch der Grund dafür, dass wir unser Taxi lange im Voraus bestellten, selbst das für den Rückweg. Es war längst zum Glücksspiel avanciert, am Wochenende auf der St. Mary Street ein freies Taxi aufzutreiben. Dutzende neue Clubs und Bars zwängten sich zwischen die Fassaden der altmodischen Pubs und buhlten mit greller Beleuchtung und Happy-Hour-Angeboten um Aufmerksamkeit. Ab sieben Uhr abends standen die Leute auch entlang der abgesperrten Straßen in der Nähe der

Stadionausgänge wankend im Rinnstein, rissen die Arme hoch und verfluchten die Fahrer privater Fahrzeuge, weil sie nicht bereit waren anzuhalten. Der Ausdruck »Komasaufen« wurde erst einige Jahre später erfunden – damals nannte man diese Leute noch schlicht betrunkene Arschlöcher.

Wir waren auf dem Weg ins Charlie's, wo ich seit Studentenzeiten nicht mehr gewesen war. Es gab natürlich neuere, coolere Clubs, in die wir hätten gehen können, aber für uns hatte es immer nur das Charlie's gegeben, und so kam niemand auf die Idee, eine andere Disco vorzuschlagen.

Als wir aus dem Taxi purzelten, konnten nicht einmal die Betrunkenen unsere gute Stimmung trüben. Auch nicht der Mann mittleren Alters auf dem Bürgersteig, der eine alte, abgewetzte Wachsjacke trug, eine Pappschachtel mit einem hart gewordenen Currygericht umklammerte und um Kleingeld bettelte.

Als wir ausstiegen, fiel der Blick des Mannes auf Cora. Vielleicht erregte sie seine Aufmerksamkeit, als sie in ihrer engen roten Bluse unbeholfen aus dem Taxi kletterte.

»Hätten Sie vielleicht ein bisschen Kleingeld übrig, Miss?«, erkundigte er sich unerwartet höflich. Aber für sie war er natürlich Luft, und seine Stimme verhallte zwischen ihnen, so dass sie sie nicht wahrnehmen musste.

Vermutlich war es diese Erkenntnis, die ihn plötzlich wütend machte und nach der Autotür grapschen ließ.

»Hast du mich nicht gehört, Schätzchen?«, hakte er nach und schob ihr sein Gesicht direkt vor die Nase. »Ob du Kleingeld hast, will ich wissen!«

»Hauen Sie doch ab!«, fuhr sie ihn an, aber Mike war innerhalb von Sekundenbruchteilen zur Stelle.

»Ziemlich kalt heute Abend, Kumpel«, sagte er betont heiter. »Hast du einen Platz zum Schlafen?«

Der Mann mit dem Curry schien so erschrocken darüber, dass man ihm eine Frage zur eigenen Person stellte, dass er gar nichts mehr sagte. Also fuhr Mike fort: »Hier hast du 'nen Fünfer, kauf dir was Warmes.« Er klopfte dem Mann auf die Schulter und schenkte ihm sein entwaffnendes Mike-Lächeln.

Der Currymann hielt den zerknitterten Geldschein einige Sekunden in der Hand, bevor er in völlig verändertem, beinahe verlegenem Tonfall sagte: »Vielen Dank, junger Mann. Sie sind ein echter Mensch.«

Cora packte Mike entschlossen beim Arm und zog ihn ins Foyer des Clubs, während der Currymann immer noch verwundert auf seine geschlossene Faust mit dem Geldschein starrte.

»Also echt, Michael! Musst du unser Geld wirklich an jeden dahergelaufenen Penner verschenken? Du kannst dich doch nicht dein ganzes Leben lang wie ein Trottel aufführen. Meine Güte!« Mike zuckte nur mit den Schultern und zwinkerte mir heimlich zu.

Das Zwinkern bedeutete: Sie versteht das nicht, aber wir verstehen es, weil wir das Gleiche denken. Eine kleine mitleidige Geste, ein kurzer Moment des Mitgefühls kostet doch nichts. Er lächelte hinter ihrem Rücken, und ich konnte nicht anders, ich musste zurücklächeln, und während er uns die Jacken abnahm und sie an der Garderobe abgab, breitete sich das Lächeln in meinem Inneren aus.

Dann rauschten wir durch die Glastüren ins Charlie's und waren schlagartig wieder wie früher.

Jenny ist bereits drinnen und rückt uns Minute für Minute näher – aber das können wir zu diesem Zeitpunkt unmöglich wissen.

Das Charlie's ist in den Jahren seit unserem letzten Besuch renoviert worden und hat neue Ledersitzecken, eine zweite Theke und eine größere Tanzfläche bekommen. Mike tanzt nur wenige Zentimeter von mir entfernt. Immer wieder werfe ich ihm verstohlene Seitenblicke zu und beobachte, wie er sich eckig und schwerfällig, aber mit unglaublicher Begeisterung bewegt. Es ist ihm einfach deutlich anzusehen, dass er nichts lieber tut, als hier mit uns zu tanzen. Ab und zu nimmt er meine Hand und wirbelt mich herum, und wir lachen arglos wie schwachsinnige, hyperaktive Kinder. Ich glaube nicht, dass ich jemals so glücklich war.

Er sieht mich fast ununterbrochen an, zumindest kommt es mir so vor, und wenn sich unsere Blicke treffen, merken wir, wie uns jede Vibration der Luft enger zusammenschweißt. Unsere Gliedmaßen bewegen sich im selben Element, ohne sich zu berühren.

Irgendwann müssen wir eine Tanzpause einlegen und verschnaufen. Stevie verschwindet mit hochrotem Kopf Richtung Bar und kommt mit einer Runde Schnaps und Gläsern voll nebligem Wasser zurück. Wir reden Unsinn, aber uns kommt er natürlich absolut brillant vor. Wir stecken voller Geschichten, die uns zum Lachen bringen. Weißt du noch, an deinem Geburtstag? Wisst ihr noch, wie Tim, dieser Spinner, in die Zoohandlung gegangen ist? Könnt ihr euch noch, an den nigerianischen Mitbewohner von Simon Phelp erinnern, der mit niemandem ein Wort gesprochen hat und um vier Uhr morgens duschen ging?

Immer wieder verkündet Mike, wie toll er es findet, dass die alte Gang wieder vereint ist, und seine Augen glänzen wie die eines fiebrigen Kindes. Sein Anblick versetzt mir tief in der Brust einen Stich, und ich stelle fest, dass ich in der halben Ewigkeit, die er braucht, um eine feuchte Haarsträhne von meiner Wange zu lösen und hinter mein Ohr zu streichen, nicht atmen kann. Cora schiebt ihren Arm durch meinen und sagt: »Ich hab dich vermisst.«

Bald ist eine neue Runde Drinks auf der Bar aufgereiht, paarweise, wie kleine Tiere vor der Arche Noah: zwei Jack Daniel's, zwei Wodka-Cola, zwei Flaschen Bacardi Breezer, zwei Halbe Worthington Bier. Ich bin mir nicht sicher, wie die Aufteilung gedacht ist. Die Bacardi Breezer sind vermutlich für Cora, weil sie es gerne süß mag und Alkopops noch neu und ziemlich en vogue sind. Die Jack Daniel's sind wie immer für mich. Meine Martini-Phase ist vorbei, jetzt, wo ich ein wenig älter bin. Aber immer noch Single. Und glücklich.

Auf die Drinks folgen zum Nachspülen After Shocks, die für einen prickelnden, desinfizierenden Kick sorgen. Nicht etwa weil wir sie mögen, sondern weil sie gerade angesagt sind. Die Bar beginnt sich zu füllen, der Boden um uns herum verschwindet zusehends, und die Band spielt immer lauter und lauter. Während weiter die Witze und Geschichten aus uns heraussprudeln, hebe ich gelegentlich den Blick ein wenig, um den pulsierenden Raum und die verheißungsvollen Gesichter in mich aufzunehmen. Dabei fange ich immer wieder interessierte Blicke auf, reiße mich aber jedes Mal wieder los. Je tiefer die Drinks in jeden Nerv und jede Faser meines Körpers vordringen, desto stärker spannen sich meine Muskeln, desto geschmeidiger fühle ich mich, desto röter werden meine Lippen und desto offener bin ich für bewundernde Blicke.

Inzwischen schielen die Männer, die ihre Blicke früher auf Coras beeindruckende Oberweite gerichtet haben, zu mir herüber, tun jedoch so, als interessierte ich sie gar nicht. Auch ich täusche Desinteresse vor, wir sind Verschwörer. Das geht nun schon seit einigen Jahren so, zu meinem grenzenlosen

Erstaunen. Noch immer lache ich innerlich vor Freude darüber, und dieses Lachen bricht sich in einem Zurückwerfen des Kopfes Bahn, in einem Klopfen des Fußes auf den Steinboden. Cool, aber anzüglich.

Seit ich als Reporterin arbeite, habe ich die langen geblümten Kleider, ausgeblichenen Jeans und bunten Sweatshirts aus Studententagen gegen einen Stil eingetauscht, der aus dunkleren Farben und engeren Schnitten besteht und in meinen Augen weiblich, aber leicht aggressiv ist. An diesem Abend trage ich ein ärmelloses schwarzes Top, dessen spitzenbesetzter Ausschnitt entlang des Schlüsselbeins verläuft, dazu elegante, enge schwarze Hosen und spitze Lederstiefel. An meinem rechten Handgelenk glänzen silberne Armreifen, die auf mein Glas hinunter und dann hoch zu meinen Lippen klimpern. Dabei scheinen sie einen unwiderstehlichen Reiz auf die umstehenden Männer auszuüben, deren Blicke vom weichen Schlucken meiner Kehle, der Kurve meines Halses, dem Verweilen meiner rosa glänzenden Lippen auf dem Glas angezogen werden und dann Sekundenbruchteile lang auf meinen dunkel geschminkten Augen verweilen. Auch Mike bemerkt es.

Mir fällt auf, dass Cora niedergeschlagen wirkt. Sie ist sich der kleinen Nebenhandlung, die vor ihren Augen stattfindet, durchaus bewusst, sie beunruhigt und deprimiert sie. Ihr entgeht nicht, dass ich mich verändert habe. Sie selbst sieht fast genauso aus wie immer. Ihre Haare sind ein wenig länger, aber ihr ist klar, dass sie in ihrer schwarzen Jeans und der roten Seidenbluse eher vernünftig als glamourös wirkt. Sie öffnet noch einen Knopf an der Bluse und schiebt die Hand unter ihr Haar, um die Frontpartie aufzuplustern.

Ich fühle mich schuldig und beuge mich vor, um ihr ins Ohr zu rufen: »Komm, lass uns tanzen!« Ich greife nach Stevies Hand und grinse Mike an. Sie folgen mir auf die schwankende, brodelnde Tanzfläche.

Die Lichter pulsieren, und wir tanzen, anfangs noch zurückhaltend. Ich will, dass Cora sich amüsiert. Aber schon nach kurzer Zeit, fällt es mir schwer herunterzuspielen, was sich gerade in meinem Körper abspielt. Der Whiskey zeigt Wirkung und strömt mir von der Brust in den Kopf, warm, stechend. Fahrt aufnehmend. Die Sinneseindrücke übernehmen die Führung.

Und der Beat wird immer besser.

Ein Song aus alten Zeiten. Von Pulp. *Disco 2000*, kitschig, prophetisch, oberflächlich und nostalgisch zur gleichen Zeit. Wir lachen über die Absurdität und Brillanz dieses Songs. Mike ist ganz in meiner Nähe, langbeinig in seiner Jeans. Wie er mich ansieht … und das nach all den Jahren. Genauso wie früher, nur ist es jetzt viel realer als damals in jener dunklen Straße unter den Bäumen. Es ist hier und kommt uns immer näher.

Ich brenne innerlich und hasse mich dafür, will es jede Minute aufs Neue. Ein harmloser Spaß. Cora hat bestimmt nichts dagegen. Bühne frei, die Zweitbesetzung ist dran. So mühelos nach so langer Zeit. Im nächsten Augenblick hat er seinen Arm um meine Taille geschoben und meine rechte Hand genommen, um mich nach hinten zu biegen. Unsere Körper stoßen gegeneinander, verschmelzen mit den einladenden Körperformen des anderen. Wir passen nahtlos ineinander. Eine elegante, nachhallende Geste, wie in jener Nacht auf der Straße, auf der Motorhaube des roten Sportwagens.

Er streckt sich nach vorn, und ich wölbe mich nach hinten, so weit, dass meine Haare fast über den Boden schleifen und mir das Blut in den Kopf steigt. Erst in diesem Moment wird mir klar, wie sehr ich ihn vermisst habe.

Stevie feuert uns anerkennend an. Ich weiß, wie gern er es selbst getan hätte. Aber manche handeln eben, und manche beobachten nur. Und vielleicht ist es für den persönlichen Assistenten eines ranghohen Mitglieds des walisischen Regionalparlaments nicht ganz angemessen, sich auf diese Weise in einem billigen Club aufzuführen und beschwipst und albern mit einer Blondine in hochhackigen Schuhen zu tanzen. Schließlich muss er jetzt ein wenig dezenter auftreten, nicht wahr? Aus dreißig Zentimetern Entfernung spürt er, eher als dass er sieht, wie Fleisch an Fleisch reibt, wie Nervenbahnen sich durch die Kleidung hindurch begegnen.

Dann stellt mich Mike wieder auf die Füße und lässt mich los, um nach Coras Hand zu greifen und sie herumzuwirbeln, bis ihr schwindlig wird und sie abbrechen muss, erleichtert und lachend. Die Ordnung ist wiederhergestellt.

Aber von diesem Moment an wird die alte Ordnung nie wieder gelten. Weil Jenny plötzlich aus den Rauchschwaden auftaucht. Sehnig und unwirklich, mit flammendem Haar.

Jenny

»Hi!«, sagt sie strahlend und breitet in einer Geste, die uns alle einschließt, die Arme aus. Willkommen in unserer Runde.

Sie taucht einfach so auf. Innerhalb von nur fünf Sekunden hat sie Gestalt angenommen, vollständig, endgültig, tödlich.

Und nach einem kurzen Moment der Unschlüssigkeit und der diffusen Überraschung treten wir beiseite und lassen sie herein. »Du siehst toll aus!«, ruft sie und wirft links und rechts von meinen Wangen Küsse in die Luft.

Ich weiß noch genau, wie ihr glänzendes rotes Haar, das sie in einem glatten, perfekt geschnittenen Bob trug, im Schein der bunten Discolichter zu pulsieren schien. Sie trug einen schwarzen Lederrock, nicht zu kurz, aber genau richtig, um ihre langen, glatten Beine in den eleganten, wadenhohen Lederstiefeln noch länger wirken zu lassen. Ihre Absätze waren mindestens zehn Zentimeter hoch. Schon auf den ersten Blick war sie der Alptraum jeder liierten Frau.

Ich glaube, es waren die Stiefel, die zuerst Mikes und Stevies Blicke auf sich zogen, aber vielleicht blieben sie auch an der schwarzen Spitzenweste hängen, die sich eng um ihre vorwitzige Brust schmiegte. Sie bewegte die Hüften leicht zu den Bässen der Musik und ließ ein Julia-Roberts-Lächeln aufblitzen, so als freue sie sich aufrichtig, uns zu sehen.

Keiner wusste, wer sie war.

Sie kam mir bekannt vor, irgendwie. Ich hatte das Gefühl, sie schon einmal irgendwo gesehen zu haben. Sie hingegen kannte Cora und mich ganz eindeutig, denn sie umarmte uns so stürmisch wie alte Freundinnen und rief etwas, das wie »Lizzy, du siehst fantastisch aus« klang, über den unablässig aus den riesigen Boxen dröhnenden Lärm hinweg.

Und nachdem sie unsere Arme unter ihre eigenen geklemmt hatte, als wären wir ungezogene Kinder, konnte natürlich niemand mehr fragen: Entschuldigung, aber wer bist du eigentlich? Das ging einfach nicht.

Da stand sie also mitten unter uns, kannte meinen Namen und hatte ihren Arm um Coras Schulter gelegt. Sie grüßte Stevie mit einem Winken, rief »Ich bin Jenny« und zwängte sich ins Zentrum des Vierecks, das wir gebildet hatten. Und plötzlich konnten wir uns nicht mehr unverblümt nach ihrem vollen Namen erkundigen oder ihr die anderen Fragen stellen, die uns auf der Zunge brannten. Sie war ein unbeschriebenes Blatt, das wir erst in diesem Moment und allen, die noch folgen sollten, mit Inhalt füllten, in das wir unbewusst unsere auf sie gemünzten Erwartungen und Befürchtungen projizierten.

Weil uns nichts anderes einfiel, sagten wir hallo und machten Bemerkungen darüber, wie schrecklich voll es doch sei, in der Hoffnung, dass sie sich bald langweilte und zu ihren eigenen Freunden zurückkehrte, wo auch immer sie stecken mochten. Aber diesen Gefallen tat sie uns nicht.

Während weiter Banalitäten ausgetauscht wurden, musterte sie Mike und Stevie prüfend und anerkennend von Kopf bis Fuß und schenkte jedem der beiden ein strahlendes Lächeln. Wir fragten sie, ob sie das Charlie's mochte und die Musik und ob sie öfter herkäme. »Um Himmels willen, so gut wie nie!«, antwortete sie und erzählte von einer total abgefahrenen kleinen Szenebar auf der Cannon Street, die viel mehr ihr Fall sei.

Diese Antwort hatte ich erwartet. Das vergeblich um Coolness bemühte Charlie's war wohl der letzte Ort, der »ihr Fall« gewesen wäre. Es stieß mir zwar sauer auf, es zuzugeben, aber sie wirkte viel zu glamourös und rockstarmäßig für unseren alten Lieblingsclub. Auch wenn sich hier inzwischen einiges getan hatte, war das Charlie's längst nicht hip genug für jemanden, der so voller Selbstvertrauen, so raffiniert, so ungeniert überschwänglich auftrat wie Jenny an diesem Abend.

Zu meiner grenzenlosen Überraschung behauptete Stevie, er kenne die Bar. Stevie, der Burberry-Hemden trug und am liebsten im Pub um die Ecke saß, weil »man sich dort wenigstens beim Denken zuhören kann«. Mit einer Ungezwungenheit, bei der einem ganz schlecht wurde, stürzten sich die beiden in eins dieser »Ist-die-Tanzfläche-nicht-winzig-und-sehen-die-Toiletten-nicht-aus-wie-in-einem-Raumschiff?«-Gespräche, die sofort jeden ausschließen, der noch nie dort gewesen ist.

Ich konnte ihm kaum einen Vorwurf machen. Er war Single, und sie vermittelte nun wirklich den Eindruck, sie sei zu haben. Trotzdem erfüllte mich sofort ein völlig irrationaler Ärger. Er hatte die Todsünde begangen, sie zum Bleiben einzuladen. Viel beunruhigender war jedoch, wie gierig Mike jedes Wort aufsaugte, das über ihre Hochglanzlippen kam. Er war so auf sie konzentriert, dass er überhaupt nicht zu bemerken schien, wie Cora ihm aus zusammengekniffenen Augen missbilligende Blicke zuwarf, diese kritischen Cora-Blicke, die sie so gut beherrschte, ein direktes Starren mit aufeinandergepressten Lippen. Die Band spielte so laut, dass schwer zu hören war, worum es in der Unterhaltung ging, und deshalb konnten Cora und ich auch keinen Beitrag dazu leisten. Aber Jenny schien überhaupt nicht aufzufallen, dass wir uns nicht beteiligten, und auch die Jungs schien es nicht weiter zu stören.

Cora versuchte, Mike aus seiner Konzentration zu reißen, indem sie ihn am Ärmel zupfte und ihm zuraunte, sie müsse mal zur Bar. Auf dieses Stichwort hin hätte er eigentlich anbieten müssen, mit ihr zu gehen, statt einen in der Nähe stehenden Barhocker heranzuziehen, sich darauf niederzulassen und zu sagen: »Wir warten hier auf dich und halten dir einen Platz frei. Für mich ein Stella, bitte.«

Cora richtete den Blick auf mich. Ich wusste, was sie von mir erwartete, aber ich hatte keine Lust, sie zu begleiten. Ich wollte die Unterhaltung und Mikes Blicke wieder dahin zurücklenken, wo sie hingehörten. Weg von Jennys Lachen. Weg von Jennys Rock. Cora packte meine Hand und zog mich zur Damentoilette.

»Wer ist *das* denn?«, wollte sie wissen. Ihre Verbitterung umgab sie in einer fast greifbaren Aura der Gereiztheit. »Wer denkt die eigentlich, wer sie ist? Sich hier einfach so reinzudrängeln! Ist das eine Kollegin von dir?«

»Nein, absolut nicht. Ich dachte, *du* würdest sie kennen«, antwortete ich auf der Treppe zu den Toiletten.

Die waren in der Zwischenzeit generalüberholt worden und stanken nicht mehr ganz so schlimm nach Erbrochenem. Niemand stopfte mehr Jacken hinter die kaputten Spülkästen oder pinkelte in die Einzelwaschbecken mit den veralteten Wasserhähnen. Es gab überhaupt keine Waschbecken mehr. Stattdessen waren die Wände mit hohen Spiegeln und dunklen Fliesen verkleidet, und es gab einen dieser zweigeteilten, an ein Vogelbad erinnernden Gemeinschaftswaschtische aus Metall, bei denen das Wasser nach unerfindlichem Muster aus unvorhersehbaren Öffnungen spritzt.

Im Schein der nüchternen Spotlights sah mein Gesicht bleich und überbelichtet aus, als ich vor dem Spiegel eine weitere Schicht Lipgloss auftrug.

»Ich hab sie noch nie vorher gesehen«, zeterte Cora weiter. »Was für ein Flittchen! Hast du gesehen, wie sie sich an Mike ranschmeißt? Ist sie vielleicht eine dieser Schlampen aus seiner Agentur?«

»Keine Ahnung, aber sie kommt mir irgendwie bekannt vor. Vielleicht arbeitet sie bei einer Partnerfirma von Jackson's. Stevie scheint sie zu mögen«, sagte ich zur Tür von Coras Kabine hin und lenkte das Gespräch damit auf sicheres Terrain.

»Ist mir völlig unerklärlich. Die ist doch gar nicht sein Typ, oder? Viel zu billig für Stevie.«

Jenny war nicht billig, aber ich widersprach Cora nicht, weil ich genau wusste, was sie meinte: Stevie war so … nun ja, nett und vernünftig, beinahe brüderlich. Und Jenny war … offenherzig. Sie war ein gut konzipiertes Gesamtpaket, nicht nuttig, dafür war sie zu gepflegt, aber auf raffinierte Weise anzüglich.

»Woher willst du das wissen?«, konterte ich leichthin. »Vielleicht hat Stevie ja einen heimlichen Domina-Fetisch oder so was. Schließlich verbringt er seine Tage mit Politikern.«

Ich sagte das nicht nur, weil die Vorstellung, Stevie könnte insgeheim auf SM stehen, so lächerlich war, sondern auch, weil Jennys dunkler Eyeliner und ihre Lederstiefel ihr ein unerbittliches Aussehen verliehen, so als verberge sich hinter der pfeilgenauen Präzision ihres Lächelns der Wunsch, man möge sich ein wenig vor ihr fürchten und es gleichzeitig genießen. Ein Spielchen, das eine Zeitlang ganz amüsant sein konnte.

Aber Cora lachte nicht.

»Wir sollten sie trotzdem so schnell wie möglich abschütteln«, fauchte sie. »Sonst müssen wir die ganze Nacht dieses Gerede und Gekicher und Stevies kokette Blicke ertragen. Zum Kotzen.«

Ich grinste. »Lass uns ein paar Jack Daniel's kippen und tanzen gehen. Wenn wir zurückkommen, hat sie sich bestimmt längst verzogen und hält nach fetterer Beute Ausschau.«

Cora zog die Spülung, kam aus der Kabine und strich sich die Bluse über dem runder gewordenen Bauch glatt. »Außerdem ist sie viel zu fett für ihren kurzen Rock«, erklärte sie.

So einfach ging das. Jenny war in der Schublade. Der Schublade für ungefährliche, entschärfte Konkurrenz. Der Schublade mit der Aufschrift »zu dick, zu unattraktiv, zu dumm, zu billig«. Der Schublade, in der alle Frauen ihre Rivalinnen unterzubringen versuchen, ob sie nun hineinpassen oder nicht. Aber Jenny trat mit aller Macht gegen die Schubladenwände, denn als wir von der Bar zurückkamen, hatte sie sich weder verzogen noch sich auch nur einen Zentimeter vom Fleck bewegt. Sie schmiegte sich noch immer kichernd an die Theke, nur dass Rock und Lachen inzwischen ein wenig höher gerutscht waren.

»Hallo, Mädels«, hieß sie uns auf unserer eigenen Party willkommen. »Die Jungs haben gerade erzählt, dass dieser Abend für euch alle wie eine Zeitreise zurück ins Studentenleben ist. So was wie ein Wiedersehenstreffen.«

Die Jungs. Ich glaube, Cora und ich zuckten beide zusammen. In Sachen Vertraulichkeit war sie bereits einen entscheidenden Schritt zu weit gegangen. In wie viele Fettnäpfchen konnte man innerhalb einer knappen halben Stunde treten? Was dachte sich diese Tussi eigentlich?

»Jenny sagt, dass das Spice samstags ganz gut ist. Vielleicht sollten wir später die Location wechseln«, schlug Stevie eifrig vor. »Mal was Neues ausprobieren?«

Das Spice: Wodka-Shots in verschiedenen Geschmacksrichtungen, eine Neonwand als Bar und Kellnerinnen wie aus der Gap-Werbung, die mit langbeiniger, lässiger Arroganz Drinks servieren. Dazu viel Chrom und ein städtisches Publikum mit ironisch bauchfreien Outfits. Aber Cora machte die Idee sofort zunichte.

»Wohl eher nicht. Wir stehen nicht so auf diese übertriebene Elektrokacke – zu monoton, es sei denn, man hat sich vorher Ecstasy gespritzt. Ich mag lieber Musik, die man auch als solche erkennt und zu der man herumhopsen kann.« Ich stöhnte innerlich auf.

»Ecstasy? Gespritzt?«, fragte Jenny amüsiert. »Die Britpop-Generation hat gesprochen!« Dann lachte sie doch tatsächlich, gutmütig und leichthin. Ebenso gut hätte sie Cora gleich als alt bezeichnen können. »Muss vor meiner Zeit gewesen sein.« Sie war geschätzte vierundzwanzig, konnte also nicht mehr als fünf Jahre jünger sein als wir. Kein Zweifel, sie nannte uns alt. »Ich persönlich muss einfach aufstehen und tanzen.«

»Also? Willst du?«, fragte Stevie.

»Ja, nichts wie los!«, sprang ihm Mike zur Seite. Innerhalb von Sekunden waren beide auf den Beinen. Wie hätten wir da nicht mitgehen können?

Das Tanzen war noch schlimmer als das Herumsitzen und Reden, als ihr Haare-Zurückstreichen und Beine-Ausstrecken und ihre nassen Lippen auf dem Weinglas. Viel schlimmer.

Mike und Stevie sabberten zwar nicht direkt vor Geilheit, dafür waren sie zu schlau. Aber Mike berührte mich nicht mehr und tänzelte auch nicht zum Rhythmus der Musik zu mir herüber. Genauso gut kann er sie hier direkt auf der Tanzfläche vernaschen, dachte ich. Etwas Dunkles versetzte mir innerlich Nadelstiche, am liebsten hätte ich geheult. Schon spürte ich ein heißes Stechen unter den Lidern, und meine Brust schnürte sich zusammen. Es konnte unmöglich schon Mitternacht sein. Das Aschenbrödel hatte sich noch nicht in ein Lumpenmädchen zurückverwandelt, mir blieb genug Zeit, die Prinzessin zu spielen.

Jetzt, wo der Alkohol seinen eigenen Rhythmus entfaltet hatte und die Menschen auf die Tanzfläche trieb, konnte man sich kaum noch bewegen. Zum Glück waren nur noch wenige Rugbyfans übrig. Sie trugen immer noch ihre Kriegsbemalung und versuchten, die Mädchen zu begrapschen oder sie lallend in Gespräche zu verwickeln, die vor vier Stunden noch schlicht langweilig gewesen wären und nun gar nicht mehr zu verstehen waren. Aber auch ohne Rugbyfans war es gefährlich voll, und die Atmosphäre heizte sich immer mehr auf.

Manche tranken schon seit dem Mittag oder sogar noch länger und waren tickende Zeitbomben. Ein einziges falsches Wort konnte einen Hagel aus Fäusten und Füßen nach sich ziehen. Während die Scherben unter unseren Schuhen knirschten, wurden wir auf der Tanzfläche immer wieder auseinandergerissen, von hinten angerempelt oder in Zweier- und Dreiergrüppchen zerteilt, ohne dass wir irgendetwas dagegen tun konnten.

Einmal wurden Mike und Jenny von einer Woge aus Tanzenden zusammengedrängt, und ich sah, wie sie sich dicht an ihn heranlehnte und ihm etwas ins Ohr raunte. Keine Ahnung, was sie sagte, oder ob er sie verstand. Inzwischen war es so laut, so pulsierend und primitiv, dass er vermutlich gar nichts verstehen konnte. Aber ich hätte schwören können, dass er antwortete: »Nicht jetzt.« An sich ganz harmlos, es sei denn, diese zwei Worte enthielten implizit etwas Unausgesprochenes. Ein Wort nämlich: später.

Als versehentlich jemand ein Guinness über Cora auskippte, das sich in einer braunen Sturzflut über ihre Kleider ergoss, gaben wir uns geschlagen und kehrten zur Bar zurück. Stühle gab es genug, da alle anderen immer noch ihren Kampf auf der Tanzfläche ausfochten, Hand an Hand und Hüfte an Hüfte. Es war der Wendepunkt dieser Nacht. Die Abwärtsspirale hatte sich zu drehen begonnen.

Mike und Jenny schienen so viel Gesprächsstoff zu haben, dass es schon peinlich war. Obwohl wir bei dem Krach kein Wort verstanden, beobachtete ich ihre Lippenbewegungen. Es tat mir weh, mit ansehen zu müssen, wie Coras Wut hinter ihrem starren, aufgesetzten Lächeln wuchs und wuchs, was er überhaupt nicht zu bemerken schien. Die beiden unterhielten sich unablässig, vermutlich über PR und Musik und Kinofilme, und das trotz des Höllenlärms. Währenddessen tupfte Cora ihre durchnässte Kleidung ab und versuchte immer wieder, das Gespräch in eine andere Richtung zu lenken und uns mit einzubeziehen. Vergeblich. Irgendwann verkündete Jenny, sie würde in der kommenden Woche eine Party schmeißen, zu der sie uns alle einlud – eine ebenso überraschende wie großzügige Geste.

»Ihr müsst unbedingt kommen«, insistierte sie und rief uns die Adresse zu. »Das wird sicher total lustig.«

»Keine Ahnung, wo das ist«, wandte Cora kraftlos ein. »Wir kennen uns überhaupt nicht mehr aus in der Stadt.«

»Ach, das ist ganz leicht zu finden. Ihr müsst nur runter zum Fluss, und wenn ihr vor dem Stadion steht, wohne ich direkt gegenüber im dritten Stock, das Haus mit der alten Eiche vor der Tür.«

Stevie lauschte aufmerksam und hingerissen, als sie weiter von ihren Plänen für die Party erzählte. Mike warf immer wieder etwas ein und erntete damit jedes Mal ein zärtliches Lächeln. Stevie entschuldigte sich irgendwann, wenngleich sichtbar ungern, und verschwand auf die Toilette. Es kam der Punkt, an dem Coras Geduld endgültig ausgereizt war. Ich war froh, dass sie es mir abnehmen würde, diesem blödsinnigen Getue ein Ende zu setzen, und damit auch meinem verzweifelten Bemühen, mein eigenes Elend und meinen Ärger nicht zu zeigen. »Ich finde, wir sollten Stevie suchen gehen«, erklärte sie spitz, als er zwanzig Minuten später noch immer nicht zurück war.

Aber falls Mike den Wink mit dem Zaunpfahl dieses Mal wahrnahm, ignorierte er ihn nicht nur, sondern torpedierte ihn geradezu, ohne Rücksicht auf die Granatsplitter und Trümmer, die später unweigerlich auf ihn einprasseln würden.

»Okay, dann bleibe ich hier. Für den Fall, dass er doch zurückkommt und du ihn verpasst«, sagte er und drückte ihre Hand. »Dreh du eine Runde, sonst verlieren wir uns noch alle.«

Aus der Nummer kam Cora nicht mehr heraus. Nachdem sie ihre Hand so angewidert zurückgezogen hatte, als hätte er sie bespuckt, war sie gezwungen, Mike und Jenny allein an der Bar zurückzulassen, eigentlich das Gegenteil von dem, was sie bezweckt hatte.

»Lass uns Stevie finden und sie anschließend irgendwie loswerden«, brüllte sie mir heiser ins Ohr und tauchte mit großen Schritten in die brodelnde Menge ein. »Ich will nach Hause.« Sie war jetzt den Tränen nahe. Mir ging es genauso.

Aber Stevie saß an keinem der mit fettigen Kartons übersäten Stahlrohrtische der Burger-Bar, und er hatte sich auch nicht mit einem der etlichen betrunkenen Mädels, die sich nur noch schwankend auf den Beinen hielten und krampfhaft ihr Glas umklammerten, in eine Ecke verzogen. Stevie doch nicht! Er war weder bei den Herrenklos zu finden, noch stand er mit einem Fünfer in der Hand im Gedränge um eine der niedrigen Theken. Dafür fanden wir ihn bei unserer Rückkehr wieder am Ausgangspunkt an der Bar vor. Allein. Mike und Jenny waren verschwunden.

Stevie wirkte mehr als nur leicht verärgert, er schmollte ganz offensichtlich.

»Na endlich«, knurrte er. »Wo wart ihr denn alle, verdammt noch mal?«

»Wo ist Mike?«, wollte Cora wissen.

»Keine Ahnung. Ich habe hier gewartet, weil ich dachte, dass ihr irgendwann zurückkommt und mich holt. Wo zur Hölle sind die beiden anderen hin?«

Wir warteten, während sich unser letztes Quäntchen Wohlwollen langsam aber sicher in Luft auflöste. Unsere Gläser waren leer, und es lohnte sich nicht mehr, sich für die letzte Viertelstunde zur Theke durchzukämpfen. Unser Taxi war für halb zwei bestellt.

Wir warteten, bis man uns aus dem Hauptraum des Clubs komplimentierte. Nachdem Cora unsere Jacken geholt hatte, warteten wir an der Garderobe weiter. Irgendwann mussten wir zusammen mit Betrunkenen und Pärchen, die sich spontan zum One-Night-Stand zusammengefunden hatten, auf die eisige Straße hinaus, wo ein kalter Nieselregen einsetzte. Das Herz wurde mir schwer, und meine Füße taten weh.

Es blieb uns nichts anderes übrig, als zu Cora und Mike nach Hause zu fahren. Unter Mikes Handynummer war nur die Mailbox erreichbar. Nachdem wir fast eine halbe Stunde fröstelnd an der Straßenecke gewartet hatten, tauchte endlich das Taxi auf – mit deutlicher Verspätung. Das Gedränge war immer noch groß, und obwohl wir laut unsere Namen riefen, versuchten andere Discobesucher, den Wagen heranzuwinken und unelegant zum Türgriff zu hechten. Zum Glück war Stevie schneller und zeigte sich überraschend durchsetzungsstark. Keiner von uns wollte Mike zurücklassen, aber wenn wir unser Taxi sausen ließen, saßen wir sicher bis Sonnenaufgang im kalten und inzwischen auch nassen Herzen der Stadt fest.

Nachdem wir Stevie an seiner Wohnung abgesetzt hatten, fuhren wir weiter zu Cora. Neben ihr auf der Rückbank zu sitzen war, als säße man neben einem Tornado. Ich spürte, wie ihr Zorn immer weiter werdende Kreise um sich zog und die Atmosphäre derart auflud, dass mir fast die Haare zu Berge standen. Sie sagte keinen Ton, und nachdem ich keine Antwort erhielt auf mein plattes »Ich bin sicher, dass es ihm gut geht, wahrscheinlich hat ihn irgend so ein Idiot in ein Gespräch verwickelt«, schwieg auch ich, dankbar für das Geschwafel des Taxifahrers, der sich mit beängstigender Geschwindigkeit durch die glänzenden, regennassen Straßen schlängelte.

Kurz darauf standen wir im Flur, und ich schüttelte meinen Regenschirm aus. Der Anrufbeantworter blinkte. Mit einem Satz stand Cora daneben und ließ den Finger auf den Knopf hinuntersausen. Mikes Stimme erklang, verzerrt vom üblichen Handyknistern. Im Hintergrund schienen Autos vorbeizufahren.

»Sorry, ihr Süßen, ich muss euch irgendwie verloren haben. Wenn ich kein Taxi auftreiben kann, laufe ich nach Hause oder übernachte bei Gabe, wenn es hart auf hart kommt. Er schmeißt heute seine übliche After-Match-Party. Es gießt mittlerweile in Strömen. Hab kein Guthaben mehr. Kuss.«

»Ich geh ins Bett«, sagte Cora ausdruckslos. »Fühl dich

wie zu Hause und mach dir Toast, wenn du willst. Ich habe keinen Hunger. Stell den nassen Schirm doch bitte in den Schirmständer, sonst gibt es Flecken auf dem Parkett. Wir sehen uns morgen früh.«

Ich seufzte ihren gebeugten Schultern vom Fuß der Treppe aus hinterher und schob meinen Schirm vorsichtig in den langen Blechkanister, der ein bisschen wie eine abgesägte Gewehrpatrone aussah. Dann hängte ich meine Jacke an einen schmiedeeisernen Kleiderhaken, der mich an Grundschulzeiten erinnerte. Ich war nicht müde und trottete daher in die Küche, wo ich auf der Suche nach Essbarem zaghaft diverse Schränke öffnete, bemüht, keinen Lärm zu machen. Dabei sah ich alle paar Minuten auf die Uhr. Ich verschmähte das Vollkorn-Knäckebrot aus dem Bioladen und entschied mich stattdessen für Erdnussbuttertoast, der eine seltsam tröstliche Wirkung entfaltete.

Ohne das Licht einzuschalten, rollte ich mich im Wohnzimmer auf einem schwammartigen Polstersessel zusammen und sah aus Rücksicht auf Cora mit Untertiteln fern. Von oben war kein Mucks zu hören. Ich spitzte die Ohren nach Schritten auf der Straße oder einem Schlüssel, der ins Schloss gesteckt wurde. Die Fahrt von der Stadt hatte nur eine Viertelstunde gedauert, und im Charlie's hatten sie die letzten zögernden Gäste bestimmt längst vor die Tür gesetzt. Andererseits: Wie sollte Mike ein Taxi aufgetrieben haben? Er hätte natürlich zu Fuß gehen können, was etwa eine halbe Stunde gedauert hätte, auf alkoholschweren, schwankenden Beinen bei strömendem Regen vielleicht auch eine Stunde.

Ich redete mir ein, dass es mir vorrangig um sein Wohlergehen ging. Schließlich war es spät in der Nacht; irgendjemand konnte ihn überfallen oder ihm eins übergebraten haben, weil er sein Bier umgestoßen oder seine Braut angeschaut hatte oder sich einen Dreck um Rugby scherte oder geschwollen daherredete.

Als meine Augenlider eine Stunde später den Kampf gegen Jack Daniel's aufgaben, kletterte ich müde in mein Bett im Gästezimmer. Das ganze Haus lag friedlich schlafend da, während mein Atem unter der nagelneuen Gästedecke immer gleichmäßiger wurde und ich in einen traumlosen Schlaf fiel. Zweimal wachte ich auf und glaubte, das Geräusch eines Autos oder Taxis und das Zuschnappen der Haustür gehört zu haben, aber da keine Schritte auf der Treppe zu hören waren, musste ich mich wohl getäuscht haben.

Der Morgen danach

Als ich mich ins Schlafzimmer schlich, saß Cora zusammengesunken und in Tränen aufgelöst an ihrer Frisierkommode. Sie musste schon eine ganze Weile so dagesessen und sich zwischen Bergen von nassen, vollgerotzten Papiertaschentüchern in einer selbst produzierten Pfütze gesuhlt haben, denn sie sah ebenfalls ganz feucht und durchgeweicht aus.

Dabei murmelte sie immer und immer wieder Mikes Namen. Bestürzt blieb ich im Türrahmen stehen, weil ich nicht wusste, ob sie mich gesehen hatte oder ob sie ihrerseits gesehen werden wollte. Nach zu viel Alkohol hatte Cora schon immer etwas zu Melodramatik geneigt, aber jetzt war es zehn Uhr morgens, und vor mir saß eine neue Cora. Cora, die Lehrerin. Älter und womöglich weiser, mit längeren Haaren, teureren Klamotten, einem Haus und einem Auto, zwei Autos sogar, einem modernen Umluftofen und geschmackvollen Vorhängen und Teppichen mit zahllosen dazu passenden Kissen.

Sie schien überrascht, mich zu sehen. Als wäre ich die letzte Person auf Erden, die sie erwartet hatte oder sehen wollte. Ich verstand nicht ganz warum, denn sie wusste ja, dass ich nur eine Wand entfernt in ihrem schicken, in Rosatönen gehaltenen Gästezimmer übernachtet hatte. Einen Moment lang sah ich etwas in ihren Augen, das Unbehagen und Schuldgefühle in mir auslöste und Erinnerungen wachrief.

Eine Welle der Frustration überrollte mich, und ich musste mich am Türrahmen festhalten. Es war offensichtlich, dass sie ihn immer noch aufrichtig liebte, so wie sie ihn immer geliebt hatte, auf diese bedingungslose Weise, die mich manchmal rasend vor Wut und Hass machte. Ich wollte sie beim schlaffen, vom gestrigen Haarspray strähnigen Haar packen, ihr den Kopf zurückreißen und ihr ins Gesicht brüllen: »Warum bist du nicht glücklich, du blöde Schlampe?« Oder kamen diese Gefühle erst später? Egal.

Ich ließ ihr einen Augenblick Zeit, sich die Nase zu putzen, und versuchte, mich in die Zeit zurückzuversetzen, als wir noch enge Freundinnen gewesen waren. Was hätte ich damals zu ihr gesagt?

»Er ist nicht nach Hause gekommen«, murmelte sie. »Er hat mir zwar dieses Ammenmärchen aufgetischt, dass er bei Gabe übernachtet, aber ich weiß genau, wo er war. Oder vielleicht sollte ich lieber sagen, bei wem.«

Er war also nicht nach Hause gekommen. Irgendwie war ich davon ausgegangen, dass er wie durch ein Wunder wieder aufgetaucht war, während ich nebenan meinen Rausch ausgeschlafen hatte.

Ihre Wut, ihr verheultes Aussehen und ihre Hilflosigkeit machten mich ganz zaghaft und stumm. Ich wartete.

»Du glaubst doch nicht wirklich, dass er mit *ihr* zusammen war, oder?«, fragte ich, als sich die Stille bis zum Zerreißen gedehnt hatte.

»Wo soll er denn sonst die ganze Scheißnacht gewesen sein?«

Der mit gut gezielter Gehässigkeit geäußerte Kraftausdruck prallte von der Zimmereinrichtung ab, bevor ihr Blick wieder einen flehenden Ausdruck annahm und von Tränen überschwemmt wurde. Sie bat mich wortlos, ihren Verdacht nicht laut auszusprechen. Ich wusste natürlich sofort, was sie meinte. Auch in meinem Kopf spukte dieser unausgesprochene Gedanke herum.

»Was meinst du? Wo denn?«, fragte ich sanft und bot ihr ein zerknülltes Papiertaschentuch aus meiner Hosentasche an.

»Na, bei ihr! Bei dieser blöden Scheißnutte mit ihren Titten und Fingernägeln und ihrem ewigen ›Oh Mike, du bist so wahnsinnig witzig!‹.«

Titten und Nutte – es stand schlimmer, als ich gedacht hatte. Ich musste mit Bedacht vorgehen. Krampfhaft versuchte ich, mich an meine Taktik von damals zu erinnern: Spiel die Unwissende und warte, bis sie alles rausgelassen hat. Danach hilft ein wenig gesunder Menschenverstand.

»Du meinst diese *Jenny*?«, fragte ich mit vorgetäuschter Verwirrung.

»Natürlich meine ich diese *Jenny*. Wen denn sonst? Wer sonst würde einfach so meinen Mann vögeln?«

Ich zögerte und überlegte, was ich jetzt am besten sagte. Ich war etwas aus der Übung.

»Ich weiß genau, wie Michael tickt«, fuhr sie fort. »Für ihn ist das alles nur ein Spiel, das Tanzen, das Flirten. Aber für sie nicht.«

Ihre Stimme war jetzt ganz schrill, fast hysterisch. Also setzte ich mich aufs Bett, um aus sicherer Entfernung beruhigend auf sie einzuwirken. Aber sie sprang sofort auf und ging im Zimmer auf und ab, und dabei zog sie eine Spur aus Klopapierfetzen hinter sich her. Ich war durcheinander und fühlte mich seltsam unzulänglich und unehrlich. Obwohl so viel Zeit vergangen war, hatte sich so wenig verändert. Ich hatte keine Ahnung, wie all die Tage im Ausguss verschwunden waren, wie sie uns in ihrem Strudel herumgewirbelt hatten, bis meine Füße schließlich hier, neben der alten und gleichzeitig neuen Cora, wieder den Boden berührten.

Ich betrachtete sie in ihrem fliederfarbenen seidenen Morgenmantel von Calvin Klein. Die Farbe stand ihr nicht. Sie verlieh ihrem bleichen Gesicht einen fast bläulichen Stich, so als erstickte sie gerade langsam und leise. Auf der Frisierkommode neben dem Bett standen ordentlich aufgereiht diverse teure Gesichtscremes, in die ich zu gerne den Finger gesteckt hätte, um sie mir ins Gesicht zu schmieren. Auf den gelackten Tuben und Döschen verhießen exotische französische Namen in glänzenden goldenen Lettern ewige Jugend und Schönheit.

Die Bettdecke war zerwühlt, aber alles andere im Zimmer wirkte makellos. Ganz anders als in meinem Schlafzimmer, in dem sich jeden Tag eine neue Schicht Ablagerungen ansammelte: bündelweise Kassenzettel zwischen Fotorahmen und Parfumflaschen, Münzen und Knöpfe in der Schmuckablage, Schuhe, die wie durch Osmose aus dem Kleiderschrank auftauchten oder sich unter dem Türspalt durchschoben, um sich mit Socken und Strumpfhosen zum heimlichen Stelldichein zu treffen.

In Coras Schlafzimmer war weit und breit kein Schuh oder BH oder zerknüllte Socken zu sehen. An diesem Morgen war nur Cora zerknittert, und kein Calvin Klein der Welt hätte daran etwas ändern können. Sie sah sehr jung aus in diesem Moment. Aber sie war es nicht wirklich.

Weil ich nichts Sinnvolles zu sagen wusste, saß ich einfach neben ihr, reichte ihr Papiertücher und legte ihr die Hand auf den Arm, ein stummer, dämlicher Trost. Mindestens einmal pro Minute betonte sie, wie sehr sie ihn liebte. Sie hatte ihm doch jahrelang alles gegeben, einfach alles, und nun ließ er sie für ein einziges verdammtes Flittchen, eine einzige blöde Schlampe im Stich. Ihr Herzschmerz stand ihr deutlich ins Gesicht geschrieben.

Wieder betonte sie, dass er der erste und einzige Mann sei, mit dem sie je Sex gehabt habe, den sie je geliebt habe. Das hatte sie mir schon vor Jahren verraten, noch bevor ich ihn überhaupt kennengelernt hatte. Und seither hatte sie nie aufgehört, mich daran zu erinnern. Wo zur Hölle steckst du, Mike?, dachte ich. Wo auch immer du bist, es macht echt keinen guten Eindruck.

Dann erstarrten wir beide, als wir hörten, wie ein Schlüssel im Schloss rasselte, wie die Haustür leise aufschwang und dann behutsam zugezogen wurde. Einen Moment lang herrschte Stille im Flur. Dann ein Schlurfgeräusch und Schlüssel, die abgelegt wurden. Schließlich schwere Schritte auf der Treppe.

»Das ist Mike«, keuchte Cora überflüssigerweise, da sonst niemand den Schlüssel zu ihrem Haus hatte.

»Gib ihm eine Chance, es zu erklären«, bat ich und drückte kurz ihren Arm, bevor ich mich aus dem Staub machte. »Es ist bestimmt nicht so, wie du denkst. Das würde er dir niemals antun.« Ich schlich eilig zur Tür, die auch Mike inzwischen erreicht hatte. Er war ungekämmt, sah aber in seinen Klamotten von letzter Nacht auf jungenhafte Weise gut aus.

Er strahlte und war sichtlich gut gelaunt. »Guten Morgen, ihr Süßen. Lange Nacht, was? Ist meine Prinzessin schon wach?«

Die Prinzessin sagte nur: »Komm rein. Ich muss mit dir reden.« Ihre leise, vernünftige Stimme hielt weder mich noch ihn zum Narren. Der etwas zerzauste Märchenprinz gehorchte sofort.

Kurz darauf hörte ich Cora durch die Wand schreien, aber

ich hätte sie auch in jedem anderen Zimmer des Hauses gehört, sogar noch auf der Straße.

Immer und immer wieder fragte sie: »Warum? Warum hast du das getan? Warum?« Ein Murmeln… »Du konntest einfach nicht die Finger von ihr lassen, oder?« … »Du hast es versprochen, du hast es mir versprochen!« Ungefähr eine Minute lang herrschte Schweigen, dann erklang wieder Coras Stimme, die jetzt immer höher wurde: »Ich glaube dir kein Wort. Warum sollte ich dir glauben? Warum habe ich dir überhaupt je geglaubt?«

»Ich hab doch angerufen und Bescheid gesagt… ich hatte keinen Empfang… und heute Morgen hab ich verschlafen…« Dazwischen immer wieder ihre staccatoartigen Fragen, dann Weinen.

Ich wünschte mir verzweifelt, seine Erklärung hören zu können, endlich zu wissen, was passiert war. Was war los? Was meinte Cora? War er etwa wirklich mit dieser Jenny abgehauen? Das war doch nicht möglich, oder? Ich wollte jedes Detail hören, wollte, dass er alles erklärte. Aber er war nun mal nicht mein Mann.

Ich stopfte meine Sachen in den Rucksack, schlüpfte in meine Jacke und verließ das Zimmer, wobei ich so leise wie möglich die Tür hinter mir zuzog. Der Streit würde sicher noch eine Weile andauern, und danach wollten die beiden bestimmt allein sein, was auch immer dabei herauskam. Ich stellte mir vor, wie Cora mit dem Fuß aufstampfte, sich die Ohren zuhielt und ihr wütendes Mantra die Treppe hinunter und den Flur entlang schrie: »Lügner, Lügner, Lügner!«

Ob es ihm wohl auch dieses Mal wieder gelang, sich herauszureden? Wie früher, wenn sie wütend auf ihn war? Würde er einfach geduldig und schmeichelnd auf sie einreden und sich eine Geschichte ausdenken, die ihr irgendwann, nach winzig kleinen Schmetterlingsküssen auf ihre Stirn und streichelnden Händen auf ihrem Haar, das Gefühl gab, dass sie im Irrtum war, dass nichts passiert war, dass er ihr Mike war, der sie liebte?

Bevor ich ging, kritzelte ich eine Nachricht auf einen Zettel und legte ihn auf den Tisch im Flur. Ruft mich an, Kuss, Lizzy. Ich wusste, dass ich noch eine Weile auf meine Antworten würde warten müssen.

Tee und Mitgefühl

Das Verlangen herauszufinden, was zwischen Mike und Cora vorgefallen war, juckte mich noch den ganzen Tag und ließ mir auch am Sonntag keine Ruhe, während ich den üblichen Kreislauf aus Lebensmitteleinkäufen, Fitnessstudio und Besuch bei Stevie absolvierte, der mich etwa alle zwei Monate zum Tee einlud.

Stevie machte alles nur noch schlimmer. Es ließ ihn offensichtlich im höchsten Maße kalt, dass Mike nach dem Abend im Charlie's nicht nach Hause gekommen war. Er hatte Mike angerufen, um zu fragen, wo er steckte, und der hatte ihm erzählt, er habe uns verloren und übernachte deshalb bei Gabe. Mehr war nicht nötig. Auf die genügsame Art, die nur Männern vergönnt ist, gab er sich sozusagen mit dem Weg der geringsten Erklärung zufrieden.

Als mich Cora am Montag noch immer nicht zurückgerufen hatte, drang der Juckreiz bis in meine Knochen vor, und ich musste eine Möglichkeit finden, mich zu kratzen.

Ich rief Cora in der großen Pause im Sekretariat ihrer Schule an, weil ich wusste, dass sie auf diese Weise gezwungen war, mit mir zu reden – und sei es nur, um zu versprechen zurückzurufen. Sie erklärte wenig überzeugend, es gehe ihr gut, und es sei wohl alles nur ein Missverständnis gewesen. Mike habe sich den Tag freigenommen.

Das freute mich, denn wenn ich ehrlich war, wollte ich in

Wirklichkeit mit Mike sprechen. Und es war viel einfacher, kurz in Roath vorbeizuschauen, als den weiten Weg in sein steriles, an ein Goldfischglas erinnerndes Büro in Cardiff Bay anzutreten. Diskreter. Und vertraulicher.

Seine Firma, Jackson's PR, residierte in einem der neuen Hochhäuser, die aus der Asche von Cardiffs bröckelnder viktorianischer Bausubstanz auferstanden waren, hinter Plakatwänden, die exklusive Designerwohnungen und Lofts versprachen. Die Stadt wuchs damals nicht in die Breite, sondern in die Höhe. Hochklassige Immobilien schossen im Herzen des verstopften Zentrums himmelwärts, Bürokomplexe und mehrstöckige Parkgaragen ersetzten die löchrigen Hafenspeicher, durch die der Wind gepfiffen hatte, und funkelnde Segelyachten, Themenpubs und Multiplex-Kinos verdrängten die Nutten und Zuhälter, die sich früher in den Straßen des Hafenviertels festgesetzt hatten wie stinkender Schaum im Hafenbecken, durch das schon so lange keine Kohlekähne mehr schipperten. Die Parkplatzsuche war ein Alptraum!

Nach dem zweiten Klingeln kam Mike im Pyjama und mit verwuschelten Haaren an die Tür. Sein Pyjama war keiner von der Sorte, wie man sie in idiotischen Zahnpastawerbungen sieht, sondern bestand aus einer weiten Jogginghose und einem T-Shirt, das noch ganz zerknittert vom Schlafen war, plus Bademantel.

»Geht's dir gut?«, fragte ich und musste unwillkürlich lächeln, weil mir ganz warm in der Magengrube wurde. »Cora meinte, du bist krank.«

»Und da bist du sofort herbeigeeilt, um mich zu pflegen? Wunderbar! Wo ist die Schwesterntracht? Wo sind meine Weintrauben?«, fragte er strahlend. Ich ließ die eben an der Tankstelle gekaufte Packung Wagon Wheels aufreizend vor seinem Gesicht baumeln. Seine Lieblingskekse. »Noch besser! Willst du einen Tee? Du kommst besser rein, sonst denken die Nachbarn noch, wir hätten eine Affäre.«

Ich grinste und folgte ihm nach drinnen. Das Haus wirkte aufgeräumt bis auf die zerfledderte Zeitung, mehrere Teetassen und einen Teller voller Krümel – Utensilien, mit denen Mike offensichtlich den Vormittag verbracht hatte und die eine der örtlich begrenzten Oasen der Unordnung in der sonst so ordentlichen Wohnung bildeten, in denen er sich am wohlsten fühlte. Während er sein durch den Wasserkocher erheblich beschleunigtes Teeritual zelebrierte, lehnte ich an der neuen Frühstückstheke und sah ihm zu.

»Du bist also nicht krank?«, stellte ich fest und fuhr mit der Spitze meines neuen schwarzen Lederstiefels über die glänzenden Fliesen. »Fauler Sack.«

»Nein, krank nicht direkt. Nur völlig gerädert.«

»Tja, das überrascht mich nicht.« Ich machte eine kurze Pause. »Sag bloß, du hattest gestern einen anstrengenden Tag?«

Er seufzte in den Kühlschrank hinein, nahm die Milch heraus und blieb mit dem Gürtel seines Bademantels in der Tür hängen, so dass er sie erneut öffnen und sich befreien musste, bevor er die Milch in den wirbelnden Teesturm gießen konnte. Er seufzte noch einmal.

»Cora ist vollkommen ausgerastet, falls du das meinst.« Er rührte so energisch seinen Zucker in die Tasse, dass der Tee auf die Arbeitsfläche spritzte und an den Türen hinuntertropfte. Penibel wischte er ihn auf. »Ich weiß, ich weiß, ich hab's nicht anders verdient. Ziemlich bescheuert von mir, mich so volllaufen zu lassen und euch dann auch noch zu verlieren. Ich hab mich erst zu Fuß auf den Weg gemacht, aber ich war nass bis auf die Knochen. Bin dann bei Gabe gelandet.«

»Schon gehört. Wie ist das Ganze passiert?«

»Na ja, ich hab euch im Club verloren und bin dann noch ewig auf der Tanzfläche rumgewankt, um euch wiederzufinden, aber ich war viel zu besoffen. Bin es gar nicht mehr gewöhnt, so viel zu trinken. Ich vertrag echt gar nichts mehr. Irgendwie muss ich euch verpasst haben, und dann bin ich auch noch einem Arbeitskollegen in die Arme gelaufen und hab mit ihm noch ein Bier getrunken. Inzwischen hatten sie schon alle rausgeschmissen. Draußen war die Hölle los.«

»Was ist mit diesem Mädchen passiert?«

»Mit wem? Ach, mit der. Die ist irgendwann gegangen.«

»Warum hast du kein Taxi genommen?«

»Um die Zeit? Nach einem Rugbyspiel? Und wenn die große Messe für Pferdefetischisten stattfindet?« (Dieses Zitat aus der Serie *Blackadder* verwendete er oft, es war eine seiner vielen Anspielungen auf Filme oder Bücher, die Cora nicht kannte, durch die wir beide uns aber regelmäßig zu wilden Wortwechseln und kumpelhaftem Gelächter hinreißen ließen. Allerdings nicht heute.)

»Da war nichts zu machen«, fuhr er fort. »Dabei habe ich einem Taxifahrer sogar meinen Körper angeboten, aber er hat dankend abgelehnt. Das wäre mir vor fünf Jahren noch nicht passiert. Bei meinem Knackarsch.«

Ich hatte mich inzwischen auf dem Sessel niedergelassen, auf dem ich zwei Nächte zuvor Wache gehalten hatte. Ohne ein Lächeln sah ich zu, wie er es sich auf dem Sofa bequem machte. »Und wie bist du dann bei Gabe gelandet?«

»Ich bin hingelaufen, seine Wohnung liegt ja auf dem Weg. Das Licht war noch an, und es hat in Strömen gepisst. Du kennst doch Gabe – immer einsam, immer Party, immer offenes Haus. Ich hab mich irgendwo hingelegt und bin einfach eingepennt. Er hatte nichts dagegen. Er hatte sowieso

Freunde fürs Rugbyspiel da. Ich bezweifle, dass er mich überhaupt bemerkt hat.«

»Und da gab's kein Telefon? Wir haben uns Sorgen gemacht.«

Als ich »wir« sagte, zuckte ein amüsierter Ausdruck über sein Gesicht.

»Gabe hat kein Telefon. Heutzutage nimmt doch sowieso jeder nur noch das Handy. Dafür gibt es ja Home-Zones. Seid ihr meinetwegen etwa wach geblieben?«, fragte er mit halbem Lächeln. Ich trank einen Schluck Tee. Welcher normale Mensch hat kein Telefon?

»Ihr habt euch also wieder versöhnt, du und Cora? Alles in Butter?«

»Du kennst doch Cora.«

»Sie war vollkommen von der Rolle. Sie dachte …« Ich hielt inne. Ich wollte nichts ins Spiel bringen, das bisher noch nicht aufgebracht worden war. Aber Mike ergänzte den angefangenen Satz.

»Sie dachte, ich hätte diese Jenny gevögelt. Ja, das hat sie mir auch gesagt, ungefähr ein Dutzend Mal. Wie kommt sie auf solche Ideen? Keine Ahnung, warum sie plötzlich so eifersüchtig ist. Warum sollte ich so etwas tun? Ausgerechnet mit der!«

»Na ja, ihr Misstrauen ist ja wohl nicht ganz unberechtigt«, konterte ich milde, obwohl sein Dementi jetzt, da er es laut ausgesprochen hatte, glaubwürdig und vernünftig klang.

»Ja, wahrscheinlich hast du recht«, sagte er und sah mir in die Augen. »Du glaubst das doch nicht etwa auch, dass ich diese Jenny gevögelt habe, oder?« Er wirkte aufrichtig verletzt.

Ich warf einen Blick aus dem Fenster auf die Straße, durch die der Wind pfiff. »Woher soll ich das wissen?«, fragte ich schließlich.

Er schaltete den Fernseher ein. »Ich hab's jedenfalls nicht getan. Und selbst wenn ich gewollt hätte: In meinem Zustand hätte ich sowieso keinen mehr hochgekriegt.«

Er versuchte, die Sache zu verharmlosen, sie wegzumogeln. Diesen Gesichtsausdruck kannte ich nur zu gut.

»Du schienst aber vorher noch ganz gut zu wissen, was du tust. Wir haben dich den ganzen verdammten Abend nicht von ihr weggekriegt.« Ich hatte ihn angeblafft, plötzlich und ohne Vorwarnung. Meine Stimme knallte wie ein Peitschenhieb über das Fernsehgemurmel hinweg. Ich konnte nicht länger vorgeben, dass mich sein Verhalten nicht interessierte und ich kein Urteil über ihn fällte. Die offensichtlichste Frage von allen war nämlich noch immer nicht beantwortet. Ganz langsam hatte ich darauf hingearbeitet.

»Wer war die überhaupt?«, wollte ich wissen und war selbst überrascht über die Heftigkeit meines Ärgers.

»Das weiß ich auch nicht so genau«, antwortete er nach kurzem Zögern. Offenbar überlegte er, was er sagen sollte. »Kann sein, dass ich sie mal bei der Arbeit getroffen habe, bei einer Tagung oder so was. Ich weiß es echt nicht mehr genau. Aber es sah so aus, als würdet *ihr* sie kennen, du und Cora. Ich dachte, du kennst sie vielleicht von einer der Presseagenturen.«

»Nein«, entgegnete ich ungläubig. »Sie ist also keine Kollegin von dir?«

»Nein, nicht dass ich wüsste. Irgendwie seltsam.«

»Seltsam?«, wiederholte ich, weil mir nichts anderes einfiel. Ich war gleichzeitig ratlos und sauer und hätte plötzlich am liebsten geweint. Das wurde langsam zur Gewohnheit, dabei war das sonst gar nicht meine Art.

»Sie hat uns den ganzen Abend verdorben, nicht wahr?«, sagte Mike reumütig, als er sah, wie sehr mich das Ganze mitnahm. »Dabei sollte er doch eigentlich nur für uns vier sein – endlich wieder vereint.«

Ich schluckte und verkrampfte mich innerlich, unfähig, etwas zu sagen. Ich hatte kein Recht, Ansprüche an ihn zu stellen. »Du warst also die ganze Zeit bei Gabe? Du bist tatsächlich im strömenden Regen zu Fuß dorthin gegangen?«

»Ja. Zum Glück kann man bei Gabe jederzeit reinschneien. Du kennst ihn ja. Der ewige Student.« In seinem Blick lag jetzt eine Spur von Trotz. Er hatte keine Lust mehr, weiter befragt zu werden. Ein warnender Unterton war aus seiner Stimme herauszuhören.

»Wo ist deine Jacke?«, fragte ich. Ich hätte es nicht beschwören können, aber er schien zu erschrecken.

»Was?«

»Wo ist deine Lederjacke? Die, die du am Samstag anhattest?«

»Die hatte ich doch gar nicht an, oder? Oh … doch. Dann muss sie ja irgendwo sein.«

»Du hattest sie aber nicht an, als du am Sonntagmorgen hier aufgelaufen bist.«

»Dann ist sie bestimmt bei Gabe. Ich muss wohl bei ihm anrufen und sie abholen.«

Wieder starrte er betont interessiert auf den Fernseher. »Danke fürs Vorbeikommen, Lizzy.« Er riss mit den Zähnen die Packung auf und biss in einen Keks. »Aber du müsstest eigentlich wissen, dass ich nicht so dumm bin, hinter eurem Rücken krumme Dinger zu drehen.«

Er würde nichts mehr sagen zu dem Thema. Er hatte mir klargemacht, dass für ihn die Sache abgeschlossen war, und seinen Blick wieder dem Fernseher zugewandt. Also mampften wir schweigend unsere Kekse und sahen uns eine Vorher-Nachher-Sendung an.

Mir ließ die Frage keine Ruhe, was am Sonntag zwischen ihm und Cora vorgefallen war, aber ich musste wohl einsehen, dass ich es nie erfahren würde.

Ich war mir nicht sicher, ob ich ihm glauben konnte. Seine Geschichte wirkte durchaus plausibel, ließ sich aber genauso als vollkommen unplausibel einordnen, je nach Blickwinkel. Ein simples Missgeschick im Suff – oder eine höchst suspekte Lüge. Für beides gab es Anhaltspunkte.

Wie Cora die Sache einstufte, wusste ich nicht, weil sie sich zunächst weigerte, darüber zu sprechen, und zwar kategorisch. Das Thema Jenny schien also zu ruhen. Und es ging ohnehin nur die beiden etwas an. Selbstverständlich deutete alles darauf hin, dass sie ihm verzeihen würde. Es würde kein schneller oder einfacher Prozess sein, aber am Ende würde sie ihm vergeben.

Das Thema starb jedoch nicht, sondern tauchte nur ab, und es lauerte, wie Jenny selbst, unter der Oberfläche. Irgendwann würden ihre Finger wieder auftauchen und uns zuwinken. Wir hatten einen Zeitkredit aufgenommen, dessen Rückzahlung Jenny bald einfordern würde.

Abendessen

Aus der 5-Sterne-Panoramasicht, die ich rückblickend genieße, erkenne ich deutlich, dass Coras und Mikes Beziehung einige Wochen nach dem Vorfall im Charlie's eine neue Dynamik bekam. Zunächst waren die Veränderungen fast unmerklich, aber je genauer ich hinsah, desto mehr fielen sie mir auf. Dabei war es eigentlich nichts Ungewöhnliches, dass sich Cora und Mike in Stevies und meinem Beisein zankten. Mit seiner begeisterungsfähigen, aber oft etwas ungestümen Art beging Mike ständig irgendwelche Fehler oder tat etwas, das Coras Missfallen erregte, aber diese Fehler waren nie besonders schwerwiegend.

Normalerweise zeigte sie ihr Missfallen durch hochgezogene Augenbrauen, gewisse »Blicke« und das Aussprechen seines Namens in strengem Tonfall. Diese Methode erinnerte mich immer an Eltern, die halb schmeichelnd, halb drohend ihre Kinder oder einen jungen Hund maßregeln. Es war sozusagen eine erste Warnung, ein Hinweis darauf, dass Schlimmeres bevorstand, falls sich sein Benehmen nicht besserte. Dieser Methode bediente sie sich bereits lange, bevor sie Lehrerin wurde. Sie war ein Naturtalent.

Mike steckte jede Kritik widerspruchslos weg. Aber in den Wochen nach der Begegnung mit Jenny schien Cora immer häufiger einen Anlass zu finden, etwas an ihm auszusetzen. Man konnte zwar vorher nie genau sagen, worum es dabei ging, aber es war äußerst unangenehm, Zeuge ihres ständigen Gemäkels zu werden.

Eines Donnerstagabends, zwei Wochen nach meinem Keksfrühstück mit Mike, waren Stevie und ich bei den beiden zum Essen eingeladen. Wir vermieden es sorgsam, ein gewisses Thema anzusprechen.

Cora setzte uns bergeweise Spaghetti Bolognese vor und dazu einen Vulkan aus Knoblauchbrot mit frischen Basilikumblättern. Beim Essen zeigte sich Coras neue Vorgehensweise. Sie begann mit versteckten Kommentaren über den Wein, den Mike gekauft hatte – dass er ziemlich billig sei –, sprach seine längst fällige Beförderung an – dass er aber auch immer versuchen musste, es allen recht zu machen –, um schließlich die Art zu kritisieren, wie er das Messer hielt. Nichts Weltbewegendes, aber die Spannung im Raum war greifbar.

Schon bei unserer Ankunft waren die beiden übertrieben um unser Wohl besorgt gewesen, wie es Pärchen oft sind, wenn sie, kurz bevor man an die Tür klopft, noch gestritten haben, aber fest entschlossen sind, es durch überfreundliches, charmantes Auftreten zu überspielen.

Mike ging taktisch vor und verhielt sich besonders beschwichtigend und aufmerksam. Ich muss gestehen, dass ich seinen Einsatz bewunderte, er gab sich wirklich Mühe. Niemand erwähnte das Charlie's oder Jenny, und so kreiste das Tischgespräch zunächst um die Arbeit, ging dann zu Kinofilmen über und bewegte sich schließlich zu den Risiken, die es mit sich brachte, im Zentrum zu parken. Sicheres Terrain.

Ihre Körper aber sprachen eine andere Sprache. Normalerweise saßen einem die beiden eng umschlungen auf dem Sofa gegenüber, standen schmusend an der Spüle oder wischten einander zerstreut und eigenartig ehrfürchtig imaginäre Schmutzflecken von der Stirn. An diesem Abend jedoch saß

Cora an einem Ende des rechteckigen Glastischs und Mike am anderen. An Coras aufrechtem Rücken und ihrem lang gestreckten Hals erkannte man die Spannung, unter der sie stand, genau wie an dem eigensinnigen Zug um ihren Mund, wenn sie mit ihm sprach.

Mike wirkte noch länger und schlaksiger als sonst, und es fiel ihm sichtlich schwer, in den steifen Ikea-Metallstühlen ohne Armlehnen aufrecht zu sitzen. Durch die Tischplatte sah ich, wie seine Füße links von mir nervös gegeneinanderschlugen, während er mir höflich Brot und Wein reichte. Seine widerspenstigen Haare, die dringend einen Haarschnitt nötig gehabt hätten, bildeten im Kerzenlicht einen Glorienschein um seinen Kopf.

Coras Essen war so gut, dass es uns neutralen Gesprächsstoff lieferte und ihr Gelegenheit gab, die liebenswürdige Gastgeberin zu spielen. Sie genoss es, für andere Leute zu kochen und ihnen anschließend dabei zuzusehen, wie sie verputzten, was sie zubereitet hatte. Ein Vergnügen für beide Seiten. Sie war nicht besonders experimentierfreudig, kochte aber herzhafte, zutiefst befriedigende Gerichte und hatte ihr Repertoire neuerdings von Klassikern wie Würstchen in Yorkshirepudding auf schmortopfähnliche Rezepte mit Wein und Estragon, getrockneten Tomaten und Rosmarin erweitert. Sie war ein Jamie-Oliver-Fan erster Stunde und besaß alle seine Kochbücher.

Mike konnte es normalerweise kaum erwarten, dass ihre Leckereien endlich fertig waren. Wie ein kleines Kind trieb er sich in der Küche herum und bettelte, probieren zu dürfen, bis sie irgendwann Verärgerung vortäuschte und ihn aus der Küche warf. Wenn das Essen dann fertig war, stürzte er sich mit buchstäblich schmatzendem Genuss darauf und verlangte von allem einen Nachschlag. Als an diesem Abend die zweite Flasche Wein geöffnet wurde, hatte es Mike mit seinen Komplimenten für die Spaghetti fast schon übertrieben, aber ich fand, dass Cora ein wenig besänftigt wirkte und sich die Stimmung allmählich aufhellte.

Unglücklicherweise gingen Mikes Unbeholfenheit im Umgang mit Besteck und die drei großen Gläser Wein, die er intus hatte, just in diesem Moment eine fatale Verbindung ein: Als er beim Erzählen einer Anekdote in Wallung geriet und zur Emphase die Arme hochriss, flog ein Klümpchen Hackfleischsoße von seiner Gabel durch die Luft und landete wie ein Blutgerinnsel auf meinem zartblauen Wollpullover.

»Verdammt noch mal, Mike!«, rief Cora und knallte ihr Glas auf den Tisch. Die zerbrechliche Fassade des vorübergehenden Waffenstillstands zersplitterte, was zum Glück nicht für das robuste Ikea-Kristall galt, das der Gewalteinwirkung tapfer standhielt. »Was ist nur los mit dir?«

Mike stürzte mit einer Papierserviette auf mich zu und betupfte meine Brust.

»Rühr sie nicht an!«, kreischte Cora. »Rühr sie nicht mit der Serviette an!«, korrigierte sie sich. »Die Papierfarbe verfärbt sonst die Wolle. Du ruinierst ihr den Pullover, lass es! Komm mit, Lizzy, ich weiche dir den Fleck ein.«

Sie ignorierte meine Proteste und führte mich energisch in den ersten Stock, wo sie mich ins Schlafzimmer schob und mir den Pullover mit so viel kanalisierter Aggression über den Kopf zog, dass ich mir wie eine Fünfjährige vorkam, die von ihrer entnervten Mutter für den Kindergarten angezogen wird. Ich hatte nicht die Kraft, mich ihr zu widersetzen. So ging es einem oft mit Cora.

Mikes Tollpatschigkeit verfluchend wühlte sie hektisch in ihrem Schrank und wählte ein makelloses weißes Baumwollshirt für mich aus.

»Alles okay bei dir?«, wollte ich wissen und versuchte, ihr das Oberteil aus der Hand zu schnappen, bevor sie es umkrempeln und mir unsanft über den Kopf ziehen konnte. »Alles okay bei dir und Mike? Was ist da los zwischen euch?«

Für jemanden, der mit Wörtern seinen Lebensunterhalt verdient, tue ich mich manchmal wirklich schwer mit Gefühlsdingen.

»Was?« Sie hielt mitten in der Bewegung inne und schien vor meinen Augen in sich zusammenzufallen. Plötzlich wirkte sie erschöpft und ließ die Kopföffnung des T-Shirts sinken, die sie mir gerade noch aggressiv entgegengestreckt hatte. »Natürlich. Natürlich ist alles okay bei uns. Du weißt doch, wie es manchmal ist. Eheprobleme eben. Ich bin einfach immer noch so sauer auf ihn wegen der Sache vor zwei Wochen. Unglaublich, was er da wieder angerichtet hat. Ehrlich gesagt weiß ich manchmal nicht, warum ich es noch mit ihm aushalte.« Sie stützte sich an der Frisierkommode ab, fuhr sich mit der Hand durchs Haar und lächelte schief. »Bin ich wahnsinnig? Ich muss wirken wie eine Wahnsinnige. Aber ich bin nun mal so schrecklich wütend.«

»Ich kann's dir nicht verdenken«, räumte ich ein. »Das war wirklich dumm und gedankenlos von ihm. Damit darfst du ihn nicht so einfach davonkommen lassen.«

»Eben.« Einen Moment lang sah es aus, als wollte sie noch etwas hinzufügen, aber dann überlegte sie es sich anders und sagte stattdessen: »Zieh du dich um. Ich schaue lieber mal nach dem Nachtisch und weiche den hier ein.« Ohne mich zu Wort kommen zu lassen, stürzte sie wieder die Treppe hinunter.

Das T-Shirt war mir trotz meiner kleineren Oberweite an den Schultern zu eng, und deshalb wand ich mich mit vor Anstrengung und Alkohol hochrotem Kopf fluchend wieder heraus. Meine Schuhe hatte ich während des Essens abgestreift, und als ich nun im Schrank nach einem weniger einengenden Kleidungsstück kramte, bohrte sich etwas Spitzes durch die Socke in meine Fußsohle.

Fluchend stolperte ich rückwärts und blieb an der Sitzfläche eines Stuhls hängen, auf dem Coras alter College-Teddy thronte, woraufhin ich das Gleichgewicht verlor und gegen das daneben stehende Schränkchen stieß, das umfiel und seinen Inhalt preisgab. Ich schickte noch einen Fluch hinterher und hob den punktierten Fuß, um den Schaden zu begutachten. Ein winziger Blutstropfen durchdrang die Socke.

Während ich den teuren Teppichboden sauber rubbelte, sah ich plötzlich etwas Glitzerndes, einen Ohrring, der zur Hälfte im dicken Wollflor neben dem Schrankbein steckte. Er sah einem Ohrring sehr ähnlich, den ich Cora einmal zu Weihnachten geschenkt hatte. Ich hob ihn auf und blickte mich suchend nach einem Aufbewahrungsort dafür um. Auf der Frisierkommode stand ein kleines Schmuckkästchen aus Porzellan, und als ich den Ohrring rasch zu seinen Artgenossen legte, sah ich, dass Coras Ehering ebenfalls in dem Kästchen lag.

Mir war gar nicht aufgefallen, dass sie ihn nicht trug. Ich konnte mich nicht daran erinnern, dass sie ihn jemals ausgezogen hatte. Es erschien mir als unheilvolles Zeichen, als Vorbote drohender Probleme, die sich nicht kleinreden ließen. Weil Cora nicht mitbekommen sollte, dass ich ihn gesehen hatte, begann ich rasch, den restlichen Krimskrams aufzulesen.

Aus dem Bilderrahmen, der auf dem Schränkchen gestanden hatte, war das Foto herausgefallen, ein Hochzeitsfoto von Mike und Cora. Nicht das offizielle, sondern eins, das zu späterer Stunde entstanden war und die beiden in leicht angeheitertem Zustand zeigte. Mike umarmte sie von hinten und warf spontan einen Kuss in die Kamera. Darunter steckte ein anderes Foto im Rahmen, eines von uns allen. Das Foto von Coras Geburtstag, mit zurechtgeschnittenen Rändern. Sie in diesem abscheulichen orangeroten Kleid und Mike, der im Türrahmen lehnt und ein Bier in der Hand hält. Mir kam es seltsam vor, dass Cora das Foto nicht ausgewechselt, sondern einfach ein anderes darübergesteckt hatte. Plötzlich spürte ich einen unbeschreiblichen Stich der Reue, eine unerträgliche, eiskalte Ahnung, dass wir alle nur vorgaben, diese Leute zu sein, diese Leute, die sich gegenseitig kannten und mochten.

Ich zog ein luftiger geschnittenes T-Shirt über und machte mich auf den Weg nach unten. Die Sache mit dem Ehering war wirklich kein gutes Zeichen. Auf der obersten Treppenstufe blieb ich stehen und rieb mir noch einmal die Fußsohle. Wieder war ein Blutfleck auf meiner Fingerkuppe zu sehen. Ich hatte Angst, den schicken cremefarbenen Teppich zu besudeln. Cora klapperte in der Küche herum, und von der Wohnzimmertür war Mikes gedämpfte Stimme zu hören, wie er sich mit Stevie unterhielt.

»Pass um Himmels willen auf, dass dir ja nichts rausschlüpft«, flehte Mike. »Sag ihr bloß nichts davon. Ich muss mich an die Geschichte halten, die ich ihr erzählt habe. Wir müssen uns beide daran halten, sonst schluckt sie es nie.«

Da war es. Ich roch ein Geheimnis, und sofort begann sich meine Neugierde aufzuribbeln, die ich mit einem langen Faden der Diskretion zu einem festen Knäuel vertäut zu haben glaubte.

Ich spürte, wie sie an mir zupfte, wie sie sich in der Stelle unterhalb meines pochenden Herzens einnistete und von dort durch meinen Arm zu den Fingern meiner rechten

Hand wanderte, mit der ich das Treppengeländer umklammerte – jener Hand, in der ich sonst den Stift hielt, und jene Finger, die zuerst auf der Tastatur landeten, wenn ich einen Satz tippte. Nur Stevie konnte diese Neugierde befriedigen.

Stevie

Geheimnisse und Stevie vertragen sich einfach nicht. Er ist einer dieser seltenen Menschen, die aus Prinzip ehrlich sind und Betrug nicht ertragen. Manchmal kann ich es selbst kaum glauben, aber diese Menschen existieren tatsächlich, und Stevie ist einer von ihnen.

Wenn er es mit Intrigen oder Lügen zu tun hat, liegen sie ihm wie ein Stein im Magen und drohen dann, gegen seinen Willen, wieder an die Oberfläche zu kommen. Eigentlich ist er für den Umgang mit Politikern gänzlich ungeeignet. Ich musste mich gar nicht so sehr anstrengen, bis Stevie verriet, dass Jenny in Mikes PR-Agentur in Wrexham gearbeitet hatte. Über ein Jahr lang.

Zwei Tage nach dem denkwürdigen Abendessen schaute ich bei ihm vorbei, um ihm einerseits vorzujammern, was für eine eigenartige Stimmung zwischen Mike und Cora geherrscht hatte und welche Sorgen ich mir um sie machte, und um andererseits subtil nach Informationen zu schnüffeln. Nach dem Gespräch, das ich auf dem Treppenabsatz mit angehört hatte, musste ich unbedingt herausfinden, was er wusste und was es mit der Geschichte auf sich hatte, an der er festhalten sollte, damit Cora sie schluckte.

Stevie bot mir ein improvisiertes Abendessen an, als ich nach meiner Zehn-bis-neunzehn-Uhr-Schicht bei ihm hereinschneite. Er machte Pasta mit Garnelen, Oliven und einer Art Pestosauce mit frisch gehobeltem Parmesan. Sogar Bruschetta, eine Flasche guten Weißwein und ein grün-weiß kariertes Leinentischtuch zauberte er hervor. Darauf versteht er sich, auf die liebevollen Details. Er fand so viel Vergnügen daran, dass ich eine Zeitlang sogar dachte, er sei schwul, bis mir aufging, dass er einfach nur aufmerksam war.

Früher hatte ich immer zu ihm gesagt, dass er eines Tages eine fantastische Ehefrau abgeben werde, und das war durchaus nett gemeint. Dann seufzte er verlegen und sagte: »Ja, bloß wann, Lizzy? Und für wen?« und interessierte sich plötzlich sehr für sein Besteck oder was er sonst gerade in der Hand hielt.

Als ich Stevie an diesem Abend beobachtete, während wir wie so viele Male zuvor sein vorzügliches Essen genossen und seinen guten Wein tranken und dabei lachten und redeten und Geschichten zum Besten gaben, nahm ich all die Dinge wahr, die meine Mutter an ihm bewundert hätte. Das jungenhafte Gesicht, das helle Haar, das so fein war wie das eines Babys, sein Lächeln, das selten war, dafür aber umso bemerkenswerter, die guten Umgangsformen. Das waren alles Dinge, die auch ich bewunderte. Er strahlte eine Galanterie und eine Sanftmut aus, die wie aus der Zeit gefallen wirkten, wie ein edwardianischer Herzog, den man erst in ein zwangloses Outfit aus Jeans und Fan-Trikot von Cardiff City gesteckt hatte und neuerdings in Jeans und Calvin-Klein-T-Shirt.

An ihm hätte auch ein Seidentuch mit Anstecknadel keinesfalls deplatziert gewirkt, und ich konnte ihn mir gut mit einem Gehstock in der einen und einer Ausgabe der *Times* in der anderen Hand vorstellen. Er las tatsächlich die *Times*, das *Time Magazine* und den *Spectator*. Zu Studentenzeiten war uns das exzentrisch bis extrem erschienen, aber jetzt wirkte es ziemlich beeindruckend. Und wenn ich betrunken oder einsam oder gelangweilt genug war, sah ich manchmal zu ihm hinüber und malte mir aus, wie es wohl wäre, ihn zu küssen, wie er sich anfühlen würde, wie er schmecken würde. Reine Neugier, vermutlich.

Ich liebte seine Wohnung mit den erwachsen wirkenden Möbeln, den teuren Männerspielzeugen und der eleganten, kompakten Stereoanlage. Alles war in glamourösem Schwarz gehalten und hatte einen matten, exklusiven Schimmer. Deshalb kam ich so gerne hierher: weil sich seine Wohnung gänzlich von meiner eigenen unterschied. Die nämlich war beengt, halbfertig, gemietet. Mit dem Finger fuhr ich an seinen Bücherregalen entlang und lächelte nachsichtig über die Titel – *Philosophie für Anfänger*, *Das Superman-Prinzip*, *Die Russische Revolution*, *Die Odyssee*. Und damit man ihn nicht für vollkommen unerträglich hielt, sämtliche Terry-Pratchett-Romane, die je erschienen waren, sowie eine Ausgabe von *Die Männer von Bravo Two Zero*.

Hier saß ich also, ließ mir die Pasta schmecken und trank mehr Wein, als mir guttat. Und nachdem auf diese Weise ein wenig Zeit verstrichen war, betonten wir beide, wie schrecklich das Abendessen bei Mike und Cora gewesen sei. Sobald er entspannt genug war, fing ich an, ihn nach Jenny auszufragen.

»Wer war die überhaupt?«, wollte ich wissen und schob mir noch eine Garnele in den Mund. Es war schon das zweite Mal, dass ich diese Frage an diesem Abend stellte. »Ich meine, wer geht denn einfach zu einer Gruppe von Leuten, die er kaum kennt, und fängt an, wie mit alten Freunden zu plaudern? Das ist doch irgendwie seltsam, oder? Meinst du, jemand hat sie auf uns angesetzt?«

»Kann schon sein«, antwortete Stevie und wich schon

zum zweiten Mal aus, indem er einen Schluck Wein nahm und nach einer Olive stocherte. Er log.

»Ich habe gehört, was ihr neulich gesagt habt. Über die Geschichte, die ›beibehalten‹ werden muss. Dass ihr aber auch nie die Klappe halten könnt… Also: *Was* soll Cora nicht wissen?«

Stevie seufzte, als habe er genau diese Situation erwartet und beschlossen zu kapitulieren, solange er es noch aus freien Stücken tun konnte. Ruhig und bedächtig legte er Messer und Gabel beiseite. Man konnte Stevie nicht hinterrücks überfallen, sondern musste ihn mit einer gewissen Behutsamkeit behandeln.

»Können wir die Sache nicht einfach auf sich beruhen lassen, Lizzy? Du weißt doch, dass mich Mike gebeten hat, nichts zu sagen.« Ich schwieg und blickte ihn nur mit einstudiert ausdruckslosem Gesicht an, weder vorwurfsvoll noch zustimmend. Dieser Gesichtsausdruck kommt bei meiner Arbeit regelmäßig zum Einsatz. Er ermuntert die Leute zum Sprechen, weil sie wissen, dass genau das von ihnen erwartet wird. Ihr Bedürfnis, die Kluft zwischen ihnen und mir zu überbrücken, das Schweigen zu beenden, das sich zwischen uns spannt, entspricht der menschlichen Natur. Der Mensch füllt die Leerstellen, die Zwischenräume, die Lücken, füllt sie mit Wörtern, selbst wenn er dabei etwas ausspricht, das eigentlich geheim bleiben sollte.

Nach ungefähr sechs Sekunden seufzte er ein zweites Mal. »Mike kannte sie tatsächlich, aber nur oberflächlich, nichts Ernstes oder so. Er sagt, er hätte sie bei irgendeinem PR-Event in Chester kennengelernt. Sie hat ihm wohl ein paar Aufträge vermittelt, nichts weiter. Ich glaube, sie hat ihn ein- oder zweimal im Büro besucht, weil sie wohl ein Faible für ihn hatte. Anscheinend war sie ein bisschen zu aufdringlich und ließ sich nicht abwimmeln. Schon möglich, dass auch Coras und Mikes Umzug zurück nach Cardiff damit zu tun hatte. Um die Sache gleich im Keim zu ersticken, du weißt schon. Mike hat damals nicht viel darüber erzählt. Dann wurde sie vor kurzem auch hierher versetzt, in eine andere Abteilung. Mike, der Idiot, wollte ihre Gefühle nicht verletzen, indem er sie wie Luft behandelt. Er hat sie zwar nicht direkt eingeladen an diesem Abend, aber er hat ihr erzählt, dass wir im Charlie's sein würden. Du weißt ja, wie er ist. Ich glaube, sie ist ein bisschen einsam hier. Cora sollte auf keinen Fall wissen, dass er verraten hatte, wo wir hingehen würden, und auch nicht, dass sie schon in Wrexham hinter ihm her gewesen war und jetzt plötzlich hier auftauchte. Sie hätte nur wieder schlechte Laune bekommen und alles Mögliche hineininterpretiert. Na ja, irgendwie verständlich, dass sie nicht erfreut gewesen wäre. Ich selbst habe auch erst von der Sache erfahren, als ihr auf dem Klo wart. Dabei hätte sie mir auch ganz gut gefallen. Wieder mal typisch, oder?«

Er gab einen Laut der Resignation von sich, so als habe er sich mittlerweile an sein Pech gewöhnt, und griff nach dem Besteck, um weiterzuessen.

Jetzt, wo Stevie es ausgesprochen hatte, tauchte plötzlich ein Bild vor meinem inneren Auge auf, eine verdrängte Erinnerung. Zwei Wochen vor der Nacht im Charlie's hatte ich halb dösend im Costa Coffee in der Nähe des Bahnhofs gesessen, inmitten der fieberhaft vor sich hintippenden Internetnutzer im ersten Stock meinen Mocha mit Sahne umklammert und beobachtet, wie sich die Fußgänger und Autos auf der Kreuzung im Wechsel in Bewegung setzten. Während ich diesen perfekt choreographierten Straßentanz bewunderte, hatte ich jede bleierne Sehne und jeden bleiernen Muskel meines Körpers gezwungen, die Energie aufzubringen, in die Redaktion zurückzukehren und es durch den restlichen Tag zu schaffen.

Als ich mir gerade eine Ausrede für die verspätete Rückkehr aus der Mittagspause zurechtlegte, bog ein schmuddeliger Doppeldeckerbus aus der St. Mary Street ein und hielt auf den Hauptbahnhof zu. Auf dem Oberdeck, Seite an Seite mit einigen Pärchen, die ziemlich vertraut miteinander wirkten und geflissentlich den üblichen kahlköpfigen Kauz im khakifarbenen Kapuzenanorak ignorierten, saß Mike mit einer Frau.

Ich war mir sicher, dass es Mike war, auch wenn ich im Gegenlicht der gegenüberliegenden Busfenster eigentlich nur sein Profil und die Welle sah, die seine Haare im Nacken bildeten. Sein Gesicht war halb von mir abgewandt, aber ich hätte ihn überall erkannt.

Was mich erschreckte, war die Tatsache, dass ihm eine junge Frau gegenübersaß, die sich zum Gang drehte und daher ebenfalls im Profil zu sehen war. Sie trug eine bunt gestreifte Wollmütze, unter der stachelig aussehende Haarsträhnen hervorlugten, und sie beugte sich zu ihm hinüber, als würde sie ihn gut kennen, als wäre er ihr sehr vertraut. Was unterhalb des Fensters lag, konnte ich nicht sehen, aber es erschien mir nur logisch, dass ihre Hand auf seinem Knie ruhte. Vielleicht mehr als nur eine Kollegin?

Er hatte den Arm entlang des Busfensters ausgestreckt und trommelte mit den Fingern lautlos an den Fensterrahmen. Obwohl ich ihren Mund nicht sehen konnte, hatte ich den Eindruck, dass sie redete und er ihr zuhörte. Das Ganze dauerte vielleicht acht Sekunden, dann war die Ampel grün, und während mein Kopf einen Sekundenbruchteil langsamer herumfuhr als meine Gedanken, bog der Bus schon um die Ecke und verschwand hinter mir. Wenn die junge Frau im Bus Jenny gewesen war, wo waren sie dann hingefahren?

Direkt am nächsten Tag hatte ich mich auf der Jagd nach einer guten Geschichte bei einer langweiligen Ärztetagung im Thistle Parc Hotel herumgetrieben, und wenn mich meine Erinnerung nicht im Stich ließ, war Jenny eines der Mädchen gewesen, die dort die Plastiknamensschilder austeilten. Sie hatte ganz anders ausgesehen als die Jenny aus dem Charlie's, völlig unscheinbar. Wie hundert andere Hochschulabsolventinnen auch. Ich erinnerte mich dunkel an ein schlecht sitzendes, billiges graues Kostüm und einen straff gebundenen Pferdeschwanz, der seriös und städtisch wirken sollte. Konnte das Jenny gewesen sein? (Renquist PR – das konnte hinkommen. Die gehörten zu Jackson's. Das erklärte auch, warum ich im Charlie's geglaubt hatte, sie von irgendwoher zu kennen. Mir hatte nur der richtige Kontext gefehlt.)

In der Nacht im Charlie's hatte Mike sie von Cora fernhalten wollen, damit sie nichts sagte, was Coras Misstrauen erregte. Konnte die Erklärung wirklich so einfach sein? So unschuldig? Der gute alte Stevie, dank ihm fühlte ich mich schon viel besser. Mehr war nicht dran an der Sache. Nur ein dummes, verliebtes Mädchen, das sich in den Vordergrund spielen wollte.

»Aber behalt es für dich«, bat Stevie. »Er will, dass wir bei seiner Version bleiben. Der Version, dass sie sich nur flüchtig kennen.«

Typisch Mike. Es war eben leichter, sich unwissend zu stellen. So hatte er es schon immer gehalten. Deshalb hatte er im Club also wie eine Klette an Jenny geklebt: damit ihr nicht versehentlich herausrutschte, dass sie sich bereits aus Wrexham kannten. Wie hätte er Cora auch erklären sollen, dass er Jenny bisher nicht ein einziges Mal erwähnt hatte? Er hatte ihr also nicht den Hof gemacht, weil er in sie verknallt war – ganz im Gegenteil. Sie musste schnell erkannt haben, wer von uns wer war, und war zu uns herübergekommen, um Unruhe zu stiften oder einfach nur ein wenig mitzumischen. Vielleicht hatte Mike ja ein Foto von Cora und uns im Büro stehen. Das hätte die Begrüßung erklärt. Zuordnung durch Ausschlussverfahren. Bestimmt redete er bei der Arbeit gelegentlich von uns.

Ich fühlte mich wunderbar und war zutiefst erleichtert. Zumindest für ein paar Sekunden. »Dieser Vollidiot«, lachte ich. »Warum hat er sie nicht einfach vorgestellt und Cora erzählt, wer sie ist. Das wäre viel unverdächtiger gewesen, als so an ihren Lippen zu kleben.«

»Ja, kann sein. Keine Ahnung. Nicht, wenn Cora vorher schon Verdacht geschöpft hat. Vielleicht ist diese Jenny ja ein bisschen schwierig.«

Dann fiel mir noch etwas ein: »Aber er war die ganze verdammte Nacht weg, Stevie. Und er war bestimmt nicht alleine.«

»Er war bei Gabe«, antwortete Stevie. »Und überhaupt: Warum interessiert dich das so brennend?«

»Weil Cora meine Freundin ist«, konterte ich rasch.

»Ja, meine auch. Das ist jedenfalls alles, was ich weiß, Sherlock«, schloss er vage. Und er ließ sich nicht weiter drängen.

Etwas in seinem Gesicht sagte mir, dass das noch nicht die ganze Wahrheit war. Oder dass er diese Geschichte zumindest selbst nicht so ganz glaubte, sich aber natürlich Mike gegenüber loyal verhalten musste. Da fühlte ich mich plötzlich nicht mehr so gut.

Gabriel

Ich hätte nicht bei Gabriel vorbeigehen dürfen, das ist mir jetzt klar. Ich hätte nicht anfangen dürfen zu graben. Ich hätte nach Hause gehen und die Sache vergessen sollen. Ich hätte mir sagen sollen: »Lass es gut sein, Liz, das geht dich nichts an.« Was schließlich der Wahrheit entsprach. Aber das tat ich nicht.

Vielleicht kann ich als Entschuldigung vorbringen, dass es Teil meiner Arbeit ist, die Fakten herauszufinden und sie glatt und ordentlich und so nahtlos wie möglich ineinanderzufügen, von ein wenig künstlerischem Gestaltungsspielraum natürlich abgesehen. Aber das war nicht der Grund. Nachdem ich Stevies Wohnung mit der Überzeugung verlassen hatte, dass er mir etwas vorenthielt, wollte ich einfach wissen, wo Mike wirklich gewesen war, und zwar so dringend, dass ich es wie Blut auf der Zunge schmeckte.

Gabe: für immer achtzehn geblieben, ein Mann, der sich noch mit vierzig wie das Mitglied einer Teenie-Rockband anziehen und auch so verhalten würde. Tagsüber freundlicher Handelsvertreter für Fotokopierer, der damit einen – für mich – entmutigenden Haufen Geld verdiente, nachts unerschrockener Luftgitarrenheld und kompromissloser Rebell, der ein Vermögen für Bier und Reisen zu Rockfestivals im ganzen Land ausgab – eine verfrühte Midlife-Crisis mit nicht einmal dreißig?

Seine Wohnung war in einem grauenhaften Zustand. Das war das Einzige, was ich an unserer ehemaligen Studenten-WG nicht vermisste. Natürlich war keiner der drei Bewohner mehr Student, aber sie machten immer noch den Eindruck äußerster häuslicher Unzulänglichkeit und wirkten, als weilten sie zum ersten Mal fern von zu Hause und ihren Müttern, was sich in ungenügend gebügelten Kleidungsstücken und zu langen Haaren äußerte. Ein Bank-Azubi, ein Fabrikleiter und Gabe. Drei Schlafzimmer und ein Gästezimmer, die alle von einem einzigen Flur abgingen, und am Ende die Küche, ein Schattenreich aus Tellerstapeln, Bechern mit kalten Kaffeeresten und wer weiß was für Scheußlichkeiten im Kühlschrank.

Direkt hinter dem Eingang ging die Tür zum großen Wohnzimmer ab, in dem zwei riesige, mit verblichenen Überwürfen bedeckte Sofas wie Inseln in einem Ozean aus *Playboy*-Heften, Musikzeitschriften und Motorsportmagazinen schwammen. Eine große, halb verwelkte Palme teilte sich ihren Topf mit einer Action-Man-Figur, die unerschrocken ihr Gewehr emporreckte.

Gabe wirkte peinlich berührt, aber auch irgendwie geschmeichelt, als er mich vor der Tür stehen sah. Höflich wie immer bat er mich herein, drückte sich aber in der Nähe der Türschwelle herum. Wir waren nicht mehr wirklich befreundet, aber wenn er mich im Pub erspähte, kam er manchmal auf ein Bier herüber, bevor ich einen Termin vorschob und rasch die Flucht ergriff. Er befand sich noch im Modus des freundlichen Vertreters und trug Hemd und Anzughose, auch wenn er Krawatte und Schuhe bereits ausgezogen hatte.

Mein Anblick muss ihn völlig verwirrt haben, denn ich hatte ihn noch nie allein besucht, nicht einmal zu Studentenzeiten, als er in einer ähnlichen Bude über dem Thai-Imbiss gehaust hatte. Damals hatte ich sein Blickfeld lediglich zusammen mit Mike und Cora gekreuzt, wenn wir auf dem Weg zu besseren Partys und besseren Freunden bei ihm vorbeigeschaut hatten.

»Hat Mike seine Jacke hier vergessen?« Mir war klar, dass ich zu schnell zur Sache kam, aber ich versuchte krampfhaft, den schwachen Geruch nach feuchten Sportklamotten zu ignorieren, dessen Quelle sich irgendwo in der Nähe befinden musste.

»Wann?«, fragte er verwirrt, verlegen und wachsam zugleich. Er erinnerte mich an den schüchternen, pubertierenden Cousin, den ich nie gehabt hatte, mir jedoch lebhaft vorstellen konnte. Ich glaube nicht, dass Gabe jemals eine feste Freundin gehabt hatte.

»Na, vor zwei Wochen, als das Rugbyspiel war und er bei dir übernachtet hat.« Ich schenkte ihm ein energisches, strahlendes Lächeln.

»Hat er doch gar nicht. Ich meine, seine Jacke hier vergessen. Jedenfalls, nicht dass ich wüsste.« Gabe sah sich um, als erwartete er, dass wie durch Zauberhand eine Jacke vor ihm auftauchte.

»Aber er hat nach dem Rugbyspiel hier gepennt?«

»Ja, klar. Im Gästezimmer.«

»Könntest du dann bitte mal schauen, ob seine Jacke hier ist? Nur damit er nicht noch mal herkommen muss. Ich war sowieso gerade in der Gegend.«

»In der Gegend? Hier?«

»Ja. Geschäftlich.« Normalerweise reicht das als Erklärung.

»Verstehe«, antwortete er und blickte sich ratlos um. Er schien sich zu fragen, wo in diesem Saustall unbemerkt eine Jacke vor sich hin vegetieren könnte. »Komm doch rein.

Willst du dich kurz setzen?« Ich stand immer noch in der Tür zum Wohnzimmer herum.

»Mm. So viel Zeit hab ich eigentlich nicht.«

»Warte, ich schau mal schnell nach, ob er sie ins Gästezimmer geworfen hat oder so.«

Ich blieb stehen und wartete geduldig, aber er war schon nach einer halben Minute wieder da. Die Jacke war nicht aufzufinden. Nirgendwo in der Wohnung.

»Tja, dann ist sie wohl der Garderobe im Charlie's zum Opfer gefallen. Wäre nicht das erste Mal«, grübelte ich. »Muss hier ja 'ne wilde Party gewesen sein.«

»Schön, dich mal wiederzusehen, Lizzy.«

»Um wie viel Uhr kam Mike denn hier an?« Er sah mich ausdruckslos an.

»Nicht den geringsten Schimmer. Ich war ziemlich voll an dem Abend. Du weißt ja, wie das ist.«

»Oh ja. Stevie war auch hier, oder? Er sagt, es war eine seiner besten Partys«, fuhr ich fort, wohl wissend, dass dieser Teil nicht zur Geschichte gehörte. Da ich meinen Lebensunterhalt mit Fragenstellen verdiene, gibt es nur wenige Fragen, die ich als zu aufdringlich empfinde. Außerdem war es *die* Gelegenheit, ihn beim Lügen zu ertappen. Er fiel prompt drauf rein.

»Ja, glaub schon. Wie gesagt, ich war ziemlich neben der Spur. Wahrscheinlich haben sie beide hinten im Gästezimmer gepennt.«

»Und wann sind sie gegangen?«

»Keine Ahnung. Ich hab bis mittags geschlafen. Du weißt ja: Rock'n'Roll, Baby! Mittlerweile allerdings mehr Rolle als Rock, was?« Er tätschelte seine runder werdende Körpermitte. »Im Gegensatz zu dir. Du siehst echt super aus, Lizzy. Ich hab gerade Wasser aufgesetzt. Willst du 'ne Tasse Tee oder irgendwas anderes?«

Da das »andere« vermutlich eine Lebensmittelvergiftung war und ich sowieso nichts Brauchbares aus ihm herausbekam, lehnte ich höflich ab und ließ ihn auf dem Treppenabsatz stehen, wo er sich, noch immer leicht verblüfft, übers Holzgeländer beugte und mir hinterhersah.

»War wirklich schön, dich wiederzusehen, Lizzy! Komm doch auf einen Kaffee vorbei, wenn du wieder mal in der Gegend bist.«

»Danke, Gabe!«, rief ich und hob von unten die Hand zum Gruß.

Zupf, zupf machte der Faden. Und es kamen immer mehr Details zum Vorschein.

Cora

Ich halte das nicht aus«, sagte sie noch einmal. »Ich halte die Vorstellung nicht aus, dass er mit einer anderen schläft, egal mit wem, aber am allerwenigsten mit ihr. Es fühlt sich an wie ein Messerstich, und zwar jede Minute des Tages. Es macht mich verrückt. Ich bin verrückt, ich bin gar nicht mehr ich selbst. Ich weiß einfach nicht, wie ich mich ihm gegenüber verhalten soll, was ich tun soll. Ich weiß nicht mehr, wer er eigentlich ist. Oder wer ich bin. Wer bin ich?«

Cora hielt einen Monolog, und ich ließ sie reden. Sie verlangte sowieso nicht von mir, dass ich ihre Fragen beantwortete, das wusste ich. Mir war schleierhaft, wie wir plötzlich wieder auf dieses Thema gekommen waren. Ich war eigentlich davon ausgegangen, dass sich die Wogen längst geglättet hatten.

Ein Monat war vergangen seit der Nacht, die wir anfänglich Coras und Mikes »großen Krach« nannten, die später jedoch nur noch als »*die* Nacht« bezeichnet wurde, im Flüsterton, als könnte man sie durch lauteres Sprechen wieder heraufbeschwören. Eine nähere Bezeichnung war überflüssig, weil wir alle ohnehin genau wussten, welche Nacht gemeint war. Danach gab es eigentlich nur noch eine Nacht.

Ich hatte noch ein weiteres schweigendes, an Hysterie grenzendes Abendessen mit Mike und Cora über mich ergehen lassen müssen, bevor die Luft langsam wieder wärmer und das Atmen leichter wurde und alles vergessen und vergeben schien. Mike musste das Gefühl haben, noch einmal glimpflich davongekommen zu sein. Bei unseren Treffen fiel mir auf, dass er Cora mit kleinen Aufmerksamkeiten und leicht zweideutigen Bemerkungen regelrecht überhäufte.

Umso schwerer wurde mir das Herz, als sich Cora bei unserem gemeinsamen Mittagessen in der Bar Europa zu einem Wortschwall über Mikes angebliche Untreue hinreißen ließ. Während ich mir mein Hähnchen vom Holzkohlegrill mit einem großzügigen Klecks süßem Zwiebel-Chutney schmecken ließ, zerteilte Cora die Thunfischklumpen auf ihrem Nizza-Salat in immer kleinere Flocken, pickte die Kerne aus den Tomatenscheiben auf und leerte entschlossen ihr zweites großes Glas Weißwein.

Ich hatte noch immer nicht mehr über diese Jenny in Erfahrung gebracht, und es nervte mich, dass sich Cora weiterhin über sie aufregte.

Innerlich seufzend bemühte ich mich, beruhigend auf sie einzuwirken: »Cora, nicht schon wieder dieses Thema! Du glaubst doch nicht wirklich, dass er mit dieser Jenny geschlafen hat, oder? Jetzt mach aber mal halblang.« Ich blieb ganz ruhig und hoffte, dass meine Ruhe auf sie abfärbte. »Ich meine, du vertraust ihm doch! Er ist bestimmt nicht so dumm, für eine einzige Nacht mit einem dahergelaufenen Flittchen alles aufs Spiel zu setzen. Sieh es realistisch: Du weißt doch, wie ungeschickt Mike manchmal ist. Er hat einfach nicht nachgedacht und mal wieder einen für ihn typischen Bock geschossen. Eigentlich glaubst du doch gar nicht, dass er fremdgegangen ist, Cora. Das weiß ich genau.« *Also lass endlich die Scheiße*, fügte ich in Gedanken hinzu. »Meinst du nicht, dass du es ein bisschen langsamer angehen lassen solltest?«, ermahnte ich sie eindringlich und wies mit einer Gabel voller Kopfsalat auf ihr fast leeres Weinglas.

Aber sie starrte nur hinaus auf die Queen Street, wo sich dick eingemummte Passanten dem eisigen Wind entgegenstemmten. Obwohl es erst ein Uhr mittags war, war es an diesem Spätnovembertag so dunkel, dass es auch Abend hätte sein können. Auf den Straßen hingen bereits die weihnachtlichen Lichtergirlanden und bemühten sich, die winterliche Finsternis zu vertreiben.

In der Bar Europa war es urgemütlich – trotz der riesigen Fensterfront, die eine ganze Wand einnahm. Bequeme Sofas aus buttrig weichem Leder standen vor unpraktisch niedrigen Tischen, die Holzdielen und die holzgetäfelte Theke glänzten im Schein der niedrigen Wandleuchten, und die Tageszeitungen saugten die Wärme und den Atem der Gäste auf, während sich das weiß beschürzte Personal geschickt durch ein Minenfeld aus Füßen und vollen Einkaufstüten manövrierte. Bald war Weihnachten, und ich war in festlicher Stimmung.

Früher hatten Cora und ich vor Weihnachten immer etwas Besonderes zusammen unternommen, und es war so etwas wie ein Ritual gewesen, gemeinsam den Baum und die Wohnung zu schmücken. In unserem zweiten Studienjahr hatte Cora ein köstliches Weihnachtsmenü gezaubert, das wir im sanften Schein von liebevoll über dem Tisch drapierten Lichterketten, Lametta und Christbaumkugeln eingenommen hatten.

Die Lichterketten hatten wir aus dem Supermarkt, weil wir uns keine teureren leisten konnten. Das Gemüse war sogar noch billiger, denn wir hatten es auf dem Bauernmarkt gekauft, bei Standbetreibern, die endlos und lautstark vor sich hin schwatzten, wenn sie sich nicht gerade die rauen, kalten Hände bliesen oder Lebensmittel in Plastiktüten rutschen ließen. Aber an der Truthahnroulade hatte Cora wahre Wunder vollbracht, und selbst der Schampus für 1,99 Pfund sah auf dieser Weihnachtstafel gleich viel edler aus.

Einmal war ich an einem späten Dezembermorgen ins Wohnzimmer gekommen und hatte dort eine eigenartig stumme, schuldbewusst dreinblickende Cora neben dem Weihnachtsbaum vorgefunden. Ich brauchte einige Sekunden, bis ich ihre Hamsterbacken und das Fehlen der sechs Schokoladenrentiere bemerkte, die wir erst Minuten zuvor auf die Äste gefädelt hatten. Brauner Saft troff aus ihren Mundwinkeln, als sie in Gelächter ausbrach.

Bei der Erinnerung an diese glücklichere, albernere Cora merkte ich, wie sehr ich mich auf Weihnachten freute. Bald konnten wir wieder gemeinsam dekorieren und Geschenke kaufen gehen. Cora jedoch war im Moment nur an einem Gesprächsthema interessiert und ruinierte damit die festliche Stimmung.

»Wir sind jetzt seit zehn Jahren zusammen. Seit zehn Jahren«, erklärte sie zum zweiten Mal in ebenso vielen Minuten und unterbrach damit meine Träumereien. Dieses Mal seufzte ich hörbar, gab mich geschlagen und bestellte bei der nächsten Kellnerin ein großes Glas Rotwein.

»Du weißt nicht, wie das ist, Lizzy«, fuhr sie fort. »Du kannst gar nicht wissen, wie das ist. Ich bin mit ihm aufgewachsen. Wir waren alles füreinander. Ich weiß, dass er lügt. Ich merke immer, wenn er lügt oder mir etwas verheimlicht. Er muss mich für bescheuert halten. Du hast keine Ahnung, was das für ein Gefühl ist und zu was es einen treibt.«

»Warum fragst du ihn dann nicht ganz direkt, Cora? Ich meine, du hast doch ein Recht darauf, es zu wissen.«

»Warum sollte ich?«, erwiderte sie und richtete ihren Blick wieder auf mich. »Warum sollte ich ihn fragen müssen? Wenn ich ihm doch vertraue? Aber ich habe ihn gefragt, und er sagt, es sei nichts passiert.«

»Wenn das so ist, glaubst du ihm entweder, oder ihr nehmt euch eine Auszeit – damit ihr euch über eure Gefühle klar werdet.« Schocktherapie. Ich wusste, dass es funktionieren würde.

»Ich soll ihn verlassen?« Sie wirkte erstaunt. »Er ist mein Mann. Ich könnte ihn nie verlassen. Ich würde alles für ihn tun.«

Aus heiterem Himmel kam mir der Gedanke, dass vielleicht genau das das Problem war. Vielleicht wusste er das nur allzu gut. Stattdessen sagte ich: »Er würde genauso alles für dich tun, Cora, also reiß dich am Riemen.«

»Hat er irgendwas zu dir gesagt?«, fragte sie misstrauisch.

»Was soll er gesagt haben?«

»Über diese Sache. Ich weiß, wie viel er von dir hält, Lizzy. Hat er sich dir anvertraut?«

»Cora, wenn ich irgendetwas wüsste, würde ich es dir sagen«, antwortete ich mit unbewegter Miene und großen Augen, ein Gesichtsausdruck, der stets den gewünschten Erfolg bringt. »Warum sollte ich dich wegen so etwas anlügen? Außerdem glaube ich gar nicht, dass es etwas zu erzählen gibt.« Das war die Wahrheit. Seit meinem Besuch bei Gabe hatte meine Schnüffelei keine weiteren Früchte mehr getragen.

»Ihr … ihr beide …«, stammelte Cora und beugte sich vertraulich zu mir herüber, wobei sie den Blick über den voll besetzten Raum schweifen ließ, als erwartete sie, Mike würde hinter einer der edlen geprägten Speisekarten hervorlugen und uns observieren. »Ich wette, er erzählt dir alles Mögliche. Dass ich paranoid bin. Und eifersüchtig. Er würde es dir erzählen, Lizzy.«

Ich blickte sie so entrüstet an, wie ich konnte. »Er hat nie etwas Derartiges zu mir gesagt«, stellte ich klar, auch wenn er sich nach Streits oder Meinungsverschiedenheiten durchaus gelegentlich bei mir über sie beklagte.

»Was erzählt er dir denn sonst?«, wollte sie wissen.

»Cora«, fiel ich ihr energisch ins Wort. Ich hatte keine Lust, mich weiter auf derart tückischem Untergrund zu bewegen, das brachte uns keinen Schritt weiter. »Ich glaube nicht, dass er mit dieser Jenny geschlafen hat. Du solltest ihm noch eine Chance geben. Das Ganze war ein blödes Missverständnis, und du musst damit abschließen. Bitte! Euch beide verbindet so viel. Schmeiß es nicht einfach weg wegen ein paar Zweifeln und diesem ganzen Unsinn. Ich weiß, dass er dich über alles liebt.«

Sie lächelte schief. »Ja. Vermutlich hast du recht.« Sie wirkte beschwichtigt.

»Gut«, antwortete ich. »Und jetzt iss bitte was, sonst muss ich dich nach Hause tragen. Was machst du dieses Wochenende? Lust auf ein paar Weihnachtseinkäufe?«

Jetzt, wo sich mit aller Macht die Weihnachtsstimmung auf uns herabsenkte, fiel es nicht schwer, Jenny aus unseren Gedanken zu verbannen. Eine Woche später trafen wir uns zu viert auf der Winterkirmes und amüsierten uns dort so prächtig, dass ich mir sicher war: Es war alles wieder, wie es sein musste, und würde auch für immer so bleiben.

Wir hatten uns geradezu lächerlich warm eingemummt, und ich war trotzdem dankbar für die kleine rosa Wollmütze, die Cora mir gekauft hatte, weil sie an Sonderangeboten nicht vorbeigehen konnte und vielleicht auch weil sie mich für das ruinierte Mittagessen entschädigen wollte. Wir drängten uns um die Heizstrahler vor den Kaffee- und Hotdogständen, schlossen unsere Hände wärmesuchend um

Pappbecher mit süßem, dampfendem Cappuccino und machten uns über Stevies neuen Igelhaarschnitt und seinen angeblich wachsenden Bierbauch lustig.

Ich genoss das Raue und die Reinheit der kalten Luft, und ich bewunderte, wie sie jedes unsichtbare Übel, das uns anhaftete, einfach wegfegte. Eng aneinandergedrängt standen wir vor der theatralischen Kulisse des beleuchteten Rathauses mit seiner weißen Kuppel, seiner geriffelten Fassade und den zierlichen Turmspitzen und Vorsprüngen, die in den vorbeihuschenden Kirmeslichtern glitzerten und vor dem schwarzen Hintergrund des Dezemberabends an einen Eispalast erinnerten. Cora war gut gelaunt und trug die gleiche Wollmütze in Dunkelgrün, dazu einen viel zu großen Militärmantel im Stil der Russischen Revolution, der ihr bis zu den Fußspitzen reichte. Ihre Augen glänzten, und sie machte ausnahmsweise einen entspannten Eindruck. Mike, der heute besonders viel Aufhebens um sie machte, warf mir gelegentlich ein Lächeln zu, das selbst das Eis auf der Schlittschuhbahn zum Schmelzen gebracht und die Eisläufer im darunterliegenden Zierteich versenkt hätte.

Stevie strahlte und kaufte Schokomuffins für alle. Ich hatte Lust auf Eislaufen, aber nicht allein. Da weder Stevie noch Cora Schlittschuhlaufen konnten, tat Mike mir den Gefallen und begleitete mich. Es war viel zu voll, um etwas anderes zu tun, als mit dem Strom dahinzugleiten, aber es fühlte sich gut an, im Menschenpulk seine Hand zu halten. Obwohl ich seine Haut durch den Handschuh hindurch nicht spüren konnte, bildete ich mir ein, seinen Puls zu fühlen. Umgeben von erhitzten Gesichtern und angefeuert von Cora und Stevie drehten wir unbeholfen eine Runde nach der anderen, bis wir ganz außer Atem waren.

Gab es etwas Schöneres? Von den anschließenden Stunden beim Italiener einmal abgesehen, wo es nach frisch gebackenem Brot duftete und wo wir mit fettglänzenden Fingern unsere Pizzen hinunterschlangen und uns gemeinsam einen wärmenden Schwips antranken? Diese Jenny konnte uns mal, das hier kann sie uns nicht verderben, dachte ich.

Weihnachten rückte näher und stand schließlich vor der Tür, und bevor wir alle am großen Tag in den Schoß der Familie zurückkehrten, fanden die üblichen Weihnachtsfeiern im Büro statt. Glücklicherweise verpasste ich meine, weil ich am betreffenden Abend die Spätschicht übernommen hatte. Ich arbeitete fast die gesamten »Weihnachtsferien« durch, die von Studenten inzwischen ohne jede Ironie als Semesterferien bezeichnet werden, sogar am zweiten Weihnachtsfeiertag, am Silvesterabend (bis neun Uhr abends) und am Neujahrstag (bis elf Uhr abends).

Völlig erledigt verbrachte ich die letzten Atemzüge der Silvesternacht mit meiner alten Freundin Luce aus der Journalistenfortbildung, die zufällig für eine Weile beim kurzlebigen *Welsh Mirror* gelandet war, und trank mir mit ihr in ihrem Haus in Canton einen Rotweinrausch an.

Dann kam der Januar. Jenny war wieder da. Und sie war tot.

Danach

Als ich nach der Eröffnungsverhandlung zum Fall Jenny auf der harten Holzbank vor dem Gerichtssaal saß, ergriff eine nie gekannte Leere von mir Besitz, die jedes Denken und jede Bewegung unmöglich machte. Wie kann man so voll mit Worten sein und kein einziges davon auszusprechen wagen? Unruhig klapperten sie in meinem Brustkorb herum, blieben unterhalb meines Kehlkopfes gefangen. Mein Gewissen bewarf mich mit Steinen, und ich hatte Angst, dass mich jemand ansprach und die Leere in meinem Gesicht entdeckte oder das lautstarke Bombardement in meinem Inneren hörte, trotz des Regens, der nun schon den dritten Tag in Folge aufs Dach trommelte.

Ich wappnete mich gerade, um aufzustehen und zu gehen, als in einigen Metern Entfernung der gut aussehende Polizist mit den dunklen, kurz geschorenen Haaren auftauchte, der mir schon im Gerichtssaal aufgefallen war. Zuerst trug er seine Mütze noch in der Hand, setzte sie dann aber auf, zog sich die Uniform zurecht und entdeckte mich, wie ich in der Nähe der Tür im Luftzug saß, der von der menschenleeren Straße heraufwehte. Die Alkohol- und Steuersünder waren längst gegangen, es war fast Mittag.

Er schien sich unwohl zu fühlen und blickte verlegen zu Boden, was mir nur recht war, da ich auf keinen Fall seine Aufmerksamkeit erregen wollte. Aber als ich sah, wie seine

Füße immer näher kamen und nach kurzem Zögern vor mir stehen blieben, musste ich wohl oder übel den Kopf von den Händen heben und seinem Blick begegnen.

»Es tut mir leid«, sagte er. Die erste, letzte und schlimmste Plattitüde von Menschen, die nichts anderes zu sagen wissen, weil ihnen die Angst vor der Trauer ihres Gegenübers jede Aufrichtigkeit und Originalität raubt. Oft genug bin ich selbst auf Familien zugegangen, die genauso dasaßen, und habe mitfühlend und verständnisvoll meine Fragen gestellt. Leidgetan hat es mir allerdings nie, deshalb habe ich es auch nie behauptet. Damit wäre ich einen entscheidenden Schritt zu weit gegangen. Aber aus seinem Mund klang die Phrase irgendwie aufrichtiger, als ich sie je zuvor gehört hatte.

Er lächelte schwach, zupfte sich die Mütze vom Kopf und fügte hinzu: »Ich habe Sie im Gerichtssaal gesehen. Wirklich eine Schande.« Er hatte liebe Augen. »Sind Sie eine Freundin der Toten?«

»Nicht direkt«, antwortete ich. »Ich bin Journalistin.«

Drei Monate nach ihrer Vermisstenmeldung war Jennys Leiche im Fluss aufgetaucht. Gefunden hatte sie, wie es bei diesen unglückseligen Personen so oft der Fall ist, ein älterer Herr, der zu lächerlich früher Stunde seinen Terrier am Flussufer spazieren geführt hatte. Zusammen mit allem möglichen Unrat wie Plastiktüten und dem unvermeidlichen Einkaufswagen hatte sich ihr Körper in einem umgestürzten Baum verfangen und hing dort wippend im angeschwollenen Winterwasser des Flusses.

Der alte Mann wollte zwar nicht namentlich genannt werden, hieß aber Thom Thomas – »Vergessen Sie das h nicht« –, war zweiundachtzig Jahre alt, lebte allein in der Welby Road in Canton und hatte eine Tochter. Er habe anfangs überhaupt nicht gewusst, ob es sich wirklich um eine Leiche handelte. Princey schon, der habe gebellt wie verrückt. Mr Thomas, für sein Alter äußerst rüstig und pragmatisch, hatte nach einem langen Stock gesucht, sich so weit nach vorn gebeugt, wie es ihm die rutschige Böschung erlaubte – seine Schuhe fanden kaum Halt –, und hatte Jenny damit ein paar neugierige Stöße versetzt.

Obwohl Mr Thomas auf seine alten Tage ein wenig arthritisch geworden war, erwies sich seine Überprüfung als energisch genug, um ihre Hand einige Male im Wasser auf und ab hüpfen zu lassen. Es sah aus, als würde sie ihm zuwinken, zumindest behauptete er das, als ich ihn interviewte. Selbstverständlich hatte Mr Thomas daraufhin sofort sein Handy aus der Tasche gezogen – wir befanden uns schließlich im einundzwanzigsten Jahrhundert –, die Polizei angerufen und mit Princey auf das Eintreffen der Blaulichter und Uniformierten gewartet.

Nachdem sie so lange im Wasser gelegen hatte, war die Leiche in einem grauenhaften Zustand, schwarz und zerschrammt von der schnellen Strömung, aufgedunsen und verfärbt. Aber er habe sich nicht übergeben müssen, schließlich habe er schon Schlimmeres gesehen, »damals im Krieg, wissen Sie« (er führte nicht näher aus, in welchem). Um ein Haar hätte es allerdings tatsächlich eine zweite Begegnung mit den ballaststoffreichen Frühstücksflakes und dem Orangensaft gegeben, die ihm seine Tochter zur Bekämpfung seines hohen Cholesterinspiegels verordnet hatte.

Davon schrieb ich natürlich nichts in der Zeitung. Davon, wie aufgedunsen und verfärbt sie war, meine ich. Das hätten unsere Leser nicht verkraftet, so eine Zeitung waren wir nicht.

Jenny war vollständig bekleidet, inklusive Lederjacke. Sie trug sogar noch ihre Uhr und ein goldenes Armband, das sich tief ins aufgequollene Fleisch gegraben hatte, sowie einen einzelnen goldenen Ohrring in Sternform in ihrem kaum noch als solches zu erkennenden Ohr, den die behänden Eisfinger der Strömung nicht hatten aufhaken können. Nur ihr Haar blieb unbeschadet und tanzte scharlachrot in den Strudeln. Dieses Bild hatte ich jedenfalls vor Augen. Die Einzelheiten erfuhr ich unter der Hand von einem Mitarbeiter der Gerichtsmedizin. Gesehen hatte ich sie nicht. Ihre Leiche.

Als der Aufruf zur Mithilfe der Bevölkerung erging, war mir zunächst gar nicht klar, dass es sich um Jenny handelte. Es war Sonntag. Ich hatte die Wochenendschicht erwischt, und bisher war es ein Saure-Gurken-Tag gewesen. Über der ausgedünnten Wochenendredaktion lag eine lustlose, verhaltene Stimmung. Saure-Gurken-Tag – so nennen wir Journalisten Tage, an denen bis auf ein paar kleinere Raubüberfälle, Selbstmorde und Massenkarambolagen ohne tödlichen Ausgang nichts Interessantes passiert. Die Zeit zog sich wie Kaugummi, und die Telefone blieben zunächst still.

Es waren noch Stunden bis Redaktionsschluss, und ich saß Däumchen drehend unter der Migräne verursachenden Leuchtstoffröhre an meinem Schreibtisch, trank noch einen nach Plastik schmeckenden Kaffee aus der Maschine und blätterte auf der Suche nach einer Story, die ich adaptieren (im Sinne von klauen) und walisisch anpinseln konnte, durch den *Mirror*, während ich überlegte, was ich zu Mittag essen wollte.

Als ich schon glaubte, den gesamten Vormittag in Ruhe und Frieden verbringen zu können, stürzte unser allseits gefürchteter Chefredakteur Owain zur Tür herein. Mit ans Ohr geklemmtem Handy, einem Pappbecher mit schwarzem Kaffee in der einen und den Polizeimeldungen in der anderen Hand stürmte er laut fluchend auf mich zu. Es hätte niemanden gewundert, wenn Owain (genau: nicht Owen, sondern Owain) rote Hosenträger getragen hätte, war seine ganze Erscheinung doch eine etwas armselig wirkende Reminiszenz an längst vergangene Zeiten: die glatt nach hinten gekämmten, öligen Haare, die etwas zu gesunde, auf überkochenden Blutdruck hindeutende Gesichtsfarbe, der dunkle Nadelstreifenanzug, dessen Schnitt als tadellos durchgegangen wäre, hätte Owains alles andere als tadellose Wampe nicht über seinen italienischen Ledergürtel gehangen.

Er war auf dem Höhepunkt der Achtziger gestorben und einbalsamiert worden, um uns für alle Ewigkeit aus dem Jenseits heimzusuchen, vulgär und aufgeblasen und nach Kouros von Yves Saint Laurent stinkend.

Die Wörter Angeber und Witzfigur schienen speziell für Owain erfunden worden zu sein. Wir Reporter nannten ihn fast alle nur *das Arschloch*.

Bei seinem Anblick tauchte ich instinktiv hinter dem Bildschirm ab und gab vor, in der Nähe des leeren Papierkorbs nach einem unsichtbaren, aber lebenswichtigen Gegenstand zu suchen. Owain hatte eindeutig zu viele amerikanische Filme über liebenswert verschrobene Schreiberlinge gesehen und ging voll in dieser Rolle auf. Dabei gab es nur zwei Probleme: Wir befanden uns in Wales. Und er konnte ums Verrecken nicht schreiben. Vermutlich wusste er noch nicht mal, wie man Verrecken buchstabiert.

Die meisten Reporter hassten ihn, teils, weil er wohlhabend und wortgewandt war, teils, weil er den Posten seinem Vater verdankte, einem prominenten westwalisischen Ratsmitglied und späteren Parlamentsabgeordneten. Jeder wusste es, und er wusste, dass jeder es wusste. Es war die einzige Wolke an seinem »Haltet-die-Titelseite-frei«-Horizont. Aber reden konnte der Mann. Und das tat er gerne und viel.

»Du schickst jetzt sofort den verdammten Fotografen hin!«, brüllte er mit sichtlichem Vergnügen und unterstrich den Satz mit einer wahren Speichelexplosion.

Da es sich um ein Handy handelte – noch dazu um ein sehr kleines –, konnte er nicht den Hörer aufknallen, aber er ließ es demonstrativ zuschnappen und lungerte vor meinem Schreibtisch herum, bis ich mich wieder aufgerichtet hatte.

»Lizzy, dich brauche ich!«, rief er dröhnend und pflanzte sich aggressiv auf die Schreibtischkante, wobei er die Schrittpartie zwischen den gespreizten Beinen in die Luft reckte. In seiner größenwahnsinnigen, mit Spucke geölten Hoch-Dezibel-Welt war ich so etwas wie »sein Mädchen für besondere Fälle«. Meine Gleichgültigkeit, meine Verächtlichkeit und meine unverhohlene Unhöflichkeit waren für ihn nichts als Koketterie, befeuert von meiner ganz offensichtlich unterdrückten sexuellen Energie. Wie gesagt, er war ein echtes Arschloch. Ich wartete nur darauf, dass er mich begrapschte oder Annäherungsversuche im Pub machte, um ihn ans Kreuz zu nageln.

»Wie strahlend schön du heute wieder bist, Lizzy«, grölte er, obwohl er weniger als einen Meter entfernt auf meiner Schreibtischkante hockte und grinsend mit einem Fax wedelte. »Hübsches Blüschen. Ich hab hier den idealen Fall für dich, ist eben von den Flachwichsern aus der Polizeipressestelle reingekommen. Die haben ein junges Mädchen aus dem Fluss geangelt. Die übliche Kacke, aber zurzeit ist so wenig los, dass wir dringend etwas brauchen, um die ersten paar Seiten aufzumöbeln. Ich wette, da lässt sich irgendeine bewegende Hintergrundstory basteln, wenn schon sonst nichts. Ein Rentner hat sie gefunden, so ein alter Trottel, der seinen Corgi ausgeführt hat, wie immer. Aber wenn er auch nur halbwegs zurechnungsfähig ist, kann er deinen blauen Augen bestimmt nicht widerstehen und verrät dir alle schmutzigen Details.«

Ich seufzte hörbar. Er ignorierte den Seufzer. »Und versuch, bei deinem Schätzchen von der Hauptwache ihren Namen in Erfahrung zu bringen, wenn du kannst. Offiziell identifiziert ist sie bestimmt noch nicht, ich wette, ihr Gesicht ist ein einziger Brei. Aber sobald wir wissen, wer sie ist, nehmen wir uns die Familie vor, ja? Versuch, ein schönes Foto aufzutreiben, ja? Wenn sie hübsch ist, machen wir die Seite drei damit auf. Und wenn sie eine Schreckschraube ist, drucken wir eben kein Foto. Wenn es eine Sexgeschichte ist, irgendwas Perverses, Undurchsichtiges, kommt es auf die Titelseite, ja? Du kannst das. Die Leute erzählen dir alles. Besorg mir was Schlüpfriges, Baby, damit wir richtig absahnen können.«

Ich starrte ihn mit unverhohlener Abscheu an. Nicht nur wegen der Anzahl an Klischees, die er gerade in seine Rede gepackt hatte, sondern auch wegen der Gefühllosigkeit, die daraus sprach. Ich pflückte ihm das Fax aus der pummeligen Hand, überflog es und fragte so gelangweilt wie möglich: »Welcher Stadtteil?« Ich gab Owain nur ungern das Gefühl, dass mich das, was er für eine heiße Story hielt, auch nur im Entferntesten interessierte. Damit versuchte ich sein Urteilsvermögen zu untergraben.

»Irgendwo flussabwärts vom Stadion – finde es heraus.«

»Wie alt ist der Opi?«

»Ungefähr hundert.«

»Und das Mädchen?«

»Zwischen zwanzig und dreißig. Mehr haben sie nicht gesagt.«

»Vergewaltigung?«

»Keine Ahnung.«

»Wann vermisst gemeldet?«

»Nicht den blassesten Schimmer.«

»Tolle Story, Owain.«

»Dann häng dich ans Telefon und find's raus. Hopp, hopp, ich will die Sache um zwei auf dem Tisch haben, dafür bezahl ich dich schließlich!«

»Nicht annähernd genug, du Wichser«, murmelte ich vor mich hin und schickte ein strahlendes Zahnpasta-Lächeln hinterher. Aber er hatte sich schon umgedreht, um jemand anders mit einer Predigt zu beglücken.

Ich klemmte mich ans Telefon und hörte mich um, bei der Polizei, der Ambulanz, dem Gemeinderat, sammelte Lokalkolorit, sprach mit Mr Thomas und Princey und schrieb meine Story. Die junge Frau war offiziell noch nicht identifiziert, und bislang hatte niemand ihren Namen veröffentlicht. Ich ging also die nächsten drei Wochen ganz normal meiner Arbeit nach, ohne Lunte zu riechen und ohne zu merken, dass mein Leben so, wie ich es bisher gekannt hatte, bald vorbei sein würde.

Ich muss dazu sagen, dass Jenny keinen besonders hohen Nachrichtenwert hatte, bis ihr Name bekannt wurde. Anfangs erzeugte sie kein großes Medientrara, und das war auch nicht weiter verwunderlich. In Flüssen tauchen regelmäßig Tote auf, und normalerweise handelt es sich dabei um Alkoholiker, Junkies oder Selbstmörder. Kurz vor Weihnachten hatte die Polizei die Bevölkerung zur Mithilfe bezüglich einer vermissten jungen Frau namens Jenny Morgan aufgerufen, was mir jedoch entgangen war. Nur wenige Zeitungen hatten den Aufruf gedruckt. Schließlich verschwinden jeden Tag Menschen und tauchen normalerweise von ganz allein wieder auf. Manchmal in Flüssen, aber nicht immer.

Die vermisste Jenny schien also nichts Besonderes zu sein, niemand von Bedeutung. Sie hatte nicht lange genug in Cardiff gewohnt, um Freunde zu haben, die sie vermissten oder über sie tratschten, die mit Journalisten sprachen oder an die Bevölkerung appellierten oder Spekulationen anstellten. Sie hatte Wrexham erst wenige Monate zuvor verlassen.

Die Umstände ihres Verschwindens waren ebenfalls nicht reißerisch genug, um die Aufmerksamkeit von Journalisten zu erregen und ganz oben in den Schlagzeilen zu landen. Es gab keinen hitzigen Streit mit einem Lebensgefährten, von dem die Nachbarn berichten konnten, keine in chaotischem Zustand zurückgelassene Wohnung, keine durchsuchten Schubladen oder Drogenutensilien, keine verdächtigen Anrufer oder reumütigen Liebesbriefe, die sichergestellt wurden. Keine Schulden. Auch keinen depressiven oder selbstzerstörerischen Hintergrund.

Als ich später im Archiv stöberte, um eine zeitliche Abfolge der Geschehnisse zu erstellen, sah ich, dass Owain ihr Verschwinden in einem einzigen Absatz auf Seite vier abgehandelt hatte, versteckt zwischen albernen Weihnachtsbeiträgen.

Dass sich zunächst niemand direkt von Jennys Verschwinden angesprochen fühlte, lag wohl auch an der Tatsache, dass ein Teil von Jennys Kleidung und Schmuck fehlte, und man annahm, sie sei bei Freunden in der Gegend von Bristol (laut Polizeimitteilung hatte sie erwähnt, diese besuchen zu wollen). Aber dann stellte sich heraus, dass sie keineswegs bei Freunden war, sondern mausetot. Und zwar schon eine ganze Weile.

Mit der Effizienz der Polizei ist es auch nicht mehr weit her, dachte ich, als erst ganze drei Wochen später die Polizeimitteilung mit der offiziellen Identifizierung der Leiche auf meinem Tisch landete – und ich zum ersten Mal ein Foto von ihr sah. Da war sie. *Jenny.* Unsere Jenny. Sie war die junge Frau im Fluss. Was das Datum bedeutete, an dem sie laut Polizeimitteilung zum letzten Mal lebend gesehen worden war, war mir sofort klar: Es war der Abend im Charlie's.

Plötzlich war sie keine anonyme Leiche mehr. Sie war die *verschiedene* Jennifer Morgan (ihr Nachname war mir bis dahin nicht bekannt gewesen). Und sie war auch schon *verschieden* gewesen, als Mike und ich auf Schlittschuhen über den Weihnachtsmarkt geglitten waren oder als Cora und ich im Café über sie diskutiert hatten.

Jetzt, wo ihr Name offiziell bekannt war, bekam die Geschichte plötzlich einen menschlichen Hintergrund mit von Kummer zerfressenen Angehörigen, die man zitieren konnte, und deshalb waren zahlreiche Reporter ganz heiß darauf. Weil ich aber bereits über den Leichenfund geschrieben hatte, bestand Owain darauf, dass ich auch die Folgeartikel übernahm. Es war als Belohnung gedacht.

Obwohl in meinem Kopf eine ohrenbetäubende Kakophonie aus Fragen schrillte, musste ich meiner Pflicht nachkommen und den üblichen Rundumschlag machen, also meine Polizeikontakte anzapfen und natürlich bei den lieben Verwandten eine rührselige Hommage an die Verstorbene abholen.

Noch nie war ich so froh darüber gewesen, dass die Familie nicht aus der Gegend stammte. Ich griff also zunächst einfach zum Telefonhörer, vergewisserte mich, dass ich mit der richtigen Mrs Morgan sprach, und ging nach einigen banalen Beileidsbekundungen zu den üblichen aufdringlichen Detailfragen über.

Aber in meinem Magen und meinem Kopf rumorte es, nicht etwa wegen Jennys traurigem Ende, sondern wegen der

Schlussfolgerungen, die sich daraus ergaben. Mir war sofort klar, dass wir – ich, Cora, Stevie und Mike – vermutlich zu den letzten Menschen zählten, die sie lebend gesehen hatten. Und wenn Mikes Version der Ereignisse tatsächlich gelogen war, dann war er sogar der allerletzte gewesen. Schließlich hatte er das Ende der Nacht nicht bei uns verbracht.

Die Polizei bat nun in einer konzertierten Aktion um sachdienliche Hinweise, und vielleicht hatten wir, und damit meine ich mich, Mike, Cora und Stevie, ja welche zu bieten. Aber wollten wir wirklich, dass jemand davon erfuhr? Was für Folgen würde das haben? Ich musste mit Mike sprechen.

Ich konnte unmöglich warten, bis es sechs Uhr war und ich offiziell den Abgang machen konnte. Mit ungebührlicher Eile arbeitete ich den letzten Stapel Pressemitteilungen ab und verließ die Redaktion um Punkt fünf, nicht ohne *dem Arschloch* zum Abschied zuzuwinken, der den Mund zum Protest öffnete und vorwurfsvoll ein Bündel Papiere schwenkte.

Für den Anruf bei Mike verzog ich mich mit dem Handy in eine Nische im eisigen, widerhallenden Treppenhaus, direkt neben der Druckerei, damit die surrenden Maschinen meine Stimme übertönten.

»Wir müssen reden«, sagte ich. »Jenny. Jenny Morgan. Sie ist tot.« Am anderen Ende der Leitung herrschte Schweigen.

»Bist du sicher? Bist du sicher, dass *sie* das ist?«

»Hol mich von der Arbeit ab.«

»Was ist mit Cora?«

»Sag ihr nichts – zumindest nicht, bis wir geredet haben. Wenn die Nachrichten es heute überhaupt noch bringen, dann nicht vor halb elf. Komm einfach her. Sag ihr, du müsstest heute länger arbeiten. Komm sofort in den Pub.« Ich legte auf, bevor er noch etwas einwenden konnte.

Später fiel mir auf, dass er weder gefragt hatte, um welche Jenny es überhaupt ging, noch auch nur im Geringsten überrascht gewesen war. Ich hatte nicht gesagt: »diese Jenny aus deiner Firma« oder »das Mädchen aus dem Charlie's«. Natürlich wussten wir beide nur allzu gut, von wem die Rede war. Jenny hatte uns nie wirklich verlassen.

Ich traf Mike im Prince of Wales um die Ecke. Weil es noch früh und eher leer war, zogen wir uns ins Obergeschoss zurück. Ich kam mir heimlichtuerisch und übertrieben vorsichtig vor, dabei waren wir nur zwei Freunde, die nach der Arbeit noch ein Bier zusammen tranken. Das Prince of Wales ist ein ehemaliges Varietétheater mit gewölbter Decke und kleinen, durch Vorhänge abgetrennten Logen, das ausgerechnet von der alles verschlingenden Wetherspoons-Kette vor dem Abriss bewahrt und in einen ihrer typischen seelenlosen Happy-Hour-Pubs verwandelt worden war. Normalerweise amüsierte diese Tatsache die Zynikerin in mir, aber an diesem Tag wünschte ich mir nur, es gäbe hier eine Jukebox, damit unsere Stimmen in der Musik untergingen.

»Du bist dir also sicher«, wiederholte Mike, wie er mir da in seinen Büroklamotten gegenübersaß. Seine Miene verdüsterte sich, als er mein Nicken sah.

»Wie schade.« Er drückte sich vage aus. Bewusst oder unbewusst? Wartete er etwa darauf, dass ich deutlicher wurde?

»Schade ist ja wohl kaum das richtige Wort. Ist dir klar, was das bedeutet?« Ich wollte, dass er es zur Kenntnis nahm, dass er es aussprach: Das gibt Ärger.

»Aber die Polizei geht doch gar nicht davon aus, dass an dem Fall etwas faul ist, oder?«, antwortete er nach langem Schweigen. »Sieht doch so aus, als wäre sie einfach in den Fluss gefallen, mehr ist da sicher nicht gewesen. Vielleicht sollten wir der Polizei sagen, was wir wissen. Ich meine, wann wir sie gesehen haben.«

Innerlich fiel mir die Kinnlade herunter, und ich stellte mir vor, wie mein Mund offen stand und meine Augen groß wie Untertassen wurden. Ich nahm einen Schluck Wein. »Und was weißt du, Mike? Was weißt du, das die Polizei interessieren könnte?«

»Nichts. Nur dass wir sie im Club gesehen und dann gegen zwölf aus den Augen verloren haben.«

»Warst du in ihrer Wohnung, Mike?« Die Direktheit und der fordernde Tonfall meiner Frage erschreckten ihn.

»Nein, natürlich nicht. Das habe ich dir doch damals schon gesagt.«

»Ich weiß, was du mir gesagt hast. Bist du in ihrer Wohnung gewesen? Das ist kein Spiel mehr. War die Geschichte mit Gabe ein Haufen Scheiße, Mike? Denn wenn es so ist, sagst du es besser jetzt. Keine Lügen mehr.«

»Nein, ich bin nicht mit ihr nach Hause gegangen.« Seine großen, flehenden Augen ärgerten mich. Ich hatte nicht vor, einen Rückzieher zu machen. Was auch immer er noch vorbrachte, um mich auf seine Seite zu ziehen, das hier war *die* Gelegenheit, nachzuhaken und die Wahrheit herauszufinden. Ich würde meinen so genannten Beruf als Druckmittel einsetzen und ihn zum Vorwand nehmen, dem Mann meiner Freundin all die Fragen zu stellen, die ich vorher nicht zu fragen gewagt hatte. Dass es jetzt einen akuten Anlass gab, war ein zusätzlicher Vorteil. Ich ging also zum Angriff über.

»Gut. Dann finden die Bullen also keine Spuren von dir in der Wohnung? Keine Haare, Stofffasern, Fingerabdrücke oder Sonstiges? Keinerlei Hinweise auf dich?« Ich sagte es nüchtern und wie beiläufig und lehnte mich dann einfach zurück, um seine Antwort abzuwarten.

Ich spielte einen etwas gewagten Joker aus, denn in Wahrheit hatte ich keine Ahnung, wie der Ermittlungsstand war oder ob die Polizei Jennys Tod überhaupt als mögliches Verbrechen einstufte. Aber das konnte Mike ja nicht wissen. Bisher waren die Pressemitteilungen der Polizei äußerst vorsichtig und neutral formuliert gewesen. Es hatte lediglich darin gestanden, dass man versuche, ihre letzten Wege nachzuvollziehen, dass sie am Abend des großen Rugbyspiels vermutlich gegen neun ein Taxi in die Innenstadt genommen habe und dass man »offen in alle Richtungen« ermittle.

Aber das konnte sich ebenso schnell ändern, wie man vier Buchstaben auf der Computertastatur getippt hat. Ich wollte das Wort *Mord* nicht vor Mike in den Mund nehmen – das Wort, das unweigerlich in der Redaktion herumgeisterte, dort vermutlich sogar Hoffnungen auslöste und sich in den Köpfen der Redakteure und Redaktionsassistenten, die ihre Seiten füllen mussten, bereits zu den bestmöglichen Schlagzeilen zusammenfügte.

Vielleicht war es in den Augen der Polizei gar kein Mord. Vermutlich war es nichts dergleichen, so wenig, wie über die Umstände bekannt war, aber das würde ich Mike nicht auf die Nase binden. Stattdessen bediente ich mich dramatischer Ausschmückungen – erheblich erleichtert durch die Tatsache, dass die vielen Polizeiserien im Fernsehen immer mehr ins Bewusstsein der Öffentlichkeit vordrangen –, um ihn auf die falsche Fährte zu locken und seine Fantasie anzuregen.

Ich sah, dass er gedanklich bereits das Worst-Case-Szenario heraufbeschwor: ein Mann im knisternden weißen Overall, der Jennys Wohnung mit gezückter Pinzette und kleinen Plastikbeuteln gründlich durchkämmte. Mikroskope wurden ausgepackt und Pulver zur Sichtbarmachung von Fingerabdrücken aufgetragen. *Wenn* ich irgendwann die Wahrheit über jene Nacht und über Mike und Jenny herausfand, dann jetzt, wo ich das perfekte Druckmittel hatte.

Er biss sich auf den Daumennagel und lehnte sich zurück. Ticktack, ticktack, Wahrheit oder Lüge? Um ihm einen zusätzlichen Schubs zu geben, fügte ich noch hinzu: »Sie trug eine Lederjacke, als sie aus dem Fluss gezogen wurde. Das war nicht zufällig deine?« Ich hatte ins Blaue geraten. In der Gerichtsmedizin hatte es unter der Hand lediglich geheißen, sie sei voll bekleidet gewesen, inklusive Lederjacke. Aber Mike hatte in jener Nacht seine Jacke verloren, die Jacke, die weder bei Gabe noch sonst irgendwo wieder aufgetaucht war.

»Scheiße«, lautete seine Antwort.

»Erzähl's mir«, bat ich leise.

Plötzlich hatte ich Angst vor dem, was er zu sagen hatte. Steif rutschte er auf seinem Stuhl herum, nahm einen Schluck Bier und hustete. Ich saß regungslos da. Für eine Journalistin ist es wichtig zu wissen, wann sie die Klappe halten muss.

»Ja, ich bin mit ihr in ihre Wohnung gegangen«, sagte er. Ich schloss die Augen. »Nein, es war nicht, wie du denkst«, stellte er klar. Seine Hand schoss über den Tisch und griff nach meiner, die ihrerseits den Stiel meines Weinglases umklammerte. »Wir hatten euch verloren. Sie bekam kein Taxi und war ziemlich betrunken, ich meine, so richtig. Ich konnte sie doch nicht mitten in der Stadt stehen lassen, bei all diesen Besoffenen und Vollidioten! Euch hatte ich ja sowieso verloren.« Mike, der Gentleman.

»Also habe ich sie zu Fuß zu ihrer Wohnung begleitet. Es war ja nicht weit. Nur rüber auf die andere Flussseite, du weißt schon. Dann hat sie mich gefragt, ob ich eine Tasse Tee möchte.« Er wandte für eine Sekunde den Blick ab. »Ich weiß, ich weiß«, sagte er dann. »Warum, glaubst du, konnte ich es euch nicht erzählen? Es Cora nicht erzählen? Dabei ist gar nichts passiert. Sie wollte natürlich schon, dass ich bleibe, das gebe ich zu. Sie hat sich wirklich ins Zeug gelegt, aber ich habe kategorisch abgelehnt und gemacht, dass ich wegkomme.«

»Aber zu Gabe bist du nicht gegangen?«

»Nein. Nie im Leben würde ich dort pennen, das überlebt man nicht ohne Milzbrand-Schutzimpfung. Ich bin zu Stevie gegangen. Gegen zwei.«

»Und warum in aller Welt hast du das nicht einfach gesagt?«

»Ich wollte Stevie nicht mit reinziehen. Du weißt doch, wie Cora ist. Sie hätte ihn ausgefragt, und ihm wäre vielleicht etwas rausgeschlüpft. Wie groß war dagegen die Wahrscheinlichkeit, dass sie Gabe über den Weg läuft? Außerdem hatte ich ihr schon am Telefon gesagt, dass ich wahrscheinlich dort übernachten würde.«

»Meine Güte.« Ich zog meine Hand weg. »Ich weiß, dass du sie schon vorher kanntest, Mike. Du kennst sie viel besser, als du mir gegenüber zugegeben hast. Sie hat in deiner Firma in Wrexham gearbeitet, verdammt noch mal! Was zur Hölle ist da zwischen euch gelaufen? Hier? Oder in Wrexham? War es eine Affäre? Bist du deshalb hierher gezogen?«

»Nein, um Gottes willen! Stevie hat dir das erzählt, stimmt's? Ich kannte sie tatsächlich schon aus Wrexham, aber nur oberflächlich. Wir haben uns bei so einer PR-Veranstaltung mit Büfett kennengelernt. Ja, sie war scharf auf mich, aber da war nichts weiter dabei. Einmal hat sie mich gefragt, ob ich mit ihr was trinken gehe, und ich habe Ja gesagt.«

Ich schnaubte. »Und was sollte das?«

»Ich schätze, ich habe mich geschmeichelt gefühlt. Ein bisschen Networking und so. Wir haben einfach nett geplaudert. Aber danach ist sie aufdringlicher geworden, obwohl ich ihr von Anfang an von Cora erzählt habe. Sie wusste, dass ich verheiratet bin. Ich habe sie noch ein- oder zweimal bei Abendveranstaltungen getroffen, und das war's. Ehrlich. Vor ein paar Monaten bekam sie dann einen Job bei einer Filiale in Cardiff, kurz nachdem wir hierher zurück gezogen waren. Am Anfang hat sie immer wieder einen Vorwand gefunden, zu mir ins Büro zu kommen: Botengänge und solchen Quatsch. Dann hat sie mich gefragt, ob wir zusammen Mittag essen gehen. Ich habe nur Ja gesagt, weil ich gehofft habe, dass sie danach eine Weile Ruhe gibt. Wir sind in ein Restaurant in Canton gegangen, weit ab vom Schuss, und das war auch gut, weil sie mich ganz schön angebaggert hat. Und dann ist sie an dem Abend im Charlie's aufgetaucht und schnurstracks auf dich und Cora zugelaufen. Davor hat sie immer wieder gesagt, wie gern sie euch beide kennenlernen wollte. Besonders dich, weil du Journalistin bist, und wahrscheinlich auch, weil ich ziemlich viel von dir erzählt habe. Sie wollte auch Journalistin werden oder Autorin. PR war nicht so ihr Ding. Ich glaube, sie fühlte sich hier ein bisschen einsam und wollte Leute kennenlernen. Außerdem fand sie es wahrscheinlich toll, eine echte Journalistin zu treffen. Ich wusste nicht, was ich sagen sollte.«

»Besonders energisch hast du sie jedenfalls nicht abgewimmelt, das ist ja wohl offensichtlich. Warum hast du uns nicht einfach von ihr erzählt?«

»Weil Cora in letzter Zeit eine regelrechte Paranoia entwickelt hat, was meine Arbeitskolleginnen betrifft. Ich glaube, Jenny hat vor unserem Umzug ein- oder zweimal bei uns angerufen, und Cora ist drangegangen. Es wurde zwar jedes Mal sofort wieder aufgelegt, aber ich glaube trotzdem, dass sie es war. Als ich mit Jenny Mittag essen war, habe ich Cora erzählt, dass ich mit einem Kollegen essen gehe. Das erschien mir einfacher so. Und an dem Abend im Charlie's hatte ich

Angst, dass Jenny etwas ausplaudert und Cora auf komische Gedanken bringt. Ich wollte einfach, dass sie beschäftigt und zufrieden ist. Cora kann nämlich völlig grundlos eifersüchtig werden. Außerdem hat Jenny versprochen, dass sie mich in Ruhe lässt, wenn ich sie nach Hause bringe. Ich konnte sie doch nicht um diese Zeit dort stehen lassen, oder? Sie war eine Unruhestifterin, das ist alles. Das Wort Nein hat sie einfach nicht akzeptiert.«

»Und du Ärmster konntest nichts dagegen tun? Was für ein Schwachsinn! Du hattest monatelang Zeit, dir eine Ausrede zu überlegen, und das ist alles, was dir einfällt? Für wie blöd hältst du mich? Ich verdiene mein Geld damit, Menschen zu befragen, schon vergessen?«

Ich stand auf und wollte gehen, aber Mike streckte die Hand aus und packte wieder mein Handgelenk, diesmal mit einer Heftigkeit, die ich nicht erwartet hatte. Seine Miene versteinerte sich. Ich hatte ihn noch nie so wütend gesehen.

»So ist es aber nicht. Hör zu, ich hätte ihr von Anfang an keine Hoffnungen machen dürfen, das weiß ich. Sie war einfach so jung und begeisterungsfähig, und ja, es hat mir gefallen, dass es sie zu interessieren schien, was ich zu sagen hatte, dass sie mich um Rat gefragt hat. Ich hätte die Sache sofort unterbinden müssen, und das habe ich nicht getan. Das Ganze war ein blöder, hirnverbrannter Fehler. Mein Fehler. Setz dich bitte wieder hin.«

Er umklammerte immer noch mein Handgelenk. Die Leute sahen bereits zu uns herüber. Ich setzte mich und war seltsam befriedigt und besänftigt von seiner Wut. Aber ich war nicht bereit, die Sache auf sich beruhen zu lassen.

»Oh ja, dein Fehler. Du hast es erfasst«, sagte ich kühl. »Und wer weiß, wer am Ende dafür bezahlt? Hast du dich nie gewundert, warum sie dich plötzlich nicht mehr belästigt hat? Warum sie die letzten Monate verschwunden war?«

»Ich habe geglaubt, dass sie es vielleicht endlich kapiert hat. An dem Abend habe ich mich ziemlich deutlich ausgedrückt und bin sogar ein bisschen sauer geworden.« Er blickte hinunter auf seine Hand und ließ mein Handgelenk los.

»Ein bisschen sauer geworden? Wie sauer genau?«

»Nein, Lizzy, nichts Schlimmes. Ich habe sie nur ein wenig geschüttelt und gesagt, dass sie damit aufhören soll, dass ich langsam wirklich genug habe. Mehr nicht. Kein Grund, die Sache komplizierter zu machen, als sie ist. Es muss doch niemand davon erfahren, oder? Ich meine, niemand hat uns mit Jenny gesehen, es gibt keine Verbindung zu mir. Sie hat in einer ganz anderen Filiale gearbeitet, in Rhiwbina. Ich habe nichts getan. Ich wette, die wissen gar nichts, sonst hätten sie es schon gesagt.«

Das konnte ich zwar nicht unbedingt bestätigten, ließ es aber unkommentiert. »Du musst es doch niemandem erzählen, oder?«, fuhr er fort, weil er die Unsicherheit in meinem Schweigen spürte. »Ich meine, du musst doch keine Befangenheit anmelden oder so was, weil du über sie schreibst, obwohl du sie kanntest?«

Daran hatte ich noch gar nicht gedacht. Theoretisch verbot es mir mein Berufsethos, über einen Fall zu schreiben, in den ich selbst involviert war, zumindest dann, wenn es einen Interessenkonflikt gab. Andererseits war ich ja gar nicht wirklich in den Fall verwickelt. Und wenn ich regelmäßig über die Sache berichtete, blieb ich wenigstens auf dem Laufenden über die weiteren Entwicklungen. Das konnte ein Vorteil sein, auch wenn ich natürlich vorsichtig vorgehen musste.

»Ich bin doch keine verdammte Ärztin oder Anwältin«,

entgegnete ich. »Das Ganze geht niemanden außer uns etwas an. Zumindest für den Moment.«

»Gut, dann ist es doch ganz einfach. Wir müssen ja nicht zur Polizei gehen, oder? Die finden sicher selbst heraus, wo sie in den Fluss geworfen wurde und was mit ihr passiert ist. Es ist ja nicht so, als hätte ich Informationen, die sie weiterbringen würden. Wenn ich aussage, muss ich der Polizei auch erzählen, dass ich in ihrer Wohnung war, und dann findet es Cora heraus. Sie würde mir niemals glauben, dass ich unschuldig bin. Dann wäre die Hölle los. Keine Ahnung, ob unsere Beziehung das aushalten würde. Und wozu das Ganze, wenn wir es doch auch einfach dabei belassen können. Ich weiß ja nicht, was dem armen Mädchen zugestoßen ist, aber ich weiß, dass es nichts mit uns zu tun hat. Du solltest die Sache nicht unnötig aufblasen, Lizzy. Wir sind keine von deinen Storys.«

Ganz klar – ich sollte gutheißen, dass er sich von jedem Kontakt mit Jenny reinwusch, das war mir klar. Und es war ja tatsächlich am einfachsten, den Mund zu halten und abzuwarten, in der Hoffnung, dass es bald vorbei sein würde. Insgeheim wusste ich es besser, und vielleicht hätte ich das auch sagen müssen. Aber ich wusste auch, dass er recht hatte, was Cora betraf.

»Sag der Polizei erst mal nichts«, erklärte ich schließlich. »Warten wir ab, wie es läuft.«

»Genau. Warum Cora unnötig beunruhigen? Es ist nicht sehr wahrscheinlich, dass sie die Zeitung überhaupt sieht. Und für die Fernsehnachrichten interessiert sie sich in letzter Zeit sowieso kaum noch. Bald ist die Sache vergessen, da bin ich mir sicher.«

»Mike, ich schreibe das Zeug. Soll ich behaupten, ich hätte geglaubt, es würde sie sowieso nicht interessieren? Soll ich sagen, ich hätte den Zusammenhang gar nicht bemerkt oder gedacht, es sei unwichtig?«

»Falls sie es je herausfindet, sag einfach, du wolltest sie nicht beunruhigen. Du kümmerst dich doch sonst auch immer um sie, Lizzy. Sie wird es verstehen.«

Der Currymann

Der Mann mit dem Curry. Ich erkannte ihn, nachdem ich kurz mein mentales Gesichterarchiv durchgegangen war. Dort habe ich Unmengen von Gesichtern abgespeichert, fein säuberlich und gebrauchsfertig. Zum Glück kann ich mir Gesichter normalerweise gut merken, und das ist in meinem Beruf auch unerlässlich. Das Problem ist nur, dass man als Journalistin jede Woche mit Dutzenden Menschen spricht, sie befragt, mit ihnen in Pressekonferenzen zu tun hat, vor Gericht, bei Werbeevents, Premieren oder anderen Veranstaltungen; Gesichter auf der Straße, auf Pressefotos, auf der Anklagebank, Gesichter von Menschen, die aus Gefängnistransportern steigen, in Handschellen und halb verborgen unter einer Jacke oder einem Pullover. Da musst du die Betrüger streng von den Pädophilen trennen und darfst auf keinen Fall die Mörder mit den Opfern in einen Topf werfen.

Du interessierst dich nur für diese Menschen, weil sie deine Story sind. Sie sind der Schlüssel zu einer schnellen Erledigung deiner Aufgabe, ein Tropfen im stets und oft unbewusst fließenden Strom aus Wörtern und Fotos. Aber sie erinnern sich an dich, weil du in ihrer Existenz die Ausnahme bist, die Person, die ihnen zuhört und mit ihnen fühlt, die sie bedrängt und ihnen schmeichelt, die insistiert oder Vorschläge macht, ob zum Guten oder Schlechten.

Umso schrecklicher ist der Moment, in dem du dich ratlos einem dieser Gesichter gegenüber siehst und nicht mehr das Geringste über die betreffende Person weißt. An diesem Morgen war die für Gesichter zuständige Schnittstelle in meinem Kopf verstopft mit mentalen Notizen aus der Gerichtsverhandlung eines Busfahrers, der vor einer Schule ein Kind überfahren hatte. Trotzdem kam mir, als ich das Gesicht des Mannes sah und es zu verarbeiten begann, als Erstes das Wort Curry in den Sinn und dann das Wort Mike. Er starrte mich interessiert an. Auch er verarbeitete mein Gesicht, aber er war schneller damit fertig und stand von der Bank auf, um zu mir herüberzukommen. Zwei Sekunden später machte es auch in meinem Kopf klick – ein Blitz, ein Schnappschuss.

Ich war gerade bei Gericht, um den üblichen Freitagssitzungen beizuwohnen. Seit der Identifizierung von Jennys Leiche und dem Treffen mit Mike waren drei Monate vergangen, und plötzlich saß dort der Currymann im Empfangsbereich des Gerichtsgebäudes. Sauberer und nüchterner als bei unserer ersten Begegnung, aber unverkennbar der Mann mit dem Curry. Der Mann, der vor dem Charlie's gestanden und Cora belästigt hatte, als sie an jenem Abend aus dem Taxi gestiegen war. An *dem* Abend.

Während er nun auf mich zugelaufen kam, änderte ich instinktiv die Laufrichtung und verschwand in der Damentoilette, nicht hastig, aber geschäftige Eile vortäuschend, indem ich eifrig meine Tasche schwenkte. Es war nur ein Bauchgefühl, ein Ausweichmanöver, um potenziellem Ärger aus dem Weg zu gehen. Seelenruhig lächelte ich der obersten Amtsdienerin zu, die ebenfalls vor dem Spiegel stand. Jan, mit den wasserstoffblond gefärbten Haarspitzen und dem Cardiff-Akzent, die mir immer bei den kniffligen Adressdaten und der Schreibweise ausländischer Namen half. »Nicht du schon wieder, Schätzchen!«, sagte sie mit gespielter Verzweiflung und grinste. »So langsam können wir dir 'ne Dauerkarte ausstellen. Wie beim Rugby.«

Ich grinste zurück, weil Jan wirklich nett ist und sich zumindest keine Illusionen über die Wichtigkeit ihres Berufes macht. »Du warst bei dem Bustyp drin, oder? Eine Schande, das mit dem armen Kindchen. 'ne Menge Halunken heute, das Übliche, du weißt schon: Ladendiebe, Typen, die unberechtigt Arbeitslosenhilfe kassieren. Aber sonst nicht viel, was deine Leute interessieren würde.«

Sie hatte recht. »Meine Leute« interessierten sich für Sex, Mord und Gewalt. Am besten war eine Kombination aus allem, ansonsten taugte der Fall nur als Füllmaterial. Nicht einmal das Pech der kleinen Leute war dafür gut genug, es sei denn, es ging um einen Busfahrer, der ein Kind plattgemacht hatte. Dann konnte ein Fall schon mal auf Seite zwei oder drei vorrücken.

Ich wollte nicht mit dem Currymann reden. Inzwischen hatten auch unsere Konkurrenzzeitungen über Jennys Tod berichtet, und es waren ein oder zwei kurze Beiträge über sie in den lokalen Fernsehnachrichten aufgetaucht.

Jennys Autopsie hatte keine eindeutigen Ergebnisse gebracht. (Auch wenn ich inoffiziell erfahren hatte, dass Ertrinken als wahrscheinliche Todesursache angenommen wurde. An ihrer Leiche waren keine eindeutigen Zeichen von Gewalteinwirkung zu erkennen gewesen, bis auf eine Verletzung am Oberschenkel und eine im Gesicht, die sie sich vermutlich, wenn auch nicht nachweisbar, beim Sprung oder Sturz in den Fluss zugezogen hatte, wo auch immer der stattgefunden hatte.)

Das Medieninteresse war nur deshalb so groß, weil es ein ruhiger Frühling ohne Tragödien gewesen war und weil das Foto, das ihre Mutter der Polizei zur Verfügung gestellt hatte, sehr glamourös, ja geradezu sexy war: Den Kopf mit dem akkurat geschnittenen, glänzenden roten Haar hatte sie kokett der Kamera zugewandt, und es sah ganz danach aus, als sei das Foto auf einer Party entstanden, obwohl wir den Freund, an dessen Hals sie hing, aus persönlichkeitsrechtlichen Gründen herausgeschnitten hatten.

Nachdem ich mir so lange wie möglich Zeit dabei gelassen hatte, meine Haare ordentlich im Nacken festzustecken und mir die Lippen in meinem gewohnten Zartrosa nachzuziehen, ging ich davon aus, dass der Currymann verschwunden war. Ich konnte mir kaum vorstellen, dass er mir wirklich etwas zu sagen hatte. Vielleicht hatte er mich auch gar nicht erkannt. Sein interessierter Blick konnte ein typischer Männerblick gewesen sein: kein Starren des Wiedererkennens, sondern die Anerkennung einer hübschen Frau. Damit musste ich jeden Tag zurechtkommen, und das ohne gleich auf dem stillen Örtchen abzutauchen.

Als ich wieder aus der Toilette kam, traf es mich daher vollkommen unvorbereitet, dass der Currymann immer noch neben dem Schwarzen Brett bei den orangefarbenen Plastiksitzen herumlungerte, die vom Zigarettenqualm schon ganz stumpf waren. Es war kein Zufall, dass er dort stand. Er lauerte.

Während ich noch zögerte, sagte er: »Ich kenne Sie.« Er sagte es in vernünftigem, neutralem Ton, in dem keinerlei Unsicherheit lag. Der Satz war die Einleitung zu einem Gespräch, keine Bemerkung im Vorbeigehen. Und er würde mich eindeutig nicht mit meinem beiläufig dahingemurmelten »Ich bin öfter hier« davonkommen lassen.

»Ich nicht«, erwiderte er und wartete auf eine konkretere Antwort.

Er trug einen schlecht sitzenden Anzug, der schon bessere

Tage und vermutlich auch bessere Besitzer gesehen hatte. Das graue Hemd war am viel zu weiten Kragen mit einer blau-rot karierten Krawatte zusammengezurrt, und das darüberhängende Kinn ging gerade so als glatt rasiert durch. Die widerspenstigen Locken hatte er mit Haargel oder etwas Ähnlichem zu zähmen versucht – ohne Erfolg. Sein penetrantes Aftershave erinnerte mich daran, wie mir als Kind das Old Spice meines Vaters in den Augen gebrannt hatte, wenn ich nach ihm ins Badezimmer musste. Der Currymann war offenbar wegen irgendeines Delikts vorgeladen.

Bei meiner Arbeit begegnen mir viele Menschen wie er, Menschen, die die Aura der Verdrängten und Verzweifelten umgibt. Sie schmeißen sich für ihre Vorladung in Schale, für die Gnade des Gerichts, obwohl sie wissen, dass die geborgten Kleider, die Krawatten, die sie aus der Sockenschublade hervorgekramt oder von ihren Vätern geliehen haben, seit Jahren aus der Mode sind. Sie wissen, dass ihr Bemühen, ordentlich auszusehen, nur ihre Hilflosigkeit unterstreicht, so als hätten ihre verschlissenen Trainingsjacken und verblichenen Anoraks, die ausnahmsweise zu Hause geblieben waren, einen unübersehbaren Abdruck auf ihnen hinterlassen.

Kleinlaut oder trotzig müssen sie miterleben, wie die müden und ungeduldigen Vertreter der Justiz über sie tuscheln, obwohl sie doch gar nichts wissen über ihr Leben, ihre Leidenschaften, ihre Demütigungen. Ich weiß das so gut, weil auch ich einst eine von ihnen war. Sie könnten jeder x-Beliebige sein, weil sie in Wirklichkeit niemand sind. Aber das hier war tatsächlich der Currymann.

»Ich habe Sie doch vor dieser Disco gesehen«, sagte er, und wieder war es keine Frage. »Mit Ihrer versnobten Freundin.«

»Es tut mir leid, aber ich glaube, Sie verwechseln mich mit

jemandem.« Ich teilte ihm mit, dass ich noch zu tun hatte, und versuchte, mich an ihm vorbei durch die schwere Doppeltür zu drängen. Der Wartebereich war zwar leer, aber es war immer irgendwo ein Amtsdiener oder Wachmann in der Nähe, und aus der Cafeteria drang das Geklapper von Geschirr und eine Rauchwolke herüber. Er stellte sich mir in den Weg.

»An den langen Lulatsch kann ich mich auch noch erinnern. Der war nett. Ein echter Gentleman. Hat mir 'nen Fünfer zugesteckt.« In mir herrschte plötzlich völlige Leere. Ich hatte keine Ahnung, was ich sagen sollte. Am liebsten hätte ich geschrien: Verpiss dich, Alter! Verpiss dich, du armseliges Stück Scheiße! Wie kommst du auf die Idee, dass mich irgendwas, das du zu sagen hast, auch nur im Entferntesten interessiert? Das Leben ist zu kurz, um auch nur drei Sekunden meiner wertvollen Zeit mit dir zu vergeuden.

Aber ich verkniff es mir, um ihn nicht mehr als nötig gegen mich aufzubringen. Meine Bestürzung war ihm nicht entgangen, er lächelte. Ich spürte, wie die Panik langsam ihre Finger nach mir ausstreckte, wie sie durch die Bodenfliesen nach mir griff und meine Fußknöchel packte. Um mich nicht noch mehr zu verraten und weil ich schließlich irgendetwas sagen musste, fragte ich: »Welche Disco?« Ein erbärmlicher Versuch. Er lächelte fast schon mitleidig, wissend.

»Das Mädchen mit den roten Haaren hab ich auch gesehen. Das tote Mädchen aus der Zeitung. Da war ein schönes Foto von ihr drin. Haben Sie den Artikel geschrieben?«

»Ja«, antwortete ich und streckte die Hand nach dem Türgriff aus. Meine Beine gehorchten mir wieder, aber er vereitelte meinen Fluchtversuch, indem er den Träger meiner Handtasche packte und gedankenverloren daran herumfummelte.

»Dacht ich mir doch, dass Sie es sind. So ein hübsches Gesicht vergisst man nicht so leicht. Bei meiner ersten Verhandlung hab ich Sie auch schon hier gesehen. Die hatten mich in der Nacht mal wieder drangekriegt wegen Trunkenheit und ungebührlichen Benehmens. Schönes Pech, was? War 'ne schlimme Nacht für so einige Leute. Wenn ich dieses Mal die Stipe als Richterin erwische, diese Schlampe, zieht sie mich bestimmt über den Tisch. Vielleicht könnten Sie ja ein gutes Wort für mich einlegen? Wo Sie doch für die Zeitung schreiben? Hab keine Lust, schon wieder 'ne Geldbuße abzudrücken oder in den Bau zu wandern.«

Es wirkte nicht direkt wie eine Drohung, eher wie eine opportunistische Anfrage. Dass es keine war, war mir durchaus klar, auch wenn ich jetzt mein strahlendstes Lächeln aufsetzte.

»Ich fürchte, ich kann Ihnen nicht helfen. Ich berichte nur aus dem Gerichtssaal, weiter nichts«, sagte ich entschuldigend. »Ich bin nur Reporterin.«

»Auch gut«, antwortete er und ließ den Träger los. »Ich bin sicher, Sie werden mir noch irgendwie nützlich sein.« Ich trat die Flucht an. Zwar gemessenen Schrittes und aufrecht, aber eine Flucht war es dennoch. Eine Flucht zurück in den Gerichtssaal, wo der Busfahrer auf der Anklagebank nur mit Mühe die Tränen zurückhielt, während er stammelte, er habe gebremst, es sei aber zu spät gewesen und das Kind schon unter den Rädern. Ich schlängelte mich zu den Pressesitzen durch und bekam kein einziges Wort mehr von der Verhandlung mit. Mir war klar, dass ich den Currymann nicht zum letzten Mal gesehen hatte, und ich fragte mich, in welcher Hinsicht ich ihm wohl noch würde »nützlich« sein können.

Erinnerungsfetzen

Zwei Stunden später saß ich an meinem Schreibtisch und war derart in Bewegungslosigkeit erstarrt, dass mir selbst das Brauen einer Tasse Tee als unermesslicher Kraftakt erschien. Das letzte Restchen Eigenwille, das ich besaß, schien durch meine Füße hinausgesickert und zu einer klebrigen Lache unter dem Tisch geronnen zu sein, die zähflüssig wie Karamell war und mich auf meinem Stuhl gefangen hielt. Das Telefon stand nur eine Armeslänge weit weg, schien jedoch in riesige Ferne gerückt zu sein. Vielleicht war es ja nur eine Halluzination. Ich betete, dass es nicht klingelte. Bitte nicht klingeln!

Derartige Anfälle geistiger Abwesenheit erlitt ich ohnehin alle paar Monate, aber nach allem, was in letzter Zeit passiert war, wurde das Verlangen nach einem erlösenden Winterschlaf geradezu überwältigend.

Ich wünschte mich einfach nur ganz weit weg, weg von der Stadt, von Finsternis und Entbehrung, von klingelnden Telefonen, Abgabeterminen und der toten Jenny, weg von dem Currymann und all den anderen schwarzen Strudeln um meine Füße, die immer höher und höher gegen meine Beine schlugen und daran rissen, je mehr ich versuchte, dagegen anzustrampeln und davonzuschwimmen.

Als der endlose Tag in den Abend überging, sehnte ich mich mehr als alles andere danach, wieder mit der alten Cora im Studentenwohnheim zu wohnen, mich als die alte – bettelarme, aber erfinderische – Lizzy auf ihrem Bett zusammenzurollen, Videos zu schauen und Smarties zu essen und mich sicher und akzeptiert zu fühlen. Dort auf dem Bett, wo ich zum ersten Mal in meinem Leben das Gefühl hatte, angekommen zu sein und zu jemandem zu gehören und nicht mehr jede verdammte Minute an jedem verdammten Tag um Anerkennung kämpfen zu müssen, waren meine Stimme und meine Worte zum ersten Mal meine eigenen gewesen.

Jeder von uns wusste genau, wer er war, und was das bedeutete.

Zum Beispiel an jenem Tag im späten September, zu Beginn unseres zweiten Studienjahres, als Mike und Cora, Stevie und ich zu einem Ausflug aufbrachen. Formiert und gefestigt hatte sich unsere Viererbande erst wenige Monate zuvor, aber uns kam es vor, als hätte es uns schon immer in dieser Konstellation gegeben. An diesem perfekten, fröhlichen, für Lottogewinner reservierten Tag schlängelten wir uns in Stevies kleinem weißem Ford Fiesta mit dem großen Kassettenrekorder die Straße nach Worm's Head an der Gower-Küste entlang und sangen: Oasis, Elvis, Calon Lân (um uns darüber lustig zu machen), Del Amitri, Crowded House, Tom Jones, unmusikalisch, viel zu hoch, hysterisch vor Abenteuerlust.

In Stevies Auto, das unter einem knallblauen Himmel die schnellen Straßen entlangflog, war es warm, obwohl schon die ersten kessen Finger einer herbstlichen Brise den stählernen, steinernen Eigensinn der zweitgrößten Stadt von Wales kämmten. Der beste Teil kam erst hinter Swanseas zubetonierter Strandpromenade, wo die Straße über altes Gemeindeland führte und das Fell der grasenden Ponys wie mit Spinnweben überzogen wirkte. Langsam, schnell, langsam, schnell, so kugelten wir auf dem Rücksitz zum Rhythmus der gewundenen Landstraßen herum, über die sich die Zweige knorriger Bäume wölbten. Wir verfluchten Stevie dafür, dass er sich stur an die erlaubte Höchstgeschwindigkeit hielt, während der schwindende Sommersonnenschein verschwenderisch die grellen Farbtupfer später Rosen und Ginsterbüsche über den Grünstreifen und die Felder warf.

Unsere Fahrt durch grün belaubte Tunnel und über löchrige Steinbrücken ist eine Zeitreise zurück in eine Ära, in der Drachen hinter jedem Baum lauerten, mit ihren Krallen die Sommerblumen zerdrückten und den Geruch der Erntezeit freisetzten. Mit jeder Links-rechts-Bewegung des Autos pendeln Mike und ich auf dem Rücksitz sanft auseinander und dann wieder zusammen, in Rechtskurven berühren sich unsere Oberschenkel, in Linkskurven unsere Oberarme. Ich rieche sein Aftershave, die längeren Locken an seinem Hinterkopf kitzeln meinen Nacken. Ich weiß, dass ihm das nicht entgeht. Er bewegt sich nicht.

Ich kann Coras Gesicht im Rückspiegel sehen. Sie sitzt vorne, weil ihr sonst schlecht wird, und singt hingebungsvoll *Alright* von Supergrass mit. Sie wackelt mit den Schultern, ihre Hände tanzen einen kleinen Jive, es ist ein Gefühl wie im Leerlauf, als wären wir in unserem ganz privaten Musikvideo gefangen.

Stevie konzentriert sich auf die kurvige Straße und summt leise vor sich hin. Ein überwältigendes Gefühl der Zuneigung strömt durch meine Kehle, stark und irgendwie metallisch. So waren wir damals. Immer. Ich liebe meine Freunde.

Wir stehen auf den Klippen, wo der Wind stoßweise weht und das weiße heranrollende Wasser alle paar Sekunden mit furchterregendem Donnern an den Felsen emporbrandet.

»Ich liebe es hier am Meer«, seufze ich und atme die salzige Seeluft ein.

»Es ist doch nicht wirklich das Meer, das du liebst, Lizzy«, sagt Mike neben mir. »Das Meer ist doch nur eine endlose, nichtssagende Fläche.« Er packt meine Hand und hält sie nach oben, und ich imitiere seine dem Tag huldigende Körperhaltung. »Nein, was du liebst, was *wir* lieben, ist das Schauspiel, das es bietet, wenn es auf Land trifft, zielstrebige Brecher auf unbeugsame Klippen, die Reibung, die Leidenschaft, der Kampf der Elemente.«

»Meine Güte, bist du heute metaphorisch drauf«, spotte ich, obwohl das Meer in meinem Herzen tost und die Gischt in meiner Lunge brandet. »Oder sollte das metaphysisch sein?«

»Womöglich beides«, grinst er und verschlingt die ganze weite Welt mit seinem Lächeln. »Zusammen verweilten wir in den Kammern der See….«, zitierte er mit einem Fragezeichen in der Stimme. Es ist ein Test, eine Aufforderung an mich.

»Von Meermädchen umkränzt im Seetang, braun und rot – bis Menschenstimmen uns wecken, und wir ertrinken.«

Er versteckt seine Freude nicht. Ich habe den Test bestanden und das Zitat aus *J. Alfred Prufocks Liebesgesang* zu Ende geführt. Für einen Moment gibt es nur uns, sind wir ganz eins.

»Ich will ein Eis!«, schaltet sich Stevie ein, der ein paar Meter entfernt auf dem Pfad stehen geblieben ist. »Und ich will runter an den Strand!«, ruft Cora. »Was macht ihr zwei überhaupt da vorne?«

»Ich komme schon, mein kleiner Albatross!«, ruft Mike zurück. Wir stolpern auf dem ausgetretenen Pfad zum Strand hinunter. Zu unserer Linken erhebt sich die Insel Worm's Head, bevölkert von Schafen und Tagesausflüglern. Demütig verbeugt sie sich vor dem Meer.

Immer wenn der Wind stärker wird und die Küste peitscht, ist es plötzlich so kalt, dass ich fröstele, obwohl ich Handschuhe und Schal trage. Mein Gesicht brennt, und mir bleibt der Atem weg, aber das hält uns nicht davon ab, beim Erreichen des Sandstrandes Schuhe und Socken auszuziehen. Es ist Flut, aber das Wasser zieht sich schon wieder zurück. Vor uns liegt ein Streifen nasser Sand, glatt und hart, und wir rennen los wie die Verrückten, umrunden Muscheln, Treibholz, die Rippen eines alten Fischerboots, sauber abgenagt vom Meer.

Wir machen übertriebene Düsenfliegergeräusche und fliegen im Sturzflug aufeinander zu, barfuß und fröhlich, wenden in letzter Sekunde ab und wirbeln herum, bis wir keine Luft mehr bekommen.

Cora und ich stürzen aufs Meer zu, und meine längeren Beine überholen ihre kürzeren dort, wo die Wellen heranrollen und auf Land treffen. Inzwischen ist das prickelnde Gefühl in meinen rauen, protestierenden Füßen zu echtem Schmerz herangewachsen, aber ich ignoriere ihn einfach. Das Wasser spritzt, und wir rennen weiter, bis wir wadentief drin stehen. Für einen kurzen Augenblick besteht die Welt nur noch aus Salz und Sonne und dem endlosen grünen Ozean und unserem explodierenden Atem.

Erschöpft und lachend prallen wir gegeneinander und halten uns aneinander fest, bevor wir auf tauben Beinstümpfen wieder an Land humpeln.

Mike spurtet auf Cora zu und fängt sie in seinen Armen auf, um sie anmutig um sich herumzuwirbeln. Über ihre Schultern hinweg, so dass sie es nicht sehen kann, sieht er mir in die Augen. »Ihr zwei habt wohl völlig den Verstand verloren! Ihr holt euch noch 'ne Lungenentzündung«, sagt er. Dass wir beide ihm gehören, sagt er nur mit seinen Augen.

Er ist ein wenig traurig, aber Cora strahlt genug für sie beide, ein endloses Lächeln. Die Welt ist in Ordnung.

Verstehen Sie, wie es war? Wie es hätte sein können? Wie ich das Gefühl in mich aufsog, zum ersten Mal irgendwo dazuzugehören, nicht nur zu einer Gruppe von Menschen, sondern zu echten Freunden? Wie hätte es mir nicht zu Kopf steigen und mich trunken und schwindlig machen können, wie hätte ich nicht gierig alles verschlingen können? Die alte Lizzy, die es gewohnt war, außerhalb zu stehen und alles zu beobachten, behielt ein Auge auf die neue Lizzy, weil sie es insgeheim besser wusste. Aber sie schwieg. Noch.

So viele eingefangene Momente, Sommer, Geburtstage, Sonntage. Viel farbenfroher und dreidimensionaler als Postkartenmotive, eine wundersame Welt in Cinemascope und Breitbild, eine Welt, in der Worte der Wirklichkeit nicht immer gerecht werden.

Man stelle sich das vor: meine Sehnsucht nach Vollständigkeit und Freundschaft, endlich erfüllt.

Man stelle sich vor, wie perfekt mir die Stadt Chester einige Monate später erschien, als ich Cora und Mike in der vorlesungsfreien Woche im November zum ersten Mal zu Hause besuchte. Sie erschien mir wie ein Gegengift zur eintönigen Tristesse des Reihenhauses meiner eigenen Eltern.

Cora machte Windmühlenarme auf dem schmalen Bahnsteig, rief meinen Namen, noch bevor ich aus dem Zug gestiegen war, und erwürgte mich fast, als sie mir die Arme um den Hals warf. Dabei hatte ich sie erst fünf Tage vorher zum letzten Mal gesehen.

»Wie war die Fahrt? Hast du Hunger? Bestimmt hast du Hunger. Wir könnten irgendwo Pommes essen gehen oder lieber Kaffee und Kuchen? Ich kenne den perfekten Ort dafür!« Die Entscheidung war eindeutig bereits getroffen.

»Wo ist Mike?«, fragte ich leichthin, während sie mich Richtung Stadtzentrum bugsierte. Es war Freitag, und sie war direkt aus der Vorschule gekommen, in der sie aushalf, wann immer sie konnte. »Mike ist mit seiner Schicht im Café auch bald fertig«, sprudelte es aus ihr heraus, bevor sie mir genauestens auseinandersetzte, was sie für meinen Besuch geplant hatte und wie sehr sich ihre Mutter darauf freute, mich kennenzulernen, nachdem sie nun schon so viel über mich gehört hatte. »Du magst sie bestimmt, aber ich warne dich, sie hat eine etwas direkte Art. Mike macht sich natürlich vor Angst halb in die Hose.«

Im Café quasselte Cora wie ein Wasserfall über Vorschulkinder und Lehrpläne und ihre Bewerbung fürs Referendariat und Liam Parker, der in sie verknallt sei, und den kleinen Jungen, der gestern elf cremegefüllte Schokoeier verschlungen und sich dann über ihre neue Benetton-Jacke erbrochen hatte, und dass sie versprochen habe, fünfzig Zuckergusstörtchen für den Tag der offenen Tür an Weihnachten zu backen. Ich hörte ihr nur allzu gerne zu.

Nach Tee und Kuchen klapperten wir die Maklerbüros ab und schauten uns Wohnungen und Häuser an, auf die Cora ein Auge geworfen hatte. Sie konnte es gar nicht erwarten, mit Mike zusammenzuziehen, gleich nach den Abschlussprüfungen wollten sie sich zusammen etwas mieten.

Als die müde Wintersonne tiefer sank und das Licht weicher wurde, gerieten die kitschigen, auf alt getrimmten Elemente der Altstadt von Chester in Vergessenheit, und die Stadt ragte in einer Symphonie aus Holz und zartgelbem Gestein majestätisch empor in den eisblauen Winterhimmel. Und dann kam auf einmal Mike aus dem Dämmerlicht gehüpft, und zusammen kuschelten wir uns in unsere Jacken, rieben die Handschuhe aneinander, tänzelten durch die echten und nachgemachten Tudorarkaden, sogen den Duft von heißem Kaffee und zuckersüßen Leckereien in uns auf und schlitterten um die blank gewetzten Stadtmauern herum, um den trägen, glasklaren Fluss zu betrachten.

Die alles erstickende Dickens-Atmosphäre war zu viel für Mike. Er bestand darauf, den Kragen seiner Wachsjacke aufzustellen, sich den Schal ums Gesicht zu wickeln und »Einen schönen Tag noch, Mr Pickwick!« und anderen Unsinn zu grölen, während er immer wieder seinen imaginären Hut lüftete und sich unsichtbare Prisen Schnupftabak in die Nase schob. Als Cora und ich wie Dickens'sche Waisenkinder sehnsüchtig ins vor Hitze beschlagene, mit Kunstschnee besprühte Schaufenster einer Konditorei starrten, verschwand Mike und tauchte, während wir unter den dicht gedrängten Passanten noch nach ihm Ausschau hielten, plötzlich auf der Brücke mit der exzentrischen, viktorianisch anmutenden Standuhr wieder auf. Dort lehnte er sich übers Geländer und rief uns zu: »Oh weh, was ist heute für ein Tag?« Cora und ich kicherten haltlos.

»Heute? Na, Weihnachten!«, rief ich zurück und ignorierte die irritierten Blicke der Passanten.

»Dann hab ich's doch nicht verpasst«, erwiderte er und blickte sich in gespielter Verwunderung um. Er griff in seine Jackentasche und zog ein Zehn-Pence-Stück hervor, das er mit einer anmutigen Bewegung zu uns herüberschnippte. Wie in Zeitlupe segelte die Münze zu Boden, und während sie in der Luft ihre Spiralen zog, schien das schräge, gelbliche Licht der untergehenden Novembersonne nicht etwa von ihr reflektiert zu werden, sondern aus ihr zu entspringen. Ich streckte eine eingemummte, behandschuhte Hand nach ihr aus, griff aber natürlich daneben, woraufhin Cora und ich im Rinnstein nach dem wertvollen Penny tasteten und uns für diese Kostbarkeit aus seiner Hand gegenseitig wegschubsten.

Bei Cora wurde um Punkt acht zu Abend gegessen. Auch wenn Cora nachdrücklich darauf beharrte, bezweifle ich, dass Phillippa so furchtbar erfreut war, mich kennenzulernen. Das war einige Jahre vor Coras und Mikes Hochzeit, bei der ich ihr half, sich in ihr erlesenes rotes, so gar nicht nach Brautmutter aussehendes Seidenkleid mit Korsettschnürung zu zwängen, und sie mich daraufhin mit Tränen in den Augen umarmte. Das kam später.

Sie war älter, als ich erwartet hatte, größer und auf zurückhaltende Weise glamouröser. Sehr englisch auf eine Art, die nicht nur Nationalität, sondern auch Lebensstil, Akzent und Benehmen mit einschließt. Wie Cora drückte auch sie sich sehr gewählt aus, und sie trug die dunklen Haare zu einem eleganten Pferdeschwanz gebunden. Sie alterte in Würde, wie Lauren Bacall. French Manicure. Cora kam anscheinend nach ihrem Vater. Phillippa war außergewöhnlich gepflegt, trug eine teure, aber unaufdringliche schwarze Hose zum schwarzen Rollkragenpullover, keinen sichtbaren Schmuck und ein dezentes, schimmerndes Make-up – sparsam, aber ausreichend.

Sie tischte uns ein exzellentes Dinner auf: pochiertes Lachsfilet mit einer Soße nach geheimem Rezept, dazu Erbsen und neue Kartoffeln mit Petersilienbutter, gefolgt von hausgemachter Zitronentarte, Bohnenkaffee und Biscotti. Sie war Cora gegenüber schnippisch und etwas nachsichtiger gegenüber Mike, und mich unterzog sie über die Kerzen auf dem Esstisch des beengten Speisezimmers hinweg einem regelrechten Verhör. Es sah dort aus, als hätte man die Wohnzimmereinrichtung einer gehobenen Mittelschichtfamilie auf viel zu engem Raum zusammengezwängt.

Auf dem Kaminsims tickte eine teure Reiseuhr. »Cora sagt, du stammst aus den walisischen Tälern, Elizabeth? Das hört man dir überhaupt nicht an!«, erklärte Phillippa beim Servieren des Lachses, während Cora mir über den Tisch hinweg einen entschuldigenden Blick zuwarf. »Du bist ganz anders, als ich mir ein Mädchen aus den Tälern vorgestellt hätte. Aber Cora hat mir natürlich schon alles über dich erzählt.«

Mit widerwilliger Anerkennung musterte sie mich von Kopf bis Fuß. Scheinbar übertraf ich die geringen Erwartungen, die sie mit dem Tonfall, mit dem sie »Täler« aussprach, zum Ausdruck brachte. Ich glaube noch nicht einmal, dass es unhöflich gemeint war. »Cora könnte sicher den ein oder anderen Tipp von dir vertragen. Ihr kleidet euch ja heutzutage sowieso alle wie Schulabbrecher. Das ist mittlerweile Standard, egal, woher man kommt. Aber du hast eine gute Körperhaltung, und eine schöne Haut hast du auch. Cora hingegen habe ich nie dazu bewegen können, sich auch nur die geringsten Gedanken um ihr Äußeres zu machen.« (Jetzt war ich an der Reihe, mich mit den Augen bei Cora zu entschuldigen.) »Du erwägst also, *Journalistin* zu werden?«

Wie die meisten Menschen betrachtete auch Phillippa Journalismus als gleichzeitig glamouröse wie geschmacklose Tätigkeit. Obwohl sie durch kleine Nebenbemerkungen klarstellte, dass sie nichts von Leuten hielt, die ihre Nasen in anderer Leute Angelegenheiten steckten, gab sie Cora zu verstehen, dass der Berufszweig, den ich mir ausgesucht hatte, dem einer einfachen Lehrerin immer noch vorzuziehen sei. Dabei ließ sie allerdings unerwähnt, dass sie selbst aus finanziellen Gründen gezwungen gewesen war, eine Teilzeitstelle als Sekretärin an Coras ehemaliger Privatschule anzunehmen. Vielleicht war das etwas anderes, weil es dort exklusiver zuging und sie mit einer höheren Gesellschaftsschicht verkehrte.

Von diesem Abend an tat mir Cora ein wenig leid. Was für eine verbitterte alte Hexe ihre Mutter doch war. Wäre Cora bei mir zu Gast gewesen, hätte meine Mutter zur Feier des Tages einen anständigen Pullover von Marks & Spencer angezogen, eine bunte Schürze umgebunden und uns überbackene Makkaroni gemacht, während sie fröhlich um Cora herumgewuselt wäre, um ihr Fragen zu ihren Vorlesungen und ihren Eltern zu stellen und mich zwischendurch über den grünen Klee zu loben. Das wäre mir zwar ein bisschen peinlich gewesen, aber Schürze hin oder her, meine Mutter hatte deutlich bessere Manieren als Phillippa.

Zum ersten Mal ging mir auf, dass Cora und ich doch etwas Entscheidendes gemeinsam hatten, etwas, das in den zwölf Monaten, die wir uns kannten, alles andere überragt hatte: Ich war nicht die Einzige, die auf die eine oder andere Weise ihrer Herkunft zu entfliehen versuchte. Sie hatte mich genauso gesucht wie ich sie, auch wenn uns das gar nicht bewusst gewesen war. Wir beide hatten versucht, uns neu zu erfinden – und das war uns auch gelungen. An diesem Wochenende verstand ich, dass wir von nun an zusammengehörten und dass diese Zusammengehörigkeit alles war, was wir brauchten. Und nichts und niemand konnte das ändern.

Insiderwissen

Achteinhalb Jahre später saß ich an meinem Schreibtisch in der Redaktion und suchte Zuflucht in diesen Erinnerungen, damit sie mich wieder aufrichteten und ich tun konnte, was ich tun musste, und sein konnte, wer ich sein musste – eine coole, beherrschte Journalistin, die abgebrüht und unbeteiligt ihre Story über ein totes Mädchen schrieb und nicht darüber nachdachte, wie es dazu gekommen war, dass Mike, Cora, Stevie und ich plötzlich Teil dieser Story waren.

Noch bevor ich mir überlegen konnte, wie ich *dem Arschloch* entwischen und mich zum »Kontaktaufbau« oder zur »Recherche« (also zu einem ausgedehnten Pubbesuch) aus dem Staub machen konnte, klingelte das Telefon. Am Apparat war ein Bekannter, der im Archiv der Polizeihauptwache arbeitete und eine wichtige Information für mich hatte: Die Kripo hatte Mike im Büro aufgesucht und ihn im Zusammenhang mit gewissen *neueren Entwicklungen* zum Fall Jenny befragt.

Von dem jungen Polizisten, der mich nach der Eröffnungsverhandlung angesprochen hatte, erfuhr ich am nächsten Tag, worum es sich bei diesen Entwicklungen handelte. Dass wir uns erneut bei Gericht über den Weg liefen, war früher oder später zu erwarten gewesen. Was mich nervös machte, war seine ungewöhnliche Mitteilsamkeit. Normalerweise geben sich die Bullen gelinde gesagt eher zugeknöpft.

Ich saß in der muffigen Cafeteria, direkt neben der Werbetafel, auf der ein Schinkensandwich und eine Tasse Tee zum Preis von nur 1,99 Pfund angepriesen wurden. Vor dem Rauchverbot war dies der einzige Ort, an dem man das beschlagene Schiebefenster aufmachen, ein wenig beißenden Zigarettenqualm rauslassen und einen Mund voll geringfügig frischerer Stadtluft einatmen konnte.

»Wie geht es Ihnen?«, fragte er. Es klang, als würde ihn das aufrichtig interessieren. »Die Frau, die nicht als Freundin hier ist, sondern als Journalistin, stimmt's?«

Ich hatte ihn nicht hereinkommen sehen, weil ich in meine Notizen vertieft gewesen war. Er hatte ein Tablett mit einem schlaffen Schinkensandwich und einem Becher Tee in der Hand. Unter einer Papierserviette lugte diskret ein überdimensionaler Schokoriegel hervor.

Ich lächelte. »Etwas im Stress. Ziemlich viel zu tun heute.« In der Hoffnung, dass er den Wink verstand, wandte ich mich wieder meinen Notizen zu.

Er zögerte einen Moment und nahm dann mir gegenüber Platz, nachdem er kurz mit dem Plastikstuhl gekämpft hatte, der sich mir zuliebe tapfer gegen sein Eindringen zur Wehr setzte.

»Wichtiger Fall?«, fragte er scherzhaft.

»Oh ja, absolut«, antwortete ich mit gespieltem Ernst. »Bei Ihnen doch sicher auch?«

»Sie schreiben also immer noch über das Mädchen im Fluss? Ich habe Ihre Artikel gelesen.«

»Diese schwachsinnigen Schlagzeilen sind nicht von mir, müssen Sie wissen«, platzte es aus mir heraus. Der übliche Versuch, mich zu rechtfertigen. Den Leuten ist meist nicht klar, dass das, was letztlich in der Zeitung erscheint, nur noch wenig Ähnlichkeit mit dem Text aufweist, den wir Journalisten vorher geschrieben haben, und dass wir keinerlei Einfluss auf die Aufmachung haben. Das überlassen wir idiotischen Grafikdesignern mit einem Faible für Klischees.

»Weiß ich doch«, sagte er lachend. »Die Überschriften über Ihren Artikeln waren aber durchaus wahrheitsgetreu. Nicht zu reißerisch. Fair Play.«

Fair Play? Na dann ist ja alles gut. Solange du meine Überschriften billigst, kann mein Leben nicht völlig wertlos sein. Als mir klar wurde, dass er nicht so bald wieder abhauen würde, lehnte ich mich im Stuhl zurück und beschloss, ihn ein bisschen zu bearbeiten. »Wie ich gehört habe, haben Sie den Arbeitsplatz des Mädchens unter die Lupe genommen.«

»Wer hat Ihnen das erzählt?« Seine Augen wurden schmaler. Weil er nicht wirklich eine Antwort von mir erwartete, schwieg ich beharrlich. Er spielte mit seinem Hemdkragen und fuhr mit einem Finger darin hin und her. Auf seine ernste Art war er durchaus attraktiv. Schöne dunkle Haare, blaue Augen, dezentes Muskelspiel unter der Uniform. Eigentlich sah er sogar richtig gut aus.

»Na gut, ja. Ist schließlich kein Geheimnis«, sagte er nach kurzem Nachdenken. »Ich sollte Ihnen das eigentlich nicht erzählen, aber wir glauben, dass sie eine Affäre mit einem Arbeitskollegen hatte.«

Ich richtete den Blick starr geradeaus, hielt meine Finger mühsam davon ab, sich um meine Teetasse zu klammern, und verbot es meinem Gehirn, Bilder von Mike in seinem Büro abzuspulen und sich auszumalen, zu welchen unausweichlichen Schlüssen dieser niedliche junge Polizist gelangen würde, wenn er wüsste, was ich wusste.

»Ach ja? Das ist doch nichts Ungewöhnliches, oder?«, fragte ich mit meiner besten gelangweilten Stimme.

»Nein, nicht wirklich.« Ich hatte plötzlich das Gefühl,

dass ein bisher unsichtbarer Scheinwerfer auf mein Gesicht gerichtet war, dessen grelle Helligkeit den Rest des Raumes verschwimmen ließ. Innerlich schluckte ich nervös, ließ mir aber nichts anmerken.

»Und? Was gefunden?«, fragte ich betont desinteressiert.

»Sie behalten es für sich?«

»Natürlich.« (Eine Journalistin behält nie etwas für sich.)

Er hielt inne, schaute sich um und beugte sich konspirativ zu mir vor. »Nein. Es ist aus niemandem etwas herauszubekommen.« Er grinste. Ich war an der Reihe.

Ich entspannte mich und streichelte sein Ego, indem ich seinen eher schwachen Witz mit einem anerkennenden Grinsen quittierte. »Was hat Sie dann auf Ihren Verdacht gebracht? Das Bauchgefühl eines genialen Ermittlers?«

»Tja …« Er verlagerte ein wenig das Gewicht auf seinem Stuhl, woraufhin die Luft mit einem würdelosen Rülpsgeräusch der Polsterung entwich. Wieder blickte er sich um, als könnten sich in der leeren Cafeteria unerwünschte Zuhörer verbergen. »Eigentlich dürfte ich das gar nicht verraten.«

»Das haben Sie gerade schon mal gesagt«, antwortete ich mit einem Lächeln, von dem ich hoffte, dass es schmeichelnd, ermunternd und ein klein wenig kokett wirkte. (Vertrau mir! Schau mir in die großen blauen Augen und vertrau mir all deine Geheimnisse an, deinen Beruf, dein Leben.)

Er grinste. »Das dürfen Sie jetzt aber nicht drucken. Wir haben ein Tagebuch gefunden. In ihrem Zimmer. Darin geht es um einen Kerl, mit dem sie sich getroffen hat. Seinen Namen nennt sie nicht, sie nennt ihn nur *Er. Habe heute mit* ihm *gesprochen, habe einen Kaffee mit* ihm *getrunken, bin* ihm *im Flur begegnet, haben uns zum Mittagessen getroffen.*«

Ein Tagebuch. Großer Gott! Lächle, du blöde Kuh. »Die

übliche Büroromanze also«, sagte ich. »Keine große Hilfe, oder?«

»Na ja, drucken dürfen Sie das wie gesagt noch nicht, aber sie hat geschrieben, dass sie *ihn* an dem besagten Abend treffen würde. An dem Abend, als sie verschwunden ist. Sie wollte mit ihm etwas trinken gehen, in irgendeinem Club in der Innenstadt. Ein paar Freunde von ihm würden auch da sein, hat sie geschrieben.«

Meine Augen müssen sich leicht geweitet haben, denn er machte ein selbstgefälliges und zufriedenes Gesicht und sagte: »Oh ja! Wenn sie sich wirklich mit ihm getroffen hat, ist dieser geheimnisvolle Lover also vielleicht genau die Person, mit der wir sprechen sollten.« Er sah mich aufmerksam an. »Meinen Sie nicht auch?«

Ich fragte mich, warum er mir das erzählte. Weil er dumm war? Weil er mir vertraute? Legte er vielleicht einen Köder für mich aus und lauerte auf meine Reaktion? Mein Instinkt verriet mir, dass dem nicht so war. Oh Gott, natürlich! Er flirtete mit mir, versuchte, mich zu beeindrucken! Das war es. Er spürte den abschätzenden Blick hinter meinem Schweigen, und seine Selbstzufriedenheit schwand. Er sah plötzlich besorgt aus.

»Sie wissen aber schon, dass Sie NICHTS davon weitersagen dürfen, oder? Sonst stecke ich bis zu den Ohren in der Scheiße. Ich bin nämlich momentan nur auf Probe bei der Kripo, um mich auf die Kriminalmeisterprüfung vorzubereiten.«

»Drucken? Was denn?« Ich lächelte, um ihn einzulullen, bevor sein Vertrauen in mich endgültig zusammenbrach. Jetzt, wo er in die Defensive gegangen war, gewann ich wieder die Oberhand. Ich stand auf, warf den Kopf zurück und sagte: »Viel Glück bei den Ermittlungen.« Dann blickte ich noch ein letztes Mal über die Schulter und fügte hinzu: »Wir laufen uns bestimmt bald wieder über den Weg, *Officer*!«

In meinem letzten Satz schwang eine Einladung mit, genau wie ich es beabsichtigt hatte. Schließlich konnte er mir durchaus noch nützlich werden. Er wollte noch etwas sagen, ließ es dann aber. Dass er mir hinterherschaute, wusste ich, ohne mich umdrehen zu müssen. Aber hinter meiner Gelassenheit und der unbekümmerten Verabschiedung wand sich das, was ich von ihm erfahren hatte, um meine Eingeweide und drohte, mich zu ersticken.

Am Tag danach hatte ich zum ersten Mal das Gefühl, dass mir ein Polizeiauto folgte. Ist die Paranoia erst einmal da, speist sie sich aus sich selbst, ernährt sich von dem Gedanken, dass irgendjemand an irgendeinem Ort mehr wissen könnte, als dir lieb ist. Weil du selbst mehr weißt, als du wissen dürftest. Sobald der Schalter einmal umgelegt ist, erneuert sich die destruktive Energie immer wieder von selbst.

Es passierte auf dem Rückweg vom Gericht. Vor dem Gerichtsgebäude stehen natürlich immer zahlreiche Streifenwagen herum, deshalb achtete ich gar nicht auf sie, als ich zum ein paar Straßen weiter geparkten Redaktionsauto zurückging. Ich hatte vor, bei Cora vorbeizufahren, weil ich wusste, dass Mike zu Hause sein würde. Am Vorabend hatte ich mit Cora telefoniert, um über belanglose Dinge zu plaudern und mich mit ihr für diese Woche zu einem Pflichtabendessen zu verabreden – obwohl mir ganz und gar nicht danach war. Sie hatte mir erzählt, dass Mike ein paar Tage lang von zu Hause aus arbeiten würde, weil das Büro neu gestrichen wurde oder neue Kabel verlegt wurden oder etwas in der Art.

Ich wollte ihm mitteilen, was mir der Polizist erzählt hatte, aber nicht am Telefon. Außerdem wollte ich ihn fragen, ob ihn die Polizei schon verhört hatte. Er sollte sich Sorgen machen, ein schlechtes Gewissen bekommen. Es erschien mir wahrscheinlicher denn je, dass zwischen Mike und Jenny etwas gelaufen war. Er hatte also entweder offen gelogen oder ihr Interesse an ihm heruntergespielt. Er sollte merken, in welche Lage ihn sein (unbewiesenes) Herumvögeln gebracht hatte. Schließlich bestand nun durchaus die Möglichkeit, dass die Polizei eine Verbindung zwischen den beiden aufdeckte.

Ich hatte das Auto vor einer Reihe trister kleiner viktorianischer Häuser aus rotem Backstein geparkt, die direkt aus dem kaputten Straßenpflaster aufragten und identischen Häuserreihen auf der anderen Straßenseite gegenüberstanden. Der Wind wehte träge Pommestüten und Currykartons herum. Es war einer dieser Tage, an denen ich mich auch ohne meine Sorge über das Auftauchen des Tagebuchs gefragt hätte, warum ich nichts Sinnvolleres mit meinem Leben anfing.

Es war erschreckend heiß für Anfang April. Die Hitzewelle hatte die ganze Stadt unvorbereitet erwischt, und die Leute liefen noch in Anzügen und Kostümen aus schweren, winterlichen Stoffen herum. Sogar auf die Seite drei hatte es die Hitze schon geschafft. Meine Hände waren so schweißnass, dass mir der Autoschlüssel beim Aufschließen gleich zweimal aus der Hand rutschte. Ich hob ihn auf, während ich einen ganzen Schwall brachialer Flüche losließ. Ein Polizeiauto fuhr vorbei. Ich stieg in meinen Wagen, drohte dem Redaktionsauto mit weiteren Obszönitäten, damit er auch ja ansprang. Dann verfluchte ich die fehlende Servolenkung und versuchte, mich aus der winzigen Lücke hinauszubugsieren, die ich irgendeinem Arschloch mit protzigem Jaguar zu verdanken hatte, der direkt an meiner Stoßstange geparkt hatte. Ich erwog, gegen die Fahrertür des Jaguars zu treten. Manchmal erschreckte mich mein Drang, wahllos auf Gegenstände einzuprügeln. Das wurde immer mehr zu meiner Standardreaktion auf eine Welt, die erpicht darauf schien, mich zu quälen und meine Geduld zu strapazieren. Erst an diesem Morgen hatte ich eine leere Coladose nach dem Nachbarshund geworfen, weil er nicht aufhören wollte zu bellen. Aber so gerne ich den Jaguar beschädigt hätte, ich war mir nicht sicher, bis wohin die Überwachungskameras des Gerichtsgebäudes reichten. An der nächsten Kreuzung sah ich das Polizeiauto am Straßenrand stehen. Es schien nicht darauf zu warten, dass der Verkehr nachließ und es einfädeln konnte. Es wartete auf etwas anderes.

Als ich einige Minuten später an einer Ampel hielt, war es immer noch zwei Autos hinter mir. Weil ich nicht ständig den Tacho im Auge behalten wollte, bog ich in die nächste Tankstelle ein, um einen halben Liter Milch zu kaufen. Erst als es mir ein paar Minuten später nach viel Drängeln, Gestikulieren und Hupen gelungen war, mich wieder in den Verkehr einzuordnen, fiel mir auf, dass der Polizeiwagen rechts vor mir in einer Haltebucht wartete.

Und tatsächlich: Nachdem ich mit vollkommen akzeptabler Geschwindigkeit vorbeigefahren war, reihte er sich ebenfalls wieder in den Verkehr ein und folgte mir. Zumindest war ich mir ziemlich sicher, dass er mir folgte. Ich überlegte, ob die Bremsleuchten vielleicht defekt waren. An dem verdammten Redaktionsauto funktionierte so gut wie nichts. Nicht genug damit, dass der Tank ständig leer war (jeder Nutzer musste eigentlich dafür sorgen, dass der Tank noch mindestens halb voll war). Auch die Scheibenwischer quietschten fürchterlich, wenn nicht gerade sintflutartige Regengüsse niedergingen (dann wischten sie wirkungslos an der Windschutzscheibe vorbei), das Getriebe klapperte und klopfte verdächtig, und die Handbremse musste man ungefähr einen Meter nach oben ziehen, damit sie etwas ausrichtete. Ich bedachte die Rostlaube erneut mit ein paar lebhaften, fantasievollen Flüchen und zügelte mit Mühe den allzu vertrauten Drang, aufs Armaturenbrett zu trommeln oder das Lenkrad herauszureißen.

Die Scheinwerfer des Polizeiautos scherten nicht plötzlich aus, um mich zu überholen. Sie folgten mir einfach mit mehreren Autos Abstand. Unverändert.

Ich geriet in Panik, erst langsam, dann immer schneller. Eine unlogische Reaktion, schließlich hatte ich mir nichts zuschulden kommen lassen. Aber der viele Kaffee, den ich getrunken hatte, um im Gerichtssaal wach zu bleiben, brachte mein Herz zum Rasen, und mein Kopf tat es ihm gleich. Wie wild kreisten meine Gedanken um sich selbst und gerieten außer Kontrolle. Was, wenn ein Kollege von Mike der Polizei erzählt hatte, dass Mike Jenny schon aus Wrexham kannte? Wenn er sie vielleicht sogar zusammen gesehen hatte? Selbst wenn es nur Gerüchte waren, konnten sie bei der Polizei den Verdacht schüren, ihr seien noch nicht alle Aspekte des Falls bekannt.

»Oh ja, sie mochte Mike sehr, wissen Sie. Ja, die beiden haben manchmal zusammen zu Mittag gegessen. Nein, ich glaube nicht, dass sie ein Paar waren. Andererseits, man weiß ja nie…«

Was, wenn die Kripo irgendwie herausgefunden hatte, dass Mike und ich befreundet waren, oder zumindest den Verdacht hatte, dass wir uns kannten, weil ihr vielleicht mein ungewöhnliches Engagement und Interesse an dem Fall aufgefallen war? Ich war schließlich schon ein- oder zweimal in seinem Büro gewesen, und wie bereits erwähnt, erinnern sich die Leute normalerweise an mich. Was, wenn mir die Polizei nun folgte, um herauszufinden, ob ich zu ihm fuhr? Was, wenn die gestrige Plauderei mit dem Polizeibeamten in der Cafeteria eine Falle gewesen war, ein Test, ein Trick, um mich zu Mike zu locken? Um zu sehen, ob ich etwas auslöste? Was, wenn die Polizei glaubte, Mike und ich hätten eine Affäre?

Dieser Gedanke brachte mich fast zum Lachen. Ich hatte plötzlich die Nase voll von meinem fragilen Nervenkostüm. Ich blöde Kuh. Ich gab mir selbst eine unsichtbare Ohrfeige, die sich gewaschen hatte, und dann noch eine. Das Ganze war Unsinn. Dass hinter mir ein Streifenwagen fuhr, war reiner Zufall. Ich musste aufhören, wie eine Journalistin zu denken. Nicht alles im Leben taugte als Stoff für die Boulevardpresse. Ich selbst ganz sicher nicht.

Zu Mike solltest du wohl trotzdem nicht fahren, sagte eine Stimme in meinem Kopf. Bisher gab es nichts, was mich mit ihm oder uns mit dem Charlie's in Verbindung brachte, und ich wollte, dass das auch so blieb. Also brachte ich, so gut es ging, meinen Puls wieder unter Kontrolle, sah in den Rückspiegel, blinkte und reihte mich vorbildlich in die Abbiegespur ein, um zurück in die Redaktion zu fahren. Etwa hundert Meter vor dem Zeitungsgebäude rauschte das Polizeiauto an mir vorbei.

Guter Stoff

Inzwischen war nicht mehr von der Hand zu weisen, dass die Berichterstattung über Jennys Tod meiner Karriere förderlich war. Monatelang schwebte ein großes wässriges Fragezeichen über den Umständen ihres Ablebens im Fluss, und das damit einhergehende Rätselraten war guter Stoff für die Zeitung, weil es jede Menge Raum für Spekulationen bot. Die Polizei stellte Fragen und sah sich um, sammelte Aussagen und hielt gerichtsmedizinische Befunde unter Verschluss. Sie stattete verschiedenen Personen Besuche ab, ließ wenig verlautbaren und schien keine großen Fortschritte zu machen.

Unterdessen erarbeitete ich mir den Ruf einer engagierten und hartnäckigen Reporterin. Ich konnte es selbst kaum glauben, weil das etwas vollkommen Neues war. In der Vergangenheit hatte ich immer eine gewisse Distanz zu meinen Storys gewahrt, selbst zu den guten, den blutigen, den dunklen und kriminellen, den Storys, die sich gut verkauften.

Das Arschloch erging sich gerne darüber, wie wichtig es war, sich eine Story wirklich »zu eigen zu machen«, indem man sie gnadenlos durchzog, neue Blickwinkel suchte und immer noch mehr Gerüchte verbreitete, die jeder Grundlage entbehrten. Offen gestanden machte ich mir diese Mühe in den seltensten Fällen. Nach nur sechs Monaten bei der Tageszeitung konnte ich mich ohnehin des Eindrucks nicht mehr erwehren, dass die Verbrechensberichterstattung eher darin bestand, Nachrichten zu erfinden, als darin, sie aufzudecken.

Das tägliche Brot der Wochenzeitungen, bei denen wir alle einmal angefangen hatten, waren hingegen nicht die »sexy« Storys, wie *das Arschloch* sie nennen würde, jene Storys, für die die BBC an deine Tür klopfte und dir einen Job anbot.

Stattdessen ging es um solide Gemeindethemen wie die neue Umgehungsstraße, die Ladenbesucher aus der Innenstadt fernhalten und die dort ansässigen Einzelhändler in den Ruin treiben würde, was wiederum Bauunternehmer in Scharen anziehen würde, oder den Kampf von Interessenverbänden, die sich für die Erneuerung der städtischen Abwasserleitungen starkmachten, die so alt und marode waren, dass sie jedes Jahr im Februar mit grausamer Vorhersagbarkeit platzten und Fäkalien und Abwasser ausspuckten.

Damals hatte mir das vollkommen gereicht. Mir war schnell klar geworden, dass ich keine Kate Adie sein wollte, die in Splitterschutzweste am gerade angesagten Kriegsschauplatz herumstand und unter dem Vorwand, die Öffentlichkeit auf dem Laufenden halten zu müssen, eingeschüchterte Einheimische zu Interviews nötigte. Man kann die Öffentlichkeit auch auf dem Laufenden halten, ohne pittoresk verhärmt auf einer staubigen Straße herumzustehen und immer wieder die selben alten Knochen ins rechte Licht zu rücken, bis jeder verwirrt und ein wenig benommen ist und sich fühlt, als habe man ihn in ein Geheimnis eingeweiht. Die Leute wissen es nicht besser.

Insgeheim hätte ich mir durchaus vorstellen können, für eine Zeitschrift zu schreiben oder Reiseberichte zu verfassen oder – vielleicht das Allerbeste – zum Fernsehen zu gehen, um dort irgendeine vage und glamouröse Tätigkeit auszuüben, bei der man viel Freizeit hat. Es musste ja nicht unbedingt ein Bürojob von neun bis fünf sein, aber auch nichts, bei dem man sich großartig anstrengen musste.

Stattdessen schrieb ich für die Zeitung, wo mir die tägliche Redaktionsmassenware aus Sexualverbrechen und Überfällen, plötzlichen Todesfällen und Kindesmissbrauch, hirnverbrannten Umfragen und Sonderbeiträgen täglich sinnloser und unerträglicher vorkam.

Damit will ich nicht sagen, meine Arbeit hätte keine Vorteile gehabt. Zeitweise wurde ich angemessen für mein Elend entschädigt. In den ersten sechs Monaten verschaffte mir mein Presseausweis freien Eintritt zu drei Aufführungen der walisischen Nationaloper, zu French and Saunders in der St. David's Hall und den Counting Crows und Catatonia in der Cardiff International Arena. Gute Sitzplätze und manchmal sogar Erdnüsse zu warmem Pausenwein im Presseraum – leicht verdientes Geld.

Mike war natürlich beeindruckt und begeistert, weil wir solche Veranstaltungen ohnehin gerne besuchten. Also nahm ich ihn hin und wieder mit. Cora hätte sich nur gelangweilt, wenn sie mitgekommen wäre.

Außerdem kam ich in den Genuss zweier Gratisübernachtungen in Fünfsternehotels, einer Wellnessbehandlung, eines langen Wochenendes in Brüssel und zweier Nächte in einer hinreißenden kleinen Kutscherherberge in Dartmoor.

Hinzu kamen die Interviews mit Möchtegernprominenten, die ich liebte, weil sie so skurril waren. Gerne erinnere ich mich daran, wie ich einmal mit dem aus dem Fernsehen bekannten Einrichtungsberater Laurence Llewelyn Bowen beim Kaffee über Vorhangtroddeln diskutierte oder den Schnäppchenkönig David Dickinson fragte, ob ihm die ständigen Vergleiche mit der Serienfigur Lovejoy etwas ausmachten, oder wie Uri Geller die Beherrschung verlor, weil ich mich weigerte, über seine neue Show in Swansea zu sprechen und ihn stattdessen über seinen Kumpel Michael Jackson ausfragte.

Man konnte also durchaus seinen Spaß haben bei dieser Art von Arbeit – und das nutzte ich aus.

Aber was die Sache mit Jenny betraf, gab ich sämtliche Zerstreuungen auf und entwickelte eine neue, methodische Herangehensweise an die Verbrechensberichterstattung. Ich sorgte dafür, dass ich zu jeder Tages- und Nachtzeit genau wusste, was vor sich ging.

Mein Arbeitseifer blieb in der Redaktion nicht unbemerkt. Ich rief täglich bei der Polizei an und fragte nach dem neuesten Stand bezüglich Jennys Autopsie, den Befragungen, den Fingerabdrücken. Ich streifte durch die Gegend und sprach mit Anwohnern, quetschte unter dem Deckmantel des Mitgefühls und der Anteilnahme systematisch Gerüchte aus ihnen heraus. Wenn es etwas Neues gegeben hätte, etwas, das eine Verbindung zwischen Mike und Jenny oder der Nacht im Charlie's und Jenny hergestellt hätte, wäre ich die Erste gewesen, die es erfahren hätte. *Das Arschloch* war beeindruckt. Er sagte Dinge wie »Freut mich, dass du dich so in die Sache verbeißt« oder »Weiter so, dann gehört dir irgendwann der Laden«.

»Genau, dann setz ich dich auf die Straße, O-*wain*«, antwortete ich mit aufgesetztem Lächeln, und dann kicherte er und tätschelte mir den Arm wie ein amerikanischer Highschool-Footballtrainer seinem Quarterback. Ich wartete nur darauf, dass er mir das Haar zerzauste, damit ich ihm eine reinhauen konnte.

Seit Februar hatte ich Jennys Wohnung bereits mehrere Besuche abgestattet, zumindest von außen. Anfangs waren diese Besuche nur Teil meiner Strategie, als Erste an neue

Informationen zu kommen, aber dann begann ich, immer öfter dorthin zu gehen, zu den seltsamsten Tages- und Nachtzeiten, wenn wenig zu tun war oder ich es in der Redaktion nicht mehr aushielt. Dann bummelte ich am schlammigen Flussufer entlang und starrte das hässliche Millennium Stadion an, bevor ich den Blick zu den leeren Fenstern hob, hinter denen sich Jennys Wohnung verbarg, direkt hinein ins Herz der Kriminalgeschichte, die sich vor meinen Augen entfaltete und deren Ausgang noch völlig offen war.

Oft ließ ich mir Visionen von Jenny und Mike durch den Kopf gehen, wie sie vielleicht dort hineingegangen waren in der Nacht nach dem Charlie's, stellte mir vor, wie sie im dunklen Hauseingang standen, wie er sie stützte und sie ihn einlud, mit nach oben zu kommen, wie dann das Licht im Fenster anging und sie die Jacken auszogen, und dann … und dann …

An einem dämmrigen Nachmittag im April – das Wetter war längst zum üblichen Trübsinn zurückgekehrt – lungerte ich wieder einmal am Flussufer herum, den Kragen gegen den Nieselregen aufgestellt, mit kalten Fingern und einer Atemwolke vor dem Mund, als plötzlich ein zerbeulter roter Opel Astra vorfuhr. Der Fahrer parkte so ungeschickt rückwärts-seitwärts ein, dass der Kotflügel ein ganzes Stück auf die schmale Straße hinausragte. Als die Fahrertür aufging, erkannte ich Mrs Morgan, Jennys Mutter.

Ich erkannte sie, weil ich sie auf einem von Jennys Polizeifotos gesehen hatte. Genau wie Jenny sah auch sie im echten Leben anders aus, älter und mit jener Patina der Trauer behaftet, die ständiges Weinen, unregelmäßiger Schlaf und ungerechtfertigte Schuldgefühle mit sich bringen.

Sie sah aus wie Anfang fünfzig, war groß und langgliedrig und trug das schwarze, bereits grau werdende Haar in einem strengen Kurzhaarschnitt. Ihr Wollmantel sah teuer aus, aber die Lederslipper unter der Stone-washed-Jeans waren abgetragen, und auf der linken Seite war die Naht aufgeplatzt. Sie mühte sich mit mehreren Aufbewahrungskisten aus Plastik ab, die offensichtlich leer und dazu gedacht waren, Jennys Habseligkeiten aufzunehmen.

Unschlüssig, ob ich mich nähern sollte, beobachtete ich, wie sie das Auto abschloss und die Kisten vor sich her balancierte. Aber dann fiel eine der Kisten auf den Kies, und ich sprang instinktiv über die Straße und bückte mich, um sie aufzuheben.

»Mrs Morgan?«, fragte ich. »Ich bin Liz Jones von *The Mail*. Wir haben telefoniert.«

Weniger als zwei Minuten später standen wir in Jennys Wohnung. Es war das Selbstverständlichste der Welt gewesen, Mrs Morgan anzubieten, ihr ein paar Kisten abzunehmen, damit sie mit den Schlüsseln hantieren und Haustür und Wohnungstür aufschließen konnte. Sie sagte, ihr habe der Nachruf gefallen, den ich auf ihre Tochter geschrieben hatte. Ich erwartete jeden Moment, dass sie »Danke, aber ich komme jetzt allein zurecht« sagte und mir höflich aber entschieden die Tür wies, aber das tat sie nicht. Dafür war sie zu nett.

Es war offensichtlich, dass noch jemand in der Wohnung wohnte. Auf dem Wohnzimmertisch stand auf einer Wochenendausgabe des *Mirror* ein Teller mit halb aufgegessenem Toast und einem Klecks, der wie Schwarze-Johannisbeer-Marmelade aussah. Mrs Morgan war meinem Blick gefolgt und sagte: »Oh, das ist Harriet. Ein nettes Mädchen, aber ein bisschen unordentlich.« Sie sammelte den Teller und einige Tee- und Kaffeebecher ein und brachte sie in die Küche.

Harriet war mir neu. Jenny hatte also eine Mitbewohnerin

gehabt, ein unerwarteter Unsicherheitsfaktor. Weil die Polizei Harriet nicht erwähnt hatte, war ich davon ausgegangen, dass Jenny allein gelebt hatte. Eine Mitbewohnerin war normalerweise die ideale Person für eine Stellungnahme, vielleicht sogar eine große Hintergrundstory über den Verlust ihrer geliebten Freundin, eine Hommage, eine Laudatio. Aber in diesem speziellen Fall konnte Harriet auch eine Menge Ärger bedeuten.

»Wollen Sie Jennys Zimmer sehen?«, fragte Mrs Morgan unvermittelt.

Ich wusste nicht genau, ob ich es sehen wollte. Die Wohnung machte mir plötzlich Angst. Ich hatte kein Recht, hier zu sein, und ich wollte eigentlich nichts sehen, was das Schreckgespenst Jenny noch lebendiger machte, als es ohnehin schon war. Seit ihrem Tod war ich bemüht, die Domina-Jenny in hochhackigen Lederstiefeln, die unsere Wiedervereinigung gestört hatte, fein säuberlich von der »tragischen« und »lebhaften« Jenny zu trennen, der »geliebten Tochter«, die ich mit meiner plastischen und doch feinfühligen Zeitungsprosa erschaffen hatte.

Indem ich die Wohnung betrat, überschritt ich die Grenze von der Boulevardpressewirklichkeit zur Realität. Ich wusste, dass ich nun unwiderlegbare Beweise für ihre wahre Existenz zu Gesicht bekommen würde: auf der Frisierkommode aufgereihte Lippenstifte, schlecht fotografierte Familienportraits auf dem Nachtschränkchen, ein paar eilig abgelegte Slips auf der Stuhllehne, die es nicht mehr in die Waschmaschine geschafft hatten.

Gleichzeitig war ich auf morbide Weise neugierig auf ihr Zimmer. Ich wollte den Schauplatz sehen, wo vielleicht etwas passiert war, von dem ich lieber nichts wissen wollte. Womöglich hatte Mike genau dort gestanden, wo ich jetzt stand, auf halbem Weg zwischen der Tür und dem abgewetzten weinroten Sofa, mit der Jacke in der Hand, während sie neben dem Fenster herumgetastet hatte, um die Ikea-Lampe anzuknipsen. Vielleicht hatte er den Blick über das behagliche Chaos schweifen lassen und das Nirvana-Poster mit dem untergetauchten Baby über dem alten Gasofen kommentiert und dabei ein paar Takte aus *Smells Like Teen Spirit* gepfiffen.

Ein Moment des Zögerns und dann was?

Jennys Zimmer glich auf deprimierende Weise der Vorstellung, die ich mir davon gemacht hatte. Schmutzig-weiße Einbauschränke, die schon bessere Zeiten gesehen hatten, ein staubiger cremefarbener Lampenschirm mit Fransen, braunweiß geblümte Siebzigerjahre-Vorhänge und ein billiger grüner Teppichboden. In der Mitte des Zimmers stand ein runder hölzerner Küchentisch, der schon unzählige Male mit weißer Industriefarbe übermalt worden war und auf dem sich Bücher und Zeitschriften stapelten.

An der linken Wand gegenüber dem Fenster, durch das man die Straße und die spitz in den Himmel ragenden Stützpfeiler des Stadions sah, stand ein Bett mit einer ländlich wirkenden Patchwork-Überdecke und vier bunten Teddybären. Das Zimmer sah haargenau aus wie jedes Studentenzimmer, das ich je bewohnt hatte, inklusive der Kerzenstummel auf dem Fensterbrett, um die sich hart gewordene Wachsseen gebildet hatten, und der Flasche Wodka inmitten einer Ansammlung von Leergut.

Aus irgendeinem unerfindlichen Grund hätte ich plötzlich heulen können, aber wie hätte das ausgesehen? Das Gesicht zu verziehen und zu heulen und zu schluchzen, während ihre Mutter es schaffte, tränenlos und geduldig und aufrecht zu bleiben?

»Sie wollte das Zimmer renovieren«, sagte Mrs Morgan.

»Wir hatten schon Farbe und alles gekauft, aber wir sind nie dazu gekommen. Sie war zwar erst seit ein paar Monaten hier, aber sie war fest entschlossen, es in der Großstadt zu schaffen. Sie hat so hart gearbeitet. Die Polizei hat alles durchsucht und ein paar Sachen mitgenommen. Ich weiß nicht genau, was, Briefe und so.«

Ihr Blick driftete weg und schweifte über die Dächer der Stadt, bevor er zurückkehrte. Ich wartete.

»Ich habe natürlich alles wieder aufgeräumt, es war ein ziemliches Chaos. Die Polizei hat die Bettlaken mitgenommen, für die Tests und so, Sie wissen schon. Und das, obwohl Jenny gar keinen Freund hatte, soviel ich weiß.«

Das alles war mir bereits bekannt.

»Damals, in dieser Nacht, war anscheinend trotzdem jemand hier. Harriet hat gehört, wie sie sich unterhalten haben. Aber sie hatte Wodka getrunken oder war wahrscheinlich auf Drogen.« Den letzten Satz klammerte sie ein, indem sie ihn mit übertrieben gedämpfter Stimme aussprach. »Deshalb kann sie sich nicht mehr genau erinnern. Sie glaubt, dass es ein Mann war. Weil sie angeblich eine tiefe Stimme gehört hat. Sie glaubt, dass einer der beiden, wahrscheinlich Jenny, nach einer Weile wieder gegangen ist. Aber vielleicht ist auch der Mann gegangen. Warum hätte Jenny um halb drei Uhr morgens noch mal nach draußen gehen sollen? Harriet sagt, dass sie manchmal zur Tankstelle gegangen ist, um sich Zigaretten zu holen. Zigaretten? Ich wusste nicht mal, dass sie raucht.« Sie sagte es ein wenig wehmütig, so als wäre ihr gerade aufgegangen, wie viele hundert Dinge sie nicht über ihre Tochter gewusst hatte, darunter vermutlich einige, die sie auch gar nicht hätte wissen wollen.

»Ein paar von ihren Sachen haben gefehlt. Schmuck, den sie mit hierher genommen hatte. Nichts Teures, aber sie hing wohl daran. Einen Raubüberfall schließt die Polizei aus. Vielleicht hat der Mann, der bei ihr war, den Schmuck mitgenommen, weil sich die Gelegenheit ergab.« Sie wirkte ratlos und verwirrt.

Das hier ist in Wirklichkeit gar nicht die Geschichte meiner Tochter, redete sie sich ein. *Was hat ihr Leben mit alldem zu tun, ihr Tod?* Ich sah es an ihrem abwesenden Blick, der sehnsüchtig nach der echten Welt Ausschau hielt und dann wieder zu dieser seltsam improvisierten Szene zurückschnappte, auf die sie nicht vorbereitet gewesen war.

Unterdessen verarbeitete ich das Gehörte aus alter Gewohnheit gedanklich zu einem Nachrichtenbeitrag und packte die heißen Informationen ganz nach oben. Zualleroberst kam *die* entscheidende Neuigkeit: *Ein Mann war in der Wohnung des toten Mädchens.* Das musste Mike gewesen sein, wer sonst? Und wenn *ich* das wusste, dann wusste es die Polizei auch, zumindest wenn sie eine Verbindung zwischen den beiden hergestellt und von der Nacht im Charlie's erfahren hatte.

Ich suchte Halt am Tisch und gab vor, die Aussicht aus dem Fenster zu bewundern. In diesem Moment sah ich ihn. Es war nichts Verräterisches daran, es war nur ein einfacher Füllfederhalter, der der Polizei keinen zweiten Blick wert gewesen wäre. Das Problem war nur, dass ich ihn kannte. Ich hatte ihn selbst gekauft. Zusammen mit Cora. Für Mike. Zu seinem einundzwanzigsten Geburtstag.

Er lag in einer Ausgabe von T. S. Eliots gesammelten Gedichten, die auf der Seite mit *J. Alfred Prufrocks Liebesgesang* aufgeschlagen war, einige Zeilen waren unterstrichen. Das war immer Mikes und mein Lieblingsgedicht gewesen.

Ich fand Harriet auf Anhieb unsympathisch. Sie erschien in diesem Moment im Türrahmen und war genau die Art von aufreizend selbstsicherem Mädchen mit verschlagenem Blick, die ich schon auf dem College gehasst hatte und mit der ich nur äußerst ungern die Wohnung geteilt hätte. Sie trug schwarze Leggings unter einer schwarzen Tunika, zu viel schwarzen Eyeliner und Haare, die in allen erdenklichen Braun- und Schwarztönen gefärbt waren.

Als sie sich mit ihren gut fünfzehn Kilo Übergewicht auf dem Sofa niederließ, stellte sie eine beachtliche Anzahl von Speckröllchen zur Schau, die jedes Mal miteinander kollidierten, wenn sie sich vorbeugte, um ihre Zigarette in einem aus dem Pub geklauten Aschenbecher abzustreifen und dabei die Tätowierungen zu entblößen, die sich um ihr Handgelenk rankten. Der zweite Satz, den sie nach der Begrüßung zu Mrs Morgan sagte, war: »Jenny schuldet mir übrigens noch 150 Pfund Miete, und der Wodka gehört eigentlich mir, kann ich den mitnehmen?«

Mir war sofort klar, wohin Jennys Schmuck verschwunden war. Auch die Kleider, die laut Pressemitteilung gefehlt hatten, als Jenny vermisst gemeldet wurde, waren aller Wahrscheinlichkeit nach nicht weit. Harriet musterte mich skeptisch von Kopf bis Fuß, teilte mir aber bereitwillig mit, was sie wusste. Sie schien sogar regelrecht darauf erpicht zu sein.

Gegen zwei Uhr nachts hatte sie gehört, wie Jenny mit einer anderen Person nach Hause gekommen war. Die beiden waren zunächst ein wenig vor der Tür herumgestolpert, als wären sie betrunken, dann hatte sie Jenny im Flur lachen hören. Leider hatte die entzückende Harriet ungefähr zwölf Flaschen Bacardi Breezer getrunken und dann noch ein paar Pillen eingeschmissen, die ihr Freund ihr gegeben hatte. Anschließend hatte sie sich im Badezimmer übergeben und hatte auf ihrem Bett das Bewusstsein verloren. In unregelmäßigen Abständen war sie aufgewacht und hatte eine tiefe

Stimme aus Jennys Zimmer gehört, eine Männerstimme, und später die Haustür, die auf und zu ging, vielleicht sogar mehrmals. Genau das hatte sie auch der Polizei erzählt, und das war alles, was sie wusste.

»Bekomme ich jetzt Geld dafür?«, wollte sie wissen.

Lokalkolorit

*I*ch war gerne nachts in der Redaktion. Dann standen die leeren Schreibtischstühle vor schwarzen Computerbildschirmen, und das Summen der Klimaanlage verlieh dem Raum eine eigenartige, beinahe postapokalyptische Atmosphäre, die mir irgendwie gefiel. Tagsüber wurde man hier überrollt vom ununterbrochenen Geklapper der Tastaturen, vom Surren der Drucker, von Radiogedudel und hereinkommenden Nachrichten und dem endlosen Strom von Menschen, die im Rahmen von Redaktionsführungen zu jeder Tageszeit durch den Raum schlenderten oder hasteten, darunter Horden von desinteressierten Schulkindern und mäßig interessierten Würdenträgern.

Dieser Besucherstrom, der uns im Vorbeigehen ungeniert anstarrte, veranlasste Aled, meinen Verbündeten in Sachen Zynismus, dazu, ein Schild aufzustellen, das er aus dem Deckel einer Schachtel Druckerpapier gebastelt hatte und auf dem mit dickem schwarzem Filzstift geschrieben stand: »Bitte nicht füttern!« Das Schild lehnte mehrere Monate an seinem Computer, bis zufällig jemand aus der Personalabteilung vorbeikam und ein Vieraugengespräch mit dem Chefredakteur führte.

Nachts hingegen war von der schnatternden, überfüllten Zoo-Atmosphäre nichts mehr zu spüren, und dann bummelte ich mit Vorliebe durch die menschenleeren Gänge, lauschte dem Geräusch, das meine Schuhe auf dem verblichenen Linoleum machten, und spähte in leere Büros, in denen ich mir manchmal herrenlose Zeitschriften ausborgte oder Süßigkeiten aus einem Glas oder einer offenen Packung stibitzte. Oft schlenderte ich durch die oberste Etage und betrachtete die nahen und fernen Lichter der Stadt, die durch die spiegelnden Scheiben hereinleuchteten. Und lauschte.

An diesem Abend war ich unruhig und hatte das Gefühl, nicht mehr allein auf den Fluren umherzuwandern. Statt mich umzusehen, trotzte ich dem, was hinter mir sein mochte, indem ich mein langsames Schlendern beibehielt und es hartnäckig vermied, in die spiegelnden Glasscheiben der Brandschutztüren oder die Fenster der Sonntagsbeilagenredaktion zu blicken, die auf ihrer kleinen Insel aus Glas und Teppichboden über der brummenden Druckerei thronte.

Tagsüber war ich bei Jennys Beerdigung gewesen. Es hatte lange gedauert, bis die Leiche freigegeben worden war. Kommen Sie doch, hatte Mrs Morgan gesagt. Geh hin, hatte *das Arschloch* gesagt. Da kriegst du gute Insiderinfos und Eindrücke. Irgendwann fiel mein Widerstand in sich zusammen wie ein Kartenhaus.

Nach den warmen Tagen im April hatte das Maiwetter inzwischen beschlossen, deutlich ins andere Extrem auszuschlagen, und ertappte uns in unseren leichten Frühlingsmänteln und Sommerjäckchen mit einem eiskalten Tag unter strengblauem Himmel und greller, wärmeloser Sonne. Die Beerdigung fand nicht in Wrexham statt. Offenbar lag Jennys Vater in einem kleinen Städtchen in den walisischen Tälern begraben, dem er nie wirklich entkommen war. Hier war er geboren worden, und hier hatte die Familie in den ersten dreizehn Jahren nach Jennys Geburt gelebt. Die Stadt war klein und deprimierend und wirkte vertrauter, als mir lieb war.

Ein Teil der Morgan-Sippe stammte von hier, ein anderer Teil aus dem Norden. Sie waren leicht auseinanderzuhalten, diese Menschen aus den verschiedenen Himmelsrichtungen. Die Verwandten aus dem Süden hatten wettergegerbte Gesichter, von Wind, Wetter und harter Arbeit zu einheitlichen Ebenbildern geblichen. Alle hatten die gleichen Wangen, die gleichen dichten Brauen unter stachligen, unbezähmbaren Haaren und billigen Haarschnitten, über Goldketten und ehemals guten Anzügen.

Die Verwandten aus dem Norden hingegen hatten klar geschnittene Gesichter und geschliffene Umgangsformen, trugen dezenten Lippenstift und distinguiertes graues Haar und zeichneten sich durch ihren herzlichen Händedruck mit manikürten Händen und durch die zähflüssigen Vokale ihres Akzents aus. Jenny sollte in das Land ihres Vaters zurückkehren und neben ihm in dem Grab bestattet werden, in dem er schon seit zehn Jahren lag und in das auch Mrs Morgan ihrem Mann und ihrem Kind eines Tages nachfolgen würde, in die Erlösung der wartenden Erde.

Die nüchterne, schlichte, weiß getünchte Kirche, die würdevoll auf einem steilen Hügel thronte und sich scharf vom dunkelblauen Himmel abhob, war von der Empore bis zu den schmalen Hintertüren nur spärlich besucht, und die leeren Plätze wirkten beinahe obszön. Die wenigen Trauergäste fröstelten und wünschten sich, einen dickeren Mantel und einen Schal angezogen zu haben. Weil die Autos in zweiter Reihe geparkt hatten, musste der Leichenwagen im Rückwärtsgang die Straße hinauf, an zugenagelten Obst- und Gemüseläden und einer ums Überleben kämpfenden Apotheke vorbei und über Schlaglöcher, so dass der Blumenkranz mit Jennys Namen hinter der Glasscheibe hin und her rutschte und schließlich zu Boden fiel.

Im Gänsemarsch kamen die Freunde der Familie dazu, die schon ihren Vater gekannt und die kleine Jenny früher auf dem Schoß gewiegt oder ihr Süßigkeiten zugesteckt hatten. Sie bliesen in die Hände und stampften mit den Füßen und schüttelten dem alten Pastor schweigend die Hand. Er war hager wie Schilfrohr, ein typischer Methodistenvertreter aus den walisischen Tälern, und in seinen wässrigen Augen glimmte tatsächlich noch ein Funke Kohlenfeuer.

Viele waren vermutlich nur gekommen, weil der Trauergottesdienst eine gewisse Abwechslung darstellte – in Abersychan war sonst nicht viel los. In Kapuzenjacken und mit Baseballkappen auf dem Kopf kauerten einige abgekämpft aussehende, aber streitlustig um sich blickende Mädchen auf der niedrigen Kirchenmauer, wo sie vor Kälte Grimassen schnitten und heimlich Zigaretten rauchten, nachdem sie die Streichhölzer in der hohlen Hand angezündet hatten, um die Flamme vor dem schneidenden Wind zu schützen, dem sich die braunen, starren, zu den hohen Hügeln geneigten Bäumchen tapfer widersetzten.

In der Kirche spielten sie *Unchained Melody* – doch, wirklich –, und es war schrecklich. Jeder, angefangen bei Jennys jungen Cousins und Cousinen, die sie wahrscheinlich nur ein- oder zweimal im Leben gesehen hatten, bis zu ihren zwei Tanten mit den herben Gesichtern, die beide Mäntel, schwarze Pumps und einen Ausdruck der Abscheu auf dem Gesicht trugen, kämpfte mit den Tränen.

Nur Mrs Morgan weinte nicht. Augenscheinlich nüchtern saß sie da, während der Pastor seine Psalmen verlas, darunter *Der Herr ist mein Hirte* und einige walisische Verse. Als sie an der Reihe war, einen Nachruf auf ihre Tochter vorzulesen, lehnte sie die Hilfe des Kirchendieners beim Besteigen der Kanzel ab, breitete ein einziges DIN-A4-Blatt vor sich auf dem Rednerpult aus und beschämte die ganze Gemeinde mit ihrer festen Stimme. Sie sprach von einer Jenny, deren großer Traum es stets gewesen sei, PR für die Stars zu machen oder Journalistin zu werden oder Filmkritikerin, um irgendwann nach Kalifornien zu ziehen und mit dreißig Millionärin zu sein (oder einen Millionär zu heiraten). Es fiel mir nicht schwer, das zu glauben. Genau davon hatte auch ich mit achtzehn geträumt.

Was ich allerdings nicht glauben konnte, war, dass diese Jenny in den Straßen meiner Stadt herumgelaufen war und geredet und geatmet hatte, ohne dass ich etwas davon mitbekommen hatte, dass sie mit Einkaufstüten beladen Hundekot ausgewichen und in Bars gegangen war und Wiedersehenstreffen alter Freunde gestört hatte. Weil ich es nicht glauben *wollte*.

Ich spürte, wie ich allmählich Angst vor ihr bekam, ungeachtet dessen, was ich damals in jener Nacht durch einen vergifteten Schleier aus Eifersucht und Verachtung von ihr gedacht hatte. Aber ich spürte auch Mitleid in mir hochsteigen. Ihre Art, sich zu kleiden, ihr kokettes Auftreten, das schäbige kleine Zimmer, die übergroßen Träume – all das kam mir eigenartig vertraut vor. Vielleicht waren diese Gemeinsamkeiten nur eine Interpretation meines schuldbewussten Verstands. Trotzdem schien offensichtlich, dass sie zumindest ein bisschen in Mike verliebt gewesen war. Selbst wenn er mir die Wahrheit gesagt hatte und nichts zwischen ihnen vorgefallen war: Sie hatte seinen Füllfederhalter in ihrem Zimmer gehabt, hatte dasselbe Gedicht gemocht. Reiner Zufall? Daran glaubte ich immer weniger.

Was hatte sie in ihm gesehen? Hatte sie mehr gewollt, als er ihr hatte geben können? Hatte sie ihn bis nach Cardiff verfolgt? Hatte sie gehofft, dass er ihre Liebe eines Tages erwidern würde, wenn sie nur lange genug durchhielt? Hatte sie aus der Ferne ihre Hoffnungen und Überzeugungen in ihn hineingegossen und sich vergewissert, dass sie jeden Winkel in ihm ausfüllten, sie gezwungen, sich anzupassen, wenn sie auf Widerstand trafen?

Und was hatte er in ihr gesehen? Er hatte mir versichert, dass nichts passiert war, dass sie nichts war als ein paar gemeinsame Drinks, eine kleine Abwechslung, die sich nicht hatte abwimmeln lassen. Fühlte er, der fünf Jahre Ältere, sich durch sie wieder jünger? Schließlich war er in ihrer Wohnung gewesen, am Ende der Nacht, zu einer Zeit, in der er eigentlich ganz woanders hätte sein müssen. Vielleicht war er nicht zum ersten Mal in dieser Wohnung gewesen. Vielleicht war das Ganze nicht wegen der Vorstellung von Mike mit Jenny so schrecklich, von nackter Haut und gehauchtem Atem und geflüsterten Versprechungen, sondern wegen der Vorstellung von Jenny mit Mike?

War dieser gemeinsame Moment im Dunkeln – falls es ihn je gegeben hatte – in ihren Augen ein Moment für die Ewigkeit gewesen? Hatte sie geglaubt, den Mann zu kennen, den sie mit voller Absicht in ihre Wohnung gelockt hatte, auch wenn sie es ihm gegenüber, vielleicht sogar sich selbst gegenüber, nicht zugegeben hatte? Hatte sie geglaubt, die Schöpferin dieses Moments zu sein und ihn zu beherrschen? Hatte sie, bevor sie kam, falls sie kam, vor sich selbst geleugnet, dass sie bereits auf ein nächstes Mal hoffte? Dachte sie, bevor sie starb, wie auch immer sie starb, es würde sie nichts kosten?

Paarweise

Ich glaube, das habe auch ich gedacht. Dass es mich nichts kosten würde. Nachdem Mike und Cora nach Cardiff zurückgekehrt waren, schienen sich für Mike und mich plötzlich unendlich viele Gelegenheiten zu ergeben, uns in aller Unschuld zu treffen, ohne dass es irgendetwas bedeutete.

Rückblickend ist es erstaunlich, wie oft wir uns in der Mittagspause oder nach Feierabend zufällig über den Weg liefen, beim Durchwühlen der Sonderangebote im Elektromarkt oder beim Nachgrübeln über die Vorzüge einer »Drei-zum-Preis-von-zwei«-Aktion in der Drogerie. Ich freute mich immer aufrichtig, ihn zu sehen. Irgendetwas dehnte sich dann in meinem Inneren aus und zog sich gleichzeitig zusammen. Ich fühlte mich wieder wie eine Studentin im ersten Semester, die einen Jungen zum ersten Mal trifft und sich fragt, ob er wirklich mit ihr reden will oder nur höflich ist.

Wir waren Freunde, mehr nicht. Warum hätte irgendjemand etwas anderes denken sollen?

Es stimmt schon, dass uns Menschen, die uns nicht kannten, zu Studienzeiten oft für ein Pärchen hielten. Wenn wir zu viert unterwegs waren, amüsierte uns dieser Trugschluss – es machte uns Spaß, die Leute im Ungewissen zu lassen. Schließlich war es nicht unsere Schuld, dass sie so dumm waren. Was schadete es schon?

Einmal passierte uns so eine Verwechslung während eines

Wochenendtrips, zu dem Stevie und ich Mike und Cora nach Tenby in Pembrokeshire entführten. Wir verbrachten den Tag damit, träge wie Krabben auf unseren bunten Handtüchern am Strand zu liegen, die Finger und Zehen tief im Sand vergraben, während die hellen Fährboote nach Caldey Island durch die Bucht pendelten und flüchtige Blicke auf Familien im Anorak gewährten, die dicht aneinandergedrängt dem Wind trotzten.

Wir hatten zwei Doppelzimmer gebucht – natürlich nach Geschlechtern getrennt, wie es sich gehörte. Während Cora und Stevie duschten, klopfte Mike mit erwartungsvoll strahlendem Gesicht, das noch ganz rosa vom Wasserdampf war, an die Tür des Mädchenzimmers. In seinem grauen Wollpullover mit den schlaff herunterhängenden Ärmeln sah er aus wie ein kleiner Junge, der umarmt werden wollte.

»Ob Ihr mir wohl beim edlen Streben nach billigem Alkohol behilflich sein wollt, o holde Lizzy? Stevie braucht eine halbe Ewigkeit.« Ich schnappte mir also meine Jacke und rief Cora über den Lärm der laufenden Dusche hinweg eine Erklärung zu. Zusammen zogen wir durch die Straßen und suchten ein Spirituosengeschäft, und als wir endlich eins gefunden hatten, betrachteten wir prüfend die Regalreihen, zählten unsere Münzen, lachten und rempelten uns gegenseitig kumpelhaft an, flüsternd und mit einem Lächeln auf den Lippen. Als der Mann an der Kasse unseren Wein und unser Bier in eine Tüte packte, fragte ich ihn, ob er uns ein nettes Restaurant empfehlen könne.

»Für eine ganz besondere Gelegenheit, nehme ich an? Was Hübsches, Romantisches für euch beide?«, fragte er mit väterlichem Lächeln und entblößte dabei ein schauderhaft schlechtes Gebiss.

Mike und ich grinsten uns an und nickten.

»Wusste ich's doch. Sieht man auf den ersten Blick. Meine Frau und ich gehen an unserem Hochzeitstag immer ins Plantagenet. Bisschen teuer zwar, aber das ist sie doch wert, oder?« Er zwinkerte Mike zu. »Ihr gebt ein hübsches Paar ab.«

Das klang schön – wir mussten beide lächeln. Und wir folgten seinem Rat und speisten bei Kerzenschein in der beengten, kitschig-romantischen Pracht eines Stadthauses aus dem siebzehnten Jahrhundert.

Weil wir paarweise Platz genommen hatten, ging das Personal davon aus, dass wir zwei Pärchen waren und Stevie und ich zusammengehörten. Ich tat so, als würde ich nicht merken, wie Stevies Brust vor Stolz anschwoll, weil sich die anderen Männer im Restaurant zu uns umdrehten und sich, nachdem sie einen Sekundenbruchteil zu lange in unsere Richtung geschaut hatten, offenkundig fragten, was eine Frau wie ich mit einem so durchschnittlich aussehenden jungen Mann wie Stevie wollte. Um das Vergnügen noch weiter auszudehnen, spielte ich mit den Härchen in Stevies Nacken, wie es eine gute Freundin eben tut, was ihn sofort zum Erröten und Grinsen brachte. Auch Mike grinste und zwinkerte mir über seine Jacobsmuscheln hinweg zu, während er Cora einen Kuss auf den Hals drückte. Unbezahlbar!

Es war doch nur ein Spiel. Vollkommen harmlos, oder etwa nicht?

Am nächsten Tag nahmen wir die Fähre nach Caldey Island, schauten uns das Zisterzienserkloster an, wanderten die ausgetretenen Pfade entlang und bewunderten die alte Kirchenruine. Cora war übel, weil sie zu viel von der Schokolade gegessen hatte, die die Mönche auf der Insel selbst herstellen. Wir aßen Kuchen und tranken Tee und brüllten vor Lachen, als Mike sagte: »Und wieder lässt Enid Blyton grüßen. Wir brauchen nur noch einen Hund. Lasst uns für den Nachmittag irgendwo einen mopsen!«

Und er schaffte es tatsächlich, einen Collie dazu zu bringen, nach dem Schinken aus seinem belegten Brötchen zu springen. Dann verfolgte er mich über die Wiese und jagte mir mein letztes Rolo ab. Unser Verhalten kam uns so selbstverständlich vor, so harmlos. Cora schien es nichts auszumachen. Warum auch? Alles andere gehörte doch ihr, all die Teile von ihm, die wirklich zählten, was war also schlimm daran, wenn ich hin und wieder kleine Häppchen von ihm abbekam?

Wir waren sechs Jahre getrennt gewesen, aber sobald Cora und Mike zurück in Cardiff waren, nahmen Mike und ich unsere alten Gewohnheiten wieder auf. Wenn Cora zu einem Elternabend oder einer Schulaufführung musste, gingen Mike und ich zusammen ins Kino, meist um uns irgendeine Literaturverfilmung anzusehen. Wir waren das unschuldigste Duo, das man sich vorstellen konnte, saßen getrennt voneinander in der Dunkelheit, ohne uns zu berühren. Wir flüsterten nur und kicherten und teilten uns Popcorn.

Danach holten wir uns manchmal noch eine Tüte Pommes frites und gingen beschwingt zu Fuß nach Hause, wo er mich hereinbat, um mir ein Taxi zu rufen.

Wenn Cora dann schläfrig in ihrem Designer-Bademantel aus dem Schlafzimmer kam und uns Kaffee machte, um die Wartezeit zu überbrücken, erzählten wir ihr den ganzen Film mit allen Höhen und Tiefen, hoben einzelne Drehbuchelemente und Kameratechniken hervor, fielen uns kichernd ins Wort und beendeten die Sätze des anderen, während Mike immer wieder auf den Tisch schlug und Dinge sagte wie »Ja, das war echt Wahnsinn!« oder »Du hast ja so recht, Lizzy!«.

Cora lächelte nachsichtig und war die perfekte Zuhörerin, und wenn ich dann ins Taxi stieg, standen die beiden Arm in Arm vor der Tür und winkten mir nach, und während Mike mir noch hinterhergrinste und mit der freien Hand die Tür hinter mir zuschlug, neigte er schon den Kopf, um sie zu küssen.

In der Redaktion, wo ich endlose Tage zwischen krächzenden Fernsehern und Radios und ratternden Newstickern durchstand, zwischen routinemäßigen Anrufen bei der Polizei und Pressekonferenzen und Kollegen, die alle gleichzeitig in den Telefonhörer brüllten, zwischen knisternden Funkgeräten und dem endlosen Kreislauf der minütlich aktualisierten Fernschreiber, hatte ich jetzt wieder diese kostbaren, heiteren Mike-Momente, auf die ich mich freuen konnte.

Sie bewirkten, dass sich mancher im Redaktionsauto verbrachte Vormittag leichter ertragen ließ und ich die auf Boden und Sitzen verteilten Krümel besser ignorieren konnte, wenn ich wieder einmal vor einer schäbigen Häuserreihe parkte, um die Angehörigen einer Person, die gerade eines unnatürlichen oder unerwarteten Todes gestorben war, um Fotos und Stellungnahmen zu bitten, wenn ich dort inmitten einer tosenden See aus drahtigen, zähen Kindern, die um mich herum mit zielloser Aggression auf einen Fußball einhämmerten, im Auto saß und mich fragte, warum ich nicht einfach so tat, als hätte ich bereits an die Tür geklopft.

Natürlich hätte ich lügen und behaupten können, im Gespräch mit den Hinterbliebenen mein Bestes gegeben zu haben, sie gefragt zu haben, warum ihr Sohn/ihre Tochter/ihr Mann/ihre Frau sich umgebracht hatte oder wie sie sich fühlten, nachdem ihr Vater vor zwei Tagen bei einem Unfall umgekommen war, oder was die letzten Worte ihrer achtjährigen Tochter gewesen waren, bevor das Auto sie erwischt hatte. Ich hätte *dem Arschloch* einfach erzählen können, dass das Gespräch nichts ergeben hatte, dass es keine Story gab. Aber für irgendjemanden war es immer eine Story, und die endlos tickende Redaktionsuhr kannte keine Gnade.

Ich stellte fest, dass ich mir vor Treffen mit Mike besondere Mühe gab, dass ich mit höchster Sorgfalt mein Make-up auftrug oder mir den Kopf zerbrach über das passende Outfit, über meine Frisur, den Schmuck, den ich tragen wollte. Und alles nur, weil dem Mann meiner besten Freundin das eine vielleicht besser gefiel als das andere.

Freunde

Lassen Sie mich nun von der Nacht erzählen, in der es passierte. Jetzt, wo Sie vielleicht zu verstehen beginnen, was diese Nacht war und was sie nicht war. Aber zunächst ist der Hinweis wichtig, dass Mike der erste und einzige Mann war, mit dem Cora je Sex hatte. Sie bestand darauf, dass dieser Umstand ihre Beziehung zu etwas ganz Besonderem machte. Untreue wird dadurch umso schwerwiegender, weil sie eine einzigartige Bindung zerstört, weil sich die eigene Sexualität über einen einzigen Mann definiert. Keine Vergleiche zu seinen Gunsten oder Ungunsten, keine peinlichen Bettgeschichten, die man verheimlichen müsste.

Mike war also der erste Mann, mit dem Cora Sex gehabt hatte, und ihre Überzeugung, dass er nun auch Sex mit Jenny gehabt haben könnte, war der schmerzlichste Schlag, der sie treffen konnte. Dadurch reduzierte sich der Ausdruck »Sex haben« auf einen reinen Akt. Was bedeutete er nun überhaupt noch?

Das war es, was sie mir ein ums andere Mal vorbetete, so als wollte sie mir etwas Entscheidendes begreiflich machen, das ich einfach nicht verstand. Ich fühlte mich schlecht.

Er war nämlich auch der erste Mann, mit dem *ich* je Sex gehabt hatte. Fällt es Ihnen schwer, das zu glauben? Dass ich, dass wir als zwanzigjährige Studentinnen so unerfahren gewesen sein konnten? Während gleichzeitig alle anderen fickten und vögelten und leckten, wann auch immer und mit wem auch immer sie wollten, in jeder beliebigen akrobatischen Stellung, weil das junge Leute nun mal so tun? Ich habe keine Ahnung, warum es bei uns nicht so war. Mein erstes Pornoheft habe ich mit dreiundzwanzig gesehen, meinen ersten Pornofilm mit sechsundzwanzig, und beides nur durch Zufall.

Ich glaube nicht, dass es Prüderie war – sondern eher ein Mangel an Gelegenheiten, zumindest an lohnenden Gelegenheiten. Lag es an unserer Erziehung, an der Angst vor Krankheiten, die man uns als Teenager eingeimpft hatte? War es Scham oder – schlimmer – Naivität? Romantische Vorstellungen und die Angst, sie könnten sich nicht erfüllen? Letztendlich spielt es keine Rolle, woran es lag. Es war einfach so.

Zu Schulzeiten hatte ich nie einen festen Freund gehabt, nie hatte es einen Jungen gegeben, der auch nur im Entferntesten mein Interesse geweckt hätte. Ohnehin waren alle meine Kontakte zu Mitschülern mit Verlegenheiten befrachtet gewesen. Wer wollte schon mit der Klassenstreberin ausgehen, der Leseratte, die sowieso nur Einsen schrieb, die im Debattierclub war und die Schule beim Landeswettbewerb bis ins Halbfinale brachte? Die wenig sagte, nicht etwa, weil sie Angst hatte, sich selbst zu blamieren, sondern ihren Gesprächspartner, indem sie ein Wort benutzte, das dieser nicht verstand? Die Angst hatte, mit ihrer gebildeten Version des örtlichen Dialekts und ihrem gewählten Vokabular arrogant zu wirken, die keine Dauerwelle und keinen blauen Eyeliner trug, die nicht rauchte, keine Anekdoten über Flaschendreh-Abende oder Apfelwein-Besäufnisse zum Besten geben konnte und nicht die Pille nahm? Wer hätte mit so einer schon ausgehen wollen?

Nichts davon zählte mehr, als ich Cora, Mike und Stevie kennenlernte, weil sie außer dem, was sie aus erster Hand von mir sahen oder hörten, nicht das Geringste über mich wussten. Und das war gut so.

Wie oft hat man die Chance, sich nicht etwa neu zu erfinden, sondern, im Gegenteil, endlich hemmungslos man selbst zu sein?

Im ersten Unijahr konnte ich es mir endlich leisten, desinteressiert und wählerisch zu sein. Ich musste nicht mehr nur so tun als ob, während ich insgeheim litt und flehte. Natürlich flirtete ich hin und wieder mit Kommilitonen oder ging mit ihnen aus, ich war schließlich keine Nonne. Da gab es diesen Typ aus dem Frühgeschichte-Seminar oder Tom aus der Rudermannschaft mit dem sandfarbenen Wuschelkopf und den muskulösen Oberarmen, um die sich straff das T-Shirt spannte. Über Tom habe ich bei einer Party im Studentenwerk mal einen Drink ausgegossen. Oder Dylan, mit dem ich in der Zentralbibliothek über Dostojewski diskutierte, obwohl ich den in Wirklichkeit gar nicht gelesen hatte. Eine bunte Auswahl an Männern. Ich versuchte, jemanden zu finden, der zu mir passte, allerdings ohne mich allzu sehr anzustrengen.

Dann, irgendwann im letzten Studienjahr, passierte es.

Mike und Stevie waren aus Swansea gekommen. Es war nicht der Abend mit dem orangeroten Kleid und dem Sturz auf die Motorhaube des Sportwagens, sondern ein späterer, aber sehr ähnlicher Abend. Als ich mit Coras Mann schlief, war er schon ihr Verlobter, und wir alle waren noch beste Freunde.

Wenn ich schonungslos ehrlich bin, habe ich Cora zeitweise dafür verachtet. Dafür, dass sie so verflucht tolerant war. Dass sie nie etwas ahnte. Dass sie es zuließ. Dass es ihr in all den Monaten nie etwas ausmachte, wenn wir uns zulächelten oder uns umarmten oder auf der Tanzfläche herumwirbelten oder Hand in Hand liefen. Wir verheimlichten nie etwas, damals gab es nichts zu verheimlichen, für keinen von uns. Warum setzte uns Cora nie irgendwelche Grenzen? In meiner Arglosigkeit und Dummheit merkte ich nicht, dass unser Verhalten unweigerlich Konsequenzen haben würde. Für mich war die Situation so, wie sie isoliert betrachtet, für sich selbst genommen auch war: Ich dachte, Mike und ich wären Freunde und Mike und Cora ein Liebespaar.

Natürlich hätte ein Teil von mir auch gerne gehabt, was die beiden miteinander hatten. Ohne es mir je einzugestehen, beneidete ich sie um ihre scheinbar so vertrauensvolle, zärtliche Zweisamkeit, die ich für unverbrüchlich hielt. Vielleicht verachtete ein winzig kleiner Teil von mir auch ihn für das, was passierte. Dafür, dass er nicht der Mann war, für den ich ihn gehalten hatte. Dafür, dass auch er nur ein Mann war.

Es passierte, weil Cora mich nicht alleine nach Hause gehen lassen wollte. Wie immer hatte sie Angst vor dem, was in den dunklen Straßen von Cathays lauerte, im Schatten zwischen Pommesbude, Kebabladen, Solarium und Kirche. Wenn Tony, unser Vermieter, nicht hinter der Bodenleiste meines Zimmers Mäusefallen aufgestellt hätte, wäre es nie dazu gekommen. Schließlich wohnten wir zusammen. Es wäre gar nicht gegangen.

Aber das Schicksal nahm das Blatt in die Hand und spielte uns einen Joker aus, ob aus purer Neugier oder Bosheit. Diese Mäuse! Ich war ihre trippelnden Füße leid, die sich tief in der Nacht wie katzenhafte Bestien anhörten, die an meiner Wand kratzten. Mäuse, sauer gewordene Milch, sprießende Kartoffeln – untrügliche Merkmale einer Studenten-WG. Es ging nur um eine Nacht, bis Tony das Problem aus der Welt geschafft hatte. Ich übernachtete also bei Tim in der Tudor Road. Er hatte mir den Schlüssel gegeben, und ich hatte schon am Nachmittag vorbeigebracht, was ich für die Nacht brauchte.

Natürlich ließ sich Tim volllaufen und verschwand mit einer Brünetten mit wogendem Dekolleté. Seine Mitbewohnerin Ruth war übers Wochenende verreist. Normalerweise hätte ich auf unserer Couch geschlafen, aber Stevie war da, und ich konnte schlecht mit ihm das Zimmer teilen. Bei Cora und Mike konnte ich natürlich genauso wenig einziehen. Aber ich würde ja schon zum Frühstück wieder da sein.

Weil Cora neue Stiefel angezogen hatte, taten ihr in dieser Nacht die Füße noch mehr weh als sonst. Sie verzichtete daher auf den zusätzlichen Fußmarsch und schickte mir Mike als Begleitung mit, damit ich sicher bei Tim ankam. Stevie durfte dableiben, weil er der Gast war und noch das komplizierte Feldbett aufbauen musste, das er mitgebracht hatte. Es war zwei Uhr morgens. Die Luft war immer noch warm, und ich war nicht halb so betrunken, wie ich um diese Zeit hätte sein können. Wie ich hätte sein müssen.

Mike nahm trotzdem meine Hand, um mich zu stützen. Ich weiß nicht genau warum, aber er machte das immer so bei nächtlichen Spaziergängen. Als wir uns der Haustür näherten, wusste ich plötzlich nicht mehr, was ich sagen sollte. Am liebsten wäre ich schon in der Wohnung gewesen, weil mir der Teil, der dazwischen kam, das Gutenachtsagen, überhaupt nicht gefiel. Ich bemühte mich, heiter und unbeschwert zu wirken, obwohl mich das warme Gefühl seiner Hand und sein tröstliches Schweigen und die orangefarbenen Lichtmuster der Straßenlaternen ganz verlegen machten. Die Nacht und die Straße und unser Leben dehnten sich bis in alle Ewigkeit vor uns aus.

Leise drehte ich den Schlüssel im Schloss herum, um eventuell Schlafende nicht zu wecken, aber die Wohnung war dunkel und wirkte verlassen. Mike hielt immer noch meine Hand, und ich wusste nicht, wie ich mich aus seinem Griff winden sollte. Einen Augenblick später waren wir drinnen.

»War echt ein lustiger Abend, oder?«, sagte ich und meinte es auch so. Ich musste einfach etwas sagen, und sei es nur, um mir mit den banalsten und normalsten Wörtern, die mir einfielen, einzureden, dass diese Nacht eine ganz banale, gewöhnliche Nacht war. »Richtig lustig sogar. Mir hat's auf jeden Fall Spaß gemacht.« Diesmal meinte ich es noch umso mehr.

»Ich bin verliebt in dich«, sagte er. Nur das.

Wir standen immer noch im Dunkeln, weil ich noch nicht nach der Stehlampe auf dem Tisch getastet oder meine Jacke ausgezogen hatte.

Er hielt immer noch meine Hand, und seine Stimme knisterte in der Finsternis. Im schwachen Licht des Fensters konnte ich sein Gesicht erkennen, auf dem sich Widerstreben und Erleichterung einen erbitterten Kampf lieferten.

»Darf ich das denn nicht sagen? Wo du hier direkt vor mir stehst und so wunderschön bist und so unglaublich? Ich habe zwei Jahre darauf gewartet, dich anzufassen. Jedes Mal, wenn ich dich sehe, wünsche ich es mir mehr. Wie soll ich da widerstehen? Was soll ich tun?«, will er wissen.

Er erwartet eine Antwort. Ich soll ihm sagen, dass er stark sein muss. Weil er zu schwach gewesen ist, Stillschweigen zu bewahren.

Plötzlich bin ich nicht mehr in diesem Moment. Wir sind nicht mehr hier. Nicht zusammen. Das hier ist das Leben einer fremden Person, und ich bringe gerade noch seinen Namen hervor. Ich wünsche mir, er hätte mich gepackt und seine Lippen auf meine gedrückt, mir die Chance gegeben, mich zu wehren, einen Vorwand, sauer auf ihn zu sein. Aber wir sind nicht diese Leute, die sich hier gegenüberstehen. Es sind nicht meine Finger, die sich an seine Lippen pressen, um ihn zum Schweigen zu bringen. Ich bin es nicht, die ihn anfleht: Geh nach Hause! Geh nach Hause! Geh nach Hause, bevor sie sich wundert, wo du bleibst.

Die andere Stimme sagt: »Ich liebe sie wirklich. Das weißt du, oder?« Dann bricht sie ab.

Jemand sagt, dass wir nichts dagegen tun können, aber ich weiß nicht, wer es gesagt hat und was es bedeutet. Es ist nicht mein Gesicht, das er in den Händen hält, und es sind nicht seine Lippen, die sich auf meine pressen, verzweifelt und widerstrebend, aber ach: so sanft.

Als die Wärme zwischen uns zu fließen beginnt, als wir aufs Sofa gleiten, zwischen Zeitschriften und Zeitungen, weiß ich bereits, was passieren wird. Wortlos liegen wir in der sanften Dunkelheit, unser Atem wird schneller. Viele Straßen entfernt wartet sie auf ihn. Es fühlt sich näher an.

»Es tut mir so leid«, sagt er.

Es ist nicht direkt so, als würden Feuerwerkskörper explodieren. Ich frage mich, ob er merkt, dass es mein erstes Mal ist. Er ist sanft und nimmt sich Zeit, aber es ist zu schnell vorbei. Und gleichzeitig zu langsam. Danach reden wir noch eine Weile. Er erzählt mir von den Stunden, die er damit zugebracht hat, an uns zu denken, und ich liege in seine Arme geschmiegt da und sage ihm, dass ich ihn nicht liebe.

Er hört schweigend zu, ohne zu protestieren, nimmt es in sich auf und verdaut es wortlos. Ich kann seine Augen nicht sehen. Mein Kopf liegt auf seiner Brust, und ich habe nicht die Kraft, zu ihm hochzuschauen. Ich meine es so, wie ich es gesagt habe, aber nur, weil ich will, dass er jetzt geht. Er weiß, dass er gehen muss. Dass es Zeit zum Aufbruch ist. Es ist vorbei, bevor es richtig begonnen hat. Bitte, bitte geh, flehe ich.

Was in Gottes Namen wird er ihr erzählen? Er ist jetzt schon fast eine Stunde weg, ein halbes Dutzend Straßen entfernt.

»Ich sage ihr, dass ich mich verlaufen habe«, beschließt er. Wir wissen beide, dass sie es glauben wird. Er streckt die Hand aus und fährt mit den Fingern über meine Wange, hält mein Gesicht einen kurzen Moment in den Händen. Dann geht er, und ich sinke mit dem Rücken an der Haustür auf meine Fersen hinunter und lausche, wie sich seine Schritte entfernen. Ich fühle nichts von dem, was ich eigentlich fühlen müsste. Es ist vorbei.

Am nächsten Morgen war mir so schlecht, dass ich am liebsten gestorben wäre. Ruhelos schlich ich in den Partyklamotten der vergangenen Nacht durch die fremde Wohnung, räumte auf, blätterte die Seiten einer Zeitung um, die ich nicht lesen wollte, zappte durch die Mischung aus Religion, Sport und Jugendsendungen, die um diese Zeit im Fernsehen läuft. Ich konzentrierte mich mühsam darauf, den Brechreiz zu überwinden. Ich wollte nicht nach Hause. Ich hatte Angst, dass ich anders aussah. Weniger wie ein Mädchen, weniger wie eine Freundin.

Gegen halb zwei – Mike saß hoffentlich längst im Zug zurück nach Swansea – schleppte ich mich zum Ort des Verbrechens, des wirklichen Verbrechens, das erst noch stattfinden würde. Das Verbrechen bestand darin, dass ich sie anlügen würde. Das andere war kein Verbrechen, redete ich mir ein. Ich wiederholte es so oft, bis es mir wie die Wahrheit erschien. Ein kurzer Moment der Schwäche, die Sehnsucht nach Anerkennung, nach Trost, zwei Menschen am Ende der

Nacht, die Angst hatten vor dem Alleinsein, Angst, den entscheidenden Moment zu verpassen. Kein Grund, deswegen die Welt zum Einsturz zu bringen.

Aber was, wenn er es ihr erzählt hatte? Wenn er nach Hause gekommen war und in einem selbstsüchtigen Anfall von kläglicher, deplatzierter Loyalität damit herausgeplatzt war, um die eigene Schwäche kleinzureden und die Schuld auf mich abzuwälzen? Ich würde es natürlich abstreiten. Aber sah man mir die Schuld nicht vielleicht ohnehin an?

Als ich den Schlüssel ins Schloss schiebe und mich dabei wie eine Einbrecherin beim Eindringen in eine fremde Wohnung fühle, reißt Cora die Tür auf. Sie trägt noch ihr Nachthemd mit dem ausgeblichenen Miss-Piggy-Druck auf der Brust. Auch all die Jahre später habe ich dieses Bild noch messerscharf vor Augen.

Ihre Mascara vom Vorabend umrahmt blutunterlaufene Augen. Ich überlege kurz, ob sie geweint hat. Panik kriecht mir die Kehle hinauf, aber mein Gesicht bleibt ungerührt. Ich frage: »Alles okay?«

»Mir war so schlecht heute Morgen«, sagt sie kleinlaut, bevor wir uns durch die Trümmer der letzten Nacht in die Küche kämpfen und auf dem Weg dorthin Gläser einsammeln. »Oh Gott, was für eine Nacht! Die Jungs sind schon zurückgefahren, weil heute Fußballspiel ist. Lust auf ’nen Hotdog?«

Ich sitze am Küchentisch und spiele mit der Ketchupflasche, wie ich es schon Dutzende Male vorher getan habe. Die grellgelben Narzissen auf dem Tischtuch sind plötzlich äußerst faszinierend, ja geradezu hypnotisierend. Durchs gewellte Plastikvordach dringen gebündelte Sonnenstrahlen in die Küche und werfen ein Spotlight auf mich. Cora ist schweigsam, oder kommt mir das nur so vor? Habe ich Paranoia, sind es die Schuldgefühle? Wir verfluchen unseren übermäßigen Alkoholkonsum und unseren Kater, machen Bemerkungen über Tims Verbleib und fragen uns, wie es ihm wohl geht.

»Du errätst nie, was Mike gestern noch passiert ist«, sagt sie, während das Würstchenfett in der Pfanne faucht.

Ich halte schon das zweite Glas Orangensaft in der Hand, weil ich nicht weiß, was ich mit meinen Händen machen soll. Irgendetwas muss ich antworten.

»Was denn?«, frage ich, wie es von mir erwartet wird.

»Dieser Trottel, der sich mein Freund schimpft, hat sich auf dem Rückweg verlaufen. Sturzbetrunken wie er war, ist ihm erst am Ende der City Road aufgefallen, dass er in die falsche Richtung unterwegs war. Er hat sich einen Kebab gekauft und kam um halb vier endlich hier reingetorkelt. Ich wollte gerade die Polizei rufen.«

Sie tut fröhlich, aber ich merke genau, dass sie die Geschichte, die sie nachts, als sie Mike in die Arme schloss, noch geschluckt hat, jetzt nicht mehr ganz so plausibel findet. Laut ausgesprochen steht sie auf wackligem Fundament, eine hinkende, fadenscheinige Ausrede. Sie schaut mich flehend an, wünscht sich Bestätigung von mir. Wie immer.

»Wie hat er das denn hingekriegt?«, frage ich mit dem nachsichtigen Lächeln, das wir für Mikes Heldentaten reserviert haben. Wie damals im ersten Studienjahr, als er sich den Knöchel verstauchte, weil er für die Mädels aus der Wohnung unter uns unbedingt einen Rückwärtssalto machen musste, was vier Stunden Krankenhaus nach sich zog.

Cora antwortet, ihr sei auch nicht ganz klar, wie das passieren konnte. Ich weiß genau, dass sie mich eigentlich fragen will, um wie viel Uhr er bei Tim aufgebrochen ist. Ich sehe, wie ihr die Frage auf der Zunge brennt. Sie will wissen, ob wir auf dem Weg zu Tims Wohnung noch irgendwo Halt gemacht haben, bei einer Pommesbude zum Beispiel, ob ich ihm Tee gemacht habe, ob wir durch die Nacht gebummelt sind und viel geredet haben, ob wir überhaupt geredet haben. Aber sie kann mich das nicht fragen, weil sie weiß, dass sie mich damit in Zweifel ziehen würde. Darauf liefe es hinaus. Was sie damit andeuten wolle, würde ich fragen. Und welche Beweise hatte sie dafür? Wie konnte sie so etwas überhaupt von mir denken!

Sie weicht meinem Blick aus, und für einen kurzen Augenblick bilde ich mir ein, dass sie es weiß. Aber wenn sie es wüsste, könnte sie es unmöglich verbergen. Sie würde weinen und auf ihr Recht pochen, alles haarklein zu erfahren. Sie würde fragen, warum. Und ich würde keine Antwort darauf wissen.

Aber sie scheint sich lediglich darauf zu konzentrieren, sich die nackten Arme nicht zu verbrennen, während sie die Würstchen ins Brot stupst. Mit mütterlichem Lächeln richtet sie die Hotdogs auf einem Teller an und würzt sie. Ich habe mich geirrt: Cora sieht nur das vertraute, etwas verkaterte Gesicht ihrer Freundin. Mein Blick ist so direkt wie immer, mein Lächeln dankbar. Sie ist beruhigt. Wir brechen die dampfenden Hotdogs mit der Hand durch und lecken uns das Fett von den Fingern, während Cora erzählt, was alles schiefgegangen ist, als Stevie mitten in der Nacht betrunken sein Feldbett aufgebaut hat.

Ich esse meinen Hotdog und nicke an den richtigen Stellen und rolle mit den Augen und bin froh, eine Zeitlang nicht sprechen zu müssen. Obwohl ich verängstigt und schuldbewusst bin, mich schmutzig und zerrissen fühle, ist mir klar, dass es schon in ein paar Wochen überstanden sein wird und ich das Gefühl haben werde, es sei nie passiert. Es wird bedeutungslos werden, nicht wert, dass man es erwähnt, es wieder ausgräbt, sich gegenseitig damit wehtut.

Der Schmerz in meinem Inneren wird ebenso verschwunden sein wie der Schmerz zwischen meinen Beinen, wo sich ein träges, hartnäckiges Brennen breitgemacht hat, der Beweis dafür, dass von nun an alles anders ist.

Das Ganze wird zu einem anderen, längst vergangenen Leben gehören. Eine verträumte Nacht. Eine dunkle Straße, die noch warm ist von der Hitze des Tages und auf der die Schritte widerhallen. Dann das geräuschlose Schließen einer Tür.

Mike und ich haben nur ein einziges Mal darüber gesprochen. Dieses Gespräch fand drei oder vier Monate später statt, am Tag vor seiner richtigen, offiziellen Verlobung mit Cora, im Zug nach Swansea, wo wir das Wochenende verbringen wollten. In Cardiff hatte sich Mike in letzter Zeit kaum noch blicken lassen. Ganz plötzlich hatte er eine Menge Projekte, musste Essays schreiben oder an wichtigen Fußballspielen teilnehmen. Also fuhr Cora an den Wochenenden zu ihm – eine Umkehrung der letzten zwei Jahre. Aber dann lud uns Stevie zu einer seiner berühmten Pizza-und-Fusel-Partys ein, und wie hätte es ausgesehen, wenn wir nicht hingegangen wären?

Mike war am Freitagmittag nach Cardiff gekommen, teils um Cora abzuholen, aber hauptsächlich, um bei Tim irgendein Cardiff-City-Spiel zu schauen. Eigentlich hätten wir alle drei denselben Zug nehmen sollen, aber dann verkündete Cora, sie würde erst am Samstagnachmittag zu uns stoßen, weil sie für eine Kollegin im Schuhgeschäft einspringen musste. Sie bestand darauf, dass wir schon vorfuhren, statt einen wunderbaren, seltenen Sonnentag zu vergeuden. Wir hatten gelernt, dass sich Widerspruch nicht lohnte, wenn sie resolut wurde. Ihr könnt euch doch gegenseitig Gesellschaft leisten, schlug sie vor, als wären wir Kinder, die eine fünfundvierzigminütige Fahrt ohne Aufsichtsperson antraten.

Kurz bevor wir schaukelnd im Bahnhof von Swansea einfuhren, fragte Mike: »Bereust du, was passiert ist?«

Während der Fahrt hatten wir über das katastrophale Abschneiden der Swans in der zweiten Liga diskutiert. Mike und Stevie waren lebende Beweise dafür, dass »Fan« von »fanatisch« kommt. Zumindest rühmten sie sich stolz ihrer Fanqualitäten und trotzten am Rand des bröckelnden, an ein Wattenmeer erinnernden Spielfelds von Vetch Field, das inzwischen längst Geschichte ist, begeistert und in voller Montur dem Wind, diskutierten über die Verdienste des Maskottchens »Cyril der Schwan« und torkelten nach dem Spiel in aufgepeitschter, bierseliger Stimmung an der weitläufigen Swansea Bay entlang nach Hause.

Voller Enthusiasmus hatte mir Mike alle möglichen komplizierten Bälle beschrieben, die jemand verschossen oder ins Tor gejagt hatte, ohne dass ich irgendetwas davon verstand. Meine Aufmerksamkeit entzückte ihn, denn Cora pflegte bei solchen Gelegenheiten nur zu stöhnen und ihn zu ermahnen, ihr nicht mit diesen langweiligen Männerthemen zu kommen. Alles schien in bester Ordnung zu sein, wir gaben uns ungezwungen wie immer. Fast hätte man meinen können, ich hätte mir alles nur eingebildet.

Ich ertappte mich dabei, wie ich über die rührende Überschwänglichkeit grinste, mit der er sich einem derart gegenstandslosen Thema widmete. Als er mit seinen Ausführungen am Ende war und mit gespieltem Frust den Kopf schüttelte, begann ich, meine Tasche und meine Jacke einzusammeln und auf dem dreckigen Streifen Beton, der vor uns auftauchte, nach Stevie Ausschau zu halten.

In diesem Moment stellte er seine Frage, mit leiser, unsicherer Stimme. »Bereust du, was passiert ist?«

Ich sah direkt und unverstellt in sein vertrautes Gesicht, studierte die kleinen Fältchen, die ich so lieb gewonnen hatte. Mehr als je zuvor verspürte ich den Wunsch, ihn zu küssen. Ich wusste, dass er den Verlobungsring in der Tasche hatte. Er hatte ihn mir nicht gezeigt, aber ich hatte beobachtet, wie er heimlich einen Blick in das dunkelblaue Samtkästchen geworfen hatte, als ich Getränke kaufen gegangen war.

»Mike«, sagte ich durch die Hand hindurch, die sich um meine Kehle krallte, und das Aussprechen seines Namens verursachte mir beinahe körperliche Schmerzen.

Ich griff nach seiner Hand, und für einen kurzen Moment erhaschte ich dort in dem sonnendurchfluteten, drückend heißen Waggon zwischen Kaugummis und falsch geschriebenen Graffitisprüchen einen Ausblick auf ein anderes, wunderbares Leben. Ein Leben, in dem ich jede Sekunde des Tages angebetet werde, nicht nur während jener flüchtigen, gestohlenen Momente, die sich vor aller Augen und doch im Verborgenen abspielten. Dieser Ausblick überwältigte mich, er machte mich sprachlos.

Ich weiß jedoch, dass es nur eine Illusion ist. Ich glaube Mike zu kennen, denn ich habe ihn beobachtet, wenn er mit ihr zusammen ist. Ich habe die Liebe und Nachsicht und Verletzlichkeit in seinen Augen gesehen, wenn sie ihn ermahnt, gerade zu sitzen, seine Tischmanieren nicht zu vergessen und sich nicht wie ein Trottel aufzuführen, sein Bedürfnis, ihr zu gefallen, sie zufriedenzustellen, wenn sie ihn daran erinnert, wie glücklich sie wäre, wenn er doch verdammt noch mal ein paar winzige Kleinigkeiten beherzigen würde.

Obwohl wir uns noch immer im selben Moment befinden, obwohl sich Raum und Zeit nicht verändert haben, ist plötzlich kein Platz mehr für mich in dem Traumbild. Ich weiß, dass Coras Herz beim kleinsten Verdacht in tausend Stücke zerspringen würde. Das darf ich nicht zulassen. Ich kann unmöglich so tun, als sei nichts gewesen zwischen uns, aber ich sage trotzdem: »Zwischen uns darf nichts sein. Selbst wenn du sie nicht liebst, muss dir das klar sein. Sie ist meine Freundin. Es wäre nicht richtig.«

»Aber ich liebe sie doch«, sagt er mit zusammengebissenen Zähnen. »Sie ist nur so anders als du. Bei dir kann ich ich selbst sein, und das ist genug.«

Ich wusste, dass es nur genug war, weil ich kein Recht hatte, Erwartungen an ihn zu stellen. Und ich wusste auch, dass es nicht genug gewesen wäre, wenn ich an Coras Stelle gewesen wäre. Wie auch? Ich konnte ihm nicht sagen, wie schwach und naiv er war, weil ich ihn so sehr wollte, mehr denn je.

»Zeig mir den Ring«, sage ich, statt auszusprechen, was ich wirklich fühle. Was wichtig gewesen wäre.

Er zeigt mir den Ring, und in mir blitzt schmerzhaft die Erinnerung an den Moment auf, als Cora mir damals erzählt hatte, Mike habe zwar noch nicht offiziell um ihre Hand angehalten, aber sie hätten gemeinsam beschlossen, sich zu verloben.

Die beiden hatten mir zum neunzehnten Geburtstag Konzertkarten für die Crash Test Dummies geschenkt. *Afternoons and Coffee Spoons* war Mikes und mein Lieblingssong. Immer wenn er im Radio kam, nahm Mike meine Hand, zog mich auf die Füße und wirbelte mich herum. »Hüpf mit mir, du wunderschöne Lizzy, strahlende Lizzy im Abendlicht«, sagte er beim ersten Mal. »Komm, wir gehen, du und ich, wenn der Abend ausgestreckt ist am Himmelsstrich.«

Damals, als wir unseren atemlosen Pogo durch die Wohnung tanzten, während Cora im Schneidersitz neben der

Stereoanlage saß, engelhaft vor- und zurückwippte und über Mikes Ausgelassenheit kicherte, erkannte ich diese Sätze noch gar nicht als Zitat.

Erst einige Monate später entdeckte ich das Gedicht von Eliot und brach in Tränen aus. War nicht unsere Liebesgeschichte – auch wenn ich sie damals noch nicht so nannte – genauso, wie es die Crash Test Dummies sangen: streng rationiert in Kaffeelöffel- oder in unserem Fall Teelöffelportionen?

Als sie mir die Tickets überreicht hatte, sagte Cora zu mir: »Ich muss dir was erzählen! Ich weiß, du bist immer noch nicht über diesen Loser Tom hinweg, aber bei Mike und mir gibt es Neuigkeiten, und ich will, dass du die Erste bist, die es erfährt: Wir haben uns verlobt!«

Ich sagte gar nichts. Damals glaubte ich, mein Schock rühre daher, dass sie noch so jung waren, dass es so plötzlich kam, dass es eine so weitreichende Entscheidung war. Erlebten wir nicht alle gerade die schönste Zeit unseres Lebens? Mir zumindest kam es so vor. Und Cora machte alles kaputt.

Meine ungewohnte Sprachlosigkeit schien sie traurig zu machen. Natürlich wollte ich etwas sagen, aber nicht einfach irgendetwas, sondern das Richtige. Aber ich sagte nichts.

Also war sie gezwungen weiterzureden: »Ich weiß, das muss schwer für dich sein, aber ich wollte es nicht vor dir geheim halten. Wir haben noch keinen Ring oder so was, ich meine, er hat noch nicht richtig um meine Hand angehalten. Er kann sich in nächster Zeit sowieso keinen Ring leisten, aber irgendwann wird er um meine Hand anhalten – wenn der richtige Moment gekommen ist. Es soll etwas ganz Besonderes werden, weißt du. Eine Überraschung für mich.«

»Ich freue mich so für dich«, sagte ich, nachdem ich meine Zunge zum Funktionieren gezwungen hatte. Dann brach ich völlig überraschend und unerklärlicherweise in Tränen aus. Ich konnte nichts dagegen tun. Die äußere Schale löste sich ab, und aus meinen Augen strömten die Fluten einer ertrinkenden Welt. Es war albern und unnötig und beschämend. Zwischen einzelnen Schluchzern und Notfalltaschentüchern, die Cora sofort herbeizauberte, wiederholte ich: »Nein, ich freue mich wirklich für dich, herzlichen Glückwunsch! Ich meine, das ist toll. Ich weiß, dass du dir genau das gewünscht hast.«

Jetzt begann auch Cora zu weinen, und nachdem sie ziemlich unbeholfen den Arm um mich gelegt hatte, sagte sie: »Du wirst das auch eines Tages erleben, Lizzy. Irgendwann triffst du jemanden, der dich wirklich verdient. Deinen eigenen Mike.«

Ausgerechnet in diesem Moment begann die etwas heisere Dreifaltigkeitskappelle aus Sting, Bryan Adams und – Gott stehe mir bei – Rod Stewart im Radio ihre Schnulze *One For All and All for Love* aus dem Disney-Remake von *Die drei Musketiere* zu schmettern.

»Oh, das ist unser Lied!«, schniefte Cora, und ein verträumtes Lächeln spielte plötzlich um ihre Lippen.

Seitdem erinnere ich mich an alle unsere gemeinsamen Momente auf diese Weise: als Musik-, Ton- oder Lichtschnipsel, wie eine Fernsehsendung, die im Hintergrund eines fremden Lebens vor sich hin flimmert, Momentaufnahmen von Gefühlen, deren Bedeutung ich erst durch die Worte anderer Menschen verstehe, aufgereiht wie Perlen auf einer Schnur, von denen manche aus der Zeit gefallen sind.

Und zwei Jahre später zieht Mike dann also im Zugwaggon, der in den Bahnhof von Swansea rumpelt, den Verlobungsring aus der Tasche. Der richtige Moment scheint gekommen zu sein. *Jetzt schon?*, denke ich. *So kurz nach …?*

Er klappt die Schatulle auf und lüftet den kühlen Glanz

des zartblauen Steins. Hand in Hand sitzen wir da und starren ihn an. Zwei Gestalten, die so eng die Köpfe zusammenstecken, dass sie sich fast berühren, vor einem Hintergrund aus schmierigen Zugfenstern und Kindergeschrei. *Animal Nitrate* von Suede schallt blechern aus einem Walkman und zerkratzt die Luft.

Mike küsst mich ganz leicht und sanft auf die Lippen und lehnt dann für vielleicht fünf Sekunden die Stirn an meine, bevor er den Kopf hebt, um mir in die Augen zu sehen. Es sind Tränen in diesen Augen, aber er kann sie nicht sehen. Ein romantisches Gemälde, auf dem der Held die falsche Heldin küsst.

»Er gefällt ihr bestimmt«, sage ich.

»Muss er ja, sie hat ihn praktisch selbst ausgesucht.«

»Ich freue mich für euch beide.«

»Aber bereust du, dass es passiert ist? Das mit uns?«, will er wissen.

»Nein«, antworte ich.

»Ich auch nicht.«

Dann wird diese ach so bewegende Szene von Stevie gestört, der mit der Faust an die Glasscheibe hämmert und mit den Lippen lautlos die Worte formt: »Steigt ihr zwei jetzt endlich aus dem verdammten Zug, oder was? Die Pubs warten!«

Fast genug

Die Hochzeit von Cora und Mike wurde ein rauschendes Fest, dank vier Jahren akribischer Recherche und Planung. Mich hatten sie in ein fliederfarbenes Kleid mit einem hübschen Ansteckstäußchen aus Kornblumen und weißen Rosen gesteckt, aus dem ich unermüdlich herauslächelte. Keine Rüschen, keine Volants, kein Tüll. Geschmackvoll und elegant, gottlob.

Es gab zu viele Fotografen und zu viel zu essen. Das Übliche. Das Hotel war vornehm, aber nicht übermäßig spießig. Es war aus hellem Sandstein im georgianischen Stil erbaut und lag hinreißend exklusiv auf einer kleinen Insel inmitten eines sich kräuselnden Sees, deren Verbindung zum Festland aus einer verschnörkelten Brücke über einem Teppich aus exotischen Seerosen bestand.

Nach einem Regenguss am frühen Morgen versprach das Wetter herrlich zu werden. Seit dem Morgengrauen saß ich frisch geduscht im Zimmer von Coras Mutter und sah mit einer Tasse Kaffee in der Hand aus müden Augen zu, wie der Friseur Coras speziell für den Anlass herangezüchtete Lockenmähne zu komplizierten Knoten, Zöpfen und Ringellöckchen aufsteckte, die sich aus eigenem Antrieb zu vermehren schienen und in denen kleine Lilien und goldene Haarnadeln wuchsen. In Kombination mit ihrem Morgenmantel bot Cora einen geradezu präraffaelitischen Anblick.

Draußen war der Himmel mondweiß, und Nebel stieg aus der dunklen Scheibe des Sees empor. Alles wirkte unwirklich und magisch und seltsam und absurd und bewegend und irgendwie genau richtig.

Cora mochte keine Schönheit sein, aber sie hatte nie hübscher ausgesehen als in ihrem schlichten Brautkleid mit der zarten Perlenstickerei im Stil der Dreißigerjahre und den passenden schmalen Schuhen mit einem Hauch von Seide an den Spitzen. Kein Schleier, nur eine Krone aus winzigen weißen Blüten im Haar, Iris und weiße Röschen, passend zum Strauß.

Während wir auf das Hochzeitsauto warteten, verspürte ich den beinahe unüberwindlichen Drang, sie in den Arm zu nehmen und wie ein Kind hin und her zu wiegen. Aber ich hatte Angst, irgendeinen Teil von ihr zu zerknittern, deshalb nahm ich stattdessen ihre Hand und sagte: »Du siehst wunderschön aus, Cora.«

Stevie erwies sich als Geschenk Gottes. Er trieb die langsamen Busse zur Eile an, versorgte die gackernden und jammernden Onkel und Tanten mit Champagner und Kanapees, bis sie gefügig waren wie kleine Kinder, kümmerte sich um den wachsenden Berg Geschenke und hielt die Jüngsten davon ab, am Ufer herumzuplanschen und die Schwäne mit Kieselsteinen zu füttern.

Ich sehe ihn heute noch vor mir, wie er mir im Vorbeiflitzen nervös zugrinst und dann überall dort, wo sie gebraucht werden, frische Gläser mit Champagner verteilt.

Mir war vom Champagner und Wein ganz schwindlig, weil ich nichts gefrühstückt hatte und das Mittagessen noch auf sich warten ließ. Ich war so sehr Teil des Ganzen, so beschäftigt damit, mein Kleid sauber zu halten und jedem zuzulächeln und mich um Cora zu kümmern, dass ich buchstäblich neben meinem Körper stand, jenseits meines Körpers, jenseits aller Gedanken.

Um neun Uhr abends zog ich mich in mein Hotelzimmer zurück, um fünf Minuten durchzuatmen und mir die schmerzenden Füße zu reiben. Ich brachte meine Haare in Ordnung, frischte Lippenstift und Puder auf und war wieder bereit für die große Show. Als ich die Tür hinter mir abschloss, stand plötzlich Stevie im schummrigen Hotelflur vor mir, groß und nervös. Er trug immer noch seinen dunkelblauen Anzug mit der fliederfarbenen Krawatte vom Vormittag und roch verdächtig nach Alkohol.

Wir hatten kaum miteinander gesprochen seit dem Hochzeitsfrühstück, bei dem ich mit Mike und seinem Bruder Jeff, der immer wieder meine Hand küsste, alte Geschichten ausgetauscht und nebenbei einen Kollegen von Mike abgewehrt hatte, der vorgab, meine Zimmernummer zu kennen.

Ich will etwas über meine schmerzenden Füße sagen, aber Stevie unterbricht mich.

»Warum musst du verdammt noch mal so wunderschön sein?«, fragt er mich, und irgendwie ist es kein Kompliment.

Einen Moment lang bin ich verwirrt und sprachlos. Seine Stimme klingt nicht verspielt, sondern schroff. Ich lache – aus alter Gewohnheit und weil sich dahinter alles verbergen lässt, weil es mir Zeit zum Nachdenken gibt. Ich bedanke mich und sage »War das nicht ein wunderschöner Tag heute?« und lege eine besonders liebevolle Note in das einstudiert neckische Lächeln, das ich für Stevie reserviert habe.

Dann streiche ich ihm freundschaftlich über den Arm und will mich bei ihm unterhaken. Er ist der Gentleman, ich die Lady, das alte, tröstliche Spielchen.

Aber Stevie spielt nicht mit an diesem Abend. Er hat dieses Spiel schon den ganzen Tag gespielt, sogar schon viel länger, er kann nicht mehr. Als er näher kommt und mich dann an die Wand drängt, merke ich, dass er betrunkener ist, als ich dachte.

»Wie fühlst du dich?«, fragt er, und ich weiß, dass er sich nicht auf mein schweres seidenes Empirekleid oder meine kneifenden Schuhe oder meine Haare bezieht, die so fest mit Nadeln aufgesteckt sind, dass es allmählich wehtut. Aber ich gebe mich unschuldig und antworte: »Ich könnte dringend einen Jack Daniel's gebrauchen. Es war ein langer, unvergesslicher Tag. Die beiden sehen so glücklich aus.«

Selbst in meinen Ohren klingen diese Sätze hohl, auch wenn sie wahr sind, in gewisser Weise. Wieder weigert sich Stevie, das Spielchen mitzuspielen. Als ich beinahe über meinen Rock stolpere, streckt er die Hand aus und stützt mich. Es ist keine nette Geste.

»Hör auf damit, Lizzy. Einen schönen Hofstaat aus hechelnden Verehrern hast du da draußen um dich geschart. Du hast allen die Schau gestohlen, bravo! Du kannst es einfach nicht lassen, oder?«

Er ist anscheinend fest entschlossen, mich zum Zuhören zu zwingen. Trotz der schwachen Flurbeleuchtung entgeht mir nicht, dass er noch etwas ganz anderes, etwas Wichtigeres sagen will. Ich gerate in Panik, würde ihn am liebsten wegstoßen und brüllen: »Stevie, lass mich in Ruhe, verdammt! Ich komme gut allein klar!«

Ich versuche, mich mit einem übertrieben beschwipsten Torkeln an ihm vorbeizudrücken, aber er packt meine Arme so fest, dass ich zusammenzucke, und drückt mich zurück gegen die Wand, bis sich die vielen Haarnadeln meiner eleganten Hochsteckfrisur in meinen Kopf bohren und ich erneut zusammenzucke. Mit einem kurzen, heftigen Stoß entweicht mein Atem. Sein Gesicht ist ganz nah, und plötzlich vergräbt er es in meinem Hals, als würde er versuchen, mich einzuatmen. Fast bin ich froh, dass es so gekommen ist, denn ich weiß, dass so ein Moment nie wieder kommen wird – wir beide wissen es.

Wir sind jetzt echt und ungeschminkt, so, wie wir wirklich sind. Der Tag ist gegangen und mit ihm die Nettigkeiten, der höfliche Umgang miteinander. Von jetzt an ist alles erlaubt, weil sich am nächsten Morgen niemand mehr daran erinnern wird. Mein Herz schlägt schneller, und ich bin beinahe dankbar für diesen Moment. Seiner wütenden Kraft habe ich sowieso nichts entgegenzusetzen, also ist alles, was von jetzt an passiert, nicht meine Schuld, ausnahmsweise.

»Warum wünscht man sich immer das, was man nicht haben kann?«, will er wissen, aber es ist keine Frage. Ich weiß, dass er nur innehält, um sich den nächsten Satz zurechtzulegen, aber ich rufe trotzdem seinen Namen: »Stevie, du bist betrunken.« Kein Partygast kommt vorbei, niemand kann uns hören. Warum also schreien? Ich bilde mir ein, ihn leise an meinem Ohr schluchzen zu hören, bevor er fortfährt: »Du hättest mich jederzeit haben können, weißt du das?« Er klingt jetzt traurig, aber in seiner Stimme blitzt Wut auf, und ich weiß, dass diese Wut auch in seinen Augen glüht. Sehen kann ich sie nicht, denn meine Augen sind fest geschlossen.

»Schau mich an, verdammt!«, befielt der sonst so sanfte, so zuvorkommende Stevie und packt mein Gesicht. »Schau mich endlich an! Du wolltest mich nicht, stimmt's? Das wäre zu einfach gewesen. Warum? Warum nimmst du *mich* nie wahr?«

Sein Blick ist leer, verständnislos.

Ich höre, wie ich anfange, mich zu entschuldigen. Küsse und Lügen, Geheimnisse und Seufzer liegen mir auf der Zunge, Geschichten, die tief in die Nacht gehören.

Aber Stevie ist nicht nach Märchen zumute. Er will nichts von dem hören, was ich zu sagen habe. Welche Bedeutung könnte es schon haben für seinen Schmerz? Plötzlich hört er ein Lied, das er wiedererkennt, eins unserer alten Lieblingslieder.

»Willst du tanzen?«, fragt er.

Nein, das will ich nicht.

»Aber Lizzy, du tanzt doch so gerne«, zischt er, und es gelingt ihm nicht, eine spielerische Leichtigkeit in den scheinbar harmlosen Satz zu legen, die er nicht empfindet.

»Es fragen sich bestimmt schon alle, wo die Brautjungfer und der Trauzeuge geblieben sind. Wir sorgen noch für einen Skandal.« Er ist eine Karikatur seiner selbst und schmeichelt mir zuvorkommend, aber hinter seinem Lächeln ätzt sich sofort wieder die Säure durch die Maske.

Jetzt schließen sich seine Hände entschlossen um meine Taille. Mit seinen langen Beinen führt er mich durch die angrenzende Tür Richtung Tanzfläche, bevor ich noch ganz begriffen habe, was mit mir geschieht.

Ich versuche mich zu entziehen, aber ich kann nicht. Er weiß das, und er weiß auch, dass ich nicht mehr gegen ihn ankämpfen kann, sobald erst einmal mit theatralischem Überschwang die Tür aufgeflogen ist und wir uns achtzig entzückten Augenpaaren gegenübersehen, die Zeuge werden, wie der Trauzeuge mit der bezaubernden Brautjungfer auf die Tanzfläche zusteuert. Ich täusche Bescheidenheit vor, denn ich will nicht dort hoch ins grelle Discolicht zu Mike und Cora, will nicht mit dem neuen, eiskalten, unberechenbaren Stevie tanzen, der den Abend in eine scheußliche Seifenoper verwandelt – in ein häusliches Drama der ganz anderen Art.

Aber er lässt mir keine Wahl, mit den Händen hält er weiter meine Taille fest umfasst. Mein Kleid raschelt um uns herum, und mein Diadem reflektiert die rotierenden Lichter. Er tut mir weh. Genau das will er auch, und er kann es nur auf diese Weise. Er weiß, dass ich – egal, was passiert – keine Szene riskieren werde, indem ich mich von ihm losreiße. Jetzt ist die Scharade komplett: das überglückliche Brautpaar und wir, die alten Freunde, die sich mit ihm freuen und ihrer Pflicht nachkommen.

Dann sagt er: »Er liebt dich, weißt du.«

Weiß ich das? Ich glaube, ich wusste es mal. Aber das spielt jetzt keine Rolle mehr, will ich zu ihm sagen. Das war einmal. Jetzt beginnt das Danach.

»Allerdings nicht genug«, fährt Stevie fort. »Wenn er dich genug lieben würde, könnte er ihr das nicht antun. *Euch* das nicht antun. Dann würde er alles auf eine Karte setzen, statt dich gehen zu lassen. *Ich* hätte dich nicht gehen lassen.«

Bevor ich antworten kann, hat die Menge angefangen, uns anerkennend zuzujubeln. Und Stevie reagiert darauf, mitgerissen von der weinseligen Atmosphäre des Augenblicks und dem Funkeln der Lichterkette entlang der Bar. Mit einer schwungvollen, energischen Bewegung biegt er mich nach hinten, bis mein Haar – wäre es offen gewesen – über den Boden geschleift hätte. Unsere Körper berühren sich, eine anmutige, fließende Bewegung.

»Weißt du noch?«, faucht er. Es ist eine Kampfansage.

Kopfüber wirbelt er mich mit aller Macht herum, bis mir vor lauter Schwindel ganz schlecht wird. Plötzlich packt mich die Wut. Ich bete, dass ich mich weder übergebe noch Stevie so fest ins Gesicht schlage, dass ihm die Zähne klappern.

Mike schwebt mit Cora im Arm vorbei. Sie hat uns den Rücken zugewandt, aber in seinen Augen lese ich, dass er die Szene wiedererkennt, und dieses Erkennen ist so schmerzhaft, dass ich am liebsten seinen Namen raunen würde. Ohne

Vorwarnung küsst mich Stevie – heftig und begierig. Mir kommt gar nicht in den Sinn zu protestieren und noch viel weniger, den Kuss zu erwidern. Das ist es, was ihm den Rest gibt, viel wirkungsvoller als alles, was ich hätte sagen können. Unsere Blicke bohren sich ineinander, und als er die Abwehr in meinen Augen sieht, strömt das pure Elend aus ihm heraus. Zum Glück legt der DJ in diesem Moment den nächsten Song auf, der scheppernd und aufdringlich zu uns herüberschallt. Wie ein Erwachender, der den Ort, an dem er sich befindet, nicht mehr wiedererkennt, verliert Stevie das Gleichgewicht und stellt mich wieder auf die Füße. Ich bin wacklig auf den Beinen, aber meine Wut ist verraucht.

»Es tut mir so leid«, wimmert er und vergräbt wieder das Gesicht in meinem Hals. Ich merke, dass er weint. Die Menge applaudiert, und Cora und Mike verbeugen sich. Cora strahlt übers ganze Gesicht, nur Mike starrt Stevie an. Ich halte ihn im Arm, froh darüber, dass es dunkel ist. Von einem Tisch aus, der in der Dunkelheit des Saals fast nicht zu sehen ist, beobachtet Phillippa die Szene durch einen Nebel aus Gin Tonic und fängt meinen Blick auf. Sie hat in der Darbietung gesehen, was anderen verborgen geblieben ist, aber allem Anschein nach enthält sie sich jedes Kommentars und greift stattdessen nach ihrem Glas.

Bevor die Nacht zu Ende ging, wurde noch weiter ausgiebig dem Alkohol zugesprochen und so wild und hektisch auf der Tanzfläche herumgehüpft, dass ich Angst um meine inzwischen nackten Füße bekam, während ich inmitten von Mikes großen, rauflustigen, aber ausgesprochen liebenswerten Freunden von Hand zu Hand wirbelte. Etwas später, als die förmlicheren Gäste bereits auf müden Füßen in ihre Zimmer gewankt waren, lange nachdem Stevie zu viel Wodka vorgeschützt hatte und in sein Zimmer verschwunden war, stolperte Mike buchstäblich über den Flügel im Foyer. Zärtlich öffnete er den Deckel, fuhr mit zitternden Fingern über die Tasten. Leise spielte er eine vertraute Melodie.

Ich hatte gar nicht gewusst, dass er spielen konnte. Wie war das möglich? Jedenfalls hatte ich nicht gewusst, dass er so schön spielen konnte, eigenartig präzise für jemanden, der so viel Bier getrunken hatte und vor Champagner förmlich überlief. Auch wenn sie es hinterher abstritt, schlief Cora an Tim gelehnt ein und ließ im Traum, so hoffte ich, einen perfekten Tag Revue passieren.

Den ganzen Tag lang hatte sie rettungslos glücklich ausgesehen. Mike hatte mich natürlich nicht angerührt, aber nun, während die Musik durch den Flur und hinauf zu den Betten der bereits schlafenden Gäste schallte, sah er mich an und lächelte, und in der Melodie, die er – mit Bedacht oder instinktiv – so ausgesucht hatte, dass wir beide sie kannten, wechselte eine Million Wörter zwischen uns hin und her. Und es war fast genug.

Eine neue Richtung

Ende Juli, sechs Monate nachdem man Jennys Leiche gefunden hatte, startete der Currymann den ersten Erpressungsversuch.

Als hätte ich nicht genug Sorgen gehabt! Und Geld besaß ich weiß Gott auch nicht im Überfluss. Ich war ein schlecht gewähltes Zielobjekt, dafür sorgten die horrenden Wohnungsmieten von Cardiff, die Raten für die Rückzahlung meines Studienkredits und der kümmerliche Gehaltsscheck, den ich als Reporterin bekam. Trotzdem schienen mir ein paar hundert Pfund eine vernünftige Investition dafür zu sein, dass er den Mund hielt, dass ich meinen Job behielt, dass Mike nicht ins Gefängnis kam, dass die Welt im Lot blieb.

Aber zunächst versuchte ich ihn abzuwimmeln und gab vor, nicht die geringste Ahnung zu haben, wovon er da schwafelte. Ich drohte sogar damit, meinerseits die Polizei zu holen, wenn er mich nicht in Ruhe ließ (ein etwas verwegener Schachzug). Er blieb geduldig. Ich vermute, er hatte alle Zeit der Welt, schließlich hatte er sonst nicht viel zu tun.

Überhaupt bestand das Hauptproblem darin, dass der Currymann so höflich und gelassen auf seinem Standpunkt beharrte und man ihn daher schlecht als tobenden Geisteskranken oder lallenden Idioten hinstellen konnte, der vor sich hin brabbelte, nach Tauben grapschte, streunende Windhunde wie alte Freunde begrüßte oder Promenadenmischungen mit Napoleon Bonaparte ansprach. Er erhob Anspruch darauf, für voll genommen und als zurechnungsfähig angesehen zu werden. Und früher oder später würde ich diesem Anspruch gerecht werden müssen.

Er wartete auf mich, als ich aus der Redaktion kam. Nicht direkt neben dem Gebäude, er wusste, wie das ausgesehen hätte. Er mochte nach Kohlsuppe stinken, aber dumm war er nicht. Auf dem Parkplatz, wo ein ständiges Kommen und Gehen herrschte, hätte mir jederzeit ein Kollege oder ein Wachmann beispringen können.

»Entschuldigen Sie, Miss. Belästigt Sie dieser Mann?«

»Allerdings! Bitte braten Sie ihm ordentlich eins über! Jetzt sofort!« Das wäre ideal gewesen. Stattdessen wartete er, bis ich um die Ecke gebogen war, schlich sich an mich heran und fragte: »Entschuldigen Sie, sind Sie Miss Jones?« Die Antwort kannte er natürlich bereits. »Erkennen Sie mich wieder?« Er lächelte.

Ich lächelte zurück, während ich gleichzeitig den abgetragenen braunen Wollmantel mit den abgewetzten Stellen und das Moos aus Bartstoppeln registrierte, das ihm das Kinn hinaufwuchs (kein gepflegter Schnauzbart unterm Zylinder wie bei den Schurken im Film) und ein paar nasse Lippen umwucherte, aus denen er seinen feuchten, nach Kaffee und billigen Zigaretten stinkenden Atem in die beißend kalte Luft blies. Er wirkte eher bedauernswert als angsteinflößend, aber er hatte auf jeden Fall etwas zu sagen.

»Wir sind uns im Gericht begegnet, nicht wahr? So ein Gesicht vergisst man nicht so leicht, wirklich entzückend! Und vorher sind wir uns auch schon einmal über den Weg gelaufen. Sie wissen schon, wo…« Um seine Lippen spielte ein wissendes, selbstgefälliges Lächeln.

»Sie haben sich letztes Mal geirrt, und Sie irren sich auch jetzt«, antwortete ich. »Entschuldigen Sie, ich muss weiter.«

»Ich habe gesehen, wie er mit ihr den Club verlassen hat«, kam er direkt zur Sache. »Er hat die Kleine, die gestorben ist, nach Hause gebracht. Die mit den roten Haaren. Ich erinnere mich an ihn. Er war anständig zu mir, solche Menschen bleiben mir im Gedächtnis. Die meisten anderen nehmen mich doch überhaupt nicht wahr. Ich wette, seine Frau weiß nichts davon. Die Hochnäsige war seine Frau, oder? Kann mir nicht vorstellen, dass sie erfreut wäre, wenn sie es erfahren würde... Wirklich rührend, wie ausführlich Sie immer über die Sache berichten. Und so eine schöne Beerdigung – mit diesem Lied aus dem Radio, das sie gespielt haben, eine nette Idee. Glauben Sie nicht auch, dass es die Polizei brennend interessieren würde, dass er sie nach Hause gebracht hat? Und dass Sie ebenfalls davon wussten, aber nichts verraten haben? Wie nennt man das, Behinderung polizeilicher Ermittlungen oder Behinderung der Justiz oder so was?«

»Hören Sie, guter Mann, warum hauen Sie nicht einfach ab und belästigen jemand anderen?« Das blanke Entsetzen stieg in mir hoch, und ich griff in die Tasche und bot ihm eine Pfundnote an, damit er abhaute. Es funktionierte nicht.

»Dafür ist schon ein bisschen mehr nötig, Schätzchen«, grinste er, nahm die Pfundnote aber trotzdem entgegen und rieb sie nachdenklich zwischen Daumen und Zeigefinger, als überlegte er, mit welcher Masche er es als Nächstes probieren könnte. »Aber wir können uns natürlich auch ein anderes Mal weiter unterhalten, wenn Sie gerade nicht so beschäftigt sind. Ich weiß ja, wo ich Sie finde, nicht wahr?«

Ich spürte seinen Blick im Nacken, während ich davonhastete, egal wohin, Hauptsache weg. Hinter mir begann sich die Begegnung flimmernd in Luft aufzulösen. Wörter sprudelten wahllos und unkontrolliert aus meinem Mund – wie beim automatischen Schreiben, wenn verschrobene Menschen irgendetwas hinkritzeln und behaupten, daraus spreche eine Stimme aus dem Jenseits –, und ich hoffte inständig, dass aus ihnen die unerschütterliche, halb belustigt, halb gereizt reagierende Journalistin sprach, die genügend Menschenkenntnis besaß, um sich von diesem erbärmlichen Erpressungsversuch unbeeindruckt zu zeigen.

Währenddessen brüllte in meinem Kopf ein kleines Kind in Endlosschleife »Verdammt, was ist hier los, verdammt, was ist hier los?!«, ein Kind, das sich in hilfloser Wut die Augen rieb, mit dem Fuß auf den Boden stampfte und sich einen Zornknoten in den Magen machte, in der Hoffnung, dass ihm schlecht wurde und es das Mitleid einer älteren, größeren, weiseren Person erregte, die in der Lage war, die richtigen Entscheidungen zu treffen und alles wieder ins Lot zu bringen.

Diese Hoffnung war mir nicht vergönnt. Als der Currymann das nächste Mal auf mich zukam, formulierte er seine Forderung direkter. »Hundertfünfzig Pfund, oder ich gehe zur Polizei«, sagte er. Nur das. Kein Lächeln.

Dieses Mal musste ich mit Mike sprechen. Ich ging schnurstracks zu seinem Büro, wo wir in seinem Auto in der Tiefgarage saßen wie zwei Menschen, die wirklich etwas zu verbergen hatten.

»Das hört nie auf, oder?«, fragte er. Ich war mir nicht ganz sicher, was er damit meinte.

»Wenn du dich darauf beziehst, ob er es sich plötzlich anders überlegt und einfach wieder in der Gosse verschwindet, vermutlich nicht.« Diesen Ton hatte ich mir Mike gegenüber in letzter Zeit angewöhnt, den Ton einer strengen Gouvernante, die mit einem erschreckend einfältigen Kind spricht.

Manchmal verstand ich, warum Cora ihre manipulativen Methoden bei ihm anwendete.

Er zuckte mit den Schultern. »Also gut, was machen wir?« Er rieb an einem unsichtbaren Fleck zwischen seinen Bartstoppeln herum.

»Ich finde, wir sollten zahlen«, antwortete ich, obwohl mich der Gedanke, dass es dieses verdammte Wiesel von Stadtstreicher geschafft hatte, uns ein Schnippchen zu schlagen, so fuchsteufelswild machte, dass ich am liebsten aufgesprungen wäre, meine Arme wie ein aufgebrachter Gorilla geschwungen und auf Mike eingeprügelt hätte, bis sein Kopf barst wie eine reife Melone – oder zumindest bis er das Bewusstsein verlor. Schließlich hatte *er* uns diese Suppe eingebrockt. Außerdem war er die nächstbeste Zielscheibe. Ich war müde. Todmüde. Aber ich wollte hören, was er dazu zu sagen hatte. Was blieb mir anderes übrig?

Nach einer kurzen Pause, in der er sich mehrmals mit den Händen durch die braunen Locken fuhr und auf seiner Lippe herumkaute, sagte er schließlich: »Also gut, uns bleibt wohl keine andere Wahl.«

Ich war sofort wieder auf hundertachtzig. Wahrscheinlich wäre jede Antwort falsch gewesen, aber mich ärgerte, wie schnell er sich geschlagen gab. Selbst wenn die Niederlage letztlich unvermeidlich war – musste er sie wirklich so schnell akzeptieren und sich meiner Führung unterordnen? Andererseits: Warum überraschte mich das so sehr?

»Verdammt noch mal!«, fuhr ich ihn an. »Warum triffst du nicht zur Abwechslung eine eigene Entscheidung? Wäre mal was ganz Neues. Tu was, irgendwas. Was denkst DU, was wir TUN sollten, Mike? Was denkst du, was WIR TUN sollten?«

»Na ja, nicht zu zahlen ist ja wohl auch keine Lösung«,

sagte er ernsthaft und fügte dann ein wenig verletzt hinzu: »Schrei mich nicht so an, Lizzy. Ich weiß, dass das alles meine Schuld ist. Wir könnten es natürlich auch drauf ankommen lassen. Selbst *wenn* er zur Polizei geht, muss die ihm ja nicht unbedingt glauben, oder? Nur weil ich da war, können die nicht behaupten, dass ich etwas getan habe. Schließlich habe ich ja auch nichts getan.«

Ich fasste die Lage noch einmal schonungslos für ihn zusammen. Ich wollte, dass er alles knapp und unmissverständlich vor sich ausgebreitet sah, in einfachen Worten, denen er sich stellen musste, statt sie mir im Mund herumzudrehen. »Du hast die Polizei angelogen. Sie hat dich im Büro verhört und gefragt, ob du sie kanntest, und du hast gelogen, oder etwa nicht? Du hast sie nach Hause gebracht. Vielleicht warst du die letzte Person, die sie lebend gesehen hat. Die Verbindung zum Charlie's hat die Polizei noch gar nicht entdeckt, weil bisher niemand ausgesagt hat, dass sie dort gewesen ist. Diese Information hast du zurückgehalten. Warum solltest du das tun, wenn du nichts zu verbergen hast? Er muss nur das Charlie's und dich erwähnen, und schon fällt es der Polizei wie Schuppen von den Augen, ob du nun etwas getan hast oder nicht. Was ist mit Cora, wenn sie plötzlich deinen Namen in der Zeitung liest? Was ist mit mir, wenn die Polizei herausfindet, dass ich es gewusst habe? Du sagst, du hättest sie kaum gekannt und zwischen euch sei nichts gewesen, aber sie hatte dieses Buch bei sich herumliegen. Du hast behauptet, nie in der Wohnung des toten Mädchens gewesen zu sein, aber du bist dennoch dort gewesen. Vermutlich sogar mehr als einmal, oder, Mike? Lange genug, um den verdammten Füller dort zu vergessen!«

Klarer ließ es sich nicht ausdrücken.

»Füller?« Er sah verwirrt aus.

»Ja, den Füller, den wir dir zum einundzwanzigsten Geburtstag geschenkt haben.«

»Den blauen Füllfederhalter? Den habe ich seit Monaten nicht mehr gesehen. Ich dachte, ich hätte ihn bei der Arbeit verloren.«

»Und das Buch? Der T.S.-Eliot-Band? Du, ich und Jenny teilen also rein zufällig eine Vorliebe für Eliot? Für *J. Alfred Prufrocks Liebesgesang*, um genauer zu sein?«

»Woher soll ich das wissen? Welches Buch?« Er hält inne und denkt nach. »Den Eliot-Band habe ich immer in meiner Tasche mit mir herumgetragen. Ich glaube, er ist beim Umzug ins neue Büro verloren gegangen. Vielleicht hat ihn Jenny irgendwo liegen sehen. Viele Leute mögen Eliot. Hör zu, Lizzy, ich sage es dir jetzt zum letzten Mal: Ich hatte keine Affäre mit Jenny. Wir hatten keinen Sex. Wir waren nicht ineinander verliebt. Ich weiß nicht, was das Zeug bei ihr verloren hatte, der Füller und das Buch. Den Füller hat sie mir vielleicht sogar geklaut, was weiß denn ich? Ich habe sie nach Hause gebracht, ihr gesagt, dass sie mich in Ruhe lassen soll, und bin gegangen. Das war alles.«

»Für die Polizei sieht es aber vielleicht ganz anders aus.«

»Ich weiß.«

Schweigen breitete sich zwischen uns aus.

»Weißt du noch, damals?«, fragte er und vergrub das Gesicht in den Händen. »Damals hätten wir nie gedacht, dass …« Er verstummte wieder. Ich wartete ab und schluckte, ein wenig besänftigt, aber nicht bereit nachzugeben.

»Wie konnte es so weit mit uns kommen, Lizzy? Wenn ich an unsere Wünsche und Träume zurückdenke, daran, wie wir später einmal sein wollten … Warum sind wir so geworden, wie wir sind? Sollten wir nicht eigentlich glücklich sein? Können wir uns nicht ändern?«

Darauf schienen wir beide keine Antwort zu wissen. Wenn es wirklich darauf ankam, ließen uns die Worte im Stich.

»Wird alles wieder gut?«, fragte er leise.

»Wir bezahlen«, antwortete ich, obwohl ich bezweifelte, dass es das war, was er gemeint hatte. »Das wird schon wieder. Er verlangt ja kein Vermögen. Wenigstens ist er nicht raffgierig.« (Noch nicht, fügte ich in Gedanken hinzu. Irgendetwas sagte mir, dass es nicht dabei bleiben würde.)

Ich legte Mike die Hand auf die Schulter, und er führte sie an die Lippen und hielt sie so behutsam in der Hand, als bestünde sie aus dem zartesten, kostbarsten Stoff der Welt.

Zwei Tage später steckte ich hundertfünfzig Pfund in Zehnpfundnoten in einen braunen Umschlag, den ich dem Currymann in der Damentoilette am Hauptbahnhof, in der hintersten Kabine mit den vollgekritzelten Wänden, in die Hand schob.

»Versuchen Sie nicht, noch mehr Geld zu kriegen«, zischte ich, mein Blick so fest und meine Stimme so kalt, wie ich es bei dem schwer zu ignorierenden Uringestank vermochte. »Sie hatten Ihren Spaß. Und vergessen Sie nicht, dass Sie sich damit offiziell der Erpressung schuldig gemacht haben. Sie standen oft genug vor Gericht, noch ein paar Fehltritte, und Sie wandern in den Knast. Ich hoffe, wir verstehen uns. Wenn Sie Ärger machen, garantiere ich Ihnen, dass ich zur Polizei gehe. Und ich kenne auch ein paar Richter persönlich, lassen Sie sich das gesagt sein. Ich werde dafür sorgen, dass der Name von jedem, den Sie auf dieser gottverlassenen Welt kennen, dick und fett in der Zeitung erscheint. Sie können von Glück sagen, wenn ich Sie in Ruhe lasse. Also seien Sie ein braver Junge und verpissen Sie sich.«

Jahrestag

Ein beinahe frostiger Wind begann die Queen Street hinaufzuwehen, und das Kribbeln auf meiner Haut verriet mir deutlicher als mein Frösteln unter dem Regenmantel und die ersten gelben Blätter unter meinen Füßen, dass der Herbst gekommen war.

Nachdem der Currymann sein Schweigegeld bekommen hatte, war der August zunächst in einen hitzeflimmernden September übergegangen, der mit beinahe mediterraner Pracht vorüberzog. Am Strand tummelten sich die letzten gierigen Sonnenanbeter, und das schwächer werdende Abendlicht tauchte Kinder, Hunde, Rentner und Eltern gleichermaßen in rosa Licht.

Wir brachten die üblichen Artikel über Schulanfang und Semesterbeginn, denen wie jedes Jahr die Veröffentlichung der Schulabschlussergebnisse vorausgegangen war. Sinkt das Bildungsniveau? Sind Schulnoten ohnehin nutzlos? Mit solchen Fragen füllt man die Sommerpause, während Parlament und Nationalversammlung pausieren und die interessanten Prominenten auf Sardinien weilen. Jedes Jahr wird mit diesen saisonalen Seitenfüllern die zweite Jahrshälfte eingeläutet, und so drehen und drehen wir uns immer weiter im Kreis …

Ich verspürte die übliche Erwartung, die in dieser Jahreszeit die Luft elektrisch aufzuladen scheint, und sog gierig den kalten, klaren Wind in die Lunge, der den Schweiß und den

Staub des Sommers von der Haut löste. Das kitschig bunte Federkleid des Augusts wurde abgestreift, Äste und Laub wurden stetig brauner, und der Geruch nach brennendem Holz und Nordwind ersetzte die widerlich süße, blumige Duftnote des zu Ende gehenden Sommers. Mit dem Herbst kam die verlockende Aussicht, blank gescheuert, bis auf die Knochen reingewaschen und wieder in einen unbefleckten Zustand zurückversetzt zu werden.

Ich kam mit einer höchst willkommenen Gehaltserhöhung von fünfzig Pfund im Monat nach Hause, kramte vergnügt meine Schals und Handschuhe, gemütlichen Cordhosen, pastellfarbenen Rollkragenpullover und flauschig-warmen Winterstiefel hervor und dachte an herzhafte, satt machende Eintöpfe und Suppen hinter zugezogenen Vorhängen. Es würde Partys und Lagerfeuer geben, heiße Schokolade mit Brandy, Schlittschuhpartien und Gelächter und eine Million anderer Gründe, mit rosigem Gesicht und einem fröhlichen Lächeln auf den Lippen durch die kalten Straßen zu stapfen.

Ich hatte den Eindruck, seit einem Jahr nicht mehr richtig durchgeatmet zu haben. Jenny und all die Zweifel, der Currymann und seine Drohung – das alles gehörte in eine andere Welt. Es war Zeit für einen Neuanfang. In dieser Nacht schlief ich wie ein junges Mädchen und trieb auf einem Ozean aus wohligen, vorpubertären Träumen von funkelnden Lichtern und neuen Schuhen dahin.

Bedauerlicherweise hatte ich eine Kleinigkeit vergessen: Cora. Ein Name, der sich irgendwie vollkommen anfühlte im Mund, gesund, befriedigend, sicher, zentral.

Seltsam, wie wir – Mike, Stevie und ich – immer schon um ihre Vorlieben und Launen gekreist waren; um ihren Esstisch, ihre Auswahl von Bars und Clubs, ihre Hochs und Tiefs, ihre Empfindlichkeiten; rücksichtsvoll, wenn wir widersprachen oder diskutierten, besänftigend, wenn es zur Konfrontation kam, erpicht darauf, sie bei Laune zu halten. Vielleicht taten wir das nur, weil es der Weg des geringsten Widerstands war, vielleicht aber auch, weil wir uns in der Rolle unartiger Kinder gefielen, die hinter dem Rücken ihrer Eltern kichernd Grimassen schnitten. Wir spielten unser Lieblingsspiel: Wie mache ich Cora glücklich?

Mag sein, dass uns dieses Verhalten eine perverse Macht über sie verlieh, aber ich glaube, wir wollten sie auch aufrichtig beschützen. Wir wollten, dass sie glücklich war, weil dadurch auch unser Leben leichter wurde.

Nach Coras heftiger Reaktion im Anschluss an die Nacht im Charlie's hatten wir daher versucht, sie vor genaueren Informationen zum Fall Jenny abzuschirmen. Weder ich noch Mike hatten durchblicken lassen, dass sie bei seiner Firma angestellt war und dass er sie schon aus Wrexham gekannt hatte. Ihr Tod schien nichts als ein bedauernswerter Unfall zu sein, wozu es also noch schlimmer machen? Die Polizei veröffentlichte keine weiteren Aufrufe und schien Jenny nicht mit Personen in Verbindung zu bringen, die damals im Charlie's gewesen waren. Wie Jenny ihre letzte Nacht verbracht hatte, blieb ein Rätsel.

Mein erster Artikel über die Identifizierung von Jennys Leiche war Cora tatsächlich entgangen. Mike hatte recht gehabt: Sie las nicht viel und verfolgte nur selten die Nachrichten. Für Cora spielte sich das Leben nicht draußen auf der Straße ab, wo Tod und Skandale und der Niedergang des öffentlichen Dienstes die Schlagzeilen bestimmten, sondern bei jenen Personen, die täglich in engen, genau vorgeschriebenen Ellipsen um sie herumkreisten. Das machte es leichter für uns, Jenny außen vor zu lassen, jenseits der Grenzen, dort, wo sie hingehörte. Ich glaube, insgeheim wussten wir genau, dass wir die Sache nicht für immer geheim halten konnten. Wir warteten also lediglich den richtigen Moment ab und machten es uns einstweilen so leicht wie möglich.

Im Mai stieß Cora auf den Artikel über die Beerdigung. Seite drei, Jennys Foto auf dem Sarg, groß und in Farbe. Durch Zufall. Sie hatte sich eine Zeitung gekauft, weil an diesem Tag ein Bericht über die Mutter einer Schülerin erscheinen sollte, die eine private Hausaufgabenbetreuung auf die Beine gestellt hatte.

Sie las das Datum, an dem Jenny zum letzten Mal lebend gesehen worden war, und erkannte sofort, dass es sich um Stevies Geburtstag handelte, um die Nacht im Charlie's. Mein Name stand über dem Artikel, und es stand auch darin, dass Jenny für eine PR-Agentur gearbeitet hatte. Zum Glück gab es keine Verbindung zwischen ihrer Agentur und der von Mike, da sie aus firmenstrategischen Gründen unter verschiedenen Namen firmierten.

»Das ist sie! Das ist diese Jenny, oder?« Aufgrund ihrer Aufregung und wegen des schlechten Empfangs krächzte Coras Stimme nur undeutlich aus meinem Handy, aber ich verstand trotzdem jedes Wort. Die Angst vor diesem unvermeidlichen Gespräch hatte an einem fest verschlossenen Ort in meiner Brust geschlummert, so dass mir unbewusst längst klar war, welche Sätze fallen und was ich antworten würde – in ruhigem Ton und mit neutralem Gesichtausdruck – und wie ich mich dennoch unter Coras scharfer Anklage winden würde. Wenigstens hatte sie mich auf dem Handy angerufen, so dass ich mich in ein stilles Eckchen zurückziehen konnte, wo uns niemand hörte und ich mein Gesicht nicht verbergen musste.

»Cora? Ich kann dich kaum verstehen. Ich geh in ein anderes Zimmer. Wie bitte?«, brüllte ich und nutzte dieses ziemlich offensichtliche kleine Täuschungsmanöver dazu, mein Handy mit nach nebenan ins leere Konferenzzimmer zu nehmen.

»Diese Jenny! Das ist diese Jenny!«, kreischte sie. »Du wusstest davon? Was ist passiert? Ist ihr irgendetwas zugestoßen? Wie kommt es, dass du darüber schreibst? Warum hast du nie etwas gesagt? Hörst du mich? Lizzy? Lizzy?«

Ich ließ mich schwer in den Ohrensessel des Chefredakteurs fallen und kratzte meine Kraftreserven zusammen. Auf ins Gefecht.

»Ja, jetzt ist es besser, ich höre dich. Du hast also den Artikel gelesen?«

»Was ist mit ihr passiert? Wie kommt es, dass du nichts davon gesagt hast?«

Die vorbereitete Antwort Nummer eins kam mühelos: »Na ja, ich hab den Auftrag ganz kurzfristig übernommen. Außerdem wollte ich dich ehrlich gesagt nicht schon wieder beunruhigen.«

»Aber seit wann weißt du, dass sie tot ist?«

Das war die kniffligste Frage, über die ich am meisten nachgedacht hatte. Deshalb wusste ich jetzt genau, was ich sagen wollte: »Also um ehrlich zu sein, weiß ich es schon seit ein paar Monaten. Als ihre Leiche gefunden wurde, kamen die ersten Meldungen raus. Aber ich habe nichts gesagt, weil ich ja wusste, wie sehr dich die ganze Geschichte sowieso schon mitgenommen hatte. Ich fand es sinnlos, schlechte Gefühle wieder aufzuwärmen, und es war sowieso viel zu spät, um noch irgendetwas tun zu können. Ich habe einfach gehofft, dass du es nicht mitbekommst. Ich weiß, dir ist das nicht klar, aber für mich sind solche Sachen Alltag. So was kommt jeden Tag vor.«

»Aber in dem Artikel hört es sich so an, als würden die

Familie und die Polizei davon ausgehen, dass etwas Schlimmes passiert ist und es vielleicht gar kein Unfall war. Da steht nicht, dass sie in den Fluss gefallen ist oder so was. Die glauben doch nicht etwa, dass ihr Tod irgendwie verdächtig ist, oder? Du weißt schon … dass es sich vielleicht um ein Verbrechen handelt?«

Das war schnell gegangen. Diesen Gedankensprung hatte sie deutlich rascher vollzogen als ich, deutlich rascher auch, als ich erwartet hatte. (*Dass es sich vielleicht um ein Verbrechen handelt* – wie ich diese Agatha-Christie-Floskeln hasste! Ach ja, jetzt, wo du es erwähnst, Cora: Mr X wurde mit einem stumpfen Werkzeug in der Hand am Flussufer gesehen!)

»Das steht da doch nirgends, oder?«, antwortete ich ruhig und geduldig, ohne zu zögern und ohne ihr Anhaltspunkte oder Stichwörter zu liefern.

Coras Schweigen am anderen Ende der Leitung war spürbar aufgeladen, was auf ein Zusammenbrauen stürmischer Kräfte schließen ließ und mit Sicherheit auch auf einen Ausbruch. Es dauerte so lange, dass ich schon dachte, die Verbindung wäre unterbrochen worden. Dann erkannte ich an ihrer stoßweise schneller werdenden Atmung, dass sie nicht etwa kurz davor war, in die Luft zu gehen oder mich wie ein Wirbelsturm, der auf Land trifft, niederzumähen, sondern im Gegenteil große Mühe hatte, nicht in Tränen auszubrechen.

Ich war überrascht. Tränen waren irgendwie schlimmer als der Hagel aus Fragen und Vorwürfen, auf den ich mich eingestellt hatte. Andererseits machten sie es mir leichter, mich zu rechtfertigen. Ohne mein Zutun hatte mich Cora in meinem Standpunkt bestärkt.

»Siehst du? Ich wusste, dass du so reagierst. Ich wusste, dass alles wieder in dir hochkommt. Deshalb habe ich nichts gesagt. Es tut mir so leid, Cora. Nimm es dir nicht so zu Herzen.«

Wieder brandete mir Schweigen entgegen. Cora schien sich die Nase zu putzen, dann räusperte sie sich und fand ihre Stimme wieder: »Ich verstehe schon. Du wolltest vermeiden, dass ich ausflippe, und natürlich bin ich ausgeflippt. Aber jetzt geht's mir schon besser. Also: Was glaubt die Polizei, was passiert ist? Du musst es doch wissen, du bekommst doch auch Sachen mit, die nicht in der Zeitung stehen, oder?«

»Ich glaube nicht, dass die Polizei schon eine heiße Spur hat«, sagte ich wahrheitsgemäß. »Keiner scheint so recht zu wissen, wo sie sich an diesem Abend aufhielt und mit wem sie zusammen war. Es ist nach wie vor ein Rätsel.«

»Wie kann das sein? Wie kann es sein, dass sie es noch nicht herausgefunden hat? Die Polizei, meine ich.«

»Wir sind hier nicht im Fernsehen, Cora. In der Wirklichkeit läuft nicht immer alles so reibungslos ab.«

»Aber es ist doch logisch, dass Personen, mit denen sie an dem Abend zusammen war, wissen, was sie zuletzt getan hat, oder? Sonst hätte die Polizei doch keinen Aufruf gestartet.« Wieder folgte Schweigen, und dieses Mal war es schlimmer, weil ich genau wusste, was als Nächstes kam.

»*Wir* waren mit ihr zusammen. *Wir* haben sie gesehen. Hätten wir das nicht melden müssen? Ich meine, hätten wir nicht zur Polizei gehen müssen? Wir wissen, wann sie im Charlie's war. Mike …« Sie brach ab, und die pfeifende Atmung setzte wieder ein. Dieses Mal hatte sie sich nicht unter Kontrolle. Ich hörte die Tränen, die ich nicht sehen konnte. »Sie war erst zweiundzwanzig! Ich dachte, sie wäre älter. Ich dachte wirklich, sie wäre älter.«

Sie sprach genauso sehr mit sich selbst, wie sie mit mir sprach. Plötzlich fragte ich mich, wo sie steckte. Ich warf einen Blick auf die Uhr. Es war halb vier.

»Cora, bist du in der Schule?«

Himmel noch mal! Waren etwa Kinder oder Lehrer oder Eltern in der Nähe, die sie hören konnten und sich fragten, warum die nette Lehrerin heulte und sich in ihre Zeitung schnäuzte?

Zu meiner Erleichterung antwortete Cora: »Nein, ich *war* in der Schule. Auf dem Weg nach Hause habe ich die Zeitung gekauft, um den Artikel über Susies Mütterprojekt zu lesen. Ich bin im Auto.« Das war doch zumindest schon mal etwas. Immerhin konnte sie dort niemand hören.

»Hör mal, Cora, du darfst dich nicht so aufregen deswegen. Ich habe mich am Anfang auch aufgeregt, aber solche Dinge passieren nun mal. Traurig, aber wahr. Ich schätze, ich bin da etwas abgehärteter als du.«

»Oh ja«, sagte sie ironisch und gab einen Laut von sich, der halb Lachen, halb Schluchzen war. »Solche Dinge passieren. Aber sie passieren normalerweise niemandem, den wir kennen.«

»Na ja, so richtig gekannt haben wir sie ja wohl nicht«, korrigierte ich sofort. Dass Cora sentimental wurde und über den Verlust der ach so jungen Jenny klagte, die sie, dreißig Sekunden bevor sie von ihrem Tod erfuhr, noch gehasst und verhöhnt hatte, war wirklich das Letzte, was ich jetzt brauchen konnte. »Ich meine, wir sind ihr zwar kurz begegnet, aber gekannt haben wir sie nicht. Deshalb waren wir auch der Meinung, dass es sich nicht lohnt, zur Polizei zu gehen. Diese Nacht ist Monate her, und wir wissen schließlich nicht, wohin sie gegangen ist, nachdem wir weg waren, oder was mit ihr passiert ist. Es hätte nur unnötige Scherereien gegeben, und das für nichts und wieder nichts, weil wir sowieso nicht hätten helfen können.«

»Du meinst, Scherereien für mich und Mike? Scherereien zwischen uns? Mike weiß es also auch, nicht wahr?«

»Ja«, antwortete ich vorsichtig, wohl wissend, dass sie mich jederzeit bei einer Lüge ertappen konnte. »Allerdings noch nicht lange.« Mir war klar, dass sie Mike anrufen würde, sobald sie den Hörer aufgelegt hatte. Wir hatten eine gemeinsame Version zur Schadensbegrenzung vereinbart, die besagte, dass er erst kurz vor dem jeweiligen Artikel, der Cora auf die richtige Fährte gebracht hatte, von Jennys Tod erfahren hatte. Diese Darstellung schien die wenigsten Tücken zu bergen.

»Verstehe. Natürlich. Ja.« In ihre Stimme kehrte ein Hauch von Beherrschung zurück, und ich spürte, wie sie sich zurückzog. Ihre plötzliche Ruhe verriet, dass sie verärgert war und ein wenig verletzt. Sie war nicht gern die Letzte, die von etwas erfuhr. Ich schätze, es war ihr gutes Recht, eingeschnappt zu sein. Das war immer noch besser als wütend oder hysterisch.

Rasch beendete sie das Gespräch, nachdem sie mir noch einmal versichert hatte, es gehe ihr gut, es sei nur ein Schock gewesen und ich solle ihr Bescheid geben, wenn ich etwas Neues hörte, natürlich verstehe sie, warum ich ihr vorher nichts gesagt habe, sie wisse ja, dass ich sie nur schonen wollte, ich solle mir keine Sorgen machen, sie werde sich nicht aufregen.

Als ich das Handy vom Ohr nahm und im Sessel des Chefredakteurs in mich zusammensank, ging mir auf, dass wir einen Fehler gemacht hatten.

Anfangs hatte die Tatsache, dass ich – dass *wir* – ihr Jennys Tod verschwiegen hatten, die Situation für mich und Mike leichter gemacht, aber jetzt schürte offensichtlich genau diese Tatsache in Cora den Verdacht, dass es etwas zu vertuschen gab. Ich hörte es an ihrem Tonfall am Ende des Gesprächs. Und wenn es etwas zu vertuschen gab, dann musste es mit

Mike zu tun haben. Es dauerte nicht lange, bis Coras nagende Zweifel sich nämlich auf etwas richteten, das mehr mit ihr selbst zu tun hatte als die boulevardtaugliche »Tragödie« eines toten Mädchens, das keiner von uns wirklich gemocht hatte.

Ein oder zwei Wochen später stimmte Cora wieder ihre alte Leier an und behauptete, hinter dem angeblichen Zufallstreffen mit Jenny im Charlie's stecke mehr, als sie zunächst gedacht habe. Inzwischen wusste sie, dass Jenny aus Wrexham stammte, und die dortige PR-Branche war überschaubar.

Mike und ich bestritten übereinstimmend, dass es sonst noch etwas zu erzählen gab. Sie war also tot, na und? Das änderte nichts an dem, was laut Mike in jener Nacht passiert war. Aber Coras Instinkt verriet ihr, dass der Mann, den sie liebte und mit dem sie seit Jahren zusammenlebte, Geheimnisse vor ihr hatte. Auch wenn sie nicht wusste, was er ihr vorenthielt, begann langsam das Misstrauen in ihr zu keimen und in ihrem Herzen Wurzeln zu schlagen, eine Pflanze, deren Blüten schwarz und welk zu werden versprachen.

Die Polizei hatte keine neuen Erkenntnisse zu bieten, und während der Sommer ins Land zog, ließ so die öffentliche Aufmerksamkeit immer mehr nach. Bis der Richter sein Urteil über die Todesursache fällte, waren keine neuen Enthüllungen zu erwarten. Die vorbeiziehenden Wochen nahmen Coras Zweifeln und Fragen ein wenig die Schärfe. Der Alltag forderte sein Recht und ließ alles wieder normal erscheinen, und auch Cora schien sich widerwillig in eine Art Wartezustand zu fügen.

Es fiel uns leicht, das zu glauben, weil wir es glauben wollten. Wir wollten die Zeit zurückdrehen, wollten wieder so leben, wie wir es vor Jenny getan hatten. Mike gab sich die größte Mühe, Cora zufriedenzustellen, sie zu verwöhnen und von seiner unvergänglichen und ungeteilten Zuneigung zu überzeugen. Die Sache war eine kurze Entgleisung gewesen, eine kleine Unebenheit, ein Störfaktor, der bald auf der Strecke blieb, während man nach vorn schaute und das glückliche Eheleben wieder aufgenommen wurde.

Während der heißen Sommermonate hatte Cora unterrichtsfrei, und da ich wechselnde Schichten arbeitete, konnten wir die langen, in endlose Abende übergehenden Tage immer wieder dazu nutzen, zu faulenzen oder uns fast wie in alten Zeiten die Nächte um die Ohren zu schlagen. In den Augen der Welt waren wir ein Grüppchen guter Freunde, sonst nichts.

Anfangs nahmen Mike, Stevie und ich uns tunlichst davor in Acht, *Sie wissen schon wen* zu erwähnen. Mit der Zeit vergaßen wir dann vollkommen, dass es etwas gab, vor dessen Erwähnung wir uns in Acht nehmen mussten.

Zu viert unternahmen wir Ausflüge an den Kiesstrand von Southerndown und aßen Eis, fest entschlossen, fröhlich und ausgeglichen zu sein, während Stevie uns mit Geschichten aus der Arbeit unterhielt und ich berichtete, welche Missgeschicke und Fehltritte sich die Schwachköpfe aus der Redaktion wieder geleistet hatten. Wir verputzten fertige Sandwiches, schmolzen unter einer dicken Schicht Sonnencreme im Gras dahin und zogen uns in den gotischen Schatten der alten Parkmauern und der Herrenhausruine zurück, wenn die Sonne am höchsten stand.

Abends suchten wir die schattigen, feuchtfröhlichen Terrassen der neu eröffneten Bars auf der Mill Lane auf, die exotische Alkopops ausschenkten und weit genug vom Charlie's entfernt lagen. Hier konnten wir beim Trinken Leute beobachten und uns den schwabbeligen Menschenmassen mit ihren bauchfreien Polyester-Tops, prallen Bäuchen, toupierten Frisuren und Stiernacken überlegen fühlen.

Die Welt war in Ordnung, und sie bestand nur aus uns vieren.

Wenn ich heute zurückblicke, sehe ich, dass Cora mich manchmal wehmütig aus den Augenwinkeln betrachtete, wenn sie glaubte, ich würde vor mich hin dösen oder wäre in den Bau einer Sandburg oder in ein Buch vertieft oder würde gerade selbstvergessen an meinem Cocktail nippen. Irgendetwas wuchs und gedieh in ihrem Schweigen, in ihrem schwächer werdenden Hang, zu glucken und sich aufzuregen und uns liebevoll herumzukommandieren. Diese Verhaltensweisen, die immer ihr Markenzeichen gewesen waren, der Kern ihres Wesens, schwanden dahin wie das Tageslicht des zu Ende gehenden Augusts.

Wir freuten uns darüber, dass sie vermeintlich immer entspannter wurde, und nötigten ihr Wein und Martini auf, die sie immer seltener zurückwies. Wir werteten es als positives Zeichen, als Triumph unseres Optimismus, der sich immer mehr auf sie übertrug und uns Ruhe und Frieden verschaffte. Wir waren froh darüber. So konnten wir vergessen.

Aber Cora hielt unbeirrbar an Jenny fest. In der Hitze des Sommers brütete sie unbemerkt ihren Frust aus, bis er bereit war, die Schale zu durchbrechen.

Als Anfang September das neue Schuljahr begann, behielt Cora, ohne dass es uns zunächst auffiel, ihre sommerlichen Trinkgewohnheiten bei. Das war das zweite Zeichen, das ich vor lauter Freude über den nahenden Winter ignorierte. Für Cora war es normalerweise schon ein großes Besäufnis, wenn sie mehr als drei Martinis und ein Glas Wein trank, daher hätte es mich alarmieren müssen, dass sie – schneller, als ich bestellen oder gar mit ihr Schritt halten konnte – ein Glas Wodka nach dem anderen hinunterschüttete.

Im Oktober sagte Cora nur noch selten Nein zu einem

Gläschen Wein in der Mittagspause und einem weiteren nach der Arbeit oder einem Fläschchen zum Mittagessen am Samstag. Heute weiß ich, dass sie damit ihre eigene leise Paranoia schürte. Zweimal musste ich Mike helfen, sie in ein Taxi zu hieven, nachdem sie breitbeinig vor sich hin getorkelt war, als müsste sie auf einem schlingernden Schiff die Balance halten. Dabei war es nicht einmal sehr spät oder ein besonderer Anlass.

In Kürze war die Nacht, in der Jenny uns die Wiedersehensparty verdorben hatte, ein Jahr her. Die Nacht ihres Verschwindens. Stevies Geburtstag.

Ich hatte den Auftrag, einen Artikel nach dem Muster *Ein Jahr danach – Mord/Tod/Rätsel immer noch ungelöst* zu schreiben. Die Polizei erneuerte ihren Aufruf an die Bevölkerung in der Hoffnung, damit dem Gedächtnis möglicher Zeugen auf die Sprünge zu helfen. Mir kam dieser Aufruf so lange nach dem Vorfall ein wenig unsinnig vor. Es sei denn, die Polizei hatte neue Beweise, gab dies jedoch zunächst nicht zu. Zu meiner immensen Erleichterung schien das Tagebuch aus Jennys Zimmer zu keinen Ergebnissen geführt zu haben. Der mysteriöse »Er« aus der Arbeit, den sie in jener Nacht hatte treffen wollen, war nie aufgetaucht.

Als mein Artikel – inklusive Foto und weiterer netter Worte von Mrs Morgan – auf Seite zwei erschien, trat Cora endgültig den freien Fall an.

Ich wusste, dass sie und Mike seit Ende des Sommers viel gestritten hatten. Ihre Launen wurden unvorhersehbar. Das Thema Jenny hatte sich in alle ihre Gespräche zurückgeschlichen, mischte sich in jeden Moment des Schweigens, jede Atempause beim Lachen. Irgendetwas musste zwischen Jenny und Mike gelaufen sein, davon war sie überzeugt. Ihre Anspielungen machte sie jetzt offen, wenn wir vier zusammen waren, die Vorwürfe und die Fragen äußerte sie nur, wenn sie mit mir allein war. In Sekundenschnelle konnte sie zwischen Melodram und Märtyrertum hin und her schalten, und nach ein paar Drinks blitzte die Wut der betrogenen Geliebten im beschleunigten Takt ihres zum Mund geführten Wodkaglases auf. Es war ermüdend.

Das arktische Schweigen, mit dem sie immer häufiger auf meine Geduld reagierte, und ihre gelegentlichen Anfälle erhöhter Wachsamkeit begannen mich zu reizen wie Nadelstiche, mich ins Fleisch zu ritzen, mir auf den Nerven herumzutrampeln, mir die Tränen in die Augen zu treiben.

Ganz langsam verwandelte sie jeden friedlichen Moment in einen Akt der Buße – man empfand ihre Gegenwart als Strafe und schämte sich hinterher dafür. Mike fing an, mich wie ein reuiger Sünder um Rat anzuflehen, verwirrt und traurig, weil er, sosehr er sich auch bemühte, nicht verstand, warum sie gereizt und weinerlich und grob wurde, weil er es nicht schaffte, sie zu besänftigen oder die alte nachgiebige Cora wieder hervorzulocken.

Im Laufe des Oktobers beschoss sie mich wieder und wieder mit ihren Verdächtigungen, beim Mittagessen, im Café, am Telefon. Dann fing sie an, das gefürchtete Wort wie eine Waffe zu schwingen, säbelscharf, bereit, einem die Haut aufzuschlitzen: ficken. Hatten sie gefickt? In jener Nacht? Vorher schon? Das Wort, der Gedanke, die Überzeugung war so zerstörerisch geworden, dass sie sie nicht mehr abstreifen konnte – sie hatte sich längst tief unter ihre Haut gegraben.

Je mehr Zeit verging, desto mehr trank sie. Je mehr sie trank, desto launischer und aggressiver wurde sie. Manchmal ergriff auch eine andere, sanftere Stimmung von ihr Besitz, dann wurde sie rührselig, nahm meine Hand und sagte: »Du bist meine beste Freundin, Lizzy, meine allerbeste«, so als wünschte sie sich verzweifelt, dass ich ihr glaubte.

So war Cora also ein Jahr danach. Sie zerbrach zusehends und war gleichzeitig bestrebt, alles um sich herum ebenfalls in Stücke zu schlagen.

Das brachte Komplikationen mit sich. Coras Launen machten es mir und Mike so schwer wie noch nie, uns zufällig zu begegnen oder unsere kleinen Ausflüge ins Theater einzufädeln. Wohin er auch ging, er musste jedes Mal ein Verhör über sich ergehen lassen. Das trieb mich in den Wahnsinn. Ich verstand nicht, warum sie es nicht einfach dabei bewenden lassen konnte. Ich hatte es doch fast geschafft, uns unbeschadet in ruhigere Gewässer zu steuern. Das war doch alles schon so lange her, oder nicht? Warum fing sie jetzt wieder damit an?

Eine Woche vor Halloween hatten sie und Mike – mal wieder – einen größeren Streit. Er hatte ihr endlich nahegelegt, zum Arzt zu gehen und sich Antidepressiva oder etwas Ähnliches verschreiben zu lassen. Irgendetwas, aber so ging es nicht weiter. Sie war wütend geworden und hatte geschrien, dass ihm das so passen würde, dass sowieso alles seine Schuld sei, warum sie es ihm so leicht machen solle. Danach wechselten sie tagelang kaum ein Wort miteinander. Mike sah schon seit Wochen völlig erschöpft aus, aber ich hatte geglaubt, dass er übertrieb und nur Mitleid erregen wollte. Jetzt vermutete ich eher das Gegenteil.

Ich hatte schon einmal miterlebt, wie ihn Cora für eine kleinere Verfehlung bestrafte – er hatte es damals versäumt, lange versprochene Konzertkarten zu bestellen. Fasziniert hatte ich ihr dabei zugesehen und war, ich gebe es zu, beeindruckt gewesen von der Präzision ihrer Folter. Eine Woche lang hatte sie durch kühlen Liebesentzug an seinen Nerven gesägt, während er seinen Fehltritt mit heraushängender

Zunge wiedergutzumachen versuchte, sie mit den Augen um Vergebung anflehte, sie mit Süßigkeiten und Schokolade überhäufte, bis sie ihm peu à peu erlaubte, sie zu erweichen und ihre Gunst zurückzugewinnen – ein beinahe mittelalterliches Ritual, höfisch und auch ein wenig traurig.

Aber das hier war schlimmer. Weniger künstlich, weniger vorhersehbar. Ich verstand, warum Mike nicht mehr weiterwusste. Er kannte sich aus, was stumme Abbitte und Wiedergutmachung anging, aber auf das hier war er nicht vorbereitet.

Cora strapazierte meinen allerletzten Nerv. Ich wollte nicht, dass sie so unglücklich war, schließlich war sie immer noch meine beste Freundin. Also beschloss ich, an Halloween mit ihr um die Häuser zu ziehen, um sie ein wenig aufzuheitern. Ich nahm mir vor, mich ganz besonders anzustrengen, ihr eine gute Freundin zu sein, und fühlte mich sehr tugendhaft dabei.

Das Problem war nur, dass der Currymann wieder angefangen hatte, mir vor dem Zeitungsgebäude aufzulauern. Die Angst, er könnte noch mehr Geld verlangen, beherrschte meine Gedanken, und so beging ich, müde und besorgt, einen dummen Fehler. In einem unüberlegten Versuch, Coras Vertrauen zurückzugewinnen, erzählte ich ihr von der Erpressung.

Ich war natürlich vorsichtig und sagte nur, ein Mann behaupte, gesehen zu haben, wie Jenny mit einer Gruppe von Leuten den Club verließ. Er habe uns alle miteinander sprechen sehen, als er sich im Eingangsbereich aufgewärmt habe, und drohe nun, damit zur Polizei zu gehen. Die Geschichte enthielt einen Funken Wahrheit, gerade genug – so hoffte ich –, um Cora auf meine Seite zu ziehen.

»Was ist daran so schlimm? Du hättest es doch einfach abstreiten können«, sagte sie verwundert.

»Ja, aber die Polizei hätte trotzdem mit uns allen sprechen müssen und dadurch vielleicht herausgefunden, dass sowohl Mike wie auch Jenny in der PR-Branche gearbeitet haben. Es hätte vielleicht seltsam gewirkt, dass wir nicht vorher schon zur Polizei gegangen sind – schließlich haben wir sie doch an dem besagten Abend gesehen.«

»Aber beim letzten Mal hast du gesagt, dass es nicht wichtig genug schien, um zur Polizei zu gehen, weil wir ja eigentlich gar nichts zu erzählen hatten.«

»Ja, aber es geht weniger darum, wie es damals wirklich war, als darum, wie es heute vielleicht aussieht.«

»Aber wir beide waren doch die ganze Zeit zusammen, und Gabe würde Mike doch sicher ein Alibi geben, oder? Er war doch die ganze Nacht auf seiner Party?«

»Schon, aber Gabe ist leider zu verpeilt, um sich zu erinnern, wer alles da war. Außerdem wäre dann immer noch die Zeit zwischen Mikes Verlassen des Clubs und seiner Ankunft bei Gabe offen. Die Polizei könnte der Meinung sein, dass dieses Zeitfenster groß genug und daher verdächtig ist.«

»Ja, das könnte sie wohl. Weil es tatsächlich verdächtig ist«, sagte Cora mit abwesendem Blick.

»Ich wollte es dir sagen, weil ich keine Geheimnisse mehr vor dir haben möchte«, erklärte ich. »Du scheinst irgendwie immer zu glauben, dass ich dir nicht alles anvertraue, deshalb tue ich es hiermit. Ich wollte Mike und dich aus der ganzen Sache raushalten.«

Das entsprach sogar halbwegs der Wahrheit. Ich glaubte, dass sich Cora besser fühlen würde, wenn ich sie davon überzeugte, dass ich sie gern hatte und ihr vertraute, und wenn sie wieder das Gefühl hatte, ganz Teil unserer Runde zu sein, ein wesentlicher Bestandteil statt ausgeschlossen. Na gut, vielleicht wollte ich insgeheim auch mir selbst ein besseres

Gefühl geben, weil ich ihr in letzter Zeit eine so schlechte Freundin gewesen war.

Nachdem sie eine Weile darüber nachgedacht hatte, fragte Cora: »Habt ihr ihm Geld gegeben?«

»Nur fünfzig Pfund, damit er Ruhe gibt. Schien einfacher, als die Polizei einzuschalten.«

»Was, wenn er es weitererzählt?«

»Dann steht unser Wort gegen seins. Aber wir wollten ihn nicht wegen der paar Mäuse vor den Kopf stoßen.«

»Findest du nicht, dass es jetzt erst recht so aussieht, als hättet ihr etwas zu verbergen?« Da hatte sie nicht ganz unrecht. Jetzt, wo sie es sagte, fand auch ich, dass es so aussah, ja, es wirkte sogar eindeutig belastend. Aber wir schweiften vom Thema ab.

»Keine Sorge, Cora«, besänftigte ich sie, »ich kümmere mich darum. Ich sorge dafür, dass wir alle heil aus der Sache herauskommen.«

James geht ein Licht auf

Wir trafen uns direkt nach meiner Schicht zum großen Cora-Aufmunterungs-Abend. Das The George ist so etwas wie ein Stammlokal für Journalisten, wahrscheinlich wegen seines gemütlichen, aber etwas zu dick aufgetragenen Fleet-Street-Charmes mit der alten Holzverkleidung und den kleinen abgetrennten Sitzecken im hinteren Bereich. Ansonsten gab es noch das Goat Major, in dem Fotos vom Maskottchen der Welsh Guards, einer Ziege, neben einem knisternden offenen Feuer hingen, und die neuen Bars, die sich im edwardianischen Ambiente der alten St. Mary Street wie Kaninchen zu vermehren schienen und in denen man auf edlem Parkett exorbitant teure Gläser Wein und köstliche Cappuccinos von der Farbe der behaglichen Ledersofas zu sich nehmen konnte.

Die echten Medienfuzzis und die Mitarbeiter der walisischen BBC, die ihren Sitz in der Vorstadt Llandaff hatte, zogen die exklusivere Atmosphäre von Pontcanna vor, wo die kleinen Bars und Restaurants in den grünen viktorianischen Straßen immer teurer und beliebter wurden. Hier traf der echte, walisisch sprechende Mittelstand des Fernsehsenders S4C auf Studenten des künstlerisch inzestuösen Theaterinstituts, und man plauderte absichtlich und ein klein wenig zu laut auf Walisisch, damit jeder Notiz von einem nahm.

Um sieben hatten Cora und ich bereits unser Gespräch

über den Currymann und unsere ersten Drinks hinter uns. Sie wirkte besänftigt, und der Abend versprach so zu werden, wie ich ihn geplant hatte: voller Vertraulichkeiten und Cocktails, Snacks und Erinnerungen. Ich wollte sie mit Nostalgie beschwichtigen, mit gemeinsamen Geschichten, die wir zu Mythen formten, mit Ereignissen und Schauplätzen aus längst vergangenen Zeiten, wollte sie zum Lachen bringen und daran erinnern, was für tolle Freundinnen wir doch waren, die einander vertrauten und füreinander da waren.

Gegen neun nahmen die Ereignisse jedoch eine ganz andere Richtung. Cora beharrte zwar darauf, dass es ihr gut ging, aber ich vermute, sie hatte bereits Wein getrunken, bevor sie aus dem Haus ging, und jetzt hatte sie schon den vierten oder fünften Wodka intus. Draußen war es stockfinster, und eine beißende, trockene Kälte kündete den nahenden Winter an. Die Leute hatten sich entweder als aufreizende Hexen verkleidet, mit Strumpfhalter und Korsett, oder tauchten mit ihren traurigen Edvard-Munch-Masken aus dem Film *Scream* urplötzlich aus Seitenstraßen oder Pubtüren auf, brüllend und nach Alkohol stinkend. 31. Oktober. Die Nacht, in der das Böse sich erhebt.

Nach einem Blick in Coras glasige Augen hielt ich es für besser, aus dem The George zu flüchten, bevor meine Kollegen aus der Spätschicht auftauchten. Die Risa Bar war neu und erschwinglich, und vielleicht brachte ich Cora dazu, dort ein paar Tapas oder ein Panino zu sich zu nehmen, damit sie eine bessere Grundlage hatte.

Als wir gerade unsere Gläser leerten und gehen wollten, schlug das Schicksal zu, und wir wurden hinterrücks von James überfallen. Der schöne James: groß, schlank, dunkel, auf anrüchige Weise gut aussehend. Er war aus der Londoner Redaktion ausgeliehen und brachte deren kosmopolitische

Verheißungen mit. Außerdem schwamm er geradezu in Geld, hatte stets ein breites Grinsen auf den Lippen und strahlte eine geschmeidige Selbstsicherheit aus.

Mit seiner lakonischen Art und dem elegant-verschossenen schwarzen Regenmantel erinnerte er auf seltsame Weise an einen Vampir aus dem neunzehnten Jahrhundert. Bleich, aristokratisch, charmant, unzuverlässig, leicht zu haben. Im Schlepptau hatte er Phil und Will, zwei Kollegen aus der Wirtschaftsredaktion, beide witzig und intelligent, mit trendigen Hornbrillen. Trotz ihrer Vorliebe für karierte Hemden und verwuschelte Studentenfrisuren waren sie es durchaus wert, dass man an einem langweiligen Dienstagnachmittag bei ihnen herumlungerte, wenn nicht viel zu tun war.

In James' Kielwasser gerieten sie jedoch ins Schwimmen und mussten sich anstrengen, um wenigstens hin und wieder einen Blick von den beiden sorgfältig geschminkten jungen Damen aus dem Vertrieb aufzufangen, die James irgendwie aufgegabelt hatte, seit er mich um fünf Uhr nachmittags zum zweiten Mal an diesem Tag vergeblich gebeten hatte, ihn auf einen Drink zu begleiten.

»Ah, Elizabeth!«, rief James strahlend, als er mich entdeckte, mit seiner furchtbar vornehmen und doch sanften englischen Stimme, die stets ein leichtes Kribbeln bei mir auslöste. »Es muss wohl das Schicksal sein, das uns nun doch noch zusammenführt!«

Er legte mir die Hand in den Nacken, zog mich zu sich heran und drückte mir, so dicht am Mundwinkel wie möglich, einen langen Kuss auf die Wange. Dreister Mistkerl. Er war bereits leicht angetrunken. Ob dieser Begrüßung welkten die beiden Vertriebsmädels in ihren Oberteilen von Kookaï sichtlich dahin und schlossen die im Metalliclook lackierten Fingernägel krampfhaft um ihre Wodka-Mixgetränke.

Nachdem James und ich uns zwei Minuten lang mit freundlichen Beleidigungen bedacht und uns über unsere Überstunden und das sinkende Niveau von *Newsnight* und *Timewatch* ausgelassen hatten, sagte er: »Ich hab deine Artikel über dieses Mädchen aus dem Fluss gelesen, Liz. Gute Arbeit. Besonders die Hintergrundstory, in der dir die Mutter ihr Herz ausgeschüttet hat. Die Ärmste. Du hast dich echt reingehängt.«

Ein elektrisch aufgeladener Pfeil, dunkelgrün und scharf wie ein Laser, schien von Coras gebeugten Schultern aus durch die Gesprächspause zu schießen und sich wieder zurück in ihren Rücken zu bohren, der sich schlagartig aufrichtete. Sie beugte sich leicht vor, und ihre Augen wurden schmal. Meine Nerven waren sofort in Alarmbereitschaft.

»Du hast wirklich ein Händchen für so was«, fuhr James fort. »Süß, die ganzen Details über ihren Kindheitstraum, Balletttänzerin zu werden, und das Klassenfoto. Ein junges Mädchen voller Hoffnungen, viel zu früh aus dem Leben gerissen. Bewegend, aber nicht kitschig, voller Menschlichkeit.«

Ich ließ mir nichts anmerken und vermied es, Cora anzusehen. Aber ich konnte sie spüren. Das Kribbeln elektrostatischer Energie, Nervosität, die zwischen uns die Luft erfüllte, Vorboten eines heraufziehenden Unwetters.

»Menschlichkeit? Was wisst ihr in der großen grauen Stadt denn schon von Menschlichkeit, Darling?«, antwortete ich, klappte das Revers seines makellosen Jacketts zurück und fuhr mit den Fingerspitzen über sein Hemd. »Bei euch geht es doch nur um Sexskandale und Korruption. Wo hast du heute eigentlich dein Aufnahmegerät gelassen? Und was war das für eine Story, die du letzte Woche über diesen schwulen Abgeordneten und seine kleinen Stricher geschrieben hast?

Da gab es doch nun wirklich ein paar nette menschliche Details. Wie bist du bloß an die ganzen Insiderinformationen gekommen? Wie weit bist du für den Scoop gegangen, für den heißen Draht ins Milieu? Bestimmt bist du ganz in deiner Rolle aufgegangen.«

Er grinste. »Du weißt, dass das nicht meine Art ist, Liz. Meine Lippen sind versiegelt.«

»Jetzt vielleicht, aber was haben deine Lippen letzte Woche getrieben? Das ist es, was mir Sorgen macht.«

»Oh, was habe ich bloß getan, um diese Verunglimpfung zu verdienen? Wie kann ich dich je davon überzeugen, dass meine Heißblütigkeit von grundlegendem Anstand gezügelt wird, wenn du jedes Mal, wenn ich hier bin, um schöne Stunden mit meinen Kollegen aus der Provinz zu verbringen, zu beschäftigt bist, um mir auch nur fünf Minuten deiner kostbaren Zeit zu widmen?«

»Jetzt bin ich ja da. Du könntest mit einem Jack Daniel's auf Eis anfangen, Liebling«, säuselte ich und wies mit dem Kopf zur überfüllten Theke. Sein Grinsen wurde noch breiter. »Und ich bin mir sicher, dass dein Londoner Spesenkonto auch einen für meine Freundin zulässt.« Ich war mir außerdem sicher, dass er bei seiner Rückkehr das Thema Jenny vergessen haben würde, das wie eine unsichtbare Leiche zwischen mir und Cora in der Luft hing, eine leise läutende Totenglocke.

»Knallhart. Du wirst es noch weit bringen«, entgegnete er, ohne Cora auch nur anzusehen. »Du solltest nach London kommen, damit ich deinem Verhandlungsgeschick den letzten Feinschliff verpassen kann.« Die Vertriebsgirls lächelten matt im Hintergrund. Ich warf Cora einen Seitenblick zu und sah ihre glasigen Augen und den zusammengekniffenen Mund. »Zwei Jack Daniel's also, kommt sofort!«

»Wodka, bitte«, korrigierte Cora, aber er war schon unterwegs, und ihre Stimme lag außerhalb seiner Wahrnehmungsfrequenz. Also gab sie sich wieder dem Schweigen hin. Ich war erleichtert, dass sie sonst nichts gesagt hatte, aber sie tat mir auch ein wenig leid. Es war wirklich nicht besonders aufmerksam von mir, an *ihrem* Abend mit dem schönen James zu flachsen.

»Wir wimmeln ihn bald wieder ab, keine Sorge«, flüsterte ich.

»Warum redest du so bescheuert mit ihm? Ihr hört euch an wie die letzten Idioten. Er ist jedenfalls ein Idiot!«

Da hatte sie nicht ganz unrecht. Ich war in den flapsigen, affektierten Medienjargon verfallen, der uns untereinander zur zweiten Natur geworden war. Natürlich sprach ich mit niemandem außerhalb der schreibenden Zunft so. Bei unserem Tänzeln und Parieren ging es hauptsächlich darum, den eigenen Beruf ein wenig auf die Schippe zu nehmen. Nicht, dass die Vertriebsmädels in der Lage gewesen wären, so etwas wie Sarkasmus oder Selbstironie herauszuhören – sie diskutierten den lieben langen Tag darüber, ob in dieser Woche nun runde oder spitze Schuhe angesagt waren. Bestimmt dachten sie, wir würden bloß flirten.

Cora hingegen kannte den Unterschied. Sie hatte schon des Öfteren erlebt, wie ich meinen Sarkasmus an- und ausknipste, aber diesmal wirkte sie nicht besonders amüsiert. Ich nahm mir vor, mich von jetzt an zurückzuhalten und ihr mehr Aufmerksamkeit zu schenken – um ihre Launen abzuwenden, bevor sie zu ausgeprägt wurden, denn das war schließlich Sinn und Zweck dieses Abends. Die große Cora-Aufmunterungs-Mission. Ich durfte mich nicht ablenken lassen.

Also erkundigte ich mich nach der Schule und dem bevorstehenden Geburtstag ihrer Mutter, fragte sie, ob sie mal wieder Lust auf ein Konzert hätte, und lästerte über die Vertriebsgirls, bis ich ihr endlich ein Lächeln entlockte.

Als James mit den Drinks zurückkam, war er ein Mann mit verlorener Mission – nämlich der, mich in die Kiste zu kriegen.

Ich muss zugeben, dass ich mich nach dem Jack Daniel's ein wenig auf Abwege führen ließ und das zarte Rosa seiner Lippen bewunderte. Mir gefiel der leichte Bartschatten unter seinem Kinn, die sanfte Wölbung seines Unterarms, neben dem mein eigener umso schmaler wirkte. Ich begann mich zu fragen, wie es sich wohl anfühlte, wenn sich seine Finger fest darum schlossen.

Das änderte nichts an der Tatsache, dass ich nicht mal mit James geschlafen hätte, wenn er mich auf Knien darum angefleht hätte. Aber ich gestattete mir, ihn anzuhimmeln, während er die Taktik wechselte und höflich und gekonnt eine angeregte Konversation zu führen begann, der ich nur mit halbem Ohr lauschte, weil ich die weichen Haare in seinem Nacken betrachtete und sein zweifellos sündhaft teures Aftershave zu identifizieren versuchte. James war ein ungenierter Markenfetischist.

»Wirklich, Liz? Das hast du uns nie erzählt«, sagte James plötzlich.

Ich merkte, dass mich alle anstarrten, und versuchte, gegen die angenehm warme Trübung anzukämpfen, die der Whiskey hinter meinen Augen verursachte. Endlich gelang es mir, den nur halb vernommenen Wortwechsel in Gedanken ein Stück zurückzuverfolgen.

»In London habt ihr bestimmt mit ziemlich zwielichtigen Gestalten zu tun«, hatte Cora gesagt. (Vielleicht ist es Givenchy Gentleman?)

»Mörder, Pädophile und Schwindler allesamt. Und das sind nur die Journalisten.« (Oder Hugo Boss?)

»Aber für zwielichtige Geschichten muss man ja nicht erst nach London gehen. Kann sein, dass Liz bald ihren eigenen Mord hat, über den sie schreiben kann. Und das direkt hier vor Ort, frisch aus dem Fluss gefischt.« Cora hielt kurz inne, bevor sie fortfuhr: »Wenn ich mir überlege, dass wir in der Nacht, in der das Mädchen starb, mit ihr im selben Club waren! Stimmt's, Liz? Sie stand so nah neben uns, wie wir jetzt neben euch stehen.«

Die dumme Kuh. Sie konnte der Versuchung einfach nicht widerstehen.

In dem leichten Lächeln, das um ihre Lippen spielte, lag eine unausgesprochene Kampfansage. Sie wartete nur darauf, dass ich blass wurde und herumstammelte. Den Gefallen würde ich ihr nicht tun.

»Echt? Wann denn?«, fragte ich mit perfekt vorgetäuschter Langeweile.

»Scheiße, Liz, warst du so betrunken?«, lachte James.

»Natürlich waren wir dort«, ignorierte ihn Cora, deren Stimme jetzt eine Nuance kräftiger klang. »Wir haben sogar mit ihr gesprochen.«

»Wow, echt? Wie unheimlich!«, rief eins der Vertriebsmädels bewundernd.

»Ja, total gruselig«, gab ihr ihre Freundin recht. »Ich meine, vielleicht wart ihr die Letzten, die sie lebend gesehen haben. Dann seid ihr also so was wie Zeugen, weil derjenige, mit dem sie nach Hause gegangen ist, wahrscheinlich der war, der es getan hat – sie umgebracht hat, meine ich. Die letzte Person, die einen Verstorbenen lebend sieht, ist im Normalfall auch der Mörder. Nein, die erste Person, die einen Lebenden tot sieht, ist …« Nachdem sie sich selbst ausreichend aus dem Konzept gebracht hatte, brach sie ab.

»Derjenige, der die Leiche entdeckt und sie der Polizei

meldet, ist oft auch der Letzte, der die Person lebend gesehen hat. War es nicht so?«, half ihr James aus der Patsche. Er überlegte. »Stammt das nicht sogar aus *Inspector Morse*?«

Inzwischen zeigte der Alkohol bei uns allen Wirkung, mit Ausnahme von Vertriebsdame Nummer eins – die war auch im nüchternen Zustand einfach nur dumm.

»Wir wissen doch gar nicht, ob sie umgebracht wurde«, warf ich ungeduldig ein. »Sie kann genauso gut einfach besoffen in den Fluss gefallen sein.«

»Nicht doch, Liz, die Story ist nicht halb so gut. Das kannst du besser«, rügte mich James und setzte wieder sein breites Grinsen auf. »Bestimmt war es irgendein Typ, der sie gevögelt hat. Eifersuchtsdrama. Garantiert. Grande Passionata.«

»Ist das eine neue Eissorte von Magnum?«, witzelte ich platt. Er grinste noch breiter.

»Oder ein Stalker«, schlug Vertriebsgirl eins vor.

»Oder ein Psychopath«, sagte Nummer zwei.

»Oder eine lesbische Geliebte.« Nummer eins.

»Oder eine eifersüchtige Ehefrau, die Rache wollte.« Nummer zwei.

»Oder dieser Typ, mit dem sie im Club zusammen war«, sagte Cora. Es dauerte ungefähr drei Sekunden, bis das Grinsen auf James' Gesicht erlosch und in seinem Kopf die Lampe anging, die kleine nackte Glühbirne, die von der Decke eines jeden Journalistengehirns baumelt.

Eine bestimmte Wortkombination in einer bestimmten Situation mit einer bestimmten Person löst den Zufluss von Energie aus, woraufhin die Glühbirne ihr Licht gezielt auf einen Satz in einem ansonsten im Schatten liegenden Redefluss wirft. Die Lampe ist mit einem kleinen unsichtbaren Stift verbunden, und je besser die Worte ins Bild passen, umso eifriger schreibt der Stift mit und umso heller wird das Licht.

»Ihr habt sie mit einem Typen gesehen?«, fragte James, und sein Blick richtete sich wie ein Leuchtspurgeschoss auf Coras Gesicht und betrachtete sie zum ersten Mal an diesem Abend mit echtem Interesse.

»Na ja«, entgegnete Cora zu meinem Erstaunen fast scherzhaft. »Da drin war es ziemlich voll, weißt du.«

»Großer Gott, habt ihr sie nun mit einem Typen gesehen oder nicht? Wer war er? Wie sah er aus? Wisst ihr das noch?«

»Es war furchtbar verraucht dort drinnen, und alle haben getanzt, aber…« Sie warf mir einen wachsamen Blick zu. »Ich bin mir trotzdem sicher, dass sie sich mit einem großen Mann mit welligen braunen Haaren unterhalten hat.« Sie tat plötzlich ganz schüchtern, lud aber mit hochgezogenen Augenbrauen und einem Lächeln, das sich langsam auf ihrem Gesicht ausbreitete, zu weiteren Fragen ein. Alle sahen sie an. Sie stand im Mittelpunkt der Aufmerksamkeit.

»Das hätte doch jeder sein können, Cora«, sagte ich betont nachsichtig und rollte in James' Richtung mit den Augen. Innerlich kochte ich vor unterdrückter Wut, die ich aus meiner Kehle und meinen Fäusten tief hinunter in meine Magengrube verbannte. »So viel, wie du getrunken hattest, hätte sie sogar mit George Clooney tanzen können, ohne dass du ihn erkannt hättest.« Ich lächelte sanft.

»Nein, Lizzy, *du* hattest viel getrunken, nicht ich. Damals habe ich eigentlich nie viel getrunken, nicht wahr?«

»Hast du ihn trotzdem gesehen, Liz?«, fragte James, in dessen großen, dunklen, vom Bier eingelullten Augen jetzt eine beunruhigende Wachsamkeit heranwuchs. »Weiß Owain davon?«

»Da gibt es nichts zu wissen. Ich kann mich nicht einmal

mehr genau erinnern, ob ich sie wirklich gesehen habe. An dem Abend waren Hunderte von Menschen in diesem Club. Die haben wahrscheinlich auch alle gedacht, dass es nicht weiter erwähnenswert ist.«

»Ja, aber wenn sie an dem Abend definitiv im Charlie's war, startet die Polizei vielleicht einen neuen Aufruf und fahndet nach dem Typen. Und wenn nicht, wäre es trotzdem eine tolle Hintergrundstory, findest du nicht? In der ersten Person geschrieben: du in diesem Club, in der verhängnisvollen Nacht, eure Blicke begegnen sich über die verrauchte Tanzfläche hinweg, du ahnst nicht, dass ihre letzte Stunde längst geschlagen hat und sie am nächsten Morgen tot sein wird. Macht sich bestimmt super.«

»Jetzt werd nicht melodramatisch«, lachte ich. »Wehe, du erzählst *dem Arschloch* davon! Er springt bestimmt sofort drauf an, ob es nun frei erfunden ist oder nicht.«

»Aber wenn ihr sicher seid, dass das Charlie's der letzte Ort war, an dem sie gesehen wurde, solltet ihr vielleicht schon zur Polizei gehen«, mahnte er. »Der Mann meiner Schwester ist Bulle.«

Für den Bruchteil einer Sekunde durchbrach ein schwacher Anflug von Moral und sozialer Verantwortung seinen Nachrichtenradar und störte den gleichmäßigen Strom aus Zeitungsspalten und verschwommenen Fotos, die wie ein Film in seinem Gehirn abliefen und dort auf Schlagzeilentauglichkeit geprüft wurden.

»Vielleicht hat er ja recht. Ich meine, was ist, wenn die Polizei es später herausfindet und sieht, dass du diese ganzen Artikel über den Fall geschrieben hast? Könntest du dann nicht deine Lizenz verlieren oder so was, weil du Informationen unterschlagen hast?«, fragte Vertriebsgirl eins.

»Sie ist nicht Ally McBeal, du Dummerchen. Journalisten

haben keine Lizenz und können sie deshalb auch nicht verlieren«, spöttelte James gut gelaunt. »Wenn du sie selbst umgebracht hättest, Liz, könnten sie dich allerdings mit Fug und Recht auf die Straße setzen, nehme ich an.« Das Licht in ihm erlosch. Mit einem Schluck Corona und dem beeindruckenden Dekolleté einer vorbeischwebenden Blondine im schulterfreien Neckholder-Top war jedes echte Interesse an dem Thema verschwunden. Morgen würde er wieder in London sein.

»Oder wenn du wüsstest, wer es getan haben könnte, und es verschleiern würdest«, wandte Cora ein, als sie bemerkte, dass seine Aufmerksamkeit nachließ.

»Was getan haben könnte? Wir wissen doch gar nicht, ob ihr überhaupt irgendjemand etwas getan hat!«, wiederholte ich mit wachsendem Groll. Ich erwürge sie! Ich erwürge sie hier und jetzt. Ich werfe sie auf den Boden und presse ihr den Hals zu!

»Oder wenn du dem Mörder Geld für seine Story anbieten würdest«, schaltete sich James grinsend ein, der glaubte, wir wären wieder in unser altes Spielchen verfallen. »Oder wenn sich herausstellen würde, dass du eine lesbische Affäre mit ihr hattest, mmmh …«, ließ er sich hinreißen, und sein schönes, breites Lächeln brach wieder hervor, während er dem Neckholder-Top hinterherstarrte.

»Oder einen Zeugen mit Geld zum Schweigen gebracht hättest«, sagte Cora mit einem Anflug von Verzweiflung in der Stimme. Sie wusste, dass sie ihn verloren hatte.

»Oh ja, Tod, Perversitäten und Erpressung. Eindeutig Titelseite. Tja, wenn Liz die Insiderstory nicht schreiben will, wie wäre es dann mit dir, Dora? Hättest du nicht Lust auf einen freiberuflichen Beitrag über deine letzten Stunden im Club des Todes? Wenn es sich wirklich als Mord herausstellt, schaffst du es vielleicht sogar in eine landesweite Zeitung – vorausgesetzt, an dem Tag ist sonst nicht viel passiert.«

Cora lachte spöttisch und sah James mit unverhohlener Abscheu an. »In der ersten Person geschrieben? Wenn du wüsstest... Das würde dich aber was kosten, James Darling. Mehr als nur ein paar Jack Daniel's und blöde Witze.«

»Oh, sie hat sich bei dir was abgeschaut«, krähte er und dachte immer noch, sie würde sein Spielchen mitspielen. »Was für ein schlechter Einfluss du doch bist! Versuch doch, sie noch ein bisschen böser zu machen – solange ich dabei zusehen darf.«

Die Musik wurde lauter, und das Gemurmel der Menschen um uns herum schwoll an, um sie zu übertönen. Ich versuchte, normal zu atmen.

»Geh doch noch mit uns tanzen, Liz!«, bettelte James im nächsten Atemzug und drehte sein elektrisierendes Grinsen wieder auf volle Wattleistung. Der Tod eines kleinen PR-Mädchens war vollkommen uninteressant geworden. »Komm schon, das wird lustig! Was muss ich tun, damit du mir endlich glaubst, dass ich verrückt nach dir bin?«

Wenn ich nicht genau gewusst hätte, was für ein oberflächlicher Schönling er war, hätte ich sein Angebot und alles, was damit einherging, glatt angenommen, nur um nicht mehr gegen das Verlangen ankämpfen zu müssen, Cora mit dem Riemen meiner Handtasche zu strangulieren, bis ihr die Zähne aus dem Kopf fielen und sie mir endlich sagte, was zur Hölle sie da trieb.

Aber ich wusste es, deshalb gingen wir getrennter Wege, nachdem wir uns mit Küsschen voneinander verabschiedet hatten. Am nächsten Tag erfuhr ich, dass er tatsächlich mit einem der Vertriebsmädels geknutscht und das andere dann mit nach Hause genommen hatte.

»Und?«, wollte ich wissen. Ich hatte mich jetzt kaum noch unter Kontrolle, aber ich wollte auf keinen Fall ausrasten und Cora damit zeigen, dass sie mich aus dem Konzept gebracht hatte. Wir standen in der dichter werdenden Dunkelheit auf der Straße, wo die Straßenlaternen durch den Nieselregen leuchteten. Ich ließ meine Aggression an meinen Handschuhen aus und zerrte sie mir wütend über die Finger.

»Was sollte das alles? Bist du einfach nur unglaublich dumm, oder was ist los?«

»Was denn?«, feixte Cora.

»Ist dir nicht klar, wie gefährlich das war? Ich arbeite mit diesen Leuten. Mag sein, dass sie sich einen Dreck um deine Indiskretionen scheren, solange keine gute Exklusivstory für sie drin ist, aber komplette Idioten sind sie nicht.«

»Bleib mal locker, Lizzy. Ich hab doch nur Spaß gemacht – ein bisschen das Terrain sondiert. Wir waren ja wirklich dort an diesem Abend, aber viele andere auch, wie du ja richtig gesagt hast. Mach mich nicht für deine Schuldgefühle verantwortlich.«

»Schuldgefühle? Jetzt wirst du kindisch. Warum sollte ich Schuldgefühle haben?«

»Warum du Schuldgefühle haben solltest? Du verdienst dein Geld mit dem Elend anderer Leute, verwurstest ein totes Mädchen zu einer ›guten Story‹. Du verkaufst jeden einzelnen Tag deine Seele, und das Schlimmste ist: Du weißt es auch noch.«

»So ist die Welt nun mal, Cora!«, brach es aus mir hervor. »Ich tue nur, was ich tun muss, um nicht darin unterzugehen.«

»Tun wir das nicht alle?« Eine Weile schien sie in Gedanken versunken.

»Willst du, dass dein Mann verhaftet wird?«

»Michael? Nein.« Sie zögerte. »Natürlich nicht.«

»Willst du, dass ich verhaftet werde? Was ist los mit dir?«

»Das habe ich mich auch schon gefragt, Lizzy. Ich weiß es nicht. Vielleicht sollten wir wirklich zur Polizei gehen. Und alles erzählen.«

»Was meinst du mit alles? Zum hundertsten Mal: Wir wissen nichts! Wenn du die Tatsache meinst, dass wir sie dort gesehen haben und der verfluchte Stadtstreicher uns einen Strick draus drehen will, musst du verrückt sein! Er weiß doch auch nicht wirklich etwas. Du würdest uns nur alle mit in die Sache hineinziehen. Du würdest dir selbst alles vermasseln, nur weil du diese paranoide Vorstellung hast, dass du Mike nicht trauen kannst.«

»Natürlich. Dann wäre ja auch für dich alles vermasselt, nicht wahr? Ja, das könnte ziemlich unschön werden, das ist mir jetzt auch klar. Reden ist Silber, Schweigen ist Gold.« Sie feixte wieder.

»Mach keine Witze über so was, Cora. Wir hängen alle mit drin. Du reißt dich also besser zusammen und hältst den Mund! Wozu Ärger riskieren?«

»Sag mir nicht, was ich zu tun und zu lassen habe, Elizabeth. Ich gehe jetzt nach Hause.« Mit dieser knappen Verabschiedung machte sie auf dem Absatz kehrt und marschierte auf einer relativ geraden Linie davon. Ihre Schuhe klapperten über das nasse Straßenpflaster, als sie in der Dunkelheit der Nacht vor Allerheiligen verschwand.

Da flackerte er auf. Der Gedanke. Der schreckliche Gedanke. Nur für einen Sekundenbruchteil, während ich ihr hinterherblickte. Einer dunklen Nische meiner Seele entsprungen.

Wenn sie doch nur ausgeraubt würde! Oder von einem Auto angefahren! Wenn ich sie doch nur irgendwie loswerden könnte! Es wäre die Lösung für alle meine Probleme gewesen, oder etwa nicht?

Ich erschrak über mich selbst. Angewidert von der ungebetenen Grausamkeit dieses Gedankens schluckte ich ihn sofort wieder hinunter und befahl mir, mich am Riemen zu reißen, mir ein Taxi zu nehmen und meinen Rausch auszuschlafen.

Aber in dieser Nacht fand ich wie so oft in letzter Zeit keinen Schlaf. In die Nische vor dem Schlafzimmerfenster gezwängt saß ich in meiner Wohnung, die gar nicht wirklich meine Wohnung war, weil sie nur gemietet war, und tat so, als würde ich E-Mails checken und noch einmal meinen neuesten Artikel zum Fall Jenny durchgehen. In Wirklichkeit dachte ich darüber nach, was Cora gesagt hatte – und was sie damit gemeint hatte.

Dabei blickte ich in das hell erleuchtete Innenleben zweier gegenüberliegender Häuser, deren Gärten direkt an meinen grenzten. Jedes von ihnen bildete vor der Dunkelheit der Nacht ein theatralisch ausgeleuchtetes Bühnenbild bei offenem Vorhang.

Im rechten Haus saß eine Frau mittleren Alters im rosa Velours-Bademantel am Tisch und beugte sich über eins ihrer Puzzles, von denen sie einen schier unerschöpflichen Vorrat zu besitzen schien. Diese Szene strahlte eine tröstliche Vorhersehbarkeit aus, aber auch eine Einsamkeit, die mich traurig machte. Aber vielleicht war die Frau ja auch gar nicht einsam. Vielleicht füllte es sie vollkommen aus, ihre Bilder zusammenzufügen und sich zu freuen, wenn wieder ein Puzzleteil passte.

Nebenan sammelte ihr Nachbar, dessen Haare sich vorzeitig lichteten, am Ende eines langen Tages die Spielsachen seines Sohnes ein. Manchmal kletterte dieser Sohn mit seinen vier oder fünf Jahren auf einen Kinderstuhl, um sein Abendessen zu verdrücken, oder auf den Schoß seines Vaters, damit der ihm Geschichten erzählte. Dem Mann gehörte ein altes Motorrad. Jedes Wochenende schraubte er in einer baufälligen offenen Garage daran herum, ob es nun regnete oder die Sonne schien. Seine Frau sah ich manchmal draußen die Wäsche aufhängen, wenn der Wind aus der richtigen Richtung wehte, oder bis zu den Ellenbogen im Schaum an der Spüle stehen.

Es waren normale Menschen mit einem normalen Leben – sicher und gleichmäßig dahinfließend, nur eine Fensterscheibe und ein paar Meter entfernt.

Mein nur vom Laptop beleuchtetes Gesicht im Fenster sah seltsam verzerrt aus vor dem Hintergrund der Nacht, verschoben durch die Doppelverglasung, zwei überlappende Ovale. Ich erkannte mich nicht wieder. Die beiden Augenpaare ließen sich mit ein wenig Mühe scharf stellen und zu einem einzigen verbinden, aber es sah immer noch aus, als betrachtete ich mein Gesicht durchs Wasser. Plötzlich tauchte der dunkle Gedanke wieder auf – hinter dem verzerrten Gesicht, vor dem gewöhnlichen Leben meiner Nachbarn. Und dieses Mal ließ er sich nicht so einfach zügeln.

Was für ein Mensch ist zu so einem Gedanken fähig? Starr vor Schreck bemühte ich mich, das Gesicht im Fenster wieder zu meinem eigenen zu machen. Für einen Zeitraum, der mir wie eine Ewigkeit vorkam, zeichnete ich mit den Fingern seine Konturen nach, in Zeitlupe, fuhr mit den Fingerspitzen an den Augenbrauen entlang, den Lippen, versuchte, sie zu glätten und wieder zur Vernunft zu bringen. Ich sah zu, wie die Lichter der Stadt eins nach dem anderen erloschen und das Gesicht im Fenster sich immer mehr verdüsterte, bis die überlappenden Gesichtszüge schließlich mit der Nacht verschwammen.

»Traumtag« in der Redaktion

Am nächsten Tag hatte ich einen dieser bizarren, abgefahrenen Arbeitstage, an denen so viele tolle Storys in die Redaktion flattern, dass der Chefredakteur bei der Planung des Seitenlayouts fast einen Orgasmus bekommt. Solche Tage gibt es gelegentlich. Zufälliges, Fatales und Makabres fügt sich zu den unwirklichsten Geschichten des menschlichen Lebens zusammen. Und des Sterbens.

Wenn man diese Geschichten erfinden würde, würde sie einem keiner glauben. Oft fehlen selbst uns Journalisten die Worte, um sie zu beschreiben, deshalb betrachten wir das Schreiben in solchen Fällen als Prozess, an dessen Ende ein bestimmtes Produkt herauskommen muss. So fällt es am leichtesten.

Das ist wie Malen nach Zahlen: Das gedruckte Wort wird nach vorgegebenem Muster produziert, Schattierungen und Fakten, Farbe und Kommentare werden zu ungefähr gleichen Teilen zusammengemischt. Man betrachtet die Tatsachen, sucht sich einen Aufhänger und arbeitet Blickwinkel und Schwerpunkt aus. Das ist vielleicht keine Kunst, aber durchaus Kunstfertigkeit, man braucht Geschick und Präzision, damit die Wörter passen. Sorgfalt ist dabei von größter Bedeutung, auch wenn eine kleine Ausschmückung hier und da der grundsätzlichen Aufrichtigkeit, mit der man an die Sache herangeht, erst die nötige Struktur verleiht. Was am

Ende herauskommt, ist ein mehr oder weniger originalgetreues Abbild eines Vorfalls, Unfalls oder Verbrechens, eines gelebten oder verlorenen Lebens.

Dieses Abbild ist natürlich nicht immer schmeichelhaft oder gar vollständig. Keine Chance, vorher die Lage abzuschätzen, sich die Krawatte zurechtzurücken und zu lächeln. Abgebildet wird ein Stillleben, nicht das echte Leben. Was auch immer den Lesern suggeriert wird – das, was sie sehen, ist weder die Wahrheit noch die Echtzeit noch die Realität. Es ist ein sorgfältig konstruierter Eindruck, aus einem bestimmten Blickwinkel, in einem bestimmten Licht. Ein Ausschnitt, ein kurzes Zitat.

Das muss so sein. Die Medien verkünden keine Neuigkeiten, sie generieren sie, indem sie gewisse Vorkommnisse heraussieben, sie zurechtstutzen, Prioritäten setzen, sie zu einem veränderlichen Produkt formen, das ihnen ihre Leser, Zuschauer oder Zuhörer immer wieder abkaufen.

Hier ein Abriss meines Arbeitspensums an diesem Tag:

In einer städtischen Wohnsiedlung starb ein Mann an einem Herzinfarkt. Nicht weiter erwähnenswert, bis auf die Tatsache, dass der Arzt beim besten Willen nicht wusste, wie er den Mann aus dem Haus und in den Leichenwagen transportieren sollte. Er wog mehr als dreihundert Kilo. Die Feuerwehr musste die Fensterfront des Hauses ausbauen und die besudelte Leiche (der Mann hatte die Kontrolle über sämtliche Körperfunktionen verloren) mit einer speziellen Seilwinde heraushieven. Zehn Männer mühten sich zwei Stunden lang damit ab, ihn in den Wagen zu laden. Er war vierunddreißig und hatte Zwillingstöchter, die an diesem Tag acht Jahre alt wurden.

In dem reizenden Vorort Splott wurde eine Rentnerin von einem Auto überfahren und starb. Ihr Sohn war drei Jahre zuvor auf derselben Straße von einem Auto erfasst und getötet worden, und von diesem Unfall hatten wir noch Fotos im Archiv.

In einer Straße in Grangetown wurde eine Frau vergewaltigt. In Cathays erhängte sich ein Mann. Im Zentrum ereigneten sich zwei weitere Autounfälle.

Rund zehn Kilometer vom Zentrum entfernt starb ein Mann in seiner Badewanne, nachdem ein elektrisches Heizgerät von der Badezimmerwand gekracht, am Badezimmerschränkchen abgeprallt und ins Wasser gefallen war.

In Llandaff hängte sich ein Mann an seinem Treppengeländer auf. Er wohnte in einem dreistöckigen viktorianischen Haus, und es war ein langer Sturz durchs Treppenhaus. Sein Kopf wurde sauber vom Körper getrennt und rollte unter die Treppe, wo er zwanzig Minuten lang lag, bis die Polizei ihn zwischen den dort abgestellten Straßenschuhen fand.

Bizarres, Herzergreifendes, Prosaisches, Entsetzliches, abgehandelt an einem einzigen Arbeitstag. Routine.

Das sagte ich der Lebensgefährtin des fetten Mannes natürlich nicht, als ich mit meinem Notizblock auf dem Gehweg stand und sie mich eindringlich bat, ihm seine Würde zu lassen. Ich sagte ihr nicht, dass das ein Ding der Unmöglichkeit war. Ihr sanfter Riese würde für immer überdimensionaler Gegenstand des Mitleids und der Faszination sein. Mehr nicht.

In neuneinhalb Stunden besuchte ich drei polizeilich abgesperrte Schauplätze und zwei Privatwohnungen, sprach mit zwei trauernden Angehörigen, zwei Polizisten, einem Stadtrat, vier Nachbarn und einem Müllmann. Ich schrieb die Aufmacher für drei Seiten und schaffte alle Abgabetermine in letzter Minute. Es war ein langer Tag.

Und natürlich tickte hinter all dem in jeder Minute des

Tages eine größere Story in meinem Kopf, eine bessere Story, mit Figuren, die mir näherstanden. Eine Story, zu der auch ich inzwischen gehörte, in der ich eine Hauptrolle spielte, die ich immer weniger zu kontrollieren vermochte.

Ich hätte also ausnahmsweise gut auf einen Anruf von Mike verzichten können, als ich um halb acht endlich die Redaktion verließ. Ich fühlte mich leer wie ein ausgeblasenes Ei, und durch meinen Kopf ratterte eine Million Wörter, schnell wie ein Repetiergeschütz. Es kostete mich schon Mühe, auf dem Weg zum Auto einen Fuß vor den anderen zu setzen.

»Sie scheint das alles für ein Spiel zu halten«, sagte er eine halbe Stunde später fassungslos und brach auf meinem Sessel fast in Tränen aus. Er war vorher noch nie allein in meinem Wohnzimmer gewesen, und dieses Bild, dieser Gedanke war beinahe zu viel für mich. Mike in seinem grauen Büroanzug und schwarzen Lederschuhen. Mike, dessen Hände ineinander verschränkt auf dem Tisch lagen, direkt vor meiner Nase. Mike, der mit mir sprach.

Wenn man die Weltzeit in ihrer Gesamtheit betrachtete, war seit diesem Morgen nur ein hauchdünner Zeitabschnitt vergangen, aber dieser Tag, dieser kopflose Mann… ein kopfloser Mann, verdammt noch mal! Es reichte. In meinem Inneren hatte sich ein Riss gebildet, durch den pfeifend die Leere hereinwehte.

Ich beobachtete, wie die kleine Ader über Mikes linker Schläfe mit erstaunlicher Geschwindigkeit pulsierte. Er hyperventilierte fast. In der einen Woche seit unserer verhängnisvollen Pubbegegnung mit dem schönen James schien Cora endgültig implodiert zu sein.

Mike berichtete, dass sie sich bereits zweimal geweigert hatte, zur Schule zu gehen, und am Dienstag im Tesco Metro fast verhaftet worden wäre, weil sie eine Kassiererin, die sich geweigert hatte, ihr weiteren Wodka zu verkaufen, wüst beschimpft und mit Schokoriegeln aus dem Regal neben der Kasse beworfen hatte. Von all dem hatte ich nichts mitbekommen. Cora hatte mir zwar in den letzten Tagen eine Reihe von Nachrichten hinterlassen – manche wütend, manche weinerlich –, aber ich war zu beschäftigt und zu beleidigt gewesen, um sie anzurufen.

»Sie hat gedroht, dass sie zur Polizei geht und erzählt, was an dem Abend passiert ist. Sie sagt, sie kann nicht mit der Schuld leben, es gewusst zu haben. Was gewusst zu haben, Herrgott noch mal? Lizzy, ich glaube, sie will mich bestrafen für diese Nacht. Für Jenny. Für das, was ich ihrer Meinung nach getan habe. In ihren Augen bin ich schuld daran, dass sie leidet, und deshalb soll ich jetzt genauso leiden.«

Er stieß einen tiefen, gequälten Seufzer aus und ließ den Kopf in die Hände sinken. »Ich erkenne sie überhaupt nicht wieder. Sie ist so anders. Sie ist immer nur wütend und glaubt mir überhaupt nichts mehr. Wenn ich nur fünf Minuten zu spät von der Arbeit komme, macht sie mir schon alle möglichen Vorwürfe. Ich weiß, dass sie meine Sachen durchsucht. Außerdem denkt sie, dass wir beide uns hinter ihrem Rücken treffen und uns gegen sie verschwören. Sie ruft ein halbes Dutzend Mal pro Tag im Büro an. Sie trinkt zu Hause Alkohol. Der Arzt hat ihr Tabletten gegeben, aber sie nimmt sie nicht. Ich weiß nicht, wie lange ich das noch aushalte. Als ich heute um halb sechs nach Hause kam, hatte sie getrunken. Seit Stunden, wie es aussah. Sie ist wieder nicht zur Schule gegangen.« Er zögerte einen Moment, als versuchte er zu entscheiden, ob er noch mehr zu sagen hatte oder nicht.

Verdammt noch mal, Mike, brüllte eine Stimme in meinem Kopf. *Was kann ich dagegen tun? Sie ist deine Frau!*, hätte ich am liebsten gesagt. Aber die Worte blieben mir im Mund stecken, und ich starrte über den Tisch zu Mike hinüber, der weiter seinen unaufhaltsamen Monolog abspulte.

»Sie hat Whiskey getrunken oder so was. Mitten am Tag! Dann haben wir angefangen, uns deswegen zu streiten oder wegen etwas anderem, ich weiß es nicht mehr genau. Und plötzlich fängt sie an zu weinen, und ehe ich michs versehe, hat sie einen Becher nach mir geworfen!« Er hob die Haare an, die ihm in die Stirn hingen, und zeigte mir einen großen roten Striemen, der sich allmählich lila färbte. »Einen Becher, verdammt noch mal! Sie hätte mir das Auge ausschlagen können! Ich ertrage diese Scheiße einfach nicht mehr.«

Auf meinem unendlich weit entfernten Aussichtspunkt auf der anderen Seite des Couchtischs war ich entsetzt, wenngleich auf seltsame, gleichgültige Weise, aber auch beeindruckt. Das blutige Abzeichen, das Coras neu entdecktem Zorn eine physisch greifbare Form verlieh, übte eine eigenartige Faszination auf mich aus. Sie hatte gut gezielt. Geistesabwesend streckte ich die Hand aus, um mit den Fingern über den Striemen zu fahren. Ich wollte das dunkelviolette Fleisch berühren, wollte die Wunde fühlen, die erste greifbare Wahrheit seit langem. Aber Mike wehrte die Geste ab und packte mit plötzlicher Heftigkeit mein Handgelenk, bevor er sich zusammenriss, tief einatmete und seine Hand auf meine legte.

»Hörst du mir überhaupt zu, Lizzy?« Er brach ratlos ab und schien den Tränen nahe.

»War es Tee oder Kaffee?«, erkundigte ich mich. Aus der großen Distanz, mit der mein Verstand unser Gespräch beobachtete, wirkte diese Frage vernünftig.

»Was?«

»In dem Becher. Cora trinkt weder Tee noch Kaffee.«

»Lizzy! Was spielt das denn für eine Rolle? Hast du nicht gehört, was ich gesagt habe? Ich weiß nicht mehr, was ich tun soll!« Er stieß einen so schweren Seufzer aus, dass er damit das ganze Zimmer zum Wackeln brachte. »Was stimmt nicht mit uns?«

Mit uns? Was meinst du mit uns? Von der Tatsache einmal abgesehen, dass du ein rückgratloser Passiv-Aggressiver bist, der sich weigert, für irgendetwas die Verantwortung zu übernehmen, ist deine Frau auch noch eine Irre, die dir einen Mord anhängen will, den du, wenn ich so recht darüber nachdenke, tatsächlich begangen haben könntest, während ich vermutlich eine unmoralische Manischdepressive bin, weil ich darüber nachdenke, sie umzubringen. Meintest du das?

Das waren meine Gedanken, die ich natürlich nicht aussprach. (*Weil ich darüber nachdenke, sie umzubringen?* Hatte sich das wirklich in meinen beinahe unterbewussten Gedankenfluss gemogelt? Wo zur Hölle war das hergekommen?)

»Lizzy? Lizzy, was sollen wir tun?«, flehte Mike.

In der nächsten Sekunde wurde mir bewusst, dass er meine Hand so schmerzhaft quetschte, als hinge sein Leben davon ab. Auf einmal konnte ich förmlich spüren, wie sich Knochen und Blut seiner Hand langsam mit mir verbanden, wie sie mit mir verschmolzen, mich zurückholten von der anderen Seite der tiefen, trennenden Kluft. Dieser Vorgang faszinierte mich derart, dass ich den Blick nicht von seiner Hand abwenden konnte, von seinem heruntergekauten Daumennagel, den drei Sommersprossen neben dem kleinen Netz aus Falten am Daumenansatz, von seinen kräftigen Fingern.

Ich konzentrierte mich aufs Atmen und merkte, dass er mich verwirrt anstarrte, während ein Ausdruck von Besorgnis in seine Augen trat.

Nach mehreren Sekunden sagte ich: »Ich rede mit ihr. Aber nicht heute Abend. Heute kann ich nicht reden. Auch nicht denken. Morgen. Bleib heute Nacht bei Stevie. Aber vorher isst du mit mir zu Abend. Ich habe Pizza und Wein. Ich brauche Wein. Viel Wein.«

Er nickte.

Also wurde die Pizza in den Ofen geschoben und der Wein eingegossen, ohne dass wir noch mehr dazu hätten sagen müssen. Während wir vor dem Fernseher aßen und tranken und dabei plauderten, als wartete dort draußen keine Welt voller Probleme und Streit auf uns, herrschte ungetrübter Friede. Irgendwann fiel ich in einen traumlosen, warmen Schlummer. Als ich aufwachte, war ich mit meiner alten Strickjacke zugedeckt, und auf der Sofalehne lag ein kleiner Zettel: »Danke, dass du immer für mich da bist, Kuss, Mike.« Ich starrte lange auf den Zettel.

Der Schlag kam aus heiterem Himmel. Niemand hatte mich je zuvor ins Gesicht geschlagen, und der Knall war so laut, dass ich eine halbe Sekunde lang glaubte, er komme von außerhalb des Zimmers. Während Cora mit schreckgeweiteten Augen die Hand zurückzog, breitete sich hitzige Röte auf meiner Wange aus. Ich merkte, dass mein Mund offen stand, und klappte ihn wieder zu. Ich war so perplex, dass ich gleichzeitig gegen einen plötzlichen Lachreiz und das Verlangen ankämpfen musste, so fest ich konnte zurückzuschlagen. Das hätte allerdings fatale Folgen haben können, denn so heftig wie mein Blut kochte, hätte ich sie vielleicht zu Tode geprügelt, wenn ich meinen Händen freien Lauf gelassen hätte. Unwillkürlich machte ich einen Schritt auf sie zu, und sie wich ängstlich zurück.

Unser Gespräch am Abend nach Mikes Besuch war von der ersten Minute an schlecht gelaufen.

»Hat *er* dich geschickt? Wo ist er?«, hatte Cora gefragt, bevor die Tür noch ganz offen war. »Ich vermute, er hat dir erzählt, ich hätte die Nerven verloren oder so was. Weil natürlich alles meine Schuld ist. Bei Michael ist immer alles die Schuld der anderen, nicht wahr?«

Sie roch stark nach Alkohol und hatte offensichtlich geweint. Nachdem ich eingetreten war, nahm sie Kurs auf die Küche, kämpfte vergeblich mit der Kindersicherung einer Pillendose und knallte sie auf die Küchenablage, als wollte sie sie zur Unterwerfung zwingen. Ich nahm ihr die Dose aus der Hand und las das Etikett. Oh mein Gott: Valium.

»Wogegen nimmst du die, Cora? Du bist ganz offensichtlich betrunken. Versuchst du etwa, dich umzubringen?«

»Das würde dir so passen, oder? Wäre das nicht sowieso die einfachste Lösung für dich? Und eine gute Story noch dazu. Aber von guten Storys hast du bestimmt die Nase voll fürs Erste, oder Lizzy?«

»So interessant wärst du jetzt auch wieder nicht, Cora. Es sei denn, es würde herauskommen, dass du eine Affäre mit Catherine Zeta-Jones hattest.« Ich versuchte, die Sache mit einem Witz herunterzuspielen und ging zum Herd, um Wasser aufzusetzen. »Ich mache dir einen Kaffee, soll ich? Willst du was essen?« Ich schnappte mir das Brotmesser und begann mit geschäftiger Sachlichkeit, an einem Laib Brot herumzusägen.

»Kaffee, na klar. Kaffee ist ja für alles die Lösung. Mein Leben zerbricht, und alles, was du mir zu bieten hast, ist Kaffee? Lizzy, die immer auf alles eine Antwort weiß? Lizzy, die immer alles unter Kontrolle hat, und Kaffee ist alles, was dir einfällt? Du hast ganz schön nachgelassen.«

»*Du* zerbrichst, Cora, nicht dein Leben. Ich weiß nicht, warum du so fest entschlossen bist, dein Leben auch noch zugrunde zu richten.« Ich steckte die Brotscheiben in den Toaster und machte den Kühlschrank auf.

»Schau an. Als könntest du kein Wässerchen trüben. Es ist doch immer dasselbe. Du musst dich ja wirklich sehr überlegen fühlen. Cool, gelassen, kompetent und ach so wunderschön. Alle hören dir zu, wenn du redest, ist es nicht so, Lizzy? Aber du hörst *mir* nicht zu.«

»Es ist schwer, jemandem zuzuhören, der so besoffen ist wie du in letzter Zeit. Was versuchst du mir mitzuteilen, Cora? Bitte sag's mir! Ich kann keine Gedanken lesen.«

»Das weißt du nur zu gut. Du willst es bloß nicht zugeben.«

»Wir reden hier über Jenny, nicht wahr? Cora, warum kannst du es nicht einfach auf sich beruhen lassen? Das ist ein Jahr her. Sie ist tot. Sie ist *tot.* Selbst wenn es stimmen würde, was du Mike und ihr unterstellst, was macht das jetzt noch für einen Unterschied? Ihr beide seid zusammen, hier und jetzt. Warum ist das nicht genug?« Ich merkte, dass ich meine Wut kaum noch unter Kontrolle hatte.

Cora starrte ungefähr zehn Sekunden in die grenzenlose Weite des Kühlschranks und kämpfte gegen die Tränen an.

»Weil ich es *wissen* muss. Ich muss wissen, ob sie … ob sie es … es macht nämlich sehr wohl einen Unterschied … den entscheidenden Unterschied. Was, wenn er … damals … er war betrunken. Du weißt nicht, wie es ist, wenn er betrunken ist. Wie er dann sein kann. Oh, warum sind wir nur nach Cardiff zurückgekommen?«

»Du redest sinnloses Zeug«, fuhr ich sie an und knallte die Kühlschranktür zu. Ich war am Ende mit meiner Geduld.

»Das verstehst du nicht. Du verstehst es einfach nicht.«

»Ich verstehe nicht, warum du ihm einen Becher an den Kopf geworfen hast. Wie sollte er deiner Meinung nach darauf reagieren?«

»Deswegen hat er dich gebeten herzukommen?«

»Ja, hat er. Verständlicherweise. Um dich zu beruhigen und zur Vernunft zu bringen. Er kapiert nicht, warum du die Sache nicht einfach auf sich beruhen lassen kannst.«

»Auf sich beruhen? Du lässt sie doch auch nicht auf sich beruhen, oder? Du nutzt sie aus, um Karriere zu machen, verdammt! Dieses ganze Zeug, das du in der Zeitung schreibst, die Tränen, der Herzschmerz, die arme leidende Familie. Für dich hätte es gar nicht besser laufen können, nicht wahr? An uns verschwendest du keinen Gedanken, daran, was es mit uns anstellt, mit *mir* anstellt!«

»Mit dir hat das doch überhaupt nichts zu tun! Es ist nur eine Story, eine erfundene Story für die Zeitung. Man füllt damit die Seiten, das ist alles, und dieses ganze Herzschmerzzeug gehört eben dazu. Wenn ich es nicht geschrieben hätte, hätte es ein anderer geschrieben. Das weißt du genau.«

»Schon, aber hätte derjenige es auch nur halb so gut gemacht wie die atemberaubende, unendlich begabte Elizabeth? Für dich ist es die Eintrittskarte zur BBC, nicht wahr? Sag bloß, ich ruiniere dir deinen großen Traum? Ich und meine armselige Ehekrise? Tickt sie so, deine dreckige kleine Fantasie? Es könnte noch viel dreckiger werden, Lizzy, wenn die Leute wüssten, was du getan hast. Dass du diesen Typen dafür bezahlt hast, dass er die Klappe hält. Ich bin nicht so dumm, wie du denkst. Ich bin nicht so naiv und bescheuert. Ich weiß, dass du bis zu deinem hübschen Hals in der Sache mit drinsteckst. Da können dich keine großen blauen Augen der Welt wieder rausholen. Du hast verschwiegen, dass sie in dem Club war, selbst als du schon wusstest, dass sie tot ist. Du hast verschwiegen, dass Mike sie kannte. Du hast dir das Schweigen dieses Mitwissers erkauft. Du hattest recht, als du gesagt hast, dass es weniger darum geht, wie es war, als darum, wie es aussieht. Und, wie sieht es jetzt aus? Nichts zu verbergen? Wie schnell würde sich dein geheiligter BBC-Traum wohl in Luft auflösen, wenn jemand die Katze aus dem Sack ließe und verraten würde, wie viele Lügen du erzählt hast? Und wozu? Warum das alles? Was hast du zu verbergen?«

»Cora«, warnte ich sie, »nimm dich in Acht. Was du da sagst, ist äußerst unklug. Mike ist dein Mann, er ist derjenige, den es am schlimmsten erwischen würde. Willst du wirklich mit dem Finger auf ihn zeigen? Willst du, dass ihn die Polizei eines Verbrechens für schuldig hält, das er nicht begangen hat? Was ich getan habe, habe ich getan, um ihn und dich zu schützen, und wenn ich ganz ehrlich bin, hätte ich ein bisschen mehr Dankbarkeit erwartet.«

Ihre Augen blickten glasig ins Leere, aber ich spürte, wie ihr Zorn unter der Oberfläche brodelte. Während ich mich zu einem harten, scharfkantigen Eiszapfen herunterkühlte, schwoll Cora zu voller Orkangewalt an.

»Dankbarkeit?! Dankbarkeit?! Du hast es nicht für mich getan, Elizabeth. Es ging nie um mich, nicht wahr? Du musst mich wirklich für total bescheuert halten. Das hast du immer schon getan. Aber du irrst dich.«

»Mir kommst du schon ziemlich bescheuert vor, Cora«, sagte ich kaltblütig und gelassen. »Wenn er vorher noch keine Affäre hatte, dann sucht er sich jetzt bestimmt eine. Wer würde das nicht tun?«

Das war grausam von mir, ich weiß.

In diesem Moment passierte es. Es war kein damenhafter Filmklaps, beherrscht und ohne viel Wut dahinter, sondern ein schonungsloser, ungraziöser, voll durchgezogener Hieb mit der Handfläche.

Es dauerte eine Minute, bis ich mich damit abgefunden hatte, dass sie es tatsächlich getan hatte. Jeder Teil meines Körpers war zur Faust geballt. Ich wusste nicht, ob ich lachen oder zurückschlagen sollte oder beides. Der Moment der Entscheidung dehnte sich aus, es herrschte fassungsloses Schweigen. Cora, deren Wut sich in einer Flut von Tränen auflöste, brach es als Erste.

»Oh Lizzy, es tut mir so leid! Ich weiß nicht, warum ich … ich weiß nicht, was ich mir … Bitte, Lizzy, vergib mir! Es tut mir so wahnsinnig leid.«

Aber ich konnte mich weder bewegen noch etwas entgegnen. Ich merkte, dass ich plötzlich wieder das Brotmesser in der Hand hatte und es in einer fest geballten, weißen Faust vor mir ausstreckte. Ich hatte es auf die Ablage gelegt, als ich auf den Toast gewartet hatte. Coras Augen wanderten von der Klinge zu meinem Gesicht und wieder zurück, während mein Blick die entgegengesetzte Richtung einschlug. Der ganze Raum hielt die Luft an.

Du könntest es einfach tun, sagte eine winzige Stimme links hinten in meinem Gehirn.

Was könnte ich?

Es tun. Es wäre Selbstverteidigung.

Warum?

Denk dran, wie einfach alles wäre.

Aber wie würde es aussehen?

Sie hat Depressionen, nimmt Antidepressiva, ist paranoid. Sie hat dich angegriffen, du musstest dich verteidigen. Jeder würde es verstehen. Sie hat ihren eigenen Mann angegriffen.

Aber das ist doch lächerlich, oder? Das könnte ich nicht. Es wirklich tun. Dafür würde ich nie eine plausible Erklärung finden.

Vielleicht schon, wenn du auf die richtige Weise lächeln und es auf die richtige Weise erzählen würdest. Und dann denk dran, was alles möglich wäre …

Ich blieb unbeweglich stehen, eine Ewigkeit. Auf Coras Gesicht zeichnete sich jetzt echte Angst ab. Sie erkannte, dass meine Unbeweglichkeit und mein Schweigen nur Tarnung für etwas waren, mit dem ich tief in meinem Inneren rang. Meine weißen, krampfhaft um das Messer geschlossenen Fingerknöchel bezeugten, wie fest mich der Gedanke im Griff hatte.

Erst das Geräusch von Mikes Schlüssel im Türschloss durchschnitt das unsichtbare, bis zum Zerreißen gespannte Band der Zeit, und der brennende Schmerz des Zurückschnappens öffnete mir die Augen für das Theaterstück, das wir beinahe aufgeführt hätten. Als ich Mikes Schritte hörte, machte ich reflexartig einen Schritt nach hinten, legte das Messer neben den Laib Brot auf die Küchenanrichte und zog mich, als er die Tür öffnete, in Richtung Herd zurück, wo ich mich von Cora wegdrehte und mein Gesicht in Ordnung brachte, meine Stimme.

»Was ist hier los?« Verwirrt von unserem Schweigen blickte er zwischen Cora und mir hin und her. Ich drehte mich um und sagte hallo.

»Lizzy, deine Lippe blutet. Was ist passiert?«

»Ich habe mir draufgebissen«, sagte ich ruhig. Ohne nachzudenken war mir eine plausible Lüge eingefallen, ein weiterer Reflex. Coras Mund stand immer noch offen, und es gelang ihr nur mit Mühe, ihn zu schließen. Wieder blickte er zwischen uns hin und her.

»Was ist hier passiert? Habt ihr beide euch jetzt etwa auch gestritten? Oh, bitte nicht! Bitte nicht, ja? Kein Streit mehr. Bitte, Cora, ich halte das nicht aus.«

Sie flüchtete sich in seine Arme, aus Angst vor mir oder aus Reue.

»Ich liebe dich. Ich liebe dich«, schluchzte sie, und er hielt sie fest und streichelte ihr übers Haar.

»Lizzy?«

»Wir streiten doch gar nicht«, versicherte ich glaubhaft. »Wir kochen gerade Tee, und ich habe ihr von einem meiner Artikel von heute erzählt. Keine schöne Geschichte. Es geht um einen geköpften Mann, und ich hätte vielleicht nicht ganz so anschaulich werden dürfen. Cora, gib mir doch mal die Küchenrolle rüber, ja? Und die Marmelade, ich bin am Verhungern!«

Ich sollte vielleicht klarstellen, dass ich nicht wirklich eine Stimme in meinem Kopf gehört hatte – jedenfalls nicht wie eine Schizophrene, die tatsächlich Stimmen hört, die nicht ihre eigenen sind. Bei mir war es lediglich mein Verstand, der verschiedene Optionen abwog, sie hinterfragte, Vorschläge machte.

Trotzdem war es bereits das dritte Mal, dass ich darüber nachgedacht hatte, sie umzubringen.

Afternoons and Coffee Spoons

Nur die Ohrfeige an sich hätte natürlich nicht ausgereicht, um das Undenkbare zu denken. Auch nicht Coras Indiskretion im Beisein meiner Kollegen oder die Wut über ihre endlose Ich-Bezogenheit. Ich mag vieles sein, aber ich bin nicht kleinlich und neige auch nicht dazu, leichtfertig Tötungsabsichten zu entwickeln. Es war etwas anderes.

Ich war vermutlich nicht ganz ehrlich mit mir selbst gewesen, hatte verdrängt, wie schlecht ich mich in letzter Zeit gefühlt hatte, wie unglücklich und unerfüllt ich gewesen war. Mikes Rückkehr hatte das alles erst deutlich gemacht, beleuchtete die Sinnlosigkeit eines jeden Tages.

Ein paar Tage nach dem Vorfall mit dem Kaffeebecher erinnerte ich mich daran – oder vielleicht wurde es mir zum ersten Mal mit vollkommener Klarheit bewusst –, wie schön es gewesen war, als Mike nur die Hand auszustrecken brauchte, um mich zu berühren.

Es war einer dieser schrecklichen, düsteren, das Gehirn durchrüttelnden Redaktionstage, an denen ich wegen des vielen Kaffees so überdreht war, dass ich mich zwingen musste, gleichmäßig ein- und auszuatmen und die dunklen Lichtblitze am Rand meines Gesichtsfelds auszublenden. Manchmal, wenn es besonders schlimm war, kam es mir so vor, als könnte mein Schädel jeden Moment aufplatzen wie eine reife Wassermelone und sich in einem glitzernden Bogen aus

Knochensplittern und Melonenstückchen in die Umgebung verteilen, und als ließe sich der Schmerz nur lindern, indem ich mich zwischen die geschäftigen Passanten auf der Queen Street kniete, meine Stirn gegen den kühlen, regenglatten Boden presste und versuchte, mich in die Erde hineinzuatmen.

Ob sich wohl jemand zu der zusammengerollten, zitternden, beschämenden Insel des Versagens inmitten des größer werdenden Meers aus Füßen hinunterbeugen und fragen würde, ob es mir gut gehe und er mir helfen könne? Dann könnte ich antworten: »Oh ja, bitte helfen Sie mir! Ich weiß nicht warum, aber ich möchte nur noch nach Hause, weil alles zu laut und zu grell und zu gleichförmig ist. Jeden Tag dasselbe, jeden verdammten Tag!«

Ohne dass ich es gemerkt hatte, übertraf die Zahl der Tage, an denen ich so war, inzwischen bei weitem die Zahl der normalen Tage. An diesem Vormittag hatte ich bereits mehr als zwanzig erfolglose Anrufe getätigt, um von publicitygeilen »Experten« belang- und inhaltlose Stellungnahmen zu den heutigen Nachrichtenthemen zu bekommen. Enthalten Mädchenzeitschriften zu freizügige Darstellungen? Sorgen prominente Väter dafür, dass Vatersein plötzlich voll im Trend ist? Feiern Würstchen mit Kartoffelbrei ihr soundsovieltes Comeback? Fragezeichen nach dem Fragezeichen? Der Abgabetermin rückte näher, tick tack, tick tack, noch tausend Wörter und immer noch kein Experte.

Zu allem Überfluss stand auch noch *das Arschloch* neben meinem Schreibtisch und versuchte plump und ungeniert mit mir zu flirten, während sämtliche Kollegen teilnahmsvoll auf ihre Tastatur hinuntergrinsten. Ich blieb hart: »Nein, ich kann meine Schicht nicht tauschen und Freitagnacht arbeiten, nur weil du mal wieder Mist gebaut hast bei der

Einteilung und Claire behauptet, dass sie einen Nervenzusammenbruch erleiden wird, wenn sie das fünfte Wochenende in Folge arbeitet. Ist das etwa mein Problem?«

Halb zwei, und immer noch kein Experte.

Um zwei beschloss ich normalerweise, etwas essen zu gehen und mich anschließend bei einem kleinen Bummel durch die Einkaufsstraße auf andere Gedanken zu bringen. Dabei bestand jedoch immer die Gefahr, dass das rege Treiben und die vor Kleidern, Elektrogeräten, dampfend heißem Kaffee, Brot, Kuchen, Büchern, Computerspielen und sündhaft teuren Flachbildfernsehern überquellenden Schaufenster einen noch heftigeren Kurzschluss in meinem Gehirn auslösten und mich wieder der unwiderstehliche Drang überkam, mich auf die Straße zu legen. Was ich natürlich nie tat. Das wäre dann doch zu verrückt gewesen – ungeniert durchgeknallt, statt bloß auf friedliche, normale, durchschnittliche Weise verrückt.

Stattdessen hastete ich meist so schnell wie möglich vorwärts, zielstrebigen Schrittes, aber ohne festes Ziel, um mich irgendwann völlig verwirrt bei Boots oder Marks & Spencer wiederzufinden, wo ich ein Sandwich auszuwählen versuchte und mich fragte, ob die anderen Leute wohl auch den Wunsch verspürten, sich einen Abfallbehälter in Reichweite zu schnappen und ihn durchs nächste Schaufenster zu schleudern, einfach nur, um den Teufelskreis zu durchbrechen, um endlich etwas zu TUN! Atmen. Ein. Aus.

An diesem Tag jedoch rief mich Mike um zwanzig vor zwei an und fragte, ob ich mit ihm zu Mittag essen wolle, sein »Business Lunch« mit einem Kunden sei früher als gedacht zu Ende gewesen.

»Business Lunch?«, flötete ich mit meinem hochnäsigsten Akzent und musste augenblicklich lächeln. »Du heillos affektierter Yuppie! Bist wohl in den Achtzigern hängen geblieben, was? Ich wette, du trägst auch noch Hosenträger.«

»Die kannst du später schnalzen lassen, wenn du willst«, sagte er betont lasziv. »Jetzt komm schon. Die können mal eine Stunde auf dich verzichten. Im Gegensatz zu mir!«

Plötzlich waren meine Schritte beschwingter, während ich zu unserem Treffpunkt eilte und mir unterwegs die Haare glatt strich und in die Wangen kniff. Ich sah ihn schon von weitem grinsend aus der Menge herausragen. Er hielt ein Buch in der Hand, das er mir ausleihen wollte, sein neues Lieblingsbuch. Anscheinend hatte er seine Handschuhe vergessen, denn er sagte etwas Banales wie: »Mann, sind meine Finger kalt, richtige Eiszapfen, fühl mal!« Ich streckte also mechanisch die Hände aus, als ich vor ihm zum Stehen kam, und unsere Finger schlossen sich umeinander und um das Buch.

Eine Kehrmaschine rumpelte vorüber und sog mit kreisenden Bürsten Abfälle in ihr Inneres, während wir eine gefühlte Ewigkeit unter der Statue von Aneurin Bevan standen, dessen Messingkopf wie immer mit Möwenkot bekleckert war.

Die Straße verschwand und wurde ruhig, und mein Kopf kam zum Stillstand, und ich lächelte. Er lächelte auch. Mit einem plötzlichen Ruck war ich wieder da, zurück in meinem Körper, wieder ganz ich selbst. Zum ersten Mal seit wie langer Zeit? Seit Monaten, Jahren, Jahrzehnten, Äonen? Ich spürte, dass mein linker Schuh drückte und die Straßenkälte durch die dünner werdende Sohle kroch. Eine Haarsträhne kitzelte meine linke Wange. Meine Nase würde gleich anfangen zu laufen.

Er sagte: »Deine Haare sehen aber hübsch aus, Lizzy.«

Wir redeten nicht über Cora.

Und ich antwortete: »Danke, Mike.«

Wir redeten nicht über neulich Abend.

»Ich bin so gespannt, was du davon hältst«, schwärmte er und schwenkte das Taschenbuch. »*Eine Amerikanische Tragödie* von Theodore Dreiser. Einfach phänomenal! Starbucks?«

Ich nickte ganz leicht und sagte: »Warum nicht?« Und er wiederholte: »Ja genau, warum eigentlich nicht? Mag die Globalisierung noch so schlecht sein, was zählt, ist der Verbraucherwille!« Und ich antwortete: »Hör auf, dich über mich lustig zu machen!«

Da war er plötzlich – der Schauder, der durch jedes winzige, blonde, beinahe unsichtbare Härchen meiner Hand in meine Gliedmaßen schoss, bis zu meinem Herzen und zu einer tieferen Stelle, warm und rein, beängstigend und schuldbewusst, wunderbar.

Irgendwann zwischen dem Tag, an dem wir unsere Studentenbude verlassen hatten, blutjung und ohne seelische Narben, mit Armen voller Bücher und Poster und Beteuerungen, uns gegenseitig zu besuchen, und jenem Tag vor Gericht, bei dem ich zum ersten Mal meine Qualitäten als Reporterin unter Beweis gestellt hatte – ein grausamer Vergewaltigungsfall, bei dem Küchengeräte und Margarine im Spiel gewesen waren –, war ein Teil von mir gestorben, von dem ich gar nicht gewusst hatte, dass er krank war und dahinsiechte, dass er keuchte und schrie. Es war jener Teil von mir, den er allein mit seinem Lächeln emporgehoben hätte, hoch hinaus über die Welt.

Warum war mir nie aufgefallen, dass mein Leben nur dadurch, dass ich Mike kannte, so reich war, dass ich in der Lage war zu berühren und zu schmecken und zu riechen und zu denken und zu fühlen und zu vögeln – alles auf einmal oder nichts?

Warum habe ich mir diese Frage erst nach Jenny gestellt, als es längst viel zu spät war? Hatte es irgendwann einen Moment gegeben, an dem wir unser Schicksal hätten ändern können? An dem wir uns gegenseitig packen und mit Vollgas in die andere Richtung hätten rennen können, mit fliegenden Füßen und keuchendem Atem, über die Erde, unter der Sonne und durch alles, was dazwischen lag?

Vielleicht.

Wenn es so einen Moment gegeben hat, dann war es dieser:

An einem Wochenende, als Cora und Mike noch in Chester wohnten – ein paar Monate vor ihrer Hochzeit –, war Mike nach Cardiff gekommen, um Stevie zu besuchen. Pulp spielte in der Cardiff International Arena, und es verstand sich von selbst, dass wir Karten kauften für die Band, die den Soundtrack zu unserer Jugend geliefert hatte, zu all den Momenten, in denen wir in eigene und andere Rollen geschlüpft waren, um herauszufinden, wer wir waren.

Cora war in letzter Minute abgesprungen, weil sie sich auf einen Unterrichtsbesuch vorbereiten musste.

Nach dem Konzert torkelten Mike, Stevie und ich Arm in Arm ins Zentrum und imitierten dabei beschwingt Jarvis Cocker, indem wir mit Ellenbogen und Fingern herumfuchtelten, so gut es mit untergehakten Armen ging.

Wir waren uns einig, dass Cora eine Wahnsinnsshow verpasst hatte, und ich fügte hinzu, wie schade es doch sei, dass sie nicht auch hier sein konnte und dass es ohne sie nicht dasselbe war. In dem Moment meinten wir es wirklich so.

Mike nahm meine Hand, als wir auf Sam's Bar zusteuerten, jene längst verloren geglaubte, schäbige Spelunke, die in ihrer eigenen Zeitschleife festzustecken schien und mich an die Pubs aus meiner Heimat Rhondda erinnerte, vor denen ich normalerweise schreiend die Flucht ergriffen hätte.

Aber an diesem Abend konnten mir nicht einmal die schwankenden Frauen mit ihren zurückgekämmten, blond gefärbten Haaren, die an den Spitzen so spröde waren wie zerknittertes Seidenpapier, die Laune verderben oder die Männer in ihren zu engen T-Shirts oder karierten Hemden, mit ihren Stiernacken und dicken Oberarmen und Bierbäuchen und auffälligen Tätowierungen. In Mikes und Stevies Gegenwart amüsierte ich mich endlich einmal wieder königlich, und es warteten immer noch ein weiteres Tänzchen, noch eine weitere Runde Drinks auf uns.

Ich übernachtete bei Stevie, auf dem Feldbett in seinem Arbeitszimmer, während Mike sein Lager auf dem Sofa aufschlug.

Mit einem letzten Jack Daniel's in der Hand plauderten wir noch ein wenig über die bevorstehende Hochzeit, aber nicht allzu viel. Mike schien ganz überwältigt zu sein von den vielen Plänen und Vorbereitungen, aber vielleicht wollte er auch nicht zu viel verraten. Cora hatte es sich in den Kopf gesetzt, dass die Hochzeitsfeier eine einzige große Überraschung werden sollte, und es galt strengste Geheimhaltung, bis der große Moment gekommen war. Darauf hatte sie ihr ganzes Leben lang gewartet: die Hauptrolle zu spielen, im Mittelpunkt zu stehen. Nichts und niemand durfte ihr das verderben.

Mike und ich saßen an entgegengesetzten Enden der weichen Couch, den Rücken an die Armlehne gestützt, die Beine übergeschlagen. Unsere Socken berührten sich fast. Stevie hatte sich uns gegenüber auf dem Sessel ausgestreckt und bildete den dritten Winkel unseres Dreiecks. Wir machten uns gut als Dreieck. Lächelnd, ungezwungen und nachsichtig sprachen wir über die Hochzeit und beschworen Visionen von Satinwesten und glänzenden Roben, Salatgabeln und

Tischdekorationen herauf. Alles war gut. Alles war so, wie es sich gehörte.

Dann kam der Song. Blur. Damon Albarns Stimme im Halbdunkel, die plötzlich die Wände hinabglitt, unter unseren Füßen hindurch, zwischen die Weingläser und zur Tür hinaus, die langsam dahintrieb, während die Welt um uns herum verschwamm. *To the end.*

Der Text kam mir so persönlich vor, dass Tränen in mir aufstiegen, von deren Existenz ich gar nichts gewusst hatte. Ich schluckte sie hinunter, und meine Kehle brannte. Mike hatte sich an seinem Ende des Sofas zusammengerollt. Bis zur Hochzeit waren es nur noch drei Monate. Das Ende rückte immer näher.

Die Melodie nahm mich mit auf eine absurde, schwindelerregende Karussellfahrt durch die Zeit. Der Text schien speziell für uns geschrieben zu sein und war dabei doch so grausam, dass ich es nicht länger aushielt und Mikes Blick suchte.

»Tanz mit mir«, sagte er, als wüsste er, dass ich Nein sagen würde. Sanft streckte er die Hand mit den langen Fingern nach mir aus. Niemand außer Stevie konnte uns sehen. Es schien ausnahmsweise einmal nur um unsere eigenen Bedürfnisse zu gehen.

Keiner von uns sagte etwas. Wir, die wir sonst so viele Wörter aus so vielen Jahrhunderten teilten, Wörter, die für Cora unerreichbar blieben, die sie nicht verstand, brauchten in diesem Moment keine Worte. Ich stand auf.

Er war so warm, so anders als jeder andere, den ich kannte. Sein Duft stieg mir in jede Pore, drang durch den weichen Stoff seines Hemdes. Ich fühlte mich zwergenhaft klein in seiner großen, breitschultrigen Gegenwart, neben seinem kantigen Körper. Sicher und beschützt. Meine Wange reichte ihm gerade bis zur Schulter, was mich überraschte. Von weitem wirkte er meist gar nicht so groß. Ganz langsam bewegten sich unsere Füße zur anschwellenden und wieder abfallenden Melodie, in immer kleineren Kreisen, als tanzten wir im Lichtkegel eines Schweinwerfers, der schrumpfte und schrumpfte, bis wir schließlich stehen blieben, um nicht endgültig ineinander zu verschwinden.

Mit der einen Hand umklammerte er meine Taille, die andere lag so fest an meinem Hals, dass ich mir vorstellte, wir würden uns auflösen und in den Teppich fließen oder auf der Stelle zu einem Häufchen mehlfeinen Staubs herabrieseln. Ich wünschte mir zu ersticken, um nie wieder etwas anderes atmen zu müssen. Wie viel einfacher wäre das gewesen! Unsere Finger verschränkten sich, öffneten und schlossen sich wieder, flatterten wie ein Schmetterling, der zwischen unseren Handflächen eingesperrt war. Er murmelte etwas. Meinen Namen, glaube ich.

Als der letzte Beat verklungen war, verharrten wir in dem Bewusstsein, dass die Tür zu jenem anderen Ort noch immer halb offen stand. Stevie war nicht mehr da.

War er das, der Moment, in dem wir alles hätten ändern können? Die Hochzeit verhindern, einen anderen Pfad einschlagen? Die Nacht beim Schopfe packen und alle, die noch folgen würden? Tickend verstrich die Ewigkeit und hallte in meinem Kopf wider. In Wirklichkeit war wohl nicht mehr als eine Minute vergangen.

Irgendwann sagte ich: »Ich gehe ins Bett.« Während wir uns noch im Arm hielten. Während ich noch sprechen konnte. Mike sagte nichts. Nach einem kurzen Moment ließ er mich los. Er ließ mich gehen.

Ich ging also und betete. Damals hätte ich behauptet, dass ich betete, er werde nicht nachkommen.

Welche Lügen sind die schlimmsten? Die, die wir anderen

erzählen? Die, die wir uns selbst erzählen? Oder die, die wir leben? Wir waren vielleicht fünf Mal in unserem Leben allein miteinander gewesen, wirklich allein, und nicht ein einziges Mal hatte ich gesagt, dass ich ihn liebte. Wir hatten also keinen Schaden angerichtet, oder? Hatten niemanden verletzt außer uns selbst?

Meine Großmutter hat immer gesagt: »Gib den Menschen zu viel Seil, und sie hängen sich daran auf.« Aber wie viel ist zu viel? Ich sehe sie vor mir, wie sie rund und gemütlich in ihrem alten, abgenutzten Sessel am Fenster sitzt, im grauen Sonntagslicht: weißes Haar, cremefarbene Strickjacke, Füße, die kaum den Boden berühren.

»Jongliere nie mit den Herzen der Menschen, Elizabeth. Das Herz, das du fallen lässt, ist höchstwahrscheinlich dein eigenes.« Aber sie war so alt. Was konnte sie mir schon von der Liebe erzählen?

Hatte ich je nachts im Dunkeln gesessen und mich gefragt, ob ich in ihn verliebt war? Nicht wirklich. So konkret hätte ich mir diese Frage früher nie gestellt. Wir steckten viel zu tief drin in der Blutbahn dessen, was wir für unser Leben hielten, um unsere Gefühle in eine Affäre münden zu lassen. Das ging nicht, ohne Venen zu verletzen und Blutungen zu verursachen, die wir nicht überlebt hätten. So schien es uns zumindest.

Habe ich je darüber nachgedacht, ihm meine Gefühle zu gestehen? Natürlich nicht. Ich wusste ja selbst kaum, was ich fühlte. Außerdem wäre mir das ungehörig vorgekommen. Dieses Wort mag bizarr wirken, weil es an steife Krägen, gestärkte Hemden und Fußknöchel denken lässt, die unter kratzigen Petticoats hervorblitzen, aber es passt. Mike gehörte Cora, und damit basta. Sie hatte auf ihm ihr Territorium abgesteckt, er war von ihr beanspruchtes Land, da war keine Stacheldrahtumzäunung oder Flagge nötig, die vor dem Hintergrund eines wechselhaften Himmels wehte. Man konnte ihn nur kurzzeitig annektieren für jene flüchtigen, seligen, verheißungsvollen Augenblicke, wenn wir in aller Öffentlichkeit die Hände ausstreckten, um die Kluft zwischen uns zu überbrücken. Überrennen und bezwingen konnte man ihn nicht. In meiner Naivität kam mir nicht in den Sinn, dass er sich vielleicht genau das wünschte.

Ich war nicht im eigentlichen Sinne eifersüchtig auf Cora. Ich könnte nie so eifersüchtig auf Cora sein, wie ich es inzwischen auf Jenny war, die Jenny aus meiner Fantasie. Weil Cora und Mike eine feste Größe innerhalb meines Universums waren. Sie gehörten zusammen, in jedem Sinne, in jedem Alter, mit allen Gesichtern. Von ihren Bettgeheimnissen konnte ich freilich nichts wissen, ihren Händen und Mündern im Dunkeln, den Seufzern und lebenslänglichen Versprechen, die sie sich dort gaben, die nur sie miteinander teilten.

Cora wiederum konnte nicht zu den auf Papier gebannten Orten intellektueller Verführung vordringen, die ich mit Mike teilte, zu den verborgenen Welten, die die Bücher, die wir so liebten, auf wundersame, unbefangene Weise zwischen dem ersten Absatz und dem letzten Satzzeichen heraufbeschworen. Diese Art der Verführung erblühte im Schmutz und Nebel des Dickens'schen London, auf den extravaganten Gartenempfängen des Grafen von Monte Christo, entlud sich im Feuerwerk vor dem großen Finale, kostete von der Intimität der Marktplätze Thomas Hardys, trieb sich zwischen Mägden, Schafen und wogenden Getreidefeldern herum. Sie zeigte sich in Sylvia Plaths schneidenden Anklagen und Dostojewskis moralischen Dilemmata, umfasste

Dylan Thomas' »hässliche, liebenswerte Stadt« ebenso wie Don Quijotes staubige Ebenen, fegte ins Herz eines Sherlock-Holmes-Krimis, erfasste Kaffeebecher und Injektionsspritzen.

Für uns war sie genauso real wie alles andere.

Und so hielt ich mit nostalgischer Zuneigung an der Vorstellung fest, die ich von Mike und mir hatte, streichelte und polierte sie von Zeit zu Zeit, hegte und pflegte sie mit unsichtbaren Händen in der Dunkelheit, wo sie sich nie verändern oder den Fragen des Tageslichts stellen musste.

Als wir in jener einzigen Nacht vor langer Zeit unsere eigenen Regeln brachen und miteinander Sex hatten oder uns liebten, oder wie auch immer man es nennen möchte, war ich zum ersten Mal sauer auf ihn. Er hatte sein übliches Muster durchbrochen, hatte mich in die Irre geführt, hatte ein unehrliches Gesicht aufgesetzt, war meinen Erwartungen nicht gerecht geworden. Indem er Cora betrogen hatte, hatte er auch mich betrogen und mein Ideal von der unangreifbaren Liebe verraten. Wenn die Liebe nicht so war, wollte ich sie nicht haben. Wenn er bei ihr nicht alles zu geben bereit war, durfte er sich auch bei mir keine Hoffnungen machen. Erst später lernte ich, dass man sich manchmal nach einer kleinen Regelverletzung sehnt. Aber da war es bereits viel zu spät.

Großbuchstaben

Ich versuche wohl nur zu erklären, warum ich beschloss, meine beste Freundin umzubringen. Wenn Cora nur damit gedroht hätte, *mich* bloßzustellen und *mir* wehzutun, hätte ich den Gedanken, der im Laufe des Winters in meinem Kopf Form angenommen hatte, bestimmt nicht ertragen. Aber sie drohte auch damit, Mike ins Verderben zu reißen, ihn mir zumindest wegzunehmen. Und uns damit ein Ende zu setzen.

Ich besaß doch ohnehin nur einen so kleinen Teil von ihm, und selbst der bestand hauptsächlich aus Erinnerungen. Ich konnte ihn nicht einfach aufgeben und so tun, als sei nichts gewesen – nicht nach allem, was passiert war.

Das wäre so gewesen, als hätte ich mir tief ins eigene Handgelenk geschnitten und wäre anschließend zur Tagesordnung übergegangen, während hinter mir eine blutige, klebrige Spur zurückblieb und mein Leben langsam erlosch.

Letztlich hatte ich sogar akzeptiert, dass Mike eine Affäre mit Jenny gehabt hatte. Oder zumindest mit ihr geschlafen hatte. Vielleicht, nur vielleicht, musste ich auch akzeptieren, dass er etwas sehr viel Schlimmeres getan hatte.

Er hatte sie nach Hause gebracht – und am nächsten Tag war sie tot gewesen. Wirklich nur ein Zufall? Das Überraschende war, dass mich das inzwischen gar nicht mehr interessierte. Cora war jetzt die Spielverderberin, nicht Mike.

Ich weiß, dass das teilweise meine Schuld war. Ich hätte ihr nicht vom Currymann erzählen dürfen. Denn mit diesem einen simplen Teilgeständnis hatte ich ihr etwas gegeben, das sie nie zuvor besessen hatte: Macht. Wie konnte ich erwarten, dass sie nicht davon Gebrauch machte? Jetzt, wo sie über dieses Wissen verfügte, zählte alles andere plötzlich nicht mehr: dass ich allgemein als hübsch galt und sie nicht, dass die Männer mir auf der Straße hinterherpfiffen und sich in Bars und Geschäften nach mir umdrehten, dass ich eine steile Karriere in einem vermeintlich aufregenden und lukrativen Beruf hinlegte, dass ich gescheit und witzig war und meine Liebe für Literatur, Theater, Kunst und Musik mit ihrem Mann teilte.

Bisher hatten diese Vorzüge den Vorteil gehabt, dass ich ganz bequem und ohne die geringste Bedrohung ihre Freundin sein konnte, dass ich sie bei Laune halten und ihr Ratschläge geben konnte, ohne dass mein Vertrauen in sie je Kratzer bekam. Welchen Grund hätte ich auch haben sollen, mich vor Cora zu fürchten?

Aber mit dem Eingeständnis meiner Schweigegeldzahlung hatte ich mich selbst mit einem Verbrechen in Verbindung gebracht, so geringfügig es auch sein mochte. Das war der Schwachpunkt, nach dem sie immer gesucht hatte, der Riss, den sie ausweiten konnte, indem sie Druck auf ihn ausübte. Ich hatte einen Mann dafür bezahlt, dass er das, was er angeblich über Jennys Tod wusste, für sich behielt. Genau genommen war das Behinderung der Justiz, dafür konnte mich die Polizei drankriegen. Ich hatte Informationen über Jennys Aufenthaltsort zurückgehalten, über ihre letzten Stunden. *Preisgekrönte Journalistin in Erpressungsskandal verwickelt.* Eine sperrige, eher unwahrscheinliche Schlagzeile, aber vielleicht eine Story wert – natürlich nur an einem ruhigen Tag.

Auf jeden Fall würde es mich meinen jetzigen Job kosten und, wichtiger noch, den Job, den ich in Aussicht hatte. DEN Job. Den Job, auf den ich gewartet und für den ich mit Stift und Papier gekämpft hatte, seit ich sechzehn war. Den Job, der mich wirklich nach vorne brachte, nach oben.

Cora hatte nämlich recht gehabt: Meine Artikel über Jenny hatten mir eine Nominierung für den walisischen Journalistenpreis der British Telecom eingebracht. Am Ende wurde ich nur Zweite, nahm in meinem schwarzen, eng anliegenden Abendkleid würdevoll lächelnd die Plakette entgegen und sonnte mich im Scheinwerferlicht. Die männlichen Medienvertreter hatten zu viel Champagner getrunken und lockerten ihre Krawatten, bevor sie mit lüsternem Blick herüberkamen, um mit mir bei Gratisgetränken an der Bar zu plaudern oder mir Visitenkarten zuzustecken und mich zu bitten, sie doch anzurufen.

Der erste Preis ging an ein gotterbärmliches kleines Wochenblatt aus dem hintersten West Wales. Für eine Story über Kleingartenkriege – ist das zu fassen? Nur weil die Geschichte auf Walisisch verfasst war und im Jahr zuvor ein Journalist von einer englischsprachigen Zeitung gewonnen hatte.

Wichtig war allein, dass mir die drei Stunden Smalltalk im Thistle Parc Hotel und eine lobende kleine Erwähnung in meiner eigenen Zeitung ein Jobangebot der BBC Wales eingebracht hatten, über deren Sendergebäude die Turmspitze der Llandaff Cathedral wie ein Traumgebilde aufragte. Fernsehnachrichten – das Tor zum gelobten Land!

Wenn ich die Autobahnüberführung im Norden der Stadt entlangfuhr, warf ich oft einen Blick hinüber zum Sendergebäude im Schatten der Kathedrale, über dessen emporragenden Antennen sich wie über einer Thomas-Hardy-

Landschaft die Wolken teilten, bis es in goldenes Sonnenlicht getaucht war. Als ich meinen Kollegen von dem Angebot erzählte, betrachteten sie mich plötzlich mit anderen Augen, voller Ehrfurcht und mit einer kriecherischen Anerkennung, die sie mir zuvor verwehrt hatten. Ich würde nicht sagen, dass sie mir Respekt entgegenbrachten – den Respekt verliert jeder Journalist, noch bevor sein erstes Jahr an der Front vorbei ist –, aber zumindest betrachteten sie mich mit Neid, geblendet vom eigenen Ehrgeiz.

Der Glanz dieser drei ikonischen Großbuchstaben, BBC, hatte auf mich abgefärbt, und sein Licht war so hell, sogar gleißend, dass es, da war ich mir sicher, alles einschmelzen und ausblenden würde, vor dem ich durch mein Studium zu fliehen versucht hatte. Die Geschichte konnte neu geschrieben werden, und mein neues Ich würde rufen: Ich hab's euch doch gesagt! Ich hab euch doch gesagt, dass ich mehr kann, dass ich eigentlich anderswo hingehöre, dass ich jemand anders sein müsste! Auch wenn niemand da war, der mir zuhörte.

Dieses neue Gefühl war viel zu süß und unentbehrlich, um es gleich wieder aufzugeben. Cora wollte es mir aus der Hand schlagen, um anschließend auf den Scherben herumzutrampeln. Ich weiß nicht, ob sie sich wirklich über die Konsequenzen im Klaren war, die es haben würde, wenn wir der Polizei erzählten, dass wir Jenny im Charlie's getroffen hatten und anschließend ohne Mike nach Hause gegangen waren. Sie musste sich darüber wohl im Klaren gewesen sein, schließlich war sie eben nicht dumm, auch wenn ich das gerne vergaß. Sie behauptete, die Geheimnistuerei nicht länger ertragen zu können, die Unwissenheit.

Sie glaubte vermutlich, dass Mike zwar sie anlügen konnte, nicht aber die Polizei. Am Ende würde alles herauskommen, und sie würde endlich ihre Antworten haben.

Das Problem war nur, dass auch ich nicht länger so leben konnte. Es machte mich fertig, nicht zu wissen, ob sie zusammenbrechen und uns alle mit in den Abgrund reißen würde, ob sie mir Mike und alles, was mir im Leben etwas bedeutete, wegnehmen würde, einfach weil sie es konnte. Um uns beide zu verletzen, obwohl sie sich selbst dadurch am meisten wehtat.

Und noch etwas zwang mich zum schnellen Handeln.

James tauchte in der Redaktion auf, um kurz hallo zu sagen und erneut sein Glück bei mir zu versuchen. Vielleicht gelang es ihm ja dieses Mal, ein Date oder gar ein Schäferstündchen abzustauben? Er wollte am Freitagabend zurück nach London, in die große, weite Welt mit all ihren Verheißungen, und bat mich, mit ihm zu kommen. Für ein Wochenende natürlich nur, nicht für ein ganzes Leben. So romantisch war er nicht. Er mochte hartnäckig sein, aber Illusionen machte er sich nicht.

Ein Teil seiner Überzeugungstaktik bestand darin, mir vertrauliche Informationen zuzustecken. Ein Tauschhandel: Informationen gegen Sex. »Owain hat eine Affäre« lautete sein erstes Angebot. Um es verlockender zu machen, legte er noch einen Cappuccino oben drauf.

»Mit Cath aus der Grafik?«

»Nein, mit Paul aus der Grafik.«

Ich brach in Gelächter aus. »Keine Chance. Nicht interessant genug.«

»Simon wird bald gefeuert, weil er seine Geschichten an die *Mail on Sunday* verkauft hat.«

»Blödsinn – die *Mail on Sunday* würde unser Zeug nicht mit der Kneifzange anfassen.«

Er seufzte. »Okay, du hast recht. Aber ich könnte dir ein echtes Geheimnis verraten, wenn du versprichst, dass du es für dich behältst. Du darfst es auf keinen Fall drucken, sonst reißen sie mir die Eier ab. Das Ganze ist Deep Background – Deep Throat sozusagen.« Er grinste vielsagend.

Ich grinste zurück. »Du hast wieder *Die Unbestechlichen* geschaut, gib's zu! Na gut, versuch's meinetwegen mit Woodward und/oder Bernstein, aber versprechen kann ich nichts.«

»Also …« Er rückte unnötig nah an mich heran, beugte sich vor und flüsterte verschwörerisch: »Gestern hat mir eine meiner Kontaktpersonen von der Polizei gesteckt, dass die Mutter von diesem Mädchen aus dem Fluss – wie hieß sie noch? Morgan – die persönlichen Gegenstände durchgegangen ist, die sie nach der Beerdigung mitgenommen hat, und dabei offensichtlich auf etwas Neues gestoßen ist.«

»Eine deiner Kontaktpersonen? Du meinst Phil, den Mann deiner Schwester, von der Kripo«, stellte ich klar, brachte aber nur ein dürftiges Lächeln zustande. Ich hatte Angst vor dem, was nun kam.

»Stimmt«, räumte er ein, »es war Phil. Deshalb darf ich auch nicht darüber reden. Marie bringt mich um. Jedenfalls hat diese Mrs Morgan um Jennys Geburtstag herum ein altes Buch ihrer Tochter durchgeblättert und dabei einen Zettel gefunden, einen Liebesbrief oder so was, bei dem es um ein Treffen mit einem Mann ging. Er wird gerade auf Fingerabdrücke untersucht. Der Zettel war unterschrieben mit …« Er machte eine dramatische Pause und kam noch dichter an mich heran, ermuntert von der Tatsache, dass ich die Luft anhielt. Zwischen uns erstreckte sich ein Ozean, in dem ich kläglich ertrank. »… dem Buchstaben M.«

Mein Herzschlag setzte aus.

»Genau, ist das nicht der Wahnsinn? Der mysteriöse Mr M.! Vielleicht heißt er aber auch M. mit Vornamen. M. – bei Anruf Mord.«

»Was stand sonst noch drauf? Auf dem Zettel, dem Brief?«

»Keine Ahnung. Nur so was wie: *Ich kann es nicht erwarten, dich zu sehen. Ich weiß, wir sollten das nicht tun, aber ich kann nicht anders.* Klingt wie ein verheirateter Mann, wenn du mich fragst. Vielleicht ist es ja der Mann aus dem Charlie's, den deine Freundin Nora erwähnt hat? Plötzlich ergibt alles einen Sinn, nicht wahr? Kleines Flittchen macht mit verheiratetem Kerl rum, und die Sache gerät außer Kontrolle. Er muss ihr irgendetwas angetan haben, warum hat er sich sonst nicht gemeldet, als die Polizei diese ganzen Aufrufe gestartet hat? Bald hast du deinen Mordfall, wirst sehen! Ich wette, eine deiner Kontaktpersonen kann dir die Sache bestätigen. Wäre doch 'ne tolle Exklusivstory für dich, Lizzy! Das sollte dir eigentlich ein paar schöne Stunden wert sein«, schloss er triumphierend.

Ich musste unbedingt weiter Desinteresse vortäuschen, durfte auf keinen Fall den Eindruck vermitteln, dass mich seine Geschichte auch nur im Entferntesten interessierte. »Vielleicht. Aber nicht heute.« Ich tätschelte seinen Arm, schob den Stuhl zurück und gab das Signal zum Ende unserer Verhandlungen, indem ich mich so aufrecht wie möglich erhob. »Schluss mit der Märchenstunde. Der mysteriöse Mr M., dass ich nicht lache! Kein Pulitzerpreis für dich, Jimmy. Und kein Fick. Aber danke für den Kaffee.«

Er lächelte liebenswürdig, weil er ohnehin nicht wirklich erwartet hatte, dass ich sein Angebot annahm. »Wie du meinst, Liz. Es ist deine Karriere. Und wieder hast du mir eiskalt das Herz gebrochen. Falls du das Material doch noch verwendest, schuldest du mir was, klar? Nächstes Mal bist du für den Kaffee zuständig. Und für die Story.«

Märchenstunde

Von wegen Märchenstunde.

Am nächsten Tag passierte etwas, das mich zum Grübeln brachte. Vielleicht war James' Version der Ereignisse doch nicht so abwegig. Plötzlich verknüpften sich mehrere Erzählstränge miteinander, und das Ergebnis war durchaus fesselnd.

Um elf Uhr vormittags kauerte ich auf der Kante eines abgenutzten Stuhls, aufmerksam beobachtet von einem hellbraunen Terrier zu meinen Füßen, und unterhielt mich mit einem älteren Ehepaar. Er hatte den Inhalator griffbereit liegen, benutzte ihn aber bisher nicht, weil es ihm in Gesellschaft vermutlich peinlich war. Sie saß in rücksichtsvoller Entfernung von ihm, aber nahe genug, um im Notfall eingreifen zu können. Verglichen mit der Schäbigkeit des altmodischen Wohnzimmers, in dem sich schwere Fünfzigerjahremöbel und geerbtes Porzellan gegen knallorangefarbene und braune Nylonstoffe der späten Siebziger behaupteten, waren die beiden auffallend adrett gekleidet und wirkten wenig bedrohlich in ihren Strickjacken, Stoffhosen und Pantoffeln.

Ich hatte einen offenen Ordner auf dem Schoß liegen und hielt sorgsam die losen Blätter fest, damit sie keinen Erdrutsch verursachten. Seite für Seite war mit einer unregelmäßigen, immer erwachsener werdenden Handschrift beschrieben, die hier und da ein wenig kursiver oder nachlässiger wurde, aber zweifelsohne von derselben Hand stammte.

»Als Kind hat sie immer irgendetwas geschrieben«, sagte der alte Mann. »Ganze Bände hat sie geschrieben, Gedichte, Geschichten über die Leute auf der Straße. Immer hat sie sich etwas ausgedacht. Einmal hat sie versucht, ein Theaterstück über das Leben nach dem Bergbauzeitalter zu schreiben, über die gesellschaftlichen Auswirkungen und so. Jugendliche, die Drogen nehmen oder in Pubs herumhängen, Sie wissen schon.«

Ja, das wusste ich nur allzu gut. Ich nickte.

»In dem Stück wurde eine Menge geflucht. Das F-Wort kam ziemlich oft vor«, warf die alte Frau ein. »Ich habe gesagt, Jenny, muss denn da wirklich so viel geflucht werden? So reden die Leute doch nicht, ständig diese unflätige Sprache! Aber sie hat gesagt, Oma, das ist keine unflätige Sprache, das ist Realismus. Da war sie ungefähr elf. Sie war ihrer Zeit immer voraus.«

Er fuhr fort: »Als sie ungefähr acht Jahre alt war, hat sie eine Geschichte über einen Jungen geschrieben, der in einen alten Grubenschacht fällt und im viktorianischen Zeitalter wieder aufwacht. Damit hat sie einen Literaturwettbewerb gewonnen. Ich habe ihr geholfen, indem ich ihr erzählt habe, wie es unten in den Gruben war. Sie hat gesagt, Opa, erzähl mir, wie es war, du warst doch dort! Ich habe gesagt, na hör mal, junge Dame, so uralt bin ich jetzt auch wieder nicht! Haha! Aber für die Geschichte hat sie einen Preis gewonnen. Vielleicht steckt sie irgendwo in dem Ordner, bei den ganzen anderen Sachen. Schauen Sie mal, die Seiten mit der kleinen Rosette drauf, ganz oben, da ungefähr.«

Er nahm einen Schokoriegel von dem Teller, den seine Frau für uns bereitgestellt hatte, und deutete damit zittrig auf den Ordner. Kekse und schmale Stücke selbstgebackenen Obstkuchens waren um eine Schokoladeneistorte drapiert, eine exotische Orchidee vor dem gediegenen Rosenmuster des Porzellans. Die Augen des Terriers folgten dem Leckerbissen, wohl in der Hoffnung, er würde herunterfallen.

Ich blätterte behutsam durch die DIN-A4-Seiten und zog ein verblichenes Papierbündel heraus, das sich steif anfühlte in der Hand und genauso vertrocknet war wie die einstmals rote Rosette, die es zierte. Der alte Mann streckte die knorrigen Finger seiner anderen Hand aus und griff nach der Vergangenheit. Seine Frau wartete diskret einen Moment lang ab, bevor sie mir das Bündel abnahm und die letzten Zentimeter zu seiner Hand überbrückte. Seinem Stolz zum Trotz und der Entschlossenheit, in Anwesenheit von Frauen nicht zu weinen, kullerten lautlos zwei dicke Tränen über seine Wangen – aus jedem Auge eine.

»Manchmal überkommt es ihn«, sagte sie entschuldigend, als wäre er taub, nicht bloß traurig. »Komm schon, Glyn, trink deinen Tee aus.« Mit einem Taschentuch, das sie aus der Tasche seiner Strickjacke zog, tupfte sie ihm wie einem Kind, das sich auf der Straße schmutzig gemacht hat, das Gesicht ab. »Sonst musst du wieder inhalieren. Willst du das?«

Er winkte ab. »Jetzt mach nicht so einen Wirbel, Vi.« Er nippte an seinem Tee und konzentrierte sich darauf, mit seiner schwarzen Lunge unter der himmelblauen Strickjacke ruhig zu atmen.

»Es tut mir leid, Mrs Morgan. Ich wollte Sie beide nicht aus der Fassung bringen.«

Ich war eigentlich nur gekommen, um bessere Fotos und ein paar menschliche Aspekte abzustauben, die dem Fall Jenny neues Leben einhauchten: Familienerinnerungen, glühende Worte, herzerwärmende Anekdoten mit der Toten in der Hauptrolle. Aber ich bereute meinen Besuch bereits. Die beiden waren so verdammt nett. Altmodische Großeltern in ihrer altmodischen Welt, die ihre altmodische Trauer mit Kuchen und Würde bekämpften.

»Machen Sie sich keine Gedanken, Liebes. Wenn wir über sie reden, bleibt sie wenigstens ein bisschen bei uns, nicht wahr?« Sie platzierte ein paar liebevolle Hundeklapse auf dem Oberschenkel ihres Mannes und dann ein paar weitere auf dem Hund. »Sie wissen doch, wie Männer sind. Immer versuchen sie, stark zu sein, bis sie irgendwann einfach in sich zusammenfallen. Sie war unsere einzige Enkeltochter, wissen Sie. Wir haben drei Enkelsöhne von unserem Sohn, die wir natürlich über alles lieben, aber sie war eben Opas kleiner Liebling.«

»Ja, das war sie. Das war sie«, schnaufte er. Der Hund bekam einen Keks.

»Ihren Vater haben wir auch schon jung verloren. War erst siebenundvierzig. Jenny war dreizehn. Lynne hat sie dann mit zurück nach Wrexham genommen, aber wir haben sie trotzdem oft gesehen – sie hat alle Schulferien und Semesterferien hier verbracht. Das muss man Lynne zugestehen: Sie war so anständig, den Kontakt nie abreißen zu lassen. Dabei hätte sie ja auch irgendwie komisch werden können, die beiden hatten nämlich eine eher durchwachsene Ehe, müssen Sie wissen. Sie hat sich hier nie besonders wohl gefühlt, aber komisch ist sie trotzdem nicht geworden. Das letzte Mal war Jenny in dem Sommer hier, als sie nach Cardiff zog und auf Wohnungssuche war. Unglaublich, dass das erst ein gutes Jahr her ist! Sie war furchtbar aufgeregt, weil es ihr erster richtiger Job war und weil sie endlich in die Großstadt ziehen würde, wie sie es sich immer gewünscht hatte. Wir haben uns natürlich Sorgen um sie gemacht, ganz allein an so einem gefährlichen Ort. Man liest ja immer diese schrecklichen Geschichten in der Zeitung, aber das wissen Sie natürlich am besten. Aber was will man machen? Man kann sie ja nicht für immer in Watte packen. Jenny kannte noch niemanden in Cardiff, aber sie sagte, sie würde bestimmt schnell Freunde finden. Außerdem sollte sie für die gleiche Firma arbeiten wie schon in Wrexham. Immerhin etwas. Wir dachten, sie wird schon zurechtkommen.«

Sie lehnte sich verschwörerisch vor und senkte die Stimme zu einem vernehmlichen Flüstern: »Ich glaube, sie hat dort unten einen Freund gehabt und wollte es nur nicht sagen. Als ob wir früher nicht unseren Spaß miteinander gehabt hätten! Aber Jenny war in dieser Hinsicht ein bisschen schüchtern und hatte es noch nicht so mit Jungs. In der Hinsicht war sie eine Spätentwicklerin.«

Plötzlich wurde sie wehmütig, und ich befürchtete schon, sie würde ebenfalls in Tränen ausbrechen, jetzt, wo ihr Mann gerade aufgehört hatte. Dann hätten wir alle zusammen geheult. Aber der Moment ging vorüber, und sie seufzte und kam dann zu dem Schluss: »Wenigstens ist sie jetzt bei ihrem Dad.«

Da war es wieder. Das Stilllegen, das Abschalten. Die Resignation der Armen und Bescheidenen. Die Entschlossenheit zu akzeptieren, dass das Leben – ihr Leben – nun mal aus Mühsal und Verlust bestand und es vermessen war, auf etwas Besseres zu hoffen. Die Entschlossenheit, eine übergeordnete Instanz zu akzeptieren, um nicht die offensichtliche Frage stellen zu müssen: Warum musste das so sein, und wer sorgte dafür, dass es so bleibt? Während des Steinkohleabbaus hielt diese Resignation jahrzehntelang ganze Gemeinden am Laufen, bis die Kirchen schließlich zugenagelt und in Sozialwohnungen umgewandelt wurden, in denen es nach Urin stank, oder in Gemeindezentren, in denen das Absatzgeklapper der Line-Dance-Kurse widerhallte. Einen Moment lang beneidete ich diese Leute um ihre Naivität und Ahnungslosigkeit.

»Haben Sie etwas dagegen, wenn ich mir ein paar Sachen in dem Ordner genauer ansehe? Nur, damit ich ein Gefühl für Jenny bekomme und besser über sie schreiben kann«, beschwatzte ich die beiden. Der klassische Türöffner für Leute wie mich, um an die privaten Hintergrundinformationen zu kommen, über die Leute wie Sie gerne lesen.

»Natürlich, Liebes. Ach ja: Wir haben auch noch einen ganzen Stapel Kisten von ihr im Gästezimmer, falls Sie einen Blick hineinwerfen wollen. Ich glaube, da sind noch mehr Aufsätze von ihr drin. Die stehen schon seit Jahren dort.«

Normalerweise hätte ich dankend abgelehnt. Was für einen Sinn hat es, Kisten mit fünfzehn Jahre altem Krempel zu durchwühlen, wenn man bereits die Fotos hat, für die man gekommen ist? Aber sie war so stolz und glücklich darüber, dass sich noch jemand dafür interessierte, dass ich es nicht übers Herz brachte, ihr zu sagen, dass sicher nichts davon in der Zeitung erscheinen würde. Außerdem wollte ein Teil von mir unbedingt sehen, wo und wie Jenny aufgewachsen war, um ihrem Geheimnis auf die Spur zu kommen und etwas zu sehen, das auch Mike gesehen haben musste.

»In den Kisten sind auch andere Sachen. Sie wollte sie holen, sobald sie sich in ihrer neuen Wohnung eingerichtet hatte, aber … dazu ist es nie gekommen. Sie ist nie wieder hergekommen.«

Sein Kinn zitterte. Eine weitere Träne tropfte auf seine Strickjacke.

»Gehen Sie ruhig hoch, mein Kind. Das Zimmer ganz hinten. Ich komme gleich nach. Ich glaube, er braucht sein Inhaliergerät«, raunt sie, wenngleich recht laut. »Geben Sie uns ein paar Minuten Zeit.«

In der Abstellkammer am Ende des Flurs riecht es nach Damenparfum. Ich finde nur den üblichen Plunder: Kuscheltiere, mehrere Handtaschen, ein Paar Winterstiefel, Küchenaufbewahrungsbehälter in verschiedenen Größen, einen Wok. Relikte aus der Studienzeit. Und Bücher. Die ganz normale Literaturstudentenkost, billige, farbenfrohe Taschenbuchausgaben von Klassikern, eine Arden-Shakespeare-Sammelausgabe, eine Norton-Anthologie. Und dort, ganz oben auf der Kiste, liegt eine zerknitterte Ausgabe von T. S. Eliots *Gesammelte Gedichte*.

Ich lächle unwillkürlich, und eine flüchtige Erinnerung bringt mich dazu, den Band in die Hand zu nehmen, übers knisternde Deckblatt zu streichen und die zerfledderten Seiten durchzublättern. Dann fällt mir der Eliot-Band mit dem Füllfederhalter und den unterstrichenen Versen ein, den ich in Jennys Wohnung gesehen habe. Diese Ausgabe ist viel älter und abgenutzter, aber ein finsterer Instinkt veranlasst mich dazu, sie dort aufzuschlagen, wo sie von ganz allein auseinanderfällt. In der Doppelseite, auf der *J. Alfred Prufrocks Liebesgesang* beginnt, steckt eine Postkarte, die eselsohrige Abbildung eines Monet aus dem National Museum in Cardiff. Die verschwommenen Farbkleckse eines seiner Seerosenteiche sind unverkennbar.

Ich starre lange auf die Postkarte, bevor ich es wage, sie umzudrehen, aus Angst vor dem, was ich auf der Rückseite finden werde. Dort stehen folgende Zeilen:

Worte in Ritzen und Falten
erfüllen unsere innere Leere,
die offenen Jahre des Schweigens,
die versprochenen Geschichten;
sie entwirren die Wahrheiten,

packen sie mit den Zähnen,
krümmen sie mit den Fingern, bevor sie windwärts fliegen.
Mit unseren gestohlenen Stimmen stehlen wir das Ende,
schon wieder.

Ich streiche mit den Fingern über die Worte und vermeine ihr Murmeln zu hören, während ich gegen die aufsteigenden Tränen ankämpfe. Es sind meine Worte, der Versuch einer Neunzehnjährigen, etwas poetisch Tiefgründiges zu verfassen. Der Kreis schließt sich. Ich halte plötzlich wieder meine Vergangenheit in der Hand, in einem fremden Gästezimmer, Meilen und Jahre von Zuhause entfernt.

Dieses Gedicht hatte ich an einem sonnengesprenkelten Nachmittag auf den Rand meines Ringbuchs gekritzelt, in der Unibibliothek, wo ich eigentlich für Lyrik Teil I hatte büffeln wollen, obwohl meine Gedanken die ganze Zeit um das Gespräch kreisten, das Mike und ich eine Stunde zuvor im Wohnheim über Eliots »Meergewölbe« geführt hatten, während Cora Kartoffeln pellte.

Ich hatte diese Zeilen nie jemandem gezeigt. Das wäre mir peinlich gewesen. Aber ich hatte Mike oft Bücher geliehen, genau wie er mir. Bücher waren die Währung unserer offen eingestandenen Zuneigung und unserer unbewussten Lügen, sie wechselten wöchentlich, manchmal täglich, zwischen uns hin und her. Es war, als würde man Wasser auf ausgedörrtes Land gießen, das nie genug davon bekam. Am unteren Rand der Postkarte hatte eine andere Handschrift – nicht meine, auch nicht Mikes – ergänzt: »verfasst von Michael Matthews«.

»Eins ihrer Gedichte«, sagt Mrs Morgan, die keuchend hinter mir aufgetaucht ist und im Türrahmen nach Luft schnappt, während sie den Rücken durchdrückt und sich mit den knochigen Fäusten die schmerzenden Gelenke reibt. »Ich wette, es ist ein trauriges Gedicht.« Sie blinzelt auf die Schrift hinab, sieht aber nichts ohne ihre Brille.

»Sie hat so viel geschrieben. Lauter traurige Sachen. Natürlich habe ich nicht immer alles begriffen. Bisschen zu literarisch für jemanden wie mich.«

»Das verstehe ich«, sage ich. Sie sieht gut genug, um das Glitzern in meinen Augen zu bemerken, aber sie glaubt, die Tränen würden ihrer toten Enkelin gelten.

»Warum behalten Sie das Buch nicht einfach?«, fragt sie und greift mit ihrer plumpen, runzligen Hand nach meiner und drückt sie.

»Seltsam, aber irgendwie glaube ich, dass Sie beide Freundinnen geworden wären, wenn Sie sich in der Stadt begegnet wären. Jenny hätte auch gerne ihr Geld mit Schreiben verdient. Sie konnte wirklich gut mit Wörtern umgehen. Und sie liebte Bücher, genau wie Sie. Komisch, Sie sind überhaupt nicht so, wie ich mir eine Journalistin vorgestellt hätte. Ich will nicht sagen, dass Sie wie jemand aus den Tälern klingen, aber die Art, wie Sie vorhin gesprochen haben … Sie kommen eigentlich auch nicht aus der Stadt, oder?«

Ich scheine vollkommen transparent zu sein. Auch ohne Brille hat sie einen Blick auf mich erhascht, hat mich durchschaut. Aber sie hat nicht alles gesehen. Ich nicke.

»Sehen Sie, ich hatte recht! Menschen, die nett und bodenständig sind, erkennt man einfach. Schauen Sie sich in aller Ruhe um. Möchten Sie noch einen Tee?«

Eine Stunde später entlässt sie mich mit einem Stück Obstkuchen in einer Papierserviette, einem Foto der vierjährigen Jenny auf einem Schaukelpferd und einem traurigen Gedicht, das Jenny geschrieben hat, als sie zwölf war. Sie winkt von der Haustür, bis ich außer Sichtweite bin.

In meiner Tasche brennt das Buch, das sie mir geschenkt hat, ein dunkles Loch in den Nachmittag.

Auf einer Bergkuppe zwischen zwei Tälern lenkte ich das Redaktionsauto auf den Grünstreifen, hielt an und zog das Buch heraus. Ich nahm die Postkarte, riss sie in Fetzen und warf sie in den tobenden Wind hinaus. Ich wollte den Beweis zerstören, dass Mike und Jenny sich je begegnet waren, das Bild von Jenny auslöschen, wie sie einen Stift nahm und ehrerbietig Mikes Namen unter die Zeilen schrieb, die sie für seine eigenen hielt – die Zeilen, die vielleicht schuld daran waren, dass sie sich in ihn verliebt hatte.

War es wirklich so wichtig, dass Mike ihr das Buch gegeben hatte? Ja, es war wichtig.

Der Gedanke, was das Buch ihm vielleicht bedeutet hatte, was *sie* ihm vielleicht bedeutet hatte, ließ mir keine Ruhe. Der Gedanke, dass er sie aufgeklappt hatte wie ein Buch, sie Seite für Seite erobert hatte, mithilfe eines bewährten Rezepts, eines vertrauten Ablaufs. Der neue Romananfang, den sie für ihn darstellte, war Teil einer bereits erzählten Geschichte, die nun auf andere Weise neu erzählt wurde, so dass wir – so dass er – nicht wussten, wie sie enden würde. Vielleicht hatte diese Geschichte in Wrexham begonnen, um dann in Cardiff fortgeschrieben zu werden, Nacht für Nacht, im Dunkeln, zwischen den Zeilen, an einem Ort, zu dem Cora und ich keinen Zugang hatten.

Ich hatte eine Ahnung von der Sehnsucht in dieser Geschichte – und von der Dunkelheit und Stille und Ewigkeit. Die Verheißung zweier Welten in einer einzigen. In einem Wort: Jenny.

Ich saß lange dort im Auto. Aus der Ferne leuchteten die grellbunt gestrichenen Häuserreihen zu mir herauf, und die frostweißen Bäume erstreckten sich bis zu den Bergkuppen, unter deren winterlich bestäubter Oberfläche Staub und Ruß und Armut und vergessene Versprechen lauerten. In der tief stehenden Sonne glitzerten die Zweige und Büsche, schön wie auf einer Postkarte, lebendig und besinnlich wie die Choräle, die einst sonntagmorgens über die Landschaft geschallt haben mussten.

Trotz all der Schönheit spürte ich nichts außer der Unvermeidbarkeit des nahenden Winters. Durch meine Tränen hindurch glaubte ich einen schwachen Geruch nach Verwesung wahrzunehmen. Dieses Mal weinte ich wirklich um Jenny und um ein Mädchen, das vor langer Zeit ihre Hoffnungen und Träume geteilt hatte. Und ihre Liebe.

Methodenlehre

Auf der Fahrt zurück in die Redaktion dachte ich an die Ohrfeige in Coras Küche, an den Gedichtband und die Postkarte, an das Tagebuch, das der Polizei in die Hände gefallen war, an den mit M. unterschriebenen Liebesbrief, an den Rest meines Lebens und die Frage, ob es Mike darin noch geben würde oder nicht. Und entwarf einen Plan.

Er war nicht besonders ausgeklügelt. Andererseits wusste ich aus Erfahrung (wenn auch nur als beobachtende Reporterin): Je komplizierter man ein Verbrechen gestaltet, desto mehr kann schiefgehen – und desto wahrscheinlicher ist es, dass man auf Seite eins bis drei der Zeitung landet.

Es war nicht direkt so, dass ich mich hinsetzte und schriftlich das Vorhaben ausarbeitete, meine beste Freundin zu ermorden. Es war eher so, dass ich in jedem freien Moment mit dem Gedanken spielte, ihn hin und her drehte wie einen Zauberwürfel, den man immer wieder frustriert in die Ecke wirft und dann doch wieder hervorholt. Quälend vertrackt und unmöglich zu lösen. Aber vielleicht kam mir ja der Zufall zu Hilfe.

Ein Wort von Cora hätte inzwischen genügt, um den Zusammenhang zwischen dem Tagebuch und dem Brief, den Fingerabdrücken und dem Anfangsbuchstaben und allen anderen Indizien, die die Polizei noch unter Verschluss halten mochte, herzustellen und sie zu einem Pfeil zu ordnen, der geradewegs auf Mike zeigte. Vielleicht sogar zu Recht.

Ich musste handeln, ein für alle Mal – um zu schützen, was ich mir wünschte und was ich liebte.

Anfangs spielte ich mit dem Gedanken, Cora irgendwo herunterzustoßen, von einem Bahngleis oder einem Balkon oder einer Galerie, wie der im Einkaufszentrum. Das erschien mir am einfachsten. Aber heutzutage sind ja überall Überwachungskameras installiert, die einen aus dunklen, teilnahmslosen Augen beobachteten, und ich war nicht unbedingt scharf darauf, als ungelöster Fall bei der Sendung *Crimewatch* zu landen.

Während ich in der Mittagspause mein Sandwich verdrückte oder auf der Treppe des Gerichtsgebäudes herumtrödelte, dachte ich träge darüber nach, welcher Ort sich für meinen Plan eignen würde. Er musste betriebsam und voller Menschen sein, die mit sich selbst beschäftigt waren und dennoch das ideale Publikum für das Nachspiel abgaben.

Letztendlich musste ich jeden Ort aus diesem oder jenem Grund wieder verwerfen. Hinzu kam, dass ich keine Ärztin war. Ich hatte keine Ahnung, wie tief ein Sturz sein musste, um tödliche Folgen zu haben. Ich wollte auf keinen Fall, dass Cora als Krüppel oder Märtyrerin überlebte. So ein Monster war ich dann doch nicht. Wenn ich ehrlich war, hatte ich ohnehin Zweifel daran, dass ich im entscheidenden Moment den nötigen Mut aufbringen würde. Schließlich musste ich bis zur allerletzten Minute so normal wie möglich wirken, damit sie keinen Verdacht schöpfte, um ihr dann genau im richtigen Augenblick einen ausreichend heftigen Stoß zu versetzen.

Und das konnte schwierig werden. Außerdem war sie immer noch meine Freundin, was es mir vielleicht erschweren würde, kühl den exakten Moment und die exakte Wucht des

Stoßes zu kalkulieren, die Fallgeschwindigkeit mithilfe von Gewicht und Fallhöhe auszurechnen. Simple Physik.

Zu aktiv durfte ich dabei nicht vorgehen. Es durfte weder Blut noch Gewalt geben. Und ein Unfall ließ sich nicht so einfach simulieren.

Ein Einbruch in ihr Haus schied aus, nicht nur, weil Mike dort sein würde, sondern auch, weil ich gar nicht gewusst hätte, wie man so etwas anstellte, ohne die ganze Straße aufzuwecken. Es gab dabei einfach zu viele unbekannte Größen und zu viele Fallstricke.

Cora musste mir entgegenkommen oder sogar aktiv beteiligt sein – und das natürlich, ohne es zu merken. Der Plan musste möglichst einfach sein, und dazu sauber, ordentlich und unverdächtig, untauglich für pikante Schlagzeilen, zu unauffällig, als dass sich ein Journalist, der sein Aufnahmegerät wert war, dafür interessierte. Dann glaubte ich, genau das Richtige gefunden zu haben.

Als ich an diesem Abend nach der Arbeit nach Hause kam, trank ich eine Flasche Wein, hörte meine Lieblings-CD und stellte fest, dass ich langsam verrückt wurde. Was war nur in mich gefahren? Hatte ich wirklich das Undenkbare gedacht? Was war los mit mir? Ich konnte das nicht tun. Wie hatte ich auch nur darüber nachdenken können?

Ich musste einen Rückzieher machen und mir eine neue Perspektive suchen. Aber die fand ich nicht in der Stadt. Also tat ich, was ich immer tue, wenn meine Festplatte heißläuft. Ich meldete mich krank, erzählte *dem Arschloch*, dass ich Frauenbeschwerden hatte, und verbrachte einen ganzen Tag damit, alte Filme zu schauen, Tee zu trinken, Toast zu essen und mein Gehirn herunterzukühlen, indem ich mit niemandem sprach und an nichts dachte.

Dann beschloss ich, nach Hause zu fahren. In mein richtiges Zuhause. Zurück in die walisischen Täler. Zurück zu mir selbst. Dort gab es einen Ort, an den ich immer schon gegangen war, wenn ich eine Entscheidung zu treffen hatte. Wenn ich wirklich nachdenken musste. Ich machte mich also auf den Weg.

Zeitreise

Der gleiche Weg wie immer: Man biegt in Porth ins Tal ab, und dann geht es fast sofort wieder bergauf. Die geplante Entlastungsstraße hat noch nicht ihre Ranken aus Asphalt und glänzendem Metall von Nord nach Süd ausgestreckt, und die alte Straße wird schnell schmaler und schlechter, was die Leute aber nicht davon abhält, mit Höchstgeschwindigkeit an zweireihig geparkten Autos und Buskolonnen vorbeizuschießen.

Die Dörfer erstrecken sich entlang der ansteigenden Straße, und hinter den steinernen, bergan geneigten Häuserreihen ragen zu beiden Seiten die Hügel auf wie drohende Flutwellen. Das Holpern und Schleifen, wenn man ein Schlagloch erwischt, das Herz, das einem in die Hose rutscht, wenn man im letzten Moment auf die Bremse tritt – das alles gehört zur Erwartungshaltung.

Man ignoriert die Jugendlichen mit ihren rasierten Köpfen und Bomberjacken und fährt immer weiter nach Norden, biegt weder links noch rechts ab, bis man sich irgendwann zu fragen beginnt, ob die Straße wohl je ein Ende nehmen wird. Die Reste uralter Waldgebiete schmiegen sich an die Berghänge, die im Herbst eine grelle Fotomontage aus gelb gewordenem Gras, leuchtend orangefarbenen Farnen und glühendem Heidekraut bilden, aus der glänzend schwarze Schieferplatten und akkurat gezackte Tannen hervorragen, die im Sommer zu rauchen scheinen und deren höchste Wipfel den Himmel streifen. Eine schöne Landschaft. Jedenfalls solange man nur einen beiläufigen, flüchtigen Blick darauf wirft.

Auf der rechten Straßenseite weichen die Häuserreihen Fabrikgebäuden, die sich im Sommer diskret hinter Laubbäumen verstecken. Ein mickriger Fluss schlängelt sich durch die Schlucht unterhalb der Straße. Früher war er schwarz, aber als die Hügel wieder grün wurden, wurde auch er wieder sauber und klar.

Hoch über dem Fluss, wo früher das Bergwerk war, kauert meine Schule, ein Siebzigerjahrebau aus quadratischen Fertigbauklötzen in Schwarz, Weiß und Grau. Er geht über drei Etagen, erstreckt sich über zwei Grundstücke und liegt genau dort, wo die Häuser enden und freien Blick auf das letzte Dorf im Tal gewähren. Dahinter geht die Sonne in der Wiege unter, die die Berge bilden.

Es war schon immer eiskalt dort oben. Im Winterhalbjahr peitschten Regen und Wind um jeden Zentimeter des Gebäudes und des Schulhofs.

Aber nach dem Englischunterricht am Mittwoch wurde Hockey gespielt, und ich war ein robustes Kind, das viel an der frischen Luft war, das seine Bücher, seine Geige und seine Turnsachen bei jedem Wetter mit sich herumschleppte, das sich nur vom Fahrradfahren abhalten ließ, wenn es schneite, und das auf Pappkartons die Hänge hinunterschlitterte, wenn das Sommergras vor Trockenheit ganz rutschig war, hinein in die samtweiche Dunkelheit des Abends, bis die Mütter ihre Kinder zum Essen hereinriefen.

Cora und Mike wussten nichts von diesem Leben. Ich hatte sie nie mit nach Hause genommen. Nicht etwa weil ich mich schämte, wie ich lange geglaubt hatte, sondern weil ich mir meiner neuen Persönlichkeit nicht mehr sicher sein konnte, wenn ich hier war. In der Stadt hingegen hatte ich oft das Gefühl, den Klang meiner wahren Stimme vergessen zu haben. Zu geübt war ich inzwischen darin, sie nach Bedarf ausdruckslos, schrill oder weich klingen zu lassen.

Zu Hause hieß ich Beth, nie Lizzy. Erst Cora fing an, mich Lizzy zu nennen, und ich war froh über die Umbenennung. Beth hatte nicht viel zu bieten. Sie besaß zu wenig Selbstvertrauen, war eine Streberin, sehnte sich nach Freunden und hatte Angst davor, Teil der Welt aus Bier, Müll, Lippenstift, Rugby und Arbeitslosigkeit zu werden, die sich um sie herum ausbreitete, bis weit über die Gruben und Fabriken hinaus. Also suchte sie Erlösung in ihren Büchern und ertrank in ihnen.

Als Evans English am Tag vor ihrem vierzehnten Geburtstag ihren Stephen-King-Roman in den Papierkorb warf und sagte: »Diesen Müll solltest du nicht lesen«, begannen sich die Dinge für Beth zu ändern.

Evans English, mit seinen knapp eins sechzig und seinem strengen Blick über der schwarzen Hornbrille die perfekte Verkörperung des walisischen Schulmeisters längst vergangener Tage, verschwand daraufhin im staubigen, vollgestopften Lagerraum der Schule, wo er nicht nur Stifte und Schulhefte aufbewahrte, sondern auch seine Whiskeyflaschen. Dann tauchte er mit *Tess von den d'Urbervilles*, *Jane Eyre*, *Eine Geschichte aus zwei Städten*, *1984* und *Jahrmarkt der Eitelkeiten* wieder auf.

Von diesem Moment an boten Wörter den Zugang zu neuen Welten, ermöglichten kühne Träume, wurden zum Schutzpanzer. Vielleicht erblickte Lizzy schon damals das Licht der Welt und wartete nur noch auf den richtigen Augenblick, sich zu manifestieren.

Der Park, mein Park, lag gleich neben der Schule, unterhalb von Evans Englishs altem Klassenzimmer. Sein alter, eisig kalter See schmiegte sich in einen Hohlraum, den Eis und Wasser vor Tausenden von Jahren geformt hatten, bevor die Menschen kamen und Bergwerke gruben. An seinem Ufer ragten wachsame Bäume auf, und darunter lag tief und schwarz das Wasser, lauschend und sehnsüchtig.

Der See schien außerhalb der Zeit zu liegen. Im Gegensatz zu allem anderen veränderte er sich nicht, bis auf die Sitzbank und den Abfalleimer, die gelegentlich erneuert wurden, und die Jahreszeiten, die Baumkronen und Wasser in ihre jeweiligen Farben tauchten. Manchmal schossen Vögel aus ihren Verstecken, und ihr Gezwitscher hallte von den umliegenden Felsen wider. Dieser Ort war wunderschön und melancholisch zugleich, und in der Vergangenheit hatte ich immer wieder seine Stille gesucht.

Jedes Mal, wenn ich durch die Bäume blickte, hatte ich das Gefühl, etwas Elementares und Überirdisches um Sekunden verpasst zu haben. Es herrschte eine Atmosphäre des gerade Geschehenen, der um ein Haar miterlebten Handlung. Bei jedem Blick über die Schulter erwartete ich, bärtige Gesichter aus grauer Vorzeit zu erblicken, die mich grimmig anstarrten, und daneben Familien mit Schiebermützen auf dem Kopf und schwingenden Petticoats. Dieser See hatte unsere gesamte Geschichte gesehen, noch bevor die Gemeinde überhaupt gegründet worden war, unberührt von Mühsal und Gelächter.

Wenn er reden könnte, würde er Geschichten erzählen von düsterer, harter körperlicher Arbeit, von durch die Plackerei zerstörten Wirbelsäulen, von zerstörten Lungen, zerstörten Versprechungen, von Lebensmitteln, die man im Laden bis zum Zahltag anschreiben lassen konnte, weil man schließlich zusammenhalten musste, von gestohlenen Samstagsküssen nach der Kinovorstellung, von Chorgesängen, von Waschzyklen, die vierundzwanzig Stunden dauerten, von Klein-Moskau, vom ersten kostenlosen Grundschulwesen Großbritanniens, von Streiks und Protestmärschen, Drogen und Oralverkehr, der Einebnung von Kohlehalden, von Schuleschwänzen und häuslicher Gewalt. In beliebiger Reihenfolge.

An diesem Ort hatte ich mich selbst erschaffen, und hierher, zu meinen Anfängen, ging ich zurück, wenn ich Antworten suchte. Hier würden Beth und Lizzy gemeinsam eine Entscheidung treffen.

Als ich mich an diesem dunklen Dezembertag durch Porth und dann immer weiter hinaufschlängelte, ächzte das Tal unter der Last seiner winterlichen Schwermut. Die Häuser und Hügel wogten im Wind wie schmutzige Bettlaken, vollgesogen mit dämmrigem Grau, an den Rändern nur ungenügend mit Splittern aus Stein und braunem und schwarzem Holz befestigt. Stur hielten die struppigen Kiefern an ihrem satten Wintergrün fest.

Selbst das bunte Funkeln der Weihnachtsbeleuchtung konnte nicht über die triste Atmosphäre hinwegtäuschen. Einige Häuser nahmen dennoch den Kampf auf, mit Hunderten von Glühbirnen, Weihnachtsmännern auf Leitern, Schneemännern in Heißluftballons und riesigen, im Vorgarten grasenden Rentieren.

Es war zwar erst kurz nach drei, als ich an den beschlagenen Fensterscheiben der Schule vorbei zum See hinunterging, aber es fühlte sich an, als würde die Nacht schon entlang der Berggipfel lauern und nur darauf warten, ins Tal zu drängen.

Am Ufer hatte sich Eis gebildet, und zwei Enten und ein Erpel dümpelten träge bei den Lampenputzern am hinteren

Ende des Sees herum. Ein Mann mittleren Alters mit tief ins Gesicht gezogener roter Baseballkappe führte einen Golden Retriever spazieren. »How be?«, fragte er nickend, die hier übliche Begrüßung.

Ich setzte mich auf eine halb zerfallene Bank und mied das zersplitterte Holz an der morschen oder mutwillig kaputt getretenen Stelle. Zum Schutz vor der klammen Kälte zog ich die Jacke unter mich.

Innerhalb von Minuten war meine Lunge kalt, und mein Verstand war leer – wie ich es mir erhofft hatte.

Hier würde ich ohne die Fallstricke meiner kreisenden Gedanken, ohne den beharrlichen Bewusstseinsstrom meiner inneren Stimme eine Antwort finden und eine Entscheidung treffen. Irgendwo ganz hinten, jenseits von allem, dort, wo es wirklich darauf ankam, empfing ich ein älteres, dunkleres, reineres Signal.

Eine Weile verliere ich mich darin. Als ich wieder an die Oberfläche komme, ist es fast dunkel.

Dann passiert etwas Unerwartetes. Ich sehe Sal.

Ja, es ist Sal. Mit einem ungefähr sechsjährigen Mädchen. Und einem Kleinkind. Und einem Baby.

Ich weiß sofort, dass sie es ist, ohne jeden Zweifel. Sie trägt Jeans und einen rosa Anorak, dazu einen passenden kuscheligen Schal. Sie hat rosige Wangen und noch den gleichen Schopf roter Locken, deren Farbe sich mit ihrer Kleidung beißt. Obwohl sie knapp hundert Meter weit weg steht, bin ich mir ganz sicher. Vermutlich hat sie schon eine ganze Weile in meine Richtung geblickt. Unser Grinsen überbrückt die dreißig bis vierzig Schritte, die jede von uns zurücklegen muss, die Räder des Kinderwagens knistern auf dem nassen Boden, die Lücke zwischen uns schließt sich.

Auf einmal strecken wir unbeholfen die Hände nacheinander aus, so wie es Menschen tun, die sich mal sehr vertraut waren. Wir rufen uns beim Namen und lachen. Wie früher. In diesem Moment ist alles wieder da.

»Beth? Meine Güte! Du bist es wirklich!«

»Ja, ich bin's. Hallo, Sal. Hallo, Kinder. Du hast es ja ganz schön eilig gehabt!«

»Mensch, du siehst toll aus! Total elegant. Ich hab schon von dort drüben gedacht, dass du es bist, aber du warst wohl in Gedanken, wie immer. Ich war mir nicht sicher, ob du mich erkennst, wegen der Kinder und so.«

In Wirklichkeit meint sie wohl, dass sie nicht wusste, ob ich zurückgrüßen würde. Schließlich liegen zehn Jahre und ein Quantensprung zwischen meinem jetzigen und meinem früheren Ich.

»Jetzt red keinen Quatsch, du dumme Kuh! Natürlich wusste ich, dass du das bist! Ich war gerade auf dem Weg zu meinen Eltern, und da dachte ich, dass ich schon seit Ewigkeiten nicht mehr hier oben war …«

»Und da wolltest du unserem alten Revier mal wieder einen Besuch abstatten«, nickt sie verständnisvoll. »Hier hat sich gar nichts verändert, stimmt's?«

Ich weiche ihr aus. »Und wen haben wir da?« Ich gehe in die Knie, um das stämmige kleine Mädchen zu begrüßen, das sich an Sals Bein klammert und die gleichen roten Locken hat.

»Das ist Lauren«, stellt Sal vor und setzt sich das kleine Mädchen auf die Hüfte. »Und das ist Catherine. Und das hier«, gurrt sie in den Kinderwagen, »ist Elizabeth.«

»Schöner Name.«

»Ja, auch mein zweiter Vorname.«

»Ich weiß. Bist du noch mit Darren …?«

»Klar. Er arbeitet jetzt für die Gemeinde. IT. Ich selbst hab immer noch keine Ahnung von dem Kram.«

Wir lächeln uns ungezwungen an. Ich traue mich nicht zu fragen, ob sie immer noch Cello spielt. Ob sie wohl je Arbeit als Musiklehrerin gefunden hat?

»Und was treibst du jetzt so?« Diese Frage erscheint mir neutral genug.

»Mit den dreien bleibt mir leider nicht mehr viel Zeit für mich. Mein Referendariat habe ich noch angefangen. Du weißt ja sicher noch, dass ich Musik unterrichten wollte? Aber dann kam Catherine ... Aber dich hab ich in der Zeitung gesehen! Du hast es echt zu was gebracht, Beth. Ich wusste, dass du es schaffst. Du hast uns alle hinter dir gelassen, genau wie ich es immer vorhergesagt habe. Übrigens, mir hat da neulich jemand von dieser neuen Internetplattform erzählt, Facebook. Das ist diese Website, auf der man ein bisschen was von sich selbst ins Netz stellen und nach alten Schulfreunden suchen kann. Da sind echt viele Leute angemeldet. Ich hab mir gedacht, dass ich mich vielleicht auch dort anmelde, wenn Darren mir zeigt, wie es geht. Vielleicht wäre es mal an der Zeit für ein Klassentreffen, meinst du nicht? Zehn Jahre! Mein Gott, du siehst nicht einen Tag älter aus. Hast du deine Seele dem Teufel verkauft, oder was? Oder hängt bei deiner Mutter ein Gemälde auf dem Dachboden, das an deiner statt altert? Ich frage mich, wie die anderen so aussehen. Dicker wahrscheinlich. Die meisten sind natürlich sowieso in der Gegend geblieben, aber ich meine Leute wie dich ...« Sie bricht ab, als ihr einfällt, dass es davon nicht viele gibt.

Ich lächle sie an und schüttele leicht den Kopf. »Ich glaube nicht, Sal. Ich wüsste gar nicht, was ich mit den Leuten reden sollte.«

»Nein, du hast ja recht. Hat wohl wenig Sinn. Sollen wir ein Stück zusammen gehen? Viel zu kalt, um hier herumzustehen.«

Wir gehen also los, und sie erzählt von den Kindern und fragt mich über die Zeitung aus und will wissen, ob ich einen Freund habe, und berichtet, wie es den Leuten von früher ergangen ist: Lucy Fisher hat drei Kinder bekommen, von denen eins schon elf ist, Tony Nichols sitzt wegen Autodiebstahls im Gefängnis, Dan Andrews ist vor vier Jahren an einer Überdosis gestorben, Nadine Baker arbeitet im Süßwarenladen, Susan Earland führt die Bäckerei, Darren Davies unterrichtet Erdkunde an der Gesamtschule, und die Mutter von Paul Peter hatte letztes Jahr einen Schlaganfall, erkennt niemanden mehr und kann nicht mehr sprechen. Wir reden auch ein bisschen darüber, wie wir früher waren, aber nicht zu viel. Sal wirkt wirklich zufrieden mit ihrem Leben, sie vergöttert ihre Kinder und lächelt viel und ähnelt sehr der alten Sal, die ich von früher kenne.

Wer bin ich außerdem, mir ein Urteil über sie zu erlauben?

Als wir am Tor ankommen, trennen sich unsere Wege, und wir greifen wieder nach den Händen der anderen und umarmen uns schließlich.

»Es war wirklich schön, dich mal wieder zu sehen, Beth.«

»Geht mir genauso. Wirklich«, sage ich, und ein Teil von mir meint es auch so.

»Wir müssen unbedingt irgendwann mal was zusammen trinken gehen oder so, wir beide. An Weihnachten vielleicht. Im Gemeindehaus findet eine Party statt, wie jedes Jahr. Wie in alten Zeiten. Mit Disco und Tombola.«

»Ja, klar. Machen wir. Ich ruf dich an«, sage ich und weiß, dass es tatsächlich genau wie früher wäre und ich genau aus diesem Grund nicht anrufen werde.

Als ich mich umdrehe, hallen ihre Worte in mir nach. »Du hast es wirklich weit gebracht, Beth. Hast uns alle hinter dir gelassen.« Während ich davongehe, laufen mir Tränen übers Gesicht.

Ich gehe nicht nach Hause, sondern fahre direkt zurück in die Stadt. Weg von dem Leben, gegen das ich mich entschieden habe. Weil ich jetzt wieder weiß, warum. Ich habe eine Entscheidung getroffen.

Nach dem Einkaufszentrum

Der nächste Tag war der 21. Dezember, und Cora und ich erledigten gemeinsam unsere Weihnachtseinkäufe. Wir gingen in die Spielzeugabteilung und bummelten zwischen Teddys mit glänzenden, wachsamen Augen herum.

Danach erzählte sie mir bei einer Tasse Kaffee ruhig und gefasst, mit mehr Selbstbeherrschung, als sie seit langem gezeigt hatte, dass sie das Richtige tun würde.

Mike war auf einer Fortbildung und würde erst spät in der Nacht oder früh am nächsten Morgen aus Leeds zurückkehren. Ich wusste also, dass Cora allein zu Hause war und sich vermutlich betrinken würde, und ich wusste auch, wo der Ersatzschlüssel versteckt war: in einem winzigen Plastikumschlag zwischen Innen- und Übertopf der Magnolie.

»Also gut, Cora«, sagte ich müde, aber großmütig. »Wir warten, bis Mike morgen nach Hause kommt, und gehen dann alle zusammen zur Polizei und machen reinen Tisch.« Sie starrte mich an und schien eine Weile zu brauchen, bis sie meine Worte verarbeitet hatte. »Wir gehen zur Wache und erzählen der Polizei alles. Was auch passiert, wir machen es zusammen. Zusammen können wir das durchstehen.«

Sie glaubte mir, müssen Sie wissen. Das Wort »zusammen« gab den entscheidenden Ausschlag. Ich griff nach ihrer Hand und lächelte mein einstudiertes Lächeln, das beruhigend und aufrichtig wirken sollte. Ich setze es meist am Ende von Interviews ein, um dem Gesprächspartner zu suggerieren: Natürlich gehe ich verantwortungsvoll mit Ihren Informationen um, Sie können mir vertrauen, ich bin Journalistin. Cora sah so erleichtert aus, dass sie mir tatsächlich leidtat. Mit Wehmut betrachtete ich das, was aus ihr und aus uns allen geworden war. Und das, was nicht aus uns geworden war.

»Meinst du wirklich, Lizzy? Glaubst du, wir können das schaffen? Würdest du das wirklich tun?«

»Natürlich. Ich kann es nicht mehr ertragen, dich so zu sehen, Cora. So unglücklich. Das muss endlich aufhören. Morgen früh reden wir mit Mike. Was für Folgen es auch haben wird, zumindest bekommst du dann endlich deine Antworten.«

Sie stürzte sich über den Tisch, dass die Tassen wackelten und der Cappuccino herausschwappte, und schlang ihre Arme um meinen Hals und umarmte mich fest. Wäre ich an diesem Punkt noch zu irgendeinem menschlichen Gefühl in der Lage gewesen, wäre mir dabei vielleicht nicht nur die Luft weggeblieben, sondern auch die Kraft abhandengekommen, die ich für mein Vorhaben brauchte. Vielleicht wäre sie einfach nach draußen in den wirbelnden Schnee und den Schneematsch geschlüpft, der sich in Straßen und Rinnsteinen festgesetzt hatte, um dort zu verebben. Dann wäre alles anders gekommen.

Aber ich war längst über derartige Gefühle hinaus. Im punktgenauen Lichtstrahl dieses Moments war ich vollkommen leer geworden und ruhig, unendlich ruhig.

»Na, komm«, sagte ich und löste mich sanft aus ihrer Umklammerung. »Lass uns ins Old Orleans weiterziehen und Cocktails trinken, so wie früher, diese Weihnachtscocktails mit Sahnecreme, die dir immer so gut geschmeckt haben. Und danach schauen wir uns einen blödsinnigen Film im

Kino an. Irgendwas wird schon laufen. Das haben wir schon viel zu lange nicht mehr gemacht.«

Genau das taten wir. Cora wirkte weiter unendlich erleichtert und nahm auf der Straße lächelnd meine Hand und trällerte Weihnachtslieder, während sie ihren Cocktail schlürfte. So habe ich sie in Erinnerung: wie sie den Kopf zurückwirft und unmelodisch *Stop the Cavalry* von Jona Lewie mitjault. Ihre Augen glänzten immer noch ein wenig zu sehr, aber auf dem Weg zum neuen Multiplex-Kino lachten und kicherten wir wie Schulmädchen.

In der Dunkelheit des Kinosaals, wo sich das Flackern der Leinwand in ihren beschwipsten, weinseligen, lachenden Augen spiegelte, war ich mir ihrer Nähe schmerzhaft bewusst. Unbeholfen tastete ihre Hand nach meiner, legte sich auf mein Handgelenk und drückte es kurz, als Zeichen ihrer Dankbarkeit und Zuneigung.

Dann fuhr ich sie nach Hause, wo wir noch ein paar Geschenke einpackten. In einem See aus glänzenden Papierschnipseln und abgeschnittenen Bändern knieten wir auf dem Boden und verschönerten die Päckchen mit den Schleifchen und Zierbändern, die Cora gekauft hatte. Der letzte Feinschliff.

Während wir über vergangene Weihnachtsfeste und Geschenke plauderten, füllte ich ihr immer wieder das Glas.

»Jetzt wird alles gut, Lizzy, jetzt wird alles wieder gut«, lallte sie. »Alles wird aufgedeckt, und dann wissen wir endlich über alles Bescheid.«

Um sechs winkte sie mir mit glasig schimmernden Augen hinterher, und der Abend war bereits dunkler, als ich ihn je zuvor gesehen hatte. Ich fuhr nach Hause, um den richtigen Zeitpunkt abzuwarten.

Unterwegs legte ich einen Boxenstopp bei dem winzigen

Tesco Metro ein und war gegen halb zehn wieder in Coras Nachbarschaft. Ich parkte in einer Seitenstraße. Auf dem Weg zur Tür verdeckten Wollmütze und Schal mein Gesicht. Das nasse, metallische Knirschen des Schneematsches, der in der Nachtkälte langsam zu Eis gefror, war das einzige wahrnehmbare Geräusch.

Bis auf das Küchenlicht im hinteren Teil des Hauses, das durch den Flur nach vorne leuchtete, waren alle Lichter gelöscht. Auf der Straße war niemand zu sehen. Durch die Fenster der Nachbarn sah ich hell erleuchtete Christbäume und Neonschriftzüge. Als ich wie erwartet keine Antwort auf mein leises Klopfen erhielt, schloss ich mir selbst die Tür auf. Mein Herz war erstarrt wie die schlummernde Straße und pochte kaum noch, auch mein Atem war kaum noch zu sehen. Wenn Cora noch wach war, würde mir die Einkaufstüte, die ich hinter der Tür im Flur hatte stehen lassen, als Vorwand dienen.

Als alles still blieb, ging ich, meine schwere Schultertasche fest umklammert, die Treppe hoch und rief leise in jedes Zimmer hinein. Zuletzt blieb ich im dunklen Flur vor dem Badezimmer stehen und öffnete die Tür.

Ich sehe das Blut heute noch vor mir, in dem Traum, der mich immer wieder heimsucht.

Es sammelt sich auf dem Boden, fließt mir über Hände und Kleidung, die Treppe hinunter und über den glatten Boden im Flur, es ergießt sich übers Treppengeländer, besprenkelt die Wände, durchtränkt den Teppich, befeuchtet die Luft.

Obwohl Cora tot ist, versuche ich verzweifelt davonzukrabbeln, um ihrem leeren und dennoch anklagenden Blick zu entgehen. Je mehr ich mich in den zweiten Stock hinaufzuschleppen bemühe, desto mehr rutsche ich und verliere den Halt und desto schneller rutschen meine Hände und Schuhe Stufe für Stufe wieder herunter.

In Wahrheit war da gar nicht so viel Blut. Das meiste war in der Badewanne, und selbst dort war schon fast alles durch den Abfluss verschwunden.

Sie war mir zuvorgekommen und hatte sich die Pulsadern aufgeschlitzt.

Als ich die Badezimmertür öffnete und sie vor mir sah, schwebte für eine Sekunde, die so langsam verstrich wie ein Sonntag im Winter, der Gedanke in der Luft, mich einfach davonzumachen. Ich konnte rückwärts das Badezimmer verlassen, still und leise den Flur entlanggehen, zur Eingangstür hinaustreten und im Rückwärtsgang zurück durch die gepflegte Straße zu meinem Auto gehen, um in den späten Abend davonzufahren. Ein simpler Zeitreisetrick.

Der Gedanke schwebte sanft auf die roten viktorianischen Ziegeldächer zu, wie eine Schneeflocke, die alle Zeit der Welt hat, aber zerfällt, wenn man sie berührt. Das hier war genau das, was ich gewollt hatte. Ich musste meinen Plan gar nicht mehr durchführen. Ich konnte einfach abhauen, und alles würde anders sein. Cora würde davongleiten. Gähnend breitete sich die Zukunft vor mir aus, eine unermessliche, dunkle Fläche zwischen Boden und scharlachrotem Badewannenrand.

Aber ich bewegte mich vorwärts.

Ich weiß nicht, ob sie gestorben wäre, wenn ich keinen Krankenwagen gerufen hätte. Vermutlich erst sehr viel später, und es war mehr als wahrscheinlich, dass Mike es vorher nach Hause geschafft hätte.

Dafür, dass sie ein derart scharfes, boshaft glänzendes Küchenmesser benutzt hatte, waren die Schnittwunden äußerst halbherzig ausgeführt worden. Bei Cora gab es keine von harten Kartoffel- oder Apfelschalen stumpf gewordenen Klingen. Das Messer war nagelneu und erschreckend scharf. Vermutlich hatte sie nicht nur Schmerzen vermeiden wollen, sondern auch befürchtet, die mikroskopisch kleinen Unebenheiten eines alten Messers würden voller Keime stecken.

Ich erinnerte mich noch, wie wir das Messer gekauft hatten, als Teil eines vierteiligen Sets, das ein schottischer Handelsvertreter in einem Kaufhaus in Swansea angeboten hatte. Angeblich konnte man mit einem solchen Messer eine Konservenbüchse durchschneiden, was der Vertreter prompt demonstriert hatte, neben vielen anderen faszinierenden Tricks. So hatte er beispielsweise vor den Augen des gelangweilten, unruhiger werdenden Publikums eine Fleischtomate hochgeworfen und sie in der Luft in zwei saubere Hälften geschnitten. Cora hatte wie gelähmt dagestanden und mich überredet, das Set mit ihr zusammen zu kaufen.

Sie hatte das Filetiermesser behalten, weil Fleisch bei mir offen gestanden nur aus der Tiefkühltruhe oder als paniertes Schnitzel auf den Tisch kommt und mir nie auch nur im Traum einfallen würde, etwas zu filetieren. Ich hatte ein Gemüsemesser in die Küchenschublade geworfen und war dann dazu übergegangen, das Brotmesser an diversen harten Gegenständen auszuprobieren, um zu sehen, ob es wirklich mit der versprochenen Präzision schnitt.

Es war eins der beiden Gemüsemesser, das neben ihrem stoßweise blutenden linken Handgelenk in der Badewanne lag. Das Fenster stand offen, und es war so kalt im Bad, dass ich meinen und Coras Atem sehen konnte. Meiner war steif und scharf wie der eines schnaubenden Drachens, während Coras Atem mehr wie Mehlstaub aussah, der nach einem Niesen aufgewirbelt wird und sich dann wieder setzt.

Am Rand der Badewanne kroch eine kleine Spur Erbrochenes über die Emaille. Bestimmt hatte Cora beim Anblick ihres eigenen Bluts gewürgt, nachdem sie sich die Schnitte zugefügt hatte. Sie gab ein mitleiderregendes Bild ab, wie sie da leicht zurückgelehnt und ohne Wasser in der Wanne lag. Gleichzeitig war ich beeindruckt, weil sie es wirklich durchgezogen hatte. Es war das Entscheidungsfreudigste, was sie je getan hatte.

Sie war nicht nackt, sondern trug einen Push-up-BH aus hochwertiger roter Seide mit passendem züchtigem Slip. Nichts Nuttiges. Wahrscheinlich hatte ihr Mike dieses Ensemble für einen ihrer zahlreichen besonderen Anlässe gekauft.

Sie begann zu weinen, als sie mich sah. Es dauerte eine Weile, bis ich merkte, dass sie die Augen geöffnet hatte und mich ansah. Tränen strömten ihr übers Gesicht, das derart gezeichnet war von Kummer und Selbstekel, dass ich mich am liebsten umgedreht hätte und davongerannt wäre. Zumindest glaube ich, dass es Selbstekel war.

»Warum du?« war alles, was sie sagte.

Ich dachte, sie meinte, warum ausgerechnet ich sie so finden musste. Vermutlich hatte sie geplant, dass Mike sie bei seiner Rückkehr finden würde, kalt, gepeinigt und blau angelaufen, mit schwarzem Blut, ein Negativ ihrer selbst in Seide und Aufopferung.

Ich zog ein Handtuch von der Handtuchleiste neben der Tür und bedeckte damit sanft ihre rotweiße Gestalt, ohne zu merken, dass auch mir die Tränen übers Gesicht liefen.

Dann schob ich einen Arm unter ihre eiskalten Schultern, wiegte sie beinahe unmerklich hin und her, während ich mit der anderen Hand mein Handy aus der Tasche fischte. Ich sagte immer wieder »Nicht weinen, Cora, bitte nicht weinen«, bis die Sirenen eintrafen und die Szene vorbei war.

Nach dem Haus

Im Krankenhausbett liegt Cora ein paar Stunden später blass und sauber und gewaschen da. Die einzigen Farben im Zimmer bieten die cremeweißen Laken und Vorhänge, das langweilige, verblichene Olivgrün der abblätternden Krankenhauswände und die dunklen Ringe um Mikes Augen.

Cora macht einen bemerkenswert munteren Eindruck. Mit glänzenden, wachsamen Augen schaut sie unter der Bettdecke hervor und flüstert angeregt und beharrlich auf ihn ein.

Ich kann nicht hören, was sie sagt. Ich weiß nicht, ob es die Wahrheit ist oder zumindest ein Teil davon oder eine ganz andere Version. Aber ich stehe auf dem Krankenhausflur in der Nachtbeleuchtung und halte durch die gläserne Trennwand Ausschau nach einem Zeichen, wandere unruhig herum und stoße mir die Zehen an der zerkratzten Fußbodenleiste, bewege mich und bleibe stehen, trommle mit den Fingern auf den Feuerlöscher ein, weiche vor den Blicken der Krankenschwestern zurück. Ich bin gleichzeitig sauer und eingeschnappt, erschöpft und innerlich total verkrampft, ruhelos, wachsam.

Er nimmt jetzt sanft ihre Hand, und sie reagiert mit einem Lächeln. Jetzt weint er. Simple, nasse Tränen, die wie von selbst aus ihm herausquellen. Sein Blick ist voller Nachsicht, als hätte er ein Kind vor sich. Mit der freien Hand streicht er ihr tröstend das feuchte Haar aus der Stirn. Nach ungefähr zwanzig Minuten steht er auf und hält durch die Glasscheibe nach mir Ausschau. Im Weggehen hält er ihre Hand fest, bis Arme und Finger auseinandergleiten, dann kommt er heraus, um mit mir zu sprechen.

»Gott sei Dank bist du rechtzeitig gekommen, Lizzy«, sagt er.

Seine Worte zerschmettern etwas in mir, zerstören jede Hoffnung. Vielleicht habe ich mir gewünscht, er werde mir zumindest auf irgendeine unausgesprochene, subtile Weise signalisieren, dass er verstanden hat, wie nah er durch Coras Selbstmordversuch einem anderen Leben gekommen ist, einem Leben mit mir. Einem Leben, das sich die dunkle Seite in ihm vielleicht für einen klitzekleinen Moment hätte wünschen und vorstellen können. Wenn sich seine Frau doch nur umgebracht hätte.

Stattdessen sagt er: »Ich habe so viel Mist gebaut mit Cora, mit allem. Ich habe sie dazu getrieben. Ich wusste, dass sie alles für mich tun würde, mir war nur nicht klar, wie weit sie gehen würde. Sie hat so seltsame Dinge gesagt, so unglaubliche Dinge.« Er bricht ab.

Er sieht aus, als würde er sich mit der schwierigen Lösung einer Matheaufgabe herumschlagen. »Sie hat tatsächlich geglaubt, dass ich diese Jenny liebe. Ich weiß, dass ich ein paar Dinge getan habe, die weder schlau noch nett waren, aber so was? Wie konnte sie das ernsthaft denken? Deshalb hat sie es getan. Sie sagt, sie habe mich nicht mehr gekannt – nicht mehr gewusst, wer ich war. Und sie wusste auch nicht mehr, was die Wahrheit ist. Sie ist übrigens auch nicht diejenige, für die ich sie gehalten habe, aber wer ist das schon?«

Seine Augen gleiten davon, über Coras Bett hinweg nach draußen in die Dunkelheit und zurück durch die Jahre. »Aber jetzt muss ich es wieder in Ordnung bringen, nicht wahr? Nachdem sie das getan hat. Wenn nicht jetzt, wann dann?«

Er sagt es beinahe mit Stolz, mit Zurückhaltung, mit unverkennbarer Ehrfurcht. Ihr ungewöhnlicher Mut und ihre entschlossene Tat haben ihn völlig überwältigt. In seinen Augen sind sie Ausdruck ihrer Bewunderung und Abhängigkeit, das sehe ich genau. In seiner Naivität glaubt er, sie habe es nur für ihn getan, so wie ganz selbstverständlich alles nur für ihn ist, nur für ihn sein kann.

In einem anderen Leben wäre dies der Zeitpunkt gewesen, sein Gesicht zwischen die Hände zu nehmen und zu sagen: »Ich liebe dich, Mike. Das weiß ich jetzt. Bitte entscheide dich für mich. Wir können das alles hier einfach hinter uns lassen und nach vorne blicken, oder wir blicken zurück auf all die Nächte, in denen wir uns nicht berührt haben, weil es uns falsch erschien, weil es nicht unseren Vorstellungen von anständig und korrekt und möglich entsprach. Wir können endlich das Leben führen, das wir schon immer hätten führen sollen – auch wenn wir es nicht verdient haben.«

Aber ich schweige, obwohl an der Stelle, wo einst meine Seele gewesen ist, höllische Schmerzen wüten. Außerdem verrät mir der Ausdruck in seinen vertrauten, blauen, wunderschönen Augen, dass der Moment schon lange vorbei ist. Ich will ihn packen, mit den Fäusten traktieren, anflehen, will schreien, weinen, jammern, mir die Haare herausreißen, heulen vor Schmerz. Gleichzeitig verliert meine Vorstellung von Mike vor meinen Augen immer mehr an Substanz.

Die Jahre haben ihren Tribut gefordert und beginnen immer schwerer auf mir zu lasten, mir die Atemluft abzudrücken. Mike sieht mich an, und aus seinem Blick spricht wie immer das Flehen um Verständnis und Absolution. Es bedeutet mir nicht mehr viel. Ist ihm denn nicht klar, was er Jenny, was er mir, was er seiner Frau angetan hat, aus Schwäche und Bequemlichkeit und Eitelkeit? So wenig er einst die Absicht gehabt hat, uns wehzutun, so wenig sieht er nun ein, was er angerichtet hat.

Statt es ihm zu erklären, sage ich ruhig: »Sie hat sich deinetwegen die Pulsadern aufgeschlitzt. Bist du jetzt stolz auf dich? Vermutlich war genau das mein Fehler. Ich hätte für dich getötet, aber ich wäre nicht für dich gestorben. Das ist der Unterschied. Der entscheidende Unterschied.«

Er sieht mich mit echter Trauer und Verwirrung an. Zum Glück versteht er nicht das ganze Ausmaß.

»Oh Lizzy«, säuselt er und streckt die Hände aus, um sie an mein Gesicht zu legen. »Wenn die Situation doch nur eine andere gewesen wäre! Wenn ich dich getroffen hätte, bevor …«

Ich reiße mich so heftig los, dass er zurückschreckt und der Hausmeister, der gerade in der Behindertentoilette ein paar Türen weiter das Papier auffüllt, stehen bleibt und uns anstarrt.

»Sie ist meine Frau.«

»Genau. Deshalb solltest du jetzt auch wieder reingehen und ihr Beistand leisten. Sie braucht dich.«

»Lizzy«, setzt er an, »ich kann es nicht erklären, weißt du …«

Aber er redet nur noch mit meinem Rücken. Ich trete den Rückzug an, fliehe vor den grellen Lichtern der Krankenstation in die unerbittliche Nässe des Sprühregens auf dem Parkplatz, in alles, was danach kommt, lasse Stevie zurück, der auf einem grünen Plastiksitz im Wartesaal sitzt und mir hinterherstarrt.

Nach dem Krankenhaus

Zu Hause wünschte ich mir Dunkelheit, warm und tröstlich und weich, Dunkelheit, die zuerst an meinen Füße plätscherte und dann immer höher stieg, um mich reinzuwaschen von mir selbst.

Ich hätte an Cora denken müssen, ich weiß. Ich hätte versuchen müssen, mich in sie hineinzuversetzen, aber alles, was ich fühlen konnte, war Mike. All die Male, die wir nebeneinandergesessen hatten, ohne uns auch nur zu berühren, all die Male, die ich mich danach gesehnt hatte, dass er mich ansah, mir das Gefühl gab, echt zu sein, indem er mich mit seinen Augen verschlang. Und die kleinen, wie zufälligen Liebkosungen, die unsichtbaren Fussel oder Haarsträhnen, die er mir aus dem Gesicht strich, vor aller Augen. Und der Freudentaumel der Tage dazwischen.

Es wäre eine Erleichterung gewesen, wenn ich hätte weinen können, aber ich konnte nicht, ausgehöhlt und ausgeschöpft und blank gescheuert, wie ich war. Äußerlich sah ich aus wie immer, und doch war ich in der Mitte auseinandergerissen. Weiter draußen lauerte diese andere Art von Dunkelheit und beobachtete mich und wartete.

Es war ungefähr drei Uhr morgens, als mich der Gedanke aus dem Schlaf schrecken ließ, Cora könnte einen Abschiedsbrief hinterlassen haben. Ich hatte das Bild eines einzelnen Bogens hochwertigen Papiers vor Augen, gefaltet und an einem Ort versteckt, der nicht zu offensichtlich war. Vielleicht hatte sie darin etwas niedergeschrieben, das uns alle kompromittierte. War der Brief schon gefunden worden oder lag er noch dort und wartete wie ein kleines Bündel Dynamitstangen leise tickend darauf, dass eine herumtastende Hand darüberstolperte?

Die Polizei hatte sich natürlich umgesehen, aber Cora hatte ihn bestimmt nicht einfach offen hingelegt. Vermutlich hatte ich ihn finden sollen oder – wahrscheinlicher noch – Mike.

Sobald sich der Gedanke einmal in meinem Kopf festgesetzt hatte, hielt er mich hartnäckig vom Schlafen ab. Es widerstrebte mir, in den feuchtkalten Stunden vor Sonnenaufgang quer durch die Stadt zu fahren. Ehrlich gesagt hatte ich auch ein bisschen Angst davor, in das leere Haus zu gehen, wo das Blut immer noch an der Badewanne klebte wie eine schlechte Erinnerung.

Also warf ich mich in einem Knäuel aus Laken auf die Seite und redete mir ein, dass die Suche nach dem Brief bis zum nächsten Morgen warten konnte. Eine halbe Stunde später jagte ich dann aber doch den Motor hoch und legte den ersten Gang ein. Ein Brief? Ein *Brief*? Warum hatte ich an diese Möglichkeit nicht gedacht, als die Polizei die üblichen Fragen gestellt hatte und die Sanitäter Cora versorgt hatten? Vermutlich, weil ich noch dabei war, den Schock darüber zu verdauen, dass sich der Beamte, der bereits wenige Minuten nach meinem Anruf an der Tür erschienen war, als der Polizist aus dem Gericht entpuppte. Der aus der Cafeteria. Mister *Das-dürfen-Sie-aber-nicht-drucken.* Zufall?

Er erkannte mich natürlich sofort, und auf seinen Lippen erschien ein kleines, fast verlegenes Lächeln. Ansonsten war er äußerst sachlich und professionell.

Er führte mich zum Sessel am Fenster, durch das ich den Krankenwagen und die übliche Ansammlung perverser Gaffer sehen konnte, die einen Blick auf den geschundenen Körper zu erhaschen hofften. Unter normalen Umständen hätte ich mich unter sie gemischt und gefragt, was sie gesehen oder gehört hatten, hätte hektisch alle Einzelheiten notiert, die ich aus ihnen herausbekam. Der Polizist bemerkte meinen Blick und zog den rosa Samtvorhang zu. »Machen Sie sich keine Sorgen«, sagte er. »Es wird alles wieder gut.«

Seine Anwesenheit verunsicherte mich derart, dass mir die Frage, warum er so schnell zur Stelle gewesen war, gar nicht in den Sinn kam. Er war mir gefolgt, müssen Sie wissen. Zuerst zu meiner Wohnung und dann durch die leeren Straßen zu Cora.

Aber als ich jetzt wieder bei Coras und Mikes Haus ankam, war die Polizei verschwunden. Der müde Polizeikommissar, der sich desinteressiert den Bericht seines jungen Kollegen angehört hatte, war längst wieder in sein warmes Zuhause zurückgekehrt. Hätte er einen Abschiedsbrief entdeckt, dann hätte er mich doch sicher darauf angesprochen. Was machte ich also hier?

Wieder benutzte ich den Ersatzschlüssel, um ins Haus zu gelangen. Er war immer noch in meiner Tasche, da, wo ich ihn vor lauter Schreck über den unerwarteten Anblick im Badezimmer vergessen hatte. Ursprünglich hatte ich natürlich vorgehabt, ihn abzuwischen und nach getaner Arbeit wieder in den Blumentopf zu stecken.

Es gab Anzeichen dafür, dass sich die Polizei ein wenig auf Coras Frisierkommode, ihrem Schreibtisch und auf dem Kaminsims umgesehen hatte, aber das meiste stand noch an seinem Platz. Für eine gründlichere Durchsuchung war es zu spät und zu kalt gewesen. Bei Tagesanbruch würden mit Sicherheit weitere Fragen auftauchen, aber es stand bereits fest, dass es sich um selbst zugefügte Verletzungen handelte.

Trotzdem musste ich sicherstellen, dass die Polizisten nichts übersehen hatten. Unter einem Stapel Schulhefte auf dem Wohnzimmertisch fand ich Coras Tagebuch. Es sah aus wie das Tagebuch, das ich ihr zusammen mit einem kleinen Adressbuch und einem Füller zu ihrem ersten Geburtstag an der Uni geschenkt hatte. Es war als Scherz gedacht gewesen, weil Cora ihr Tagebuch versehentlich im Waschsalon mitgewaschen hatte, im Kochwaschgang. Als ich das Buch unter den Heften vorzog, stellte ich fest, dass es sich tatsächlich um mein Geschenk handelte. In den Buchdeckel hatte ich mit blauem Kuli geschrieben: »Für Cora, die Froschkönigin, die am 11. August im Alleingang alle Brötchen vernichtet und mit einem einzigen Streich das Bügelbrett überwältigt hat.«

Der Sinn dieser Widmung erschloss sich mir nicht mehr, die meisten Anspielungen hatte ich längst vergessen.

Zwischen letztem Blatt und Rückendeckel lag ein Foto. Es war das Gruppenfoto, das hinter dem Hochzeitsfoto in dem Bilderrahmen gesteckt hatte, den ich in Coras Schlafzimmer umgestoßen hatte. An meiner Pinnwand hing genau dasselbe Foto: Cora in ihrem orangeroten Kleid, das Tom-Cruise-Poster, sogar der Vibrator sind zu sehen. Neben dem Foto lagen sauber gefaltet ein Dutzend Zeitungsausschnitte über Jenny, darunter die ersten beiden Vermisstenmeldungen, die erschienen waren, bevor ich überhaupt gewusst hatte, dass sie verschwunden war, bevor mich Owain informiert hatte. Außerdem die Meldung des Leichenfunds, bevor Jenny identifiziert war, und schließlich sämtliche Folgeartikel einschließlich des Berichts über die Eröffnungsverhandlung der gerichtlichen Untersuchung, erschienen zu einem Zeitpunkt, an dem sich Cora vermeintlich noch in seliger Unwissenheit über Jennys Schicksal befunden hatte.

Ich starrte Jennys Gesicht auf einem der Zeitungsfotos an, und sie starrte mit leerem Blick zurück. Das Foto sah aus, als wäre es bei einer Geburtstagsparty entstanden, vielleicht an ihrem einundzwanzigsten Geburtstag. Jenny schien vom Fotografen überrascht worden zu sein und war weniger herausgeputzt als in der Nacht im Charlie's, wodurch sie deutlich jünger aussah. Auf dem Foto waren ihre Haare etwas heller und länger, zumindest glaubte ich das. Offen gestanden konnte ich mich kaum noch an ihr Aussehen erinnern.

Aber das war noch nicht alles. In einem einfachen weißen Umschlag von der Sorte, wie man sie in jedem Laden kaufen kann, lag der Sternohrring, in den ich am Tag des katastrophalen Abendessens im Schlafzimmer getreten war. Ich hatte ihn in das Schmuckkästchen gelegt, in dem auch ihr Ehering lag, weil ich glaubte, er gehöre Cora.

Ohne Vorwarnung kroch mir etwas knisternd die Wirbelsäule hoch und drängte sich in meinen Verstand, wo sich die Puzzleteile plötzlich zu einem Bild zusammenfügten. Deshalb hatte sie es also getan. Deshalb hatte sie sich mit dem Messer die Pulsadern aufgeschlitzt, und deshalb hatte sie mir wochenlang etwas vorgejammert: weil ihr der Ohrring verraten hatte, was er jetzt mir verriet. Nämlich, wo Mike gewesen war und was er aller Wahrscheinlichkeit nach dort getan hatte.

Wie sonst war der Ohrring in ihr Schlafzimmer gekommen? Jennys Ohrring. Das vermeintlich in den Wogen des Taff verloren gegangene Gegenstück zu dem Ohrring, den man an ihrer Leiche gefunden hatte.

Hatte sie vielleicht noch mehr gewusst? Hatte Mike ihr

am Ende doch etwas erzählt? Etwas, das er mir verschwiegen hatte? Vielleicht war ihr Mann ja nicht nur ein Ehebrecher, sondern auch noch ein Mörder? Die Ungewissheit musste sie fertiggemacht haben.

In dem Stapel mit Zeitungsausschnitten befand sich außerdem ein Foto von der Nacht im Charlie's. Ich war so betrunken gewesen, dass ich Coras Kamera ganz vergessen hatte. Da standen wir: alle vier nebeneinander. Ich erinnere mich nicht, wer das Foto gemacht hat – irgendein Typ, den wir dazu genötigt hatten, glaube ich. Wir sahen alle so glücklich aus – ich, Cora, Mike und Stevie. Das Foto musste entstanden sein, bevor Jenny aufgetaucht war. Mikes Arm lag um Coras Schultern, er grinste. Stevie hatte den Arm um mich gelegt. Zwei lächelnde Pärchen. Ich lachte sogar.

Happy Birthday! ist die wortlose Botschaft des Fotos. Wir liebten uns und waren Freunde und nahmen es mit der ganzen Welt auf.

Heute weiß ich, dass keine echten Leben, keine echten Wahrheiten mit dem Klicken des Blendenverschlusses eingefangen wurden, nur hundert mögliche Erklärungen, Identitäten, Antworten. Sie erstarren im eingefangenen Gelächter, im Blitzlicht, das von einem Wangenknochen reflektiert wird, im Schimmer der Gläser, in den Verheißungen unserer frisch nachgezogenen Lippen. Ich sehe mein Gesicht, makellos, glühend, Blicke erregend, einen stummen Handel versprechend: Ich bin jung, ich bin schön, ich kann dich zum Teil meiner Träume machen. Ich kann dein Grund sein.

Ich versteckte die Fotos und die Zeitungsausschnitte und verließ eilig das Haus. Erst als ich die Treppe hinuntereilte, fiel mir ein, dass die Wodkaflasche und die Schlaftabletten immer noch in meiner Schultertasche waren. Ich musste sie so schnell wie möglich loswerden, schließlich trank ich selbst keinen Wodka. Ich warf sie in eine Mülltonne am Ende von Coras Straße.

Hätte ich den Alkohol und die Tabletten wirklich zu dem Zweck eingesetzt, zu dem ich sie mitgebracht hatte? In der Nacht, in der ich Cora fand? Hätte ich ihr köstlich starke Gläser Wodka aufgedrängt, die ich vorher heimlich mit den zerstoßenen Tabletten präpariert hatte, die der Arzt Cora gegen ihre Schlaflosigkeit verschrieben hatte? Hätte ich ihr immer noch mehr Wodka eingeflößt und ihr eingeredet, dass es wie in alten Zeiten sei, dass es ihr helfen werde, zu entspannen und tief und fest durchzuschlafen? Hätte ich sie dann auf ihr Bett gelegt und warm zugedeckt, wohl wissend, dass Mike frühestens im Morgengrauen kommen würde? Sobald sie bewusstlos war, hätte ich sie in die volle Badewanne wuchten und langsam unter Wasser sinken lassen können. Ich hätte noch nicht einmal dableiben und zusehen müssen, wie es passierte. Ich hätte gehen und dem Schicksal seinen Lauf lassen können.

Nicht einmal meine Fingerabdrücke hätte ich von der Flasche oder dem Rest der Wohnung wischen müssen, nur von den Tabletten. Warum hätten wir beide nicht zusammen einen trinken sollen? Cora hatte bereits Antidepressiva verschrieben bekommen und war psychisch labil gewesen, das konnte jeder bezeugen, besonders die Kassiererin im Tesco, die von ihr mit Süßigkeiten beworfen worden war. Inzwischen wissen Sie ja, was für eine überzeugende Lügnerin ich bin. Vor der Polizei hätte ich genau den richtigen Auftritt hingelegt: voller Entsetzen und Tränen und Verletzlichkeit.

Hätte ich es getan, um Mike zu schützen? Diese Frage ließ mich im Dunkeln auf der Treppe innehalten. Hatte er vielleicht getötet, um Cora zu schützen? Ich fuhr nach Hause. Und schlief wie eine Tote.

Nach allem

Zwei Wochen später war ich bei Stevie zu Lachs mit Kartoffelgratin eingeladen. Cora war wieder zu Hause und erholte sich gut. Zwischen ihr und Mike schien alles wieder in Ordnung zu sein, und deshalb war auch die Welt wieder in Ordnung.

»Was glaubst du, warum sie es getan hat? Für ihn? Ist er das wert, verdammt noch mal? Ist irgendein Mann das wert? Und diese Jenny, was hat sie jetzt davon? Was ist nur los mit den Leuten?«

Ich lud meinen gesamten Frust bei Stevie ab, versteckte meinen Verdacht aber hinter den Floskeln, die man in solch einem Fall erwartete. Stevie setzte unterdessen Teewasser auf und durchbrach die Nachmittagsstille, die in seiner sanft beleuchteten Junggesellenbude herrschte, indem er in einem tröstlichen Anfall von Geschäftigkeit mit Tassen und Löffeln herumklapperte. Ich erzählte ihm nichts von dem Ohrring oder den Zeitungsausschnitten. Oder von meinem Verdacht. Ihm wäre sofort alles klar gewesen.

»Glaubst du, dass er … du weißt schon, mit ihr geschlafen hat?«, fragte ich beinahe unwillkürlich. Es war die letzte Frage, die noch blieb. Ungeachtet dessen, was vorgefallen war, ungeachtet dessen, was Mike sonst noch getan haben mochte, war dieser Punkt immer noch am schwersten zu verdauen.

Der Gedanke daran, wie er sie Zentimeter für Zentimeter erobert hatte! Jenny stellte sowohl für mich als auch für Cora eine Bedrohung dar, sie war die unbekannte Größe, die wir immer gefürchtet hatten. Sie vereinte beide Welten, die wir getrennt besetzt hatten – die Welt des Alltags und die der Fantasie. Sie konnte alles sein und damit erreichen, woran wir gescheitert waren. Woran vor allem ich gescheitert war, so schien es mir. Hatte Mike für Jenny alles aufs Spiel gesetzt und für mich nicht? Falls sie gevögelt hatten. Selbst ein einziges Mal wäre zu viel, das wusste ich selbst nur zu genau.

Stevie musste es wissen, das war mir inzwischen klar geworden. Mike teilte alles andere mit ihm, warum also nicht das? Er hätte es gewusst, wenn die beiden eine Affäre gehabt hätten. Oder wenn sie ein einmaliger Ausrutscher gewesen wäre.

Ich stand auf und griff nach der Tasse, in die er gerade Milch goss. Ich stellte sie ab. Die Stille wurde unerträglich.

»Stevie, hat er es dir erzählt? Zum letzten Mal: War es eine Affäre? Oder etwas Schlimmeres? Hat er etwas Schlimmes getan?« Ich hatte es endlich ausgesprochen und erwartete Schweigen, Entrüstung oder zumindest ein Dementi.

Aber Stevie brach in Gelächter aus. »Etwas Schlimmes? Oh Baby, du wirst dich nie ändern, oder? Schlimm? So schlimm wie ein Mord? Mir war klar, dass du irgendwann auf diese Idee kommst. Hat ganz schön lange gedauert. Für einen Mord fehlt Mike der Mumm, das weißt du genau. Das Mädchen hatte einfach Pech, das ist alles. Wahrscheinlich war ein halbes Dutzend zwielichtiger Kerle hinter ihr her. Was dich eigentlich interessiert, ist, ob er sie gevögelt hat, stimmt's? Ich bezweifle es. Wenn er es getan hat, dann hat er mir jedenfalls nie davon erzählt. Und er hat mir sonst *alles* erzählt.

Die eigentliche Frage ist doch, warum es *dich* so interessiert, mit wem er schläft?«

Er hatte mich noch nie Baby genannt. Es gefiel mir gar nicht, dass er mich so nannte. Genauso wenig wie das eigenartige Lächeln auf seinem Gesicht.

Es machte mich wahnsinnig, dass er sich über mich amüsierte. Am liebsten hätte ich ihm eine kräftige Ohrfeige verpasst, doch stattdessen drehte ich mich weg. Dann sagte Stevie ohne Vorwarnung, ohne ein Lächeln oder auch nur die Spur eines Lächelns: »Ich dachte, er hört auf, wenn ich es Cora sage. Also habe ich es ihr gesagt.«

Er sieht aus, als könnte er jeden Moment unter dem Gewicht seiner Schuld auf die Knie sinken. Der Wasserkessel zischt hysterisch. Nach kurzem Zögern blicke ich ihm direkt in die Augen und weiß ohne weitere Erklärung, was er meint. Mir ist sofort klar, wen er an sie verraten hat.

»Ich dachte, wenn sie wüsste, was passiert ist, würde er mal fünf Minuten von dir lassen und mir Gelegenheit geben, dir etwas Reales, Greifbares zu bieten.«

Er hält inne und setzt dann seine Verteidigungsrede fort: »Sie hatte ein Recht darauf, es zu wissen. Zumindest glaubte ich das damals. Ich dachte, sie würde ihn auf ihre typische Cora-Art in seine Schranken weisen.«

Er seufzt, als drohte ihn der Druck, der auf ihm lastet, zu zermalmen, wenn er sich nicht mit aller Macht dagegenstemmt. »Aber es hat nicht funktioniert. Nichts hat sich geändert. Ich glaube nicht, dass sie ihn je darauf angesprochen hat, dass sie ihn je auch nur gefragt hat, ob es stimmt. Das muss Liebe sein, nicht wahr?«

In seinen Worten war ein Anflug von Hohn, aber er brachte es nicht übers Herz, den Hohn auch in seine Augen vordringen zu lassen.

»Als ich euch beide zusammen gesehen habe, damals auf der Straße, als er dich über diesem blöden Sportwagen umarmt hat …« Er bricht ab. Aus der Stille, die nun folgt, quillt eine Million Wörter hervor. Dann sagt er bedächtig: »Und als er dich zu Tim begleitet hat und so lange weggeblieben ist, war mir endgültig alles klar. Man braucht wohl kaum so lange, um von einem Haus zum anderen zu kommen, oder? Er hatte natürlich Gewissensbisse, aber gleichzeitig war er überglücklich und wollte seine Gefühle mit jemandem teilen. Und dieser Jemand war ich, obwohl er doch gewusst haben muss, was er mir damit antat. Wie hätte er es nicht wissen können? Er dachte, dass es vielleicht etwas bedeutet, weißt du. Dass du ihn vielleicht wirklich willst. Du Glückspilz, habe ich zu ihm gesagt.«

Ich bin immer noch starr vor Schreck.

Stevie hatte es Cora erzählt. Er hatte ihr von unserer einzigen gemeinsamen Nacht erzählt. Es spielte keine Rolle, wann er es getan hatte. Tage, Wochen, Jahre später? Das Ergebnis war dasselbe.

Er hatte sie eines Nachmittags beiseitegenommen, auf seine ruhige, kultivierte Art, hatte vielleicht ihre Hand genommen und ihr gestanden, dass er sich nicht sicher sei, ob er es ihr erzählen solle, dass er aber glaube, es sei auch in ihrem Interesse.

Vielleicht hatte er aber auch nur eine Andeutung gemacht, ein wohlüberlegtes Wort oder eines, das er voller Wut, voller Bosheit, voller Abscheu hervorgestoßen hatte. Ein Wort, eine Geste, eine Berührung, ein Kuss, ein Schlag ins Gesicht. Nett oder grausam, betrunken oder nüchtern, ernsthaft oder im Spaß, war das nicht letztlich egal? Der Sinn war unmissverständlich gewesen. Nicht so nett, nicht so süß, nicht so tolerant, nicht so dumm, nicht so typisch Stevie.

»Aber es hat nicht funktioniert«, fährt er fort. »Nicht so, wie es funktionieren sollte.«

Er steht jetzt direkt vor mir, in voller Größe. Ich sehe, wie er die Schulterblätter anspannt, und muss an den Stevie vom Hochzeitsabend denken. Mein Instinkt rät mir, zurückzutreten und zwischen uns Raum zu schaffen für das, was er sagt, aber ich widerstehe dem Drang. Er soll nicht merken, dass ich plötzlich Angst vor ihm habe. Ich frage: »Wovon redest du, Stevie?« Was hätte ich sonst sagen sollen?

»Sie liebte dich zu sehr, genauso sehr, wie sie ihn liebt. Aber das hast du von Anfang an gewusst, oder? Deshalb warst du immer so. Weil du es dir leisten konntest. Du wusstest, dass sie dir alles verzeihen würde.«

In seine Augen tritt ein amüsierter Glanz und etwas Härteres, Älteres, weiter Zurückliegendes. Wir sind beide älter geworden.

Wenn ich ganz ehrlich war, hatte ich es tatsächlich gewusst. Meine Zuneigung zu Cora war echt, aber wahrscheinlich hätte ich sie nach Bedarf ablegen oder wieder aufnehmen können. Bei ihr war es anders. Cora schleppte einen Berg von Verpflichtungen und Bindungen mit sich herum wie einen Stapel alter, ganz hinten in den Schrank gestopfter Kleider. Oben lugten einzelne Socken hervor, verblichene T-Shirts, hin und wieder ein Farbtupfer, ein viel getragenes, viel geliebtes orangerotes Cocktailkleid. Ihr in allen Regenbogenfarben schillerndes Gefühlsleben war für jedermann sichtbar – so war Cora eben. Sie wünschte sich genauso sehr wie ich, irgendwo dazuzugehören, offenkundig sogar noch mehr als ich.

Irgendwo in diesem Kleiderberg war auch ich, zusammengeknüllt und verknotet mit Mike und ihren Eltern und Stevie. Um mich wegzulegen, mich abzustreifen, hätte sie so viel mehr aufgeben müssen als nur mich. Und selbst wenn sie es gewollt hätte, wären ihre Arme anschließend leer gewesen.

Sie hatte es also die ganze Zeit gewusst und dieses Wissen still mit sich herumgeschleppt – ohne je darüber zu sprechen.

Mein Anblick musste sie geschmerzt haben wie eine offene, triefende Wunde, die sich aus jedem Lächeln und jeder Berührung speiste, eine Wunde, die paradoxerweise immer größer und gleichzeitig schorfiger wurde und sich Stück für Stück in sie hineinfraß. Was für ein Gefühl ist es wohl, wenn man für die Person, die man über alles liebt, unsichtbar wird, sobald die beste Freundin auftaucht? Wenn man nur für den Augenblick lebt, in dem einen ein wohlwollender, ein bewundernder, ein liebender Blick trifft, und dann erleben muss, wie dieser Blick anderswo hinwandert und der Körper ihm folgt?

Ich glaubte es zu wissen. Und ich glaubte auch etwas anderes zu wissen, etwas, das Stevie vielleicht noch nicht wusste.

Nachdem es Cora damals, vor all den Jahren, nicht über sich gebracht hatte, mir wehzutun, hatte sie nun jemand anderem wehgetan, als sich die Gelegenheit dazu ergab. Vermutlich völlig umsonst.

Plötzlich ergab alles einen Sinn. Um mich herum war zu viel Licht und Bewegung, das Zimmer drehte sich. Was hatten wir – ich, er, Stevie – getan? Wie hatte ich je annehmen können, Mike könnte den Mumm haben, jemanden umzubringen? Dass er überhaupt irgendetwas anderes konnte als tatenlos zuzusehen, wie die Dinge um ihn herum ihren Lauf nahmen?

Hier ging es um mich. Und um Cora. Wie hatte ich nur so blind sein können?

»Was habt ihr nur getan? Was habt ihr getan?«, flüsterte ich.

Ich sah Cora vor mir, wie sie in jener Nacht zu Jennys Wohnung am Fluss ging. Jenny hatte uns im Charlie's zu ihrer Geburtstagsparty eingeladen, daher kannte Cora die Adresse. Die Wohnung selbst war bestimmt nicht schwer zu finden gewesen. Sie hatte geglaubt, Mike würde dort sein, aber sie hatte ihn nicht vorgefunden und deshalb gewartet. Oder hatte sie die beiden zusammen gesehen, beobachtet, wie er hineinging und später wieder herauskam?

Sie brauchte Klarheit. Hatten Stevie und Mike nicht angedeutet, sie sei bereits in Wrexham misstrauisch gewesen und habe Mike eine Affäre unterstellt? Hatte sie recht gehabt damit oder war es nur ihre schlimmste Befürchtung gewesen? Was hatte sie bei der Aussicht empfunden, zurück nach Cardiff zu ziehen, zurück zu mir?

Was genau war nach dem Charlie's passiert, in jener Nacht, in der Coras Befürchtungen in einen Sog aus Eifersucht und Bitterkeit geraten sein mussten, der seit zehn Jahren in ihr gärte?

War Cora Jenny zur Tankstelle gefolgt, als sie ihre Wohnung verlassen hatte, um Zigaretten zu kaufen? Hatte sie sie zur Rede gestellt? Hatte sie wissen wollen, ob Mike in der Wohnung war, ob sie ihren Ehemann vögelte? Um diese Zeit war Mike sicher längst bei Stevie gewesen, wo beide zu betrunken gewesen waren, um noch etwas anderes zu tun, als zu schlafen.

Irgendwo waren sie sich begegnet, Jenny und Cora. Höchstwahrscheinlich auf der Brücke, eben als Jenny Zigaretten kaufen gegangen war, wie Harriet gesagt hatte. Wenige hundert Meter von ihrer Wohnung entfernt, stromaufwärts der Stelle, an der man ihre Leiche gefunden hatte. Sehr spät, lange nachdem das letzte Taxi in die Nacht verschwunden war. Niemand hatte die beiden gesehen.

Was Cora wohl zu ihr gesagt hatte? Hatte sie Jenny den Ohrring herausgerissen? Hatten schroffe Worte zu Schlägen geführt, zu zupackenden Fäusten? Hatte Jenny mit ihrem arroganten Blick und ihrer selbstgefälligen, nonchalanten Art in Cora nur die betrunkene, eifersüchtige Ehefrau gesehen? Cora hatte bestimmt geschrien, dass sie eine Schlampe sei, ein Luder, eine Nutte, eine nichtsnutzige Fotze. Jenny trug Mikes Lederjacke – für Cora Beweis genug.

Vielleicht war Cora aber auch ganz ruhig gewesen, so eiskalt und zielstrebig wie der schwarze Fluss, der im Schatten des Stadions dahinfloss, an nackten Bäumen und den wehrhaften Mauern der Burg entlang. So oder so hatte sie bei der kleinen, zierlichen Jenny, die den konsumierten Wein, ihre hohen Absätze und den Wind gegen sich hatte, nicht viel Kraft aufwenden müssen. Bestimmt hatte Cora den Entschluss erst in letzter Minute gefasst. Ein Schubs voller Wut, ein paar Sekunden Gerangel, eine plötzliche Eingebung? Oder völlige Gedankenlosigkeit? Das Bedürfnis zuzuschlagen, den Worten »Ich bin verletzt« Ausdruck zu verleihen?

Jenny hatte anfangs bestimmt gelacht, vielleicht sogar bis zu dem Moment, als ihr klar wurde, dass sie fallen würde, dass sie über das niedrige Brückengeländer ins spiegelnde, wartende Wasser stürzen würde. Wer hätte ihren Aufschrei gehört, bevor die Fluten in ihre Kehle strömten und ihn erstickten, bevor die Kälte nach ihren Kleidern griff und sie nach unten zog? Cora hätte um Hilfe rufen können, hätte den Notruf wählen können – aber sie hatte es nicht getan. Sie war nach Hause gegangen.

Natürlich musste es sich nicht so abgespielt haben. Mit Sicherheit wissen würde ich es nie, denn fragen konnte ich sie auf keinen Fall. Und Jenny hatte keine Stimme mehr. Ich hatte den Klang ihrer Stimme, der ich nur einen Abend lang dabei zugehört hatte, wie sie die Musik zu übertönen versuchte, längst vergessen. Ihr Mund öffnet sich, aber sie ist verstummt.

Mir fiel ein, in welcher Verfassung Cora am nächsten Morgen gewesen war, ich erinnerte mich dunkel daran, in den frühen Morgenstunden, als ich im Gästezimmer meinen Jack-Daniel's-Rausch ausgeschlafen hatte, die Haustür gehört zu haben, das Geräusch eines Autos, das kein Taxi war. Cora hatte schon alle Zeitungsausschnitte gesammelt, bevor ich ihr überhaupt von Jenny erzählt hatte. Weil sie nämlich schon vor ihrem Verschwinden und der Identifizierung ihrer Leiche gewusst hatte, wer sie war. Und dass sie nicht mehr unter den Lebenden weilte.

Als sie mich im Einkaufszentrum gefragt hatte, ob ich glaubte, dass einen Sünden aus dem vorherigen Leben bis ins nächste verfolgen, war diese Frage vielleicht ganz anders gemeint gewesen, als ich gedacht hatte. Sie hatte gar nicht wissen wollen, ob sie in einem früheren Leben großes Unrecht getan haben musste, um solche Qualen zu verdienen, und es war auch kein melodramatischer Versuch gewesen, Mikes Untreue zu verarbeiten. Aus jetziger Sicht verstand ich, dass sie in dem Moment, als sie diese Worte aussprach, schon geplant haben musste, sich umzubringen. Sie hatte bereits vorgehabt, sich von ihrer Schuld zu erlösen, aber nur, wenn sie sicher war, dafür nicht im nächsten Leben zu büßen. Und wie immer hatte sie von mir eine Antwort erhalten. Ich hatte dem Drang, ihr zu entgegnen, dass wir selbstverständlich alle für unsere Sünden bezahlten, widerstanden und gesagt: »Sei nicht albern, Cora – das ist doch Quatsch.«

Und ich hatte eine letzte große Geste der Freundschaft gemacht, hatte gezeigt, dass ich auf ihrer Seite war, indem ich versprochen hatte, mit ihr zur Polizei zu gehen, egal, welche Konsequenzen es haben würde. Ich hatte sie Mike vorgezogen. Ausnahmsweise einmal. Endlich einmal. Das war genug. Sie konnte loslassen.

In diesem Moment wusste ich, dass unser bisheriges Leben endgültig vorbei war.

Das Urteil

Cora bekam also ihren Willen. Wegen dem, was sie getan hatte, würde Mike von nun an für immer ihr gehören. Und er war nicht unglücklich darüber, das hatte ich in der Nacht im Krankenhaus in seinen Augen gelesen. Dieser Ausdruck, der beinahe an Bewunderung grenzte …

Letzten Endes lief es auch für mich ganz gut. Ich war mir sicher, dass Cora Mike die Wahrheit gesagt hatte, und jetzt, da er es wusste und dieses Wissen ihn an sie fesselte, brauchte sie niemandem mehr zu drohen. Sie schien sogar vergessen zu haben, dass sie mir je gedroht hatte. Sie fürchtete mich nicht mehr und wollte mir auch keine Angst mehr einjagen. Mike hatte seine Wahl getroffen. Also erwähnte sie nie wieder die Polizei oder den Currymann und das Schweigegeld. Und ich wurde in der ersten Woche des neuen Jahres befördert.

Was passierte mit dem Currymann? Auch bekannt als Mr Rhodri Lewis, Stadtstreicher ohne festen Wohnsitz? Er kam nie wieder, um eine zweite Zahlung zu verlangen.

Anfangs schlich ich weiterhin ängstlich aus der Redaktion, weil ich ständig erwartete, dass er mit seinen wässrigen Augen und seiner spöttisch aufgehaltenen Hand vor mir auftauchen würde. Wenn ich auf dem nasskalten, dunklen Parkplatz mit dem Autoschlüssel kämpfte, fuhr ich beim kleinsten Geräusch herum und sah schon seine schmierige Hand auf meiner Schulter liegen. Aber irgendwann hörte ich auf, die Straßen nach ihm abzusuchen, und glaubte nur noch hin und wieder, sein Gesicht unter den schmutzstarrenden Obdachlosen des Stadtzentrums auszumachen, bis ich ihn schließlich überhaupt nicht mehr sah.

Im März erfuhr ich bei Gericht den Grund für sein Schweigen. Dort hörte ich auch seinen richtigen Namen, der mir noch von seinen früheren Auftritten bei Gericht in Erinnerung war, auch wenn ich ihn damals nicht mit »dem Currymann« in Verbindung gebracht hatte.

Es stellte sich heraus, dass Rhodri Lewis kurz vor Weihnachten im Alter von einundfünfzig Jahren gestorben war. Er war Lehrer gewesen, bevor er nach dem Tod seiner betagten Mutter vor sieben Jahren auf der Straße gelandet war. Rhodri Lewis hatte eine ganze Flasche Wodka getrunken und eine Packung Schlaftabletten geschluckt. Die Nacht war kalt und nass gewesen, und es hatte noch alter Schnee gelegen. Die Pillen und der Alkohol versetzten ihn in einen dumpfen, unruhigen Schlaf, nachdem er sich hinter ein paar Mülltonnen am Ende von Coras Straße gelegt hatte und weggedämmert war.

Am nächsten Morgen fand ihn ein Mann, der seinen Corgi spazieren führte. Trotz seines neuen Anoraks war er eiskalt gewesen, und seine Hände waren um die leere Flasche herum festgefroren.

Zu meiner Überraschung tauchte seine Schwester bei der gerichtlichen Untersuchung der Todesursache auf. Offensichtlich war sein Tod die letzte einer Reihe von Blamagen, der sie sich durch ihren Bruder ausgesetzt sah. Sie war eine kühl wirkende, schwarz gekleidete Sekretärin in den Vierzigern, mit schmerzhaft hohen Absätzen und ordentlich hochgestecktem rotbraunem Haar, dessen Farbe an den Ansätzen bereits herauswuchs. Beim Sprechen umklammerte sie die ganze Zeit eine Tasche aus Lederimitat und hielt sie sich wie einen Schutzschild vor den Körper, als wollte sie damit den Eingriff in ihr Leben und die Demütigungen abwehren, die sein öffentlicher Tod ihr bescherten. Obwohl es eine naheliegende Schlussfolgerung war, verwehrte sie sich entschieden gegen jede Andeutung, ihr Bruder habe sich umgebracht. Warum hätte er sich dann vorher eine neue Jacke kaufen sollen? Woher sollte er das Geld dafür gehabt haben? Wie hätte er an die Schlaftabletten kommen sollen? Es war sicher eine Fehleinschätzung gewesen, eine tödliche Kombination von Faktoren in einer kalten Nacht.

Sie erbte alles, was er auf der Welt besaß, nämlich hundert Pfund in gebrauchten Scheinen, die man in seiner Hosentasche fand. Der Ursprung des Geldes blieb ein Rätsel. Der Gerichtsmediziner murmelte das übliche banale Zeug und gab »unbekannte Todesursache« zu Protokoll. Der Fall bot wenig Stoff für die Zeitung. Ein Absatz ganz unten auf Seite zehn vielleicht?

Die Polizei fand nie heraus, was genau mit Jennifer Morgan passiert war. Auch hier lautete der Richterspruch letztlich »Todesursache unbekannt«. Es ließ sich einfach nicht feststellen, ob ihr Tod ein Unfall, ein Missgeschick oder ein Verbrechen gewesen war.

Es stellte sich heraus, dass sie in der Nacht, in der sie verschwand, mit einem Arbeitskollegen im Charlie's gewesen war, mit dem sie sich in unregelmäßigen Abständen getroffen hatte.

Wie vorherzusehen gewesen war, war Martin Parker, einunddreißig, verheiratet. (Der rätselhafte M., oder Mr M., war nie identifiziert worden, aber Martin Parker schien der wahrscheinlichste Kandidat zu sein.) Die beiden waren nach einem Streit im Charlie's getrennter Wege gegangen, und als sie im Anschluss verschwunden war, war Parker davor zurückgeschreckt, sie als vermisst zu melden. Wie hätte er das seiner Frau erklären sollen? Nach Jennys Tod meldete er sich aus denselben banalen, offensichtlichen Gründen nicht bei der Polizei.

Auf der mit M. unterschriebenen Nachricht waren zwei verschiedene Sätze Fingerabdrücke gefunden worden, genau wie in ihrer Wohnung. Ein Satz blieb unbekannt, aber Parker war zu einem früheren Zeitpunkt wegen Exstasy- und Amphetaminbesitzes verhaftet worden, und deshalb waren seine Fingerabdrücke bei der Polizei gespeichert. Er und Jenny hatten sich im Charlie's kurz nach ihrer Ankunft gestritten, weil er eifersüchtig auf einen anderen Mann gewesen sein soll. Daraufhin hatte sie ihm gesagt, er solle sich verpissen. Ein Foto von Martin Parker half dem Gedächtnis eines Kellners auf die Sprünge. Der erinnerte sich daran, dass der Streit in der Nähe der Garderobe stattgefunden hatte. Parker habe ihren Arm gepackt, und sie habe sich daraufhin losgerissen und ihm einen Drink über den Kopf gekippt.

Diesen Vorfall hatte die Polizei aus den Nachrichten herausgehalten.

Ich erinnere mich noch genau an sein Erscheinen vor Gericht. Er sah aus wie fünfunddreißig und hatte wellige braune Haare. Er hätte sympathisch, ja sogar gut aussehen können, hätte er nicht so angespannt gewirkt, wie er da auf der Anklagebank saß, eingeschnürt von seiner Krawatte. Der Verkäufer der Tankstelle in der Nähe des Stadions erinnerte sich, dass er in jener Nacht dort getankt und Zigaretten gekauft hatte und ihm dabei leicht angetrunken vorgekommen war.

Parker beharrte darauf, dass er und Jenny erst seit wenigen Monaten miteinander ausgegangen seien und nur dreimal miteinander Sex gehabt hätten. Sie sei besessen gewesen von einem anderen Mann. Nach der Auseinandersetzung sei er später in der Nacht zu ihrer Wohnung gefahren, um sich zu entschuldigen und ihr das Versprechen abzunehmen, es nicht seiner Frau und dem halben Büro zu erzählen, so, wie sie gedroht hatte.

Es habe aber kein Licht mehr gebrannt und auch niemand die Tür aufgemacht. Er behauptete, auf direktem Weg nach Hause gefahren zu sein. Am Ende wurde die Anklage fallengelassen, weil es zwar Indizien, aber keine Beweise gab. Zufällig war die auf die Brücke in der Nähe von Jennys Wohnung gerichtete Überwachungskamera in jener Nacht kaputt gewesen, und das nicht zum ersten Mal.

Natürlich verlor Parker während des Prozesses nicht nur Frau und Kinder, sondern auch seinen Job. Vor jener Schicksalsnacht war er ein unauffälliger Bereichsleiter gewesen, der leicht verfrüht auf sein mittleres Lebensalter zugesteuert war. Danach wurde er zum – wenn auch nicht verurteilten – Ehebrecher und Mörder, der zu allem Überfluss unter Alkoholeinfluss Auto fuhr. Und wer sagte, dass er kein Mörder war?

Ich berichtete nicht über den Prozess, weil ich zu dem Zeitpunkt bereits beim Fernsehen arbeitete. Vielleicht haben Sie mich dort schon gesehen. Ich stehe nicht oft, aber doch ziemlich regelmäßig vor der Kamera. Die hübsche, modisch gekleidete Blondine um die dreißig, die dann und wann von hier und dort berichtet.

Das Leben danach – Epilog

Ich sitze mit einem Glas Wein in unserem eleganten, minimalistischen Wohnzimmer vor dem Fernseher. David fuhrwerkt im Hintergrund herum, was irgendwie immer eine beruhigende Wirkung auf mich hat. Ich glaube, er kocht nicht, sondern räumt irgendetwas um. Neben der Spüle stapelt sich ordentlich das schmutzige Geschirr, eine kurze Zwischenlagerung, die selten länger als ein paar Stunden dauert. Unter der Treppe steht ein Mountainbike, und an den Wänden hängen Fotos von uns an sonnigen Urlaubsorten. Markusplatz, Ponte Vecchio, Kolosseum, Pompeji, Capri. Unsere Reiseleidenschaft verbindet uns.

Das Sofa ist unvorstellbar bequem, der Holzboden unvorstellbar rutschig, geradezu tödlich. Er lauert nur auf einen unkonzentrierten Moment, einen Fehltritt.

Unsere Nachbarn sind ruhig, obwohl sie kleine Kinder haben, und wir revanchieren uns, indem wir ebenfalls ruhig sind. Mustergültig, vorbildlich, unaufdringlich.

David und ich diskutieren über Politik und noch mal Politik, über Kino, Musik, das Weltgeschehen, Urlaub und die Lage der Nation. Wir kennen einander so gut, wie man es bei einem Pärchen erwartet. Mehr nicht.

Er weiß nichts von der jungen Frau, die sich mit silbernen Armreifen genüsslich auf der Tanzfläche räkelt, und er kennt auch nicht ihre anderen Gesichter. Zum Glück. Sie schreibt einen merkwürdigen, düsteren Roman, in dem sie die Namen geändert hat, schreibt ihn zwischen notwendiger Fettbekämpfung im Fitnessstudio und Einkäufen, zwischen Arbeitsalltag im Sender, Pubbesuchen und Einladungen bei Freunden, ein Versuch, die Gedankenberge, die auf dem Eismeer ihrer Seele treiben, auf Buchseiten zu verankern, wo sie vielleicht endlich einen Sinn ergeben werden.

David arbeitet unregelmäßige Schichten, wie jeder Polizist. Verbrechen halten sich nun mal nicht an geregelte Arbeitszeiten, pflegt er trocken zu sagen, wenn mitten in der Nacht das Telefon klingelt und ihn aus dem Schlaf reißt.

Drei Wochen nach Coras Selbstmordinszenierung hatte er mich um ein Rendezvous gebeten. Drei Wochen nachdem der Krankenwagen mit Cora und Mike davongefahren war und er mich in meinem eigenen Auto nach Hause gefahren hatte. Allerdings hatte es deutlich länger gedauert, bis er zugegeben hatte, mir zu Cora gefolgt zu sein und deshalb so schnell in der Tür gestanden zu haben.

Er war nämlich eigentlich gar nicht im Dienst gewesen. Weil er sich nicht getraut hatte, mich schon im Gericht um eine Verabredung zu bitten, war er mir in seiner Freizeit hinterhergefahren. Das ganze Gerede von wegen »Das dürfte ich Ihnen eigentlich gar nicht erzählen« war seine Art gewesen, mich in ein Gespräch zu verwickeln, Smalltalk zu machen, zu flirten.

Dass er bei der Untersuchung von Jennys Tod so wenig Fortschritte machte, hatte ihn entmutigt. Sie war seine erste Leiche gewesen, sein erstes richtiges Verbrechen. Anfangs hatte man verdächtige Umstände hinter ihrem Tod vermutet, und er hatte glänzen und sich eine Beförderung erarbeiten wollen. Er hatte sich einen Geistesblitz gewünscht, den entscheidenden Hinweis zur Lösung des Falls. Aber ihm war nichts eingefallen, eine große, wässrige Leere. Die Todesursache blieb unbestätigt.

Als David mich bei Schichtende auf der Straße entdeckt hatte, hatte er die Gelegenheit beim Schopf packen und mich in ein Café einladen wollen. Was hatte er denn schon zu verlieren? Er war mir also in seinem Privatauto hinterhergefahren, fest entschlossen, mich zum Abendessen einzuladen. Aber in der Nähe von Coras Haus hatte ihn der Mut verlassen. Mir schaudert, wenn ich mir überlege, was passiert wäre, wenn *ich* die Gelegenheit beim Schopf gepackt und *mein* Vorhaben in die Tat umgesetzt hätte. Es wäre sicher schwierig geworden, mich herauszureden, wenn mich David zum Zeitpunkt von Coras angeblicher Überdosis am Ort des Geschehens gesehen hätte.

Oder wenn er ein besserer Polizist gewesen wäre. Der Ohrring und die Zeitungsausschnitte hatten sich nur wenige Meter von dem Sessel befunden, in dem er mich getröstet hatte, und in der Asservatenkammer der Polizei wartete eine abgetragene Männerlederjacke darauf, entsorgt zu werden. David hatte ihrem Besitzer die Hand geschüttelt, während dessen Frau von den Rettungssanitätern verarztet worden war. Auf dem Foto mit dem orangeroten Kleid trägt er die Jacke sogar.

Während ich mich im halbwegs ordentlichen Zimmer umsehe, wünsche ich mir, dem Mann, dem ich regelmäßig sage, dass ich ihn liebe, die Wahrheit über die Umstände unseres Kennenlernens erzählen zu können. Aber wie soll das gehen? Er weiß nichts von dem Bier und dem billigen Wein, den Romanen und Gedichten und billigen Küssen, geschweige denn von allem anderen. Wie kann er mit einer Frau zusammenleben, die zwar zum Töten bereit war, aber zu faul, die Wahrheit zu sagen? Zu verängstigt, um alleine zu bleiben. Zu verzweifelt, um Nein zu sagen. Schließlich ist er immer noch Polizist, und ich habe einfach nur verdammtes Glück, dass er kein sehr guter ist.

Ob ich straflos davongekommen bin? Ja, bin ich. Mit allem, was ich getan und was ich versäumt habe.

Manchmal, wenn David Frühschicht hat, fällt er um vier Uhr nachmittags ins Bett, erschöpft von der stinkenden Lache menschlicher Existenz, durch die er gewatet ist. Nach seiner Umarmung und dem Kuss und dem müden Lächeln sitze ich also unten im Wohnzimmer und schalte ziellos durch die Kanäle, damit die Schattenmenschen im Fernseher ihre flackernden Silhouetten auf die Wände des Wohnzimmers werfen und ich nicht alleine bin.

Im Winter ist es bereits dunkel, wenn ich meinen gut gemeinten Teller Gemüse beiseiteschiebe und nach dem dritten oder vierten Glas Wein greife. Ich bleibe so lange wie möglich wach und meide die Gestalt, die im Schlafzimmer auf dem Bauch liegt und leise schnarchend auf mich wartet. Weil sie mir meine Enttäuschung bewusst macht. Und die Erinnerung an einen zögerlichen Kuss in der Dunkelheit wachruft.

Unsere Laken und Kopfkissenbezüge waschen wir schon lange nicht mehr selbst, sondern bringen sie in die Reinigung. Ich spüle prinzipiell alle Tassen und Gläser sofort ab, führe einzelne Schuhe ihrem Gegenstück zu, staple Zeitschriften und die Post. Ordnung ist Kontrolle, und Ordentlichkeit ist die Illusion von beidem. Wenn ich dann irgendwann alle Türen abgeschlossen und alle Lichter ausgeknipst habe, weiß ich, wo ich hin muss.

Manchmal stehe ich minutenlang im Türrahmen und betrachte seinen nackten, in die Decke gewickelten Körper, aus der hier ein Bein herauslugt, dort ein Arm entflieht. Im Licht der Straßenlaterne sehe ich einen jungen, gut aussehenden Mann, der auf dem Bauch liegt und schläft. Eine menschliche Gestalt, die ich mein Eigen nennen kann. Oder dem zumindest sehr nahe kommt.

Etwas, das ich nicht beschreiben kann, streckt die Hände nach mir aus und packt mich am Hals, und ich glaube, an dem weißen, heißen Ball zu ersticken, der versucht, mich vom Atmen abzuhalten. Zum Glück sieht er überhaupt nicht aus wie Mike. Irgendwann zwänge ich mich auf meine Seite des Kingsize-Betts und bemühe mich, jeglichen Kontakt mit seinen Gliedmaßen zu meiden. Dort throne ich am Rand des Vergessens und lausche dem gefangenen Atem meines willigen Bettgenossen. Wenn er meine Nähe spürt, schiebt er einen warmen Arm um meine Taille oder schnuppert an meinem Hals, murmelt Halbworte, die von weit her zu kommen scheinen.

Erst dann bin ich froh, dass ich ihn habe, und kämpfe gegen die Tränen.

Aber es gibt auch Momente – wie diesen Samstag, wenn wir bei Cora und Mike zum Grillen eingeladen sind –, in denen alles gut ist. Die beiden wohnen jetzt in einem neuen, größeren Haus. Es ist Mikes dreißigster Geburtstag. Keine große Party, nur ein paar Gläser guten Rot- oder Weißwein, das übliche verkohlte Grillgut und Stevie.

Stevie wird seine neue Freundin mitbringen, die in einem Plattenladen arbeitet. Er ist erst ein halbes Dutzend Mal mit ihr ausgegangen, aber einmal hat er sie schon mitgebracht. Sie macht einen netten Eindruck, hat schöne Augen und sieht leicht asiatisch aus. Sie ist sieben Jahre jünger als er und steht anscheinend auf Drum'n'Bass.

Wir werden Musik aus alten Zeiten auflegen, was ihr

sicher nicht ganz so gefallen wird, und später wahrscheinlich auf dem akkurat gemähten Grasviereck tanzen, das fast als Rasen durchgeht. Wir werden uns nicht besonders viel Mühe geben, die Nachbarn zu schonen.

Niemand wird die Narben an Coras Handgelenken bemerken, geschweige denn erwähnen, während sie ein weiteres Mal die Frikadellen und Würstchen wendet und der Wein in einem nicht enden wollenden Strom vom Kühlschrank in unsere Gläser fließt. Sie wird viel Aufhebens darum machen, dass sie selbst wegen des Babys tugendhaft Enthaltsamkeit übt, wegen des neuen Lebens, das jenes andere, ausgelöschte Leben vergessen machen wird. Sie wird über ihre Füße klagen und darüber, dass sie einen geblümten »Sack« tragen muss, auch wenn es ihr in Wirklichkeit nicht das Geringste ausmacht. Eigentümlicherweise scheint ihr dieser Sack besser zu stehen als alles, was sie je zuvor getragen hat.

Sie wird kochen, und Mike wird vielleicht sogar singen, wenn man ihm gut zuredet. David wird mit einstimmen. Er mag Mike, die beiden verstehen sich. Und wir werden viel lachen und an früher zurückdenken. Stevie wird Fotos machen, die nie in Alben geklebt werden. Bei schönem Wetter wird es ein angenehmer Abend werden.

Vielleicht kann man sich seine Freunde eben doch nicht aussuchen.

Manchmal denke ich, wenn ich könnte, würde ich mich über diesem Garten in die Lüfte erheben und hoch über den gedrungenen Dächern der Stadt kreisen und über den Straßen, die sich bis zu den aufragenden Hügeln winden. Ich würde Hunderte gepflegte und weniger gepflegte Gärten sehen, Dutzende von Grillpartys wie diese. Wer weiß, welche Geschichten sich dahinter verbergen?

Und wenn ich doch versuchen würde, David meine Geschichte zu erzählen? Wie würde ich anfangen? Vor gar nicht allzu langer Zeit, an einem Ort, der gar nicht so weit weg ist, wie du denkst, gab es einmal vier Freunde, zwei Mädchen und zwei Jungen, die sich sehr liebten – so gut sie es eben verstanden. Einige dieser Freunde liebten mehr als die anderen, mehr als alles auf der Welt, auch wenn es ihnen damals noch nicht klar war. Und einige liebten weniger. Einer der Freunde wurde angebetet, und zwei konnten nur davon träumen.

Und an diesem Punkt müsste ich spätestens verstummen. Deshalb würde es nicht funktionieren. Weil ich mir auch nach all der Zeit immer noch nicht sicher bin, wer von uns wer ist.

Besser, es auf diese Weise zu beenden.